FANPRO

Rüdiger Schäfer, Jahrgang 1965, lebt in Leverkusen. Seinen ersten PERRY RHODAN-Roman las er mit zehn und kam so zur Science Fiction. Schon früh fing er an, selbst zu schreiben und publizierte zunächst in Fanzines. Bis heute verfasste Rüdiger Schäfer vier ATLAN-Romane, diverse Veröffentlichungen in Anthologien und bei Kleinverlagen. Neben der Schriftstellerei interessiert sich der Autor für die Naturwissenschaften, allen voran die theoretische Physik. Er ist leidenschaftlicher Filmfan und ein mit Jahreskarte ausgestatteter Anhänger des »ewigen Zweiten« Bayer 04 Leverkusen.

Rüdiger Schäfer

Todeszone Zartiryt

Zweiter Band des Monolith-Zyklus

Originalausgabe

FanPro
Band 71014

Titelbild: Arndt Drechsler

Redaktion: Sabine Kropp
Lektorat: Michael Thiesen
Satz und Layout: Ralf Berszuck
Umschlaggestaltung: Ralf Berszuck
Druck und Bindung: CPI Moravia Books s. r. o., Tschechien

Besuchen Sie unsere Website *http://www.fanpro.com*

http://www.atlan.de

Printed in Czech Republic 2008

ISBN 978-389064-179-9

Für Papa

In Liebe und Dankbarkeit

Kleines Who is Who

Arrik und Taraster – sie sind Malchers Männer fürs Grobe

Atlan – der Lordadmiral der USO geht ein großes Risiko ein

Calipher – ein lemurischer Roboter wird zum Retter in der Not

Christina Gabrielle – das Wunderkind muss sich von Atlan einiges anhören

Geriok Atair – der Ara hat schlechte Nachrichten

Iasana Weiland – die Expertin für lemurische Geschichte sagt nicht nein und gerät in Lebensgefahr

Inmain Sadjadin – der Fähnrich der IMASO sieht einen Fehler ein

Malcher – der Silberherr geht über Leichen

Marcus Merten – der Techniker entdeckt die Lösung des Rätsels und den Sinn des Lebens

Milton Elks – der alte Cheftechniker bekommt keine Chance zur Heldentat

Naileth Simmers – die Kommandantin der IMASO muss mehr als eine schwere Entscheidung treffen.

Onkel Rotter – das Oberhaupt der Busrai-Nomaden erlebt eine Katastrophe

Padpool – der Draufgänger aus der Familie der Busrai-Nomaden will ein Opfer bringen

Ramit Claudrin – der Epsaler stellt seine Fähigkeiten unter Beweis

Santjun – Atlans Begleiter muss sich nach außen und innen zur Wehr setzen

Shinyan – die akonische Prospektorin kann das Unheil nicht aufhalten

Terence Abigon – der Erste Offizier der IMASO ist Naileth Simmers' Stütze

Kapitel 1

Shinyan

»Padpool?«

Shinyan lauschte dem hohlen Klang der eigenen Stimme nach. Die Prospektorin war den Aufenthalt im Weltraum von Kindesbeinen an gewohnt, doch das unterschwellige Gefühl der Furcht hatte sie dabei nie verlassen. Padpool war da ganz anders. Er konnte Stunde um Stunde im eisigen Vakuum verbringen, und wenn sie oder die Warnautomatik seines Raumanzugs ihn nicht rechtzeitig daran erinnert hätten, dass sein Sauerstoffvorrat zur Neige ging, wäre er schon längst bei einer ihrer gemeinsamen Exkursionen erstickt.

»Padpool? Kannst du mich hören?«

Aus dem Empfänger des Funkgeräts drang nur das starke Rauschen, das durch die ungewöhnlichen hyperenergetischen Verhältnisse im Zartiryt-System erzeugt wurde. Es begleitete sie seit Beginn ihrer Mission. Wo, bei allen Stürmen Godrons, steckte dieser unverbesserliche Kerl?

Shinyan kontrollierte zum wiederholten Mal die Anzeigen ihres leichten Raumanzugs. Padpool und sie hatten die MORROK vor knapp zwei Stunden verlassen und das walzenförmige, dreißig Meter lange Beiboot auf einem der unzähligen Asteroiden verankert, die das rotierende Schwarze Loch im Zentrum des Systems umkreisten. Eine direkte Landung auf dem Planeten erschien ihnen zu riskant. Das Gelände war unübersichtlich und die Hohlraumorter hatten zahlreiche unterirdische Gasblasen angezeigt, deren Inhalt jederzeit hervorbrechen konnte.

Schon während des Anflugs war den beiden Akonen klar geworden, dass sowohl das namenlose Black Hole als auch die Trümmerwelt Zartiryt für Raumnomaden wie sie etwas ganz Besonderes waren. Shinyan hatte sich nie sonderlich für Astronomie interessiert und war den entsprechenden Unterweisungen durch ihren Onkel meistens nur mit mäßigem Interesse gefolgt. Sie wusste allerdings noch, dass stellare Schwarze Löcher üblicherweise das Endprodukt einer Supernova waren. Sterne ab einer bestimmten Masse kollabierten am Ende ihres Lebenszyklus'. Der verbleibende Sonnenkern stürzte dann innerhalb von Sekunden unter der eigenen Masse in sich zusammen, wurde kleiner und kleiner und erreichte schließlich den Punkt der Singularität, an dem sämtliche physikalischen Gesetze ihre Gültigkeit verloren. Von da an schwang sich die Gravitation zur Alleinherrscherin auf und zog alles und jeden in ihren Bann – inklusive Licht, Raum und Zeit.

Die Trümmerwelt Zartiryt folgte einer komplizierten Bahn um das Black Hole und bewegte sich dabei die meiste Zeit ihres Umlaufs in den Außenbereichen der Akkretionsscheibe. So nannte man jenen kreisförmigen Bereich um ein Schwarzes Loch, in dem sich die von den immensen Anziehungskräften des Gebildes eingefangene Materie sammelte, bevor sie in die Singularität hineingesaugt wurde. Früher oder später würde auch der Planet dem Sog der Gravitation nicht mehr widerstehen können, doch bis dahin mochten noch Jahrzehntausende vergehen. Genug Zeit für zwei zu allem entschlossene Prospektoren, den Fund ihres Lebens zu machen und reich zu werden.

Mit einem sanften Druck auf die in ihren rechten Handschuh integrierte Servoautomatik aktivierte Shinyan die Impulsdüsen des Rückentornisters. Eine gelbe Kontrollleuchte zeigte an, dass die Batterien in absehbarer Zeit wieder aufgeladen werden mussten, doch noch war das kein Grund zur Beunruhigung.

»Padpool«, versuchte es die Akonin erneut. »Wenn du mich empfangen kannst, dann melde dich, verdammt!«

Auch diesmal erhielt sie keine Antwort.

Die Anzeige der Nahortung war und blieb dunkel. Natürlich war längst jeder in der Milchstraße gängige Raumanzug mit einem Peilsender ausgestattet, der auf einer variabel einstellbaren Frequenz Mikroimpulse aussandte. Diese konnten in einer Entfernung von bis zu fünfhundert Kilometern empfangen werden, doch die Bedingungen im Zartiryt-System machten eine solche Art der Positionsbestimmung so gut wie unmöglich.

Vor wenigen Minuten hatte Shinyan ihren Begleiter noch am Rand einer Felskante gesehen. Hatte er etwa den Halt verloren und war abgestürzt? Nein, so etwas konnte nicht passieren. Die Sicherheitssysteme der Raummontur hätten sofort eingegriffen. Zwar trugen Padpool und sie nicht die neusten Modelle, wie sie auf den Prospektorenschiffen anderer und vor allem wohlhabender Familien verfügbar waren, doch sämtliche Technik an Bord der MORROK wurde sorgfältig gewartet und befand sich in mustergültigem Zustand. Die Anzüge stammten aus dem Fundus der Solaren Flotte, die regelmäßig ihre Bestände erneuerte und die ausgemusterten Schutzmonturen nach einer Generalinspektion zu fairen Preisen weiterverkaufte. Das Gütesiegel *Made on Terra* stand galaxisweit für hohe Qualität und Zuverlässigkeit; daran hatte sich seit vielen Jahrhunderten kaum etwas geändert.

Shinyan schaltete den Helmscheinwerfer aus und wartete einen Moment, bis sich ihre Augen an das herrschende Dämmerlicht gewöhnt hatten. Zartiryt besaß zwar eine Atmosphäre, doch sie war viel zu dünn, um sie atmen zu können. Zudem enthielt sie einige chemische Bestandteile, die auf katalytischem Weg die Reaktion des Stickstoffs zu einem äußerst aggressiven säureartigen Gemisch bewirkten. Die

Gravitation lag deutlich unter einem Gravo. Padpool hatte die Vermutung geäußert, dass die Trümmerwelt einst Leben getragen habe und dann von einer kosmischen Katastrophe heimgesucht worden sei, doch daran wollte Shinyan nicht glauben. Zartiryt fehlte rund ein Viertel seiner Masse, und der gigantische, über 6000 Kilometer lange Spalt, der sich über die gesamte Nordhalbkugel zog und sich viele Kilometer in die Planetenkruste hineinfraß, sah aus, als habe dort ein Riese sein Messer angesetzt und einen kräftigen Schnitt ausgeführt.

Die Prospektorin flog zu der Stelle hinüber, an der sie Padpool zuletzt erspäht hatte. Die Kluft war hier deutlich schmaler als sonst, durchmaß jedoch immer noch mehrere hundert Meter. Vor ihr ragten steile Felswände in die Höhe und warfen scharf abgegrenzte Schatten auf die Innenwände des Spalts. Das Licht der am Himmel stehenden Sterne und das rote Glühen der Akkretionsscheibe in Shinyans Rücken drangen kaum mehr als ein paar Meter in die Tiefe vor. Danach kam nur noch Dunkelheit.

Shinyan wehrte sich so gut es ging gegen den Gedanken, Padpool könnte in den Spalt eingeflogen sein, ohne sie zuvor zu informieren, doch genau so etwas traute sie diesem dummen Mann zu. Seit sie den Schutz der Familie verlassen hatten und aufgebrochen waren, um neue Einnahmequellen zu suchen, hatte Padpool einen Großteil seiner Zeit darauf verschwendet, sie zu beeindrucken. Dabei hatte sie von Anfang an keinen Zweifel daran gelassen, dass sie nicht an einer romantischen Beziehung interessiert war. Seltsamerweise schien der Prospektor ihre offene Ablehnung als eine Art Herausforderung zu interpretieren, denn er verstärkte seine Bemühungen zusehends. Am Ende war Shinyan dazu übergegangen, das Imponiergehabe ihres Begleiters stillschweigend zu erdulden und darauf zu hoffen, dass dieser die Aussichtslosigkeit seiner Anstrengungen irgendwann selbst einsah.

Fieberhaft überlegte die Akonin, was sie jetzt noch tun konnte. Wenn Padpool wirklich ohne Rückendeckung in die Schlucht vorgedrungen war, blieben ihr nicht allzu viele Möglichkeiten. Sie konnte warten und darauf vertrauen, dass alles in Ordnung war und Padpool irgendwann wieder auftauchen würde. Sie konnte zur MORROK zurückkehren und einen der beiden Bergungsroboter, die zur Standardausrüstung des Schiffes gehörten, in den Spalt schicken. Oder sie konnte dem Mann in die Schlucht folgen und selbst nach ihm suchen. Keine der drei Optionen erschien ihr sonderlich verlockend.

Fast zwei Minuten verharrte Shinyan unschlüssig über dem dunklen Schacht. Dann setzte sie sich in Bewegung, schaltete ihren Helmscheinwerfer wieder ein und sank langsam in den Spalt hinab.

Shinyan glaubte die sie umgebende Schwärze beinahe körperlich zu spüren. Sie drang mühelos durch das dünne, gasdichte Material des leichten Raumanzugs in sie ein, legte sich wie ein Stahlreifen um ihren Brustkorb und füllte ihr Inneres nach und nach vollständig aus. Die Akonin fröstelte, versuchte gegen die wachsende Angst anzukämpfen, doch wie so oft hatte ihr Verstand den natürlichen Instinkten wenig entgegenzusetzen. Ihre Finger krampften sich um den Griff des kleinen Thermostrahlers, den sie aus einem Futteral am rechten Oberschenkel gezogen hatte, doch viel nützte das nicht. Obwohl ihr Tank nur noch knapp bis zur Hälfte gefüllt war, erhöhte sie den Sauerstoffanteil der Atemluft auf 22 Prozent. Aus Erfahrung wusste sie, dass diese Maßnahme das Einzige war, was ihr zumindest kurzfristig Erleichterung verschaffte.

Wenn sich dieser verfluchte Idiot nicht schon selbst umgebracht hat, dachte sie wütend, *werde* ich *es für ihn tun.*

Der Zorn half ihr ein wenig, drängte die Furcht beiseite und ließ sie vorübergehend entspannen. Sehen konnte sie so gut wie nichts. Wenn sie den Kopf in den Nacken legte, erkannte sie über sich gerade noch die Abbruchkante des Spalts als graues Band, in dem vereinzelt schwache Lichtpunkte glitzerten. Ansonsten traf der runde Fleck des Scheinwerfers nur auf scharfkantigen Fels. Aufgrund der dünnen Atmosphäre gab es so gut wie kein Streulicht. Ohne die Ortungsdaten des Anzugs wäre Shinyan annähernd blind gewesen.

Die Prospektorin war inzwischen gut zweihundert Meter tief gesunken. Obwohl sie sich nicht besonders wohl dabei fühlte, schaltete sie die Helmlampe erneut aus. Vielleicht, so ihre stumme Hoffnung, war sie dann in der Lage, das Licht von Padpools Scheinwerfer wahrzunehmen. Noch immer war sie nicht bereit, aus der anhaltenden Funkstille auf mehr als auf technische Probleme zu schließen. Padpool war mit seinen 26 Jahren ebenso jung wie leichtsinnig; dennoch gehörte er innerhalb der Busrai-Familie zu den Erfahrensten und hatte schon viele tausend Stunden im freien Weltraum und in diversen Höhlensystemen und Minenschächten verbracht.

Unwillkürlich musste Shinyan an ihren Onkel Rotter denken, der der Familie seit über fünfzig Jahren vorstand. Acht Schiffe und 1135 Familienangehörige flogen unter seinem direkten Kommando. Aus Gründen, die die Akonin nicht einmal im Ansatz nachvollziehen konnte, hielt Onkel Rotter große Stücke auf Padpool und hatte offenbar die feste Absicht, ihn als seinen Nachfolger aufzubauen. Shinyan war ziemlich sicher, dass die derzeitige Mission einzig und allein dem Zweck diente, Padpool und sie miteinander zu verkuppeln. Möglicherweise hatte Rotter den jungen Prospektor im Vorfeld der Reise sogar ermutigt, was immerhin dessen übertriebenes Balzverhalten erklärt hätte.

Drei Minuten vergingen, und Shinyan überschritt die Zwei-Kilometer-Marke. Wenn sie den Ortungsergebnissen trauen konnte, die allerdings durch die im Zartiryt-System allgegenwärtigen normal- und hyperenergetischen Anomalien verfälscht sein mochten, dann weitete sich der Spalt hier unten erheblich. Die Temperatur blieb dagegen konstant bei minus vierzig Grad Celsius, was darauf hindeutete, dass die Katastrophe, der Zartiryt einst zum Opfer gefallen war, sogar den glutflüssigen Kern des Planeten hatte erkalten lassen.

»Wo bist du, Padpool?«, flüsterte Shinyan. Das Rauschen in ihrem Funkempfänger schwoll kurz an und wieder ab. Für einen Moment glaubte die Akonin ein dumpfes Klopfen zu hören. Litt sie bereits unter Halluzinationen?

Nach kurzem Zögern desaktivierte sie die Funkanlage und erhöhte die Empfindlichkeit der Außenmikrofone auf den maximal möglichen Wert. Die vollkommene Dunkelheit um sie herum machte ihr mehr und mehr zu schaffen.

Da! Da war es wieder!

Sie hatte sich also nicht geirrt. Aus den Helmlautsprechern drang ein leises, abgehacktes Pochen. Weit entfernt, aber doch deutlich genug, um es nicht für eine Sinnestäuschung zu halten. Shinyan war schon immer stolz auf ihr feines Gehör gewesen und eine der wenigen in der Familie, die die Zusammensetzung der meisten Gesteine allein anhand ihres Klangs bestimmen konnten.

Sie schaltete den Scheinwerfer wieder ein und ließ sich weitere zweihundert Meter in die undurchdringliche Finsternis hinabsinken. Das Pochen wurde geringfügig lauter. Da die dünne Luft den Schall mehr schlecht als recht trug, gab es fast kein Echo. Das erleichterte es Shinyan immerhin, die Richtung zu bestimmen, aus der die Klopfzeichen kamen. Dennoch wäre sie beinahe an der quadratischen Öffnung vorbeigeflogen.

Der etwa zwei mal zwei Meter durchmessende Durchgang war eindeutig künstlich angelegt worden. Das dunkelgraue Material des schmucklosen Torrahmens hob sich kaum von den umgebenden Felsen ab. Er schien das Licht der Helmlampe regelrecht zu verschlucken. Die Akonin näherte sich mit aller gebotenen Vorsicht. Wenn Padpool die Öffnung passiert hatte, und davon war auszugehen, mochten dahinter unbekannte Gefahren lauern. Auf jeden Fall kam das Klopfen eindeutig aus dem Durchgang.

»Padpool!«, rief Shinyan, nachdem sie auch das Funkgerät wieder aktiviert hatte. »Wenn du mich hören kannst, dann klopfe dreimal lang und dreimal kurz.«

An dem gleichmäßigen Pochen änderte sich nichts.

Shinyan seufzte. In ihrem Kopf jagten sich die Gedanken. Natürlich war es ein Risiko, den Durchgang zu benutzen, aber hatte sie überhaupt eine Wahl? Padpool hatte verantwortungslos gehandelt und gegen eherne Regeln der Prospektorengilde verstoßen, doch deshalb konnte sie ihn nicht im Stich lassen. Wenn er sich irgendwo dort drinnen aufhielt und wie schon so manches Mal zuvor die Zeit vergessen hatte, musste sie ihn warnen. Immerhin schien ihr Begleiter mit seiner Annahme Recht zu behalten, dass Zartiryt einmal Leben getragen hatte. Mehr noch: Der Durchgang und was immer dahinter liegen mochte, waren eindeutig von intelligenten Lebewesen geschaffen worden. In diesem System musste sich vor langer Zeit eine furchtbare Tragödie abgespielt haben. Womöglich war Padpool von der Aussicht auf reiche Beute überwältigt worden.

»Ich komme jetzt rein und hole dich«, sagte Shinyan. »Sei versichert, dass ich Onkel Rotter ausführlich über diesen Vorfall informieren werde. Für die nächsten zwei Jahre wirst du Schürfanlagen warten und Erzproben sortieren.«

Auch wenn Padpool sie nicht hören konnte, tat es gut, die Worte laut auszusprechen.

Die Öffnung mündete in einen würfelförmigen Raum. Auf seiner rechten Seite begann ein enger Gang, der dann gut fünfzig Meter weit parallel zur Steilwand des Spalts geradeaus verlief. Die dunkelgrauen Wände wiesen in unregelmäßigen Abständen lange, mehrere Zentimeter tiefe Furchen auf. In Shinyans überreizter Phantasie entstand beinahe reflexhaft das Bild eines großen Tieres mit scharfen Krallen und einem weit aufgerissenen, zahnbewehrten Maul, das sich durch die verzweigten Korridore der subplanetaren Anlage bewegte, und sofort war die Angst wieder da. Doch selbstverständlich waren solche Gedanken töricht und unlogisch. Auf Zartiryt lebte nichts und niemand mehr – und selbst wenn: Wovon hätte sich eine solche Kreatur hier unten ernähren sollen?

Der Gang beschrieb einen engen Bogen nach rechts und endete in einer schmalen, lang gezogenen Halle, an deren Ende drei weitere bogenförmige Tore tiefer in den Komplex hineinführten. Sie drehte sich zur Seite. Ein grelles Licht blendete sie. Vor ihren Augen flimmerte es; bunte Punkte tanzten in einem wirren Reigen um sie herum. Dazwischen erkannte sie eine schemenhafte Gestalt und erschrak. Der oder die Unbekannte hielt eine Waffe in der Hand!

Shinyan reagierte, ohne zu überlegen. Ihr Zeigefinger krümmte sich um den Auslöser des Strahlers. Der Fremde schoss in derselben Sekunde, und im gleichen Augenblick begriff sie, dass sie auf ihr Spiegelbild hereingefallen war. Die reflektierende Hallenwand verschwand in einem Flammenmeer. Ein helles Piepsen drang an ihre Ohren. Die Sensoren des Raumanzugs registrierten die Hitze und gaben Alarm.

»Shinyan!« Die Stimme Padpools wurde von den Außenmikrofonen übertragen. Die Akonin spürte, wie jemand sie hart am Arm packte und ihr damit bewusst machte, dass sie noch immer feuerte. Mit einem Schrei ließ sie die Waffe fallen und taumelte zurück. Padpool fing sie auf, bevor sie zu Boden stürzen konnte.

»Shinyan«, rief er in bestürztem Ton. »Was machst du hier? Ist etwas passiert?«

»Ich ...«, setzte die Prospektorin an, doch sie kam nicht mehr dazu, ihren Satz zu beenden. Ein unangenehmes Ziehen fuhr ihr in den Nacken und breitete sich von dort über den ganzen Körper aus. Einen Lidschlag später hatte sich die Umgebung komplett verändert.

Shinyan benötigte unverhältnismäßig lange, um sich zu orientieren. Sie schwebte etwa hundert Meter über der leblosen Oberfläche Zartiryts. Die vegetationslose, nur von Staubhügeln und kleinen Felsen bedeckte Landschaft erstreckte sich ohne größere Erhebungen bis zum Horizont. Padpool und sie hatten bereits während ihres ersten Ausflugs Bodenproben genommen und diese an Bord der MORROK untersucht. Die kleine Analyseeinheit des Schiffes hatte nicht einmal Bakterien gefunden. Zartiryt war so tot, wie ein Planet nur sein konnte.

Die übrigen um das Black Hole kreisende Welten waren ebenfalls leblos, zumal es sich dabei ausnahmslos um Gasplaneten handelte. Garantiert waren sie niemals bewohnt gewesen. Soweit es die beschränkten Möglichkeiten ihres Raumers zuließen, hatten Padpool und Shinyan die Basisdaten des Systems ermittelt und im Bordrechner gespeichert. Sollten sie bei ihren weiteren Streifzügen tatsächlich auf 5-D-Kristalle oder andere wertvolle Mineralien stoßen, mussten sie die entsprechenden Fundstellen nur noch katalogisieren und zusammen mit den astronomischen Pflichtangaben an die vierzig Lichtjahre entfernt wartende Flotte der Familie senden. Die Ausbeutung des Systems war dann nur eine Sache weniger Tage.

»Was ...«, hörte Shinyan Padpool in ihrem Funkempfänger. »Was ... war das?« Offenbar funktionierte die Funkverbindung wieder.

»Wenn ich mich nicht sehr irre«, erwiderte die Akonin, die nach und nach ihre Fassung zurückgewann, »dann wurden wir gerade von einem Transmitter erfasst und abgestrahlt. Der Entzerrungsschmerz war aufgrund der geringen Entfernung zwar nur schwach, aber dennoch deutlich zu spüren.«

»Unglaublich.« Padpool ließ sich neben sie gleiten und drehte den Kopf, so dass sie sein Gesicht sehen konnte. Ihr Begleiter war geradezu euphorisch. Er hatte die Augen weit aufgerissen, und die schwarzen Haare hingen ihm kreuz und quer im verschwitzten Gesicht.

»Du machst dir ja keine Vorstellung davon, was ich gefunden habe«, sagte er mit breitem Grinsen. »Da unten existiert ein wahres Labyrinth von Gängen und Räumen. Lagerhallen, Fabriken, Maschinenparks und wer weiß, was sonst noch. Das meiste ist natürlich defekt oder zerstört, aber in den tieferen Regionen gibt es bestimmt noch Unmengen von Dingen, die sich verwerten lassen. Ist dir klar, was das bedeutet? Wir sind reich, Shinyan. Verstehst du denn nicht? Wir sind reich!«

»Halt den Mund, Padpool!«, stieß die Akonin zornig hervor. »Im Gegensatz zu dir verstehe ich sehr wohl. Du hättest uns beinahe umgebracht. Warum bist du in den Spalt geflogen, ohne mir Bescheid zu sagen?«

»Ich ... keine Ahnung«, antwortete Padpool konsterniert. »Ich dachte, das sei unsere Aufgabe. Uns umschauen, Daten sammeln, Proben nehmen. Ich dachte ...«

»Hör auf!«, fuhr ihn Shinyan an. »Du magst vieles getan haben, aber *gedacht* hast du definitiv nicht! Du weißt ganz genau, dass es bei Außenmissionen streng verboten ist, auf eigene Faust loszuziehen. Dieser Transmitter war vielleicht eine Abwehranlage, die Eindringlinge wie uns bei einwandfreier Funktion direkt in das Schwarze Loch abgestrahlt hätte. Wer sagt dir, dass es nicht noch mehr Fallen dieser Art gibt, die womöglich ihren Zweck weit besser erfüllen? Du bist nachlässig, Padpool. Was du für Wagemut hältst, ist nichts weiter als Dummheit, und damit bringst du nicht nur dich selbst, sondern auch andere in Gefahr.«

»Entschuldige bitte, o du Unfehlbarste aller Unfehlbaren«, begehrte nun auch Padpool auf. »Ich erinnere mich nicht, dich gezwungen zu haben, mir hinterherzufliegen. Überhaupt: Wer hat denn, bitte schön, wie verrückt um sich geschossen? Wahrscheinlich war es dein grundloses Geballere, das den Transmitter überhaupt erst aktiviert hat. Und wer sagt *dir*, dass es sich dabei um eine Falle handelt? Genauso gut könnte es ein Notsystem gewesen sein, das die einstigen Bewohner der unterirdischen Anlagen bei Gefahr an die Planetenoberfläche transportieren sollte. Wenn man es recht bedenkt, ist das sogar die wesentlich plausiblere Annahme.«

»Du bist ...« Shinyan rang verzweifelt nach Worten. Sie fühlte, wie ihr die Tränen in die Augen stiegen, aber sie wollte nicht weinen. Nicht hier, nicht jetzt und vor allem nicht vor diesem beschränkten, arroganten, selbstgerechten Mistkerl. Sie hatte sich tatsächlich Sorgen um Padpool gemacht, war ihm gefolgt, um ihn notfalls vor sich selbst zu schützen, und nun fiel ihm nichts Besseres ein, als ihr genau das vorzuwerfen.

»Du bist ... ein Scheusal«, brachte sie schließlich hilflos heraus. Mit einer ruckartigen Handbewegung schaltete sie den Impulsantrieb auf Maximalschub und raste in den von Lichtpunkten übersäten Himmel hinauf. Zartiryt lag in der Nähe der galaktischen Zentrumsballung und weit abseits der üblichen Handelsrouten. Aufgrund der hohen Sternendichte existierten hier nach wie vor zahlreiche Gebiete, die so gut wie unerforscht waren.

In Shinyan tobte ein wahrer Gefühlsorkan. Zum einen war sie wütend auf Padpool, der sich in seiner typisch männlichen Impertinenz in der Rolle des zu unrecht kritisierten Helden gefiel. Die Geschäfte der Busrai-Nomaden liefen in letzter Zeit nicht besonders gut, und vermutlich sah sich Padpool ob seines großen Fundes bereits als den von allen gefeierten Retter der Familie. Zum anderen ärgerte sie sich aber auch über sich selbst. Sie hatte die Kontrolle verloren, hatte überreagiert und eine Waffe auf ihr Spiegelbild abgefeuert, ein Spiegelbild, das ebenso gut Padpool hätte sein können. Es war der Gedanke, dass ihr Begleiter mit seinen Vorwürfen nicht ganz Unrecht hatte, der sie am meisten wurmte.

»Shinyan«, hörte sie den Akonen hinter sich her rufen. »Wo willst du denn hin? Komm schon. Sei nicht albern, und lass uns in Ruhe darüber reden, einverstanden?«

Noch bevor die Prospektorin reagieren konnte, empfing sie einen Rafferimpuls von der MORROK. Auf der Anzeige, die in Augenhöhe über der Sichtblende ihres Helms angebracht war, erschienen mehrere Zahlen- und Buchstabenkolonnen. Sofort bremste sie ab und wartete, bis Padpool zu ihr aufgeschlossen hatte.

»Na also«, sagte er, als er die Frau erreichte. »Ich wusste doch, dass du vernünftig ...«

»Ortungsalarm«, unterbrach ihn Shinyan schroff. »Die Sensoren der MORROK haben das Echo eines Raumschiffs aufgefangen, das vor wenigen Minuten ins Zartiryt-System eingeflogen ist. Es sieht eindeutig so aus, als wären wir nicht mehr allein.«

Kapitel 2

Atlan

»Eintritt in den Normalraum in drei … zwei … eins … jetzt!«

Die dunkle Stimme Torben Santorins, des Cheforters der IMASO, rollte wie Donnergrollen durch die Zentrale des Leichten Kreuzers. Naileth Simmers, die ihre langen Beine in scheinbarer Lässigkeit übereinandergeschlagen hatte, warf mir einen flüchtigen Blick zu, den ich ohne jede Reaktion registrierte. Stattdessen richtete ich meine Aufmerksamkeit auf den Panoramaschirm, auf dem soeben das milchige Graurot des Linearraums der Schwärze des Einstein-Kontinuums Platz machte. Die dunklen Streifen und Schlieren, die von der Außenbeobachtung übertragen wurden, verschwanden übergangslos. Ein Zittern durchlief die stählernen Eingeweide der IMASO, und für zwei Sekunden war das aus den Tiefen des Schiffskörpers kommende Rumoren der Energieerzeuger ein wenig deutlicher als sonst zu hören.

»Kein Grund zur Beunruhigung, Madam.«

Ramit Claudrin drehte seinen mächtigen Schädel und nickte der Kommandantin mit ernster Miene zu. Die tiefbraune Lederhaut des epsalischen Piloten glänzte im Licht der Gefechtsbeleuchtung. Wie immer, wenn ein Schiff der USO eine Linearetappe in unbekanntem Gebiet beendete, befand sich die Besatzung in Alarmbereitschaft.

»Hier geht es ziemlich stürmisch zu«, erklärte Claudrin den gemessen an der technischen Auslegung der IMASO eher holprigen Eintritt in den Normalraum, »aber unser flottes Püppchen hat schon Schlimmeres erlebt.«

Ich lächelte flüchtig. Claudrin belegte die IMASO vorzugsweise mit eher zweifelhaften weiblichen Kosenamen, eine Eigenart, die Naileth Simmers nicht unbedingt mit Begeisterung erfüllte.

»Ihre Fürsorge in allen Ehren, Oberleutnant Claudrin«, erwiderte spitz die Kommandantin, die vom Kolonialplaneten Gäa im System von DeKamps Stern stammte, »aber ich bin sicher, dass sich die *Beunruhigung* der hier Anwesenden innerhalb vertretbarer Grenzen bewegt. Bringen Sie uns auf den berechneten Kurs.«

»Verstanden, Madam«, gab der Pilot knapp zurück.

Ich hatte schon vor langer Zeit aufgehört, meine Flüge an Bord moderner Raumschiffe zu zählen; sie mussten inzwischen in die Hunderttausende gehen. Doch egal, wie viele in den kommenden Jahrhunderten noch dazukommen würden, eines hatte mich dabei von jeher fasziniert und würde es auch weiterhin tun: das perfekte Zusammenspiel der aus sorgfältig ausgebildeten und trainierten Spezialisten bestehenden Mannschaft und einer über lange Zeit gereiften und immer wieder verbesserten Technik.

In diesen Minuten wurde die Zentrale der IMASO zu einem Ort, an dem jeder Handgriff, jede Geste, jedes gesprochene Wort eine Bedeutung hatten. Die Männer und Frauen an den Kontroll- und Steuerpulten wussten, was sie zu tun hatten – und sie wussten, dass dasselbe auch für ihre Kameraden galt. Es mochte letztlich pathetischer klingen, als es der Anlass rechtfertigte, aber bereits während meines Dienstes in der arkonidischen Flotte hatte ich die immense Bedeutung von Dingen wie Kollegialität, Vertrauen, gegenseitigem Respekt und Zusammengehörigkeitsgefühl an Bord eines Raumschiffs kennen und schätzen gelernt. Ungeachtet des immer schneller voranschreitenden technischen Fortschritts war der Weltraum nach wie vor ein gefährlicher und im Zweifel tödlicher Ort. Hier draußen überlebte man auf Dauer nur, wenn man Menschen an seiner Seite wusste, auf die man sich hundertprozentig verlassen konnte.

»Sonden raus«, ordnete Naileth Simmers an.

»Sonden sind raus«, meldete Torben Santorin noch im selben Atemzug.

»Berechnete Parkposition erreicht«, schloss sich Ramit Claudrin an. »Vier Astronomische Einheiten von Zartiryt entfernt. Alle Maschinen klar. Grünwerte für Impuls und Linear. Verschlusszustand von Rot auf Gelb reduziert.«

»Ortung negativ.« Das war wieder Santorin. »Allerdings sind die eingehenden Daten nicht schlüssig. Ich habe hier Hyperanomalien beträchtlichen Ausmaßes auf dem Schirm. Da kocht eine ziemlich hässliche Suppe, Madam.«

»Geht das ein wenig präziser, Oberleutnant Santorin?«, mischte ich mich ein.

»Die Werte liegen weit im hochfrequenten Bereich, Lordadmiral«, kam der Ortungschef meiner Aufforderung nach. »Dreißig bis vierzig Terakalup. Die Instabilitäten erstrecken sich auf das gesamte System und treten ohne erkennbares Muster auf. Das können keineswegs allein die Auswirkungen eines Schwarzen Lochs sein. Für detailliertere Auskünfte brauche ich mehr Informationen. Wir müssten näher ran.«

»Vorerst bleiben wir, wo wir sind«, nahm mir Naileth Simmers die Worte aus dem Mund.

»Haben Sie Ihre Werte mit den Messungen auf Thanaton verglichen?«, fragte ich.

»Sie sind nahezu identisch, Sir.«

Ich nickte zufrieden. Nichts anderes hatte ich erwartet. Damit stand so gut wie fest, dass es auch im Zartiryt-System einen Monolithen gab, ähnlich dem, den wir auf Thanaton entdeckt hatten – und dass er aktiv war.

Die turbulenten Ereignisse auf dem Planeten der Silberherren lagen nur wenige Stunden zurück, und noch immer war mir nicht klar, auf was ich hier eigentlich gestoßen war.

Der Monolith auf Thanaton war alt gewesen; Schätzungen des Ersten Offiziers Terence Abigon zufolge mindestens eine Million Jahre, eher mehr. Die in ihm entdeckte lemurische Technik bewies zudem, dass das geheimnisvolle Objekt einst von der legendären Ersten Menschheit in Besitz genommen und genutzt worden war – mit hoher Wahrscheinlichkeit vor etwa 50.000 Jahren, also zur Zeit des Krieges der Lemurer gegen die Haluter.

Unseren Recherchen zufolge hatte es sich bei Thanaton um eine nicht unwichtige lemurische Kolonie gehandelt, die im Zuge der allgemeinen Kampfhandlungen beträchtlich in Mitleidenschaft gezogen worden war. Alles andere, vor allem die genaue Anzahl der in der Milchstraße existierenden Monolithen und ihr Zweck, lag weiterhin im Dunkel der Geschichte verborgen. Dass es weit mehr als zwei oder drei davon geben musste, hielt ich für eine gesicherte Erkenntnis, auch, weil die Stimme im Bunker des Thanaton-Monolithen von einer *Experimentalstation 8* gesprochen hatte. Wie auch immer: Für mich stand zweifelsfrei fest, dass *ich* es gewesen war, der den Thanaton-Monolithen zu seinem unheilvollem Leben erweckt und dadurch eine möglicherweise gefährliche Kettenreaktion ausgelöst hatte. Insofern war es nun auch meine Aufgabe, mich um die eventuellen Folgen zu kümmern.

»Hat sich Quinto Center gemeldet?«, wollte ich wissen.

»Nein«, antwortete Naileth Simmers. »Wie Ihnen bekannt ist, haben wir einen ausführlichen Bericht zum Einsatz auf Thanaton per Hyper-Richtfunk über Relaiskette abgeschickt. Bislang keine Bestätigung, aber unsere Leute wissen, wo wir sind. Wollen Sie auf Verstärkung warten, Lordadmiral?«

Ich atmete tief ein und wieder aus.

»Diesen Luxus können wir uns womöglich nicht leisten, Major Simmers«, schüttelte ich den Kopf. »Ich kann mich des Eindrucks nicht erwehren, dass wir es mit einer tickenden Zeitbombe zu tun haben. Ich habe etwas in Gang gesetzt, und bevor ich nicht genau weiß, welche Konsequenzen sich daraus ergeben, werde ich keine Ruhe finden.«

»Sie sollten sich keine Vorwürfe machen, Sir.« Die Kommandantin strich sich mit der rechten Hand durch das kurze blonde Haar. Ich lächelte.

»Machen Sie sich etwa Sorgen um meinen Gemütszustand?«

»Selbstverständlich, Sir«, entgegnete die Gäa-Geborene und erlaubte sich gleichfalls ein Lächeln. »Es ist eine meiner Aufgaben als Kommandooffizier, den körperlichen und geistigen Zustand der mir unterstellten Frauen und Männer permanent zu registrieren und wenn nötig zu optimieren. Das gilt auch für an Bord anwesende Vorgesetzte, vor allem, wenn einer davon der Lordadmiral der USO persönlich ist.«

»Systemscan komplett«, unterbrach Santorin unseren kurzen Dialog. »Vier intakte Planeten in Abständen von 1,1 bis 8,9 Astronomischen Einheiten zum zentralen Black Hole. Dazu ein weit gestreutes Trümmerfeld, das auf mindestens einen weiteren, jedoch zerstörten Planeten schließen lässt. Zartiryt, die innerste Welt, umläuft das Schwarze Loch im Grenzbereich der Akkretionsscheibe. Eine Quelle der systemweiten energetischen Verwerfungen ist nicht zu ermitteln. Ansonsten keinerlei Werte, die sich außerhalb der gängigen Parameter bewegen.«

»Danke, Oberleutnant Santorin«, sagte die Kommandantin. »Oberleutnant Claudrin, setzen Sie Kurs auf Zartiryt. Schleichfahrt. Gelbalarm bleibt bis auf weiteres bestehen. Beim geringsten Anzeichen einer Gefahr bringen Sie uns im Eiltempo von hier weg.«

Der Epsaler bestätigte. Ich erhob mich aus meinem Sessel.

»Gut«, sagte ich. »Das gibt mir Zeit, unserem Wunderkind einen Besuch abzustatten.«

Naileth Simmers hob die Brauen und verzog die Lippen in offener Missbilligung.

»Ich bestelle Oberleutnant Gabrielle gerne zum Rapport in die Zentrale, Sir«, bot sie an. »Sie müssen sich nicht extra …«

Ich hob beide Hände und schüttelte den Kopf.

»Nicht nötig. Ich kann hier im Moment ohnehin nichts tun. Falls Sie mich brauchen, erreichen Sie mich jederzeit über Interkom. Außerdem möchte ich kurz bei Santjun vorbeischauen. Es wundert mich, dass er die Medostation noch nicht in Schutt und Asche gelegt hat.«

Die Kommandantin zuckte lediglich die Schultern und drehte mir kommentarlos den Rücken zu. Eine Minute später ließ ich mich bereits in den zentralen Antigravschacht der IMASO fallen und in den zwei Decks tiefer gelegenen Laborbereich des Kreuzers tragen.

Die IMASO war ein schnelles Aufklärungsschiff und entstammte einer im Jahr 2956 von den Luna-Werften ausgelieferten Baureihe. Der 100 Meter durchmessende Kugelkörper gliederte sich in acht Haupt- und zwanzig Zwischendecks, die obere Polkuppel nicht mitgerechnet. Die 48 Projektionsfelddüsen des Impulstriebwerks waren in dem für arkonidische und terranische Einheiten typischen äquatorialen Ringwulst angeordnet. Dabei war die in der Solaren Flotte übliche Serienausstattung eines Leichten Kreuzers der STAATEN-Klasse nach USO-Manier ergänzt und erweitert worden. Hochleistungs-Ortungssysteme, doppelt redundante Kraftwerksanlagen und wissenschaftliche Einrichtungen, die selbst mit einem gut ausgestatteten Experimentallabor in Quinto Center mithalten konnten, machten den Raumer zu einem perfekten Instrument für Späh- und Aufklärungsmissionen in unbekannter Umgebung. Jedes Besatzungsmitglied besaß neben seiner militärischen Ausbildung mindestens einen weiteren natur- oder geisteswissenschaftlichen Abschluss.

Ein Musterbeispiel in dieser Hinsicht war der Erste Wissenschaftliche Offizier Christina Gabrielle, den ich vor einigen Tagen bereits flüchtig kennengelernt hatte. Die junge Terranerin hielt je einen Doktortitel in Chemie, Physik und Exobiologie, den ersten mit 14 Jahren an der renommierten Akademia Terrania erworben, blickte auf über 50 Veröffentlichungen in so gut wie allen bekannten Fachpublikationen und Datenbanken zurück und war sowohl stolze Empfängerin des Crest-Gedächtnispreises 3098 für herausragende junge Forscher als auch zweifache Trägerin der Waringer-Ehrenmedaille, der wohl begehrtesten akademischen Auszeichnung des Solaren Imperiums. Kein Wunder, dass man sie an Bord mit dem Spitznamen *Wunderkind* belegt hatte.

Ich hatte während des Fluges die Personalakte der gerade einmal 32 Jahre alten Frau intensiv studiert, vor allem, weil es mich interessierte, warum sich eines der hoffnungsvollsten wissenschaftlichen Talente der letzten hundert Jahre ausgerechnet zum Dienst bei der USO verpflichtet hatte und sich auf einem unbedeutenden Spähkreuzer versteckte. Auf Terra hätten dieser Frau sämtliche Türen weit offen gestanden, doch stattdessen hatte sie sich für das Spezialistenprogramm auf USTRAC beworben – und war kläglich gescheitert. So brillant Christina Gabrielle als Wissenschaftlerin auch sein mochte, so unzureichend waren ihre körperlichen Voraussetzungen, wenn es um die Ausbildung zu einer USO-Spezialistin ging. Immerhin befand sie sich in bester Gesellschaft, denn die Durchfallquote für Anwärter auf den zwölfjährigen Trainingsmarathon, der als der mit Abstand härteste der Galaxis galt, lag von jeher bei über 70 Prozent.

Die Dozenten und Instrukteure im Impron-System waren allerdings nicht dumm, sondern genügten den gleichen hohen Anforderungen, die sie auch an ihre Prüflinge stellten. Sie erkannten das in Gabrielle steckende Potenzial augenblicklich und boten ihr eine Laufbahn als Wissenschaftsoffizier an. Wie nicht anders zu erwarten, absolvierte die Frau das normalerweise fünfjährige Studium in weniger als der Hälfte der üblichen Zeit. Ihren Dienst an Bord der IMASO versah sie nun seit knapp vier Jahren. Ich war durchaus gespannt, was für ein Mensch sich hinter dem nüchternen Lebenslauf verbarg.

Ein breites Doppelschott mit angeschlossener Isolierkammer trennte das Hauptlabor vom Rest des Schiffes. Jeder, der den Forschungskomplex betrat oder verließ, wurde von einer wahren Batterie von Scannern und Sensoren auf sämtliche bekannten Mikroorganismen untersucht. Der Vorgang dauerte nur wenige Sekunden, dann fuhr das Innenschott auf, und eine grüne Lampe signalisierte, dass alles in Ordnung war.

Christina Gabrielle belegte mit ihrem Team aus vier Wissenschaftlichen Assistenten ein kaum mehr als hundert Quadratmeter großes Areal im Bereich der Astrophysikalischen Abteilung. Ein unsichtbarer Sensor überprüfte meine Identität, und die entsprechende Tür öffnete sich automatisch. Sofort kam mir ein Schwall kalter, fast eisiger Luft entgegen. Für einen Arkoniden wie mich war es hier entschieden zu frisch.

»Lordadmiral Atlan!«

Ein dürrer, knapp unter zwei Meter großer Terraner mit schütterem, dunkelblondem Haar starrte mich aus großen, grünen Augen an, in der rechten Hand den Computerausdruck einer Messreihe, in der linken ein angebissenes Sandwich.

»Ich … Sie … das ist …«, stammelte er entgeistert. Ich tat, was ich in solchen – durchaus nicht seltenen Situationen – immer tat. Ich lächelte und neigte grüßend den Kopf.

»Entschuldigen Sie meinen unangemeldeten Besuch …«, sagte ich freundlich und warf einen schnellen Blick auf die Rangabzeichen am Kragen der Uniform, »… Leutnant. Ist Dr. Gabrielle zu …?«

»Chrissie!«, rief mein Gegenüber unvermutet mit sich überschlagender Stimme und gab mir damit keine Möglichkeit, meinen Satz zu Ende zu bringen.

»Chrissie! Komm schnell! Der Lordadmiral ist hier!«

Ich seufzte innerlich und behielt mein Lächeln bei. Auch wenn das wissenschaftliche Personal an Bord von USO-Raumern militärische Ränge bekleidete, so erfolgte der entsprechende Schliff doch in deutlich abgeschwächter Form. Nicht einmal ein Kadett im ersten Ausbildungsjahr hätte es gewagt, einen Vorgesetzten derart rüde zu unterbrechen beziehungsweise eine so überzogene Reaktion an den Tag zu legen, wie sie mein Gegenüber gerade demonstrierte. Ich nahm es mit der stoischen Gelassenheit, die sich jede Person des öffentlichen Lebens im Umgang mit anderen zwangsläufig aneignen muss, um nicht irgendwann verrückt zu werden. Unwillkürlich musste ich an ein Zitat des vor fast 700 Jahren verstorbenen Arno Kalup denken. Der berühmte Hyperphysiker hatte einmal zu mir gesagt: *Die Wissenschaft schert sich nicht um Konventionen und Benimm. Auf der Suche nach der Wahrheit bleibt selten Zeit für die gute Kinderstube.*

Auch wenn ich dieser Einschätzung nicht unbedingt zustimmen wollte, so hatte ich im Lauf der Jahrhunderte gelernt zu akzeptieren, dass Wissenschaftler ein ganz eigener Menschenschlag waren und man dementsprechend behutsam mit ihnen umgehen musste

»Hör auf, hier rumzubrüllen, Walt«, sagte eine weiche Stimme. Die Frau, die soeben aus dem Schatten einer mächtigen Regalwand trat, hatte unübersehbar ein paar Pfunde zu viel auf den Rippen. Ihr rundes Gesicht strahlte trotz der demonstrierten Missbilligung eine überwältigende Freundlichkeit aus. Christina Gabrielle trug einen weißen Laborkittel über ihrer Uniform; die brünetten Haare waren zu einem strengen Knoten nach hinten gesteckt. Mit vor der Brust verschränkten Armen baute sie sich jetzt vor dem dürren Terraner auf.

»Und was habe ich dir zum Thema Essen im Labor gesagt?«

Der Gescholtene blickte abwechselnd auf seine Chefin und das Sandwich in seiner Hand. Nach endlos langen Sekunden drehte er sich urplötzlich um und rannte ohne ein weiteres Wort davon. Der Erste Wissenschaftsoffizier der IMASO schüttelte resignierend den Kopf.

»Entschuldigen Sie bitte, Lordadmiral«, wandte sie sich mir zu. »Walt ist unschlagbar, wenn es um Datenanalyse geht. In allen anderen Dingen … nun, lassen wir das. Was kann ich für Sie tun? Es geht doch nicht etwa wieder um irgendwelche Schmuckstücke?«

»Diesmal nicht. Ich würde gerne ein bisschen mehr über das Black Hole erfahren, das wir im Zentrum des Zartiryt-Systems entdeckt haben«, erwiderte ich. »Und ich wollte unbedingt mal in aller Ruhe mit Ihnen sprechen. Ihre Abhandlung über die Interpretation ultrahochfrequenter Gammaemissionen im Jetstrahl Schwarzer Löcher hat mich sehr beeindruckt.«

»Sie haben …«, setzte die Wissenschaftlerin an, stockte und versuchte es erneut. »Sie haben den Aufsatz gelesen?«

»Allerdings«, nickte ich. »Auf Quinto Center werden nicht nur sämtliche Medienberichte über wirtschaftliche und politische Entwicklungen gesammelt und ausgewertet. Unsere Spezialisten kümmern sich natürlich auch um Veröffentlichungen aus allen anderen Bereichen. Das Problem einer Informationsgesellschaft, Dr. Gabrielle, ist nicht die Verfügbarkeit der Daten, sondern ihre Aufbereitung. Was ist wichtig und was nicht? Welche Quellen sind zuverlässig?

Was muss der Befehlshaber der größten unabhängigen Polizeiorganisation der Galaxis wissen und was kann er sich zu ignorieren erlauben? An diesen Fragen arbeiten tagtäglich einige tausend Frauen und Männer. Das Ergebnis sind die sogenannten Zirkulare der USO-Fachabteilungen, die auf maximal zwei Seiten alles enthalten, was von Bedeutung ist. Ab und an finde ich dort auch Ihren Namen.«

Christina Gabrielle zögerte. Ich konnte förmlich hören, wie es hinter ihrer hohen Stirn arbeitete.

»Um ehrlich zu sein, Sir«, sagte sie schließlich, »weiß ich nicht, ob ich mich deshalb ängstigen oder mich eher geschmeichelt fühlen soll.«

»Sie leisten bemerkenswerte Arbeit«, gab ich zurück. »Sie können nicht erwarten, dass so etwas auf Dauer unbemerkt bleibt. Und Sie können sich nicht ewig verstecken.«

»Ich ... ich verstehe Sie nicht ...« Mit einem Mal hatte die Frau ihre zuvor zur Schau getragene Selbstsicherheit verloren. Ich hatte einen Nerv getroffen.

»Sie verstehen mich sehr gut, Dr. Gabrielle«, widersprach ich. »Ich habe mich ausführlich mit Ihrem bisherigen Werdegang beschäftigt. Die Forschung ist Ihre große, vielleicht sogar Ihre einzige Leidenschaft. Allerdings hassen Sie die Öffentlichkeit. Sie erachten Vorträge auf Kongressen und Symposien als Zeitverschwendung. Sie suchen nach Antworten auf einige der drängendsten Fragen der Wissenschaft, aber Sie wollen nicht, dass die Welt Sie dabei stört. Ein Schiff wie die IMASO, das manchmal viele Monate in abgelegenen Raumsektoren, weit weg von einer akademischen Gemeinschaft verbringt, die Sie mit Terminanfragen und Interviewwünschen nur von den Ihrer Meinung nach wirklich wichtigen Dingen ablenkt, ist deshalb der perfekte Zufluchtsort. Würden Sie meiner Einschätzung so weit zustimmen?«

Sie sah mich nur ungläubig an, und ich wich dem Blick der braunen Augen nicht aus.

»Ich dachte, Sie wollten mit mir über Schwarze Löcher reden, Sir«, sagte sie nach einer langen Pause steif und senkte den Kopf.

»Sie sind jung, Dr. Gabrielle«, ließ ich mich nicht beirren, »und ich gestehe Ihnen das Recht zu, die Realitäten noch eine Weile zu ignorieren. Aber glauben Sie einem alten Mann wie mir, wenn ich Ihnen sage, dass Sie sich früher oder später entscheiden müssen. Sie besitzen herausragende Fähigkeiten und einen überlegenen Verstand. Machen Sie nicht den Fehler zu glauben, dass Sie diese Gaben auf Dauer für sich allein beanspruchen können. Menschen wie Sie haben eine Verpflichtung gegenüber der Allgemeinheit. Niemand in diesem Universum gehört nur sich selbst.«

»Das ist vielleicht die Art und Weise, wie Sie und Ihre unsterblichen Freunde sich sehen, Lordadmiral«, sagte die Wissenschaftlerin tonlos. »Für mich klingt das eher nach Rechtfertigung. Sie haben das Geschenk des ewigen Lebens erhalten und suchen jetzt nach Gründen, warum Sie es verdienen. Sie glauben, der Welt etwas zurückgeben zu müssen, weil Sie so unendlich viel bekommen haben. Aber Ihre Welt ist nicht die meine, Sir. Die Kriterien, die Sie anlegen, haben für mich keine Relevanz.«

»Eventuell haben Sie nicht einmal so ganz Unrecht«, entgegnete ich und lächelte verständnisvoll. »Doch wie so viele andere reduzieren Sie uns Zellaktivatorträger auf eine einzige hervorstechende Eigenschaft. Es mag für Sie arrogant klingen, aber um mit der Unsterblichkeit fertig zu werden, gibt es langfristig nur eine einzige Möglichkeit: die Entwicklung eines umfassenden Pflichtgefühls. Die Zukunft ist nichts weiter als die Vergangenheit von morgen. Daran ändert sich niemals etwas, egal wie weit man in der Zeit vorausblickt.«

»Dennoch ist es Ihr Privileg, dass Sie auf jede Frage eine Antwort bekommen, denn Sie können es sich leisten, darauf zu warten.«

»Abgesehen davon, dass Geduld noch nie zu meinen Vorzügen gezählt hat«, sagte ich, »müssten Sie eigentlich am besten wissen, dass jede Antwort mindestens zwei neue Fragen hervorbringt. Sie sollten mich also eher bedauern.«

Christina Gabrielle verzog spöttisch die Mundwinkel. Ihr war anzusehen, dass ihr diese Unterhaltung nicht gefiel.

»Wenn Sie so viel von mir halten, warum beordern Sie mich dann nicht einfach in den Wissenschaftlichen Stab nach Quinto Center?«, fragte sie provokant. »Sie sind mein Vorgesetzter, und ich habe einen Vertrag unterzeichnet, der mich unter anderem zum Gehorsam verpflichtet. Sie könnten mir die Teilnahme an den großen Konferenzen befehlen, ich könnte repräsentieren, und die USO würde vom Glanz meiner – wie sagten Sie doch gleich – *herausragenden Fähigkeiten* profitieren.«

»Den Lordadmiral, den Sie da beschreiben, gibt es nicht«, erwiderte ich ernst. »Ich werde Sie nicht daran hindern, den einfachen Weg zu gehen.«

»Den einfachen Weg? Was soll das heißen?«

»Ich bitte Sie, Dr. Gabrielle«, sagte ich mit unverhohlenem Spott. »Hier draußen haben Sie keinerlei Konkurrenz. Sie sind jedem Ihrer Kameraden turmhoch überlegen. In Quinto Center oder jeder anderen großen Forschungseinrichtung der Milchstraße wären Sie zunächst nur eine unter vielen. Sie müssten sich Ihren Platz an der Spitze jeden Tag neu erkämpfen. Die Ergebnisse Ihrer Arbeiten würden von den klügsten Köpfen der Galaxis auf Herz und Nieren geprüft, und man würde jeden Fehler genüsslich zerpflücken und Ihnen unter die Nase reiben. Sie leben im Paradies, Dr. Gabrielle, und solange Sie sich weigern, in den Apfel am Baum der Erkenntnis zu beißen, werden Sie niemals die Antworten finden, die Sie suchen.«

Die plötzlich herrschende Stille war beinahe gespenstisch. Lediglich das leise Summen der Entlüftungsfilter war zu hören. Christina Gabrielle hatte ihre Hände ineinander verschränkt; auf ihrer glatten Stirn lag trotz der im Labor herrschenden Kälte ein dünner Schweißfilm. In diesem Moment tat sie mir fast leid.

»Immerhin ...« Die Stimme der Frau war leise, aber dennoch gut zu verstehen. »Sie sind wenigstens ehrlich.«

»Das ist das Mindeste, das ich Ihnen schulde, meinen Sie nicht?«, lächelte ich. »Halten Sie mich meinetwegen für einen gefühllosen Barbaren. Hassen Sie mich, wenn es Ihnen hilft. Aber tun Sie mir den Gefallen, und denken Sie über das, was ich gesagt habe, nach. Nehmen Sie sich dafür Zeit, von mir aus noch ein paar Jahre, aber treffen Sie am Ende eine Entscheidung. Wenn es so weit ist, wissen Sie, wo Sie mich finden.«

Mein Gegenüber nickte bedächtig. Dann ging ein Ruck durch den untersetzten Körper der Frau. Sie sah mich an, und in Ihren Augen glänzte jene überwältigende Freundlichkeit, die ich schon einige Minuten zuvor registriert hatte.

»Vielen Dank, Lordadmiral«, sagte sie. »Und da wir mit meiner Therapiesitzung offenbar fertig sind, möchten Sie jetzt wahrscheinlich hören, was ich über das Zartiryt-System herausgefunden habe?«

»Unbedingt«, grinste ich zufrieden. All meine Vermutungen hatten sich als korrekt erwiesen. Ich würde diese Frau im Auge behalten, denn hier reifte nicht nur eine außergewöhnliche Wissenschaftlerin, sondern auch eine bemerkenswerte Persönlichkeit heran. Wenn man ihr ab und zu einen Stoß versetzte, um sie behutsam in die richtige Richtung zu lenken, mochte hier mit der Zeit womöglich selbst einer Koryphäe wie Geoffrey Abel Waringer ernsthafte Konkurrenz erwachsen.

Christina Gabrielle bedeutete mir, ihr zu folgen, und führte mich zwischen mehreren langen Tischen mit allerlei seltsamen Gerätschaften hindurch in ein winziges Büro. Bis auf einen kleinen Schreibtisch mit Bildschirm und eingelassener

Tastatur und einem furchtbar unbequem aussehenden Stuhl enthielt der Raum ausschließlich Regale, die bis auf den letzten Kubikzentimeter mit Büchern, Lesespulen, TriVid-Würfeln und ähnlichen Dokumenten vollgestopft waren. Selbst auf dem Boden stapelten sich die Folien meterhoch. Viele davon waren handschriftlich eng mit Formeln und Notizen bekritzelt.

Die Wissenschaftlerin deutete auf das Sitzmöbel hinter ihrem Schreibtisch. Als ich dankend abwinkte, quetschte sie sich zwischen der Tischplatte und zwei hüfthohen Türmen aus alten Fachzeitschriften hindurch und ließ sich auf den Stuhl fallen.

»Schwarze Löcher«, stieß sie beinahe schwärmerisch hervor, aktivierte ihren Bildschirm und drehte ihn so, dass ich gut sehen konnte.

»Ich gehe davon aus, dass Sie mit den Grundlagen des Phänomens vertraut sind.«

»Das bin ich«, bestätigte ich. »Vereinfacht könnte man sagen, dass man aus jedem beliebigen Objekt ein Schwarzes Loch machen kann, wenn man es nur fest genug zusammenpresst. Ab einer bestimmten kritischen Größe, dem sogenannten Schwarzschild-Radius, kollabiert es zwangsläufig zum Black Hole.«

»Richtig«, nickte Christina Gabrielle. »Jedes Objekt mit einer Masse hat auch einen Schwarzschild-Radius, besser bekannt als Ereignishorizont, der sich aus den Gleichungen von Albert Einsteins Relativitätstheorie ergibt. Wenn ich beispielsweise unsere Sonne im heimischen Solsystem auf eine Kugel von knapp sechs Kilometern Durchmesser zusammendrücken könnte, würde sie sofort zu einem Schwarzen Loch werden. Bei Terra müsste es eine Kugel von nur zwei Zentimetern Durchmesser sein.«

»Black Holes entstehen üblicherweise durch den Kollaps eines Sterns«, nahm ich den Faden auf. »Solange die

Kernfusion, also die Verschmelzung von leichten zu schweren chemischen Elementen läuft, ist alles in Ordnung. Der Strahlungsdruck und vor allem der Druck der extrem heißen Gase setzen der nach innen wirkenden Gravitation der Sonnenmasse genügend Widerstand entgegen. Das System befindet sich sozusagen in Harmonie.«

»So etwas nennt man hydrostatisches Gleichgewicht«, redete jetzt wieder die junge Frau. Gleichzeitig drückte sie eine Taste auf ihrer Konsole. Auf dem Bildschirm erschien die dreidimensionale Simulation einer blauen Riesensonne. Ich musste zugeben, dass mir das intellektuelle Wechselspiel von Sekunde zu Sekunde mehr Spaß machte, auch wenn wir vorerst kaum mehr als längst bekannte Tatsachen aussprachen.

»Sobald das Brennmaterial einer Sonne – meistens handelt es sich dabei um Wasserstoff – aufgebraucht ist und somit keine Energie mehr freigesetzt wird, gewinnt die Gravitation die Oberhand«, sagte Christina Gabrielle. »Der Sonnenkern kühlt ab, der Gegendruck lässt nach, und der Stern zieht sich unter der Last des eigenen Gewichts zusammen.«

Auf dem Bildschirm wurde das leuchtende Blau der Riesensonne kurzzeitig blasser. Dann begann die Kugel schnell zu schrumpfen.

»Falls es sich um einen Stern von 1,4 Sonnemassen oder weniger handelt«, übernahm ich wieder, »kommt es durch den Kollaps zwar zu einer Temperaturerhöhung, doch diese reicht nicht aus, um eine neue Fusion zu zünden. Bei Erreichen von etwa Erdgröße entarten die Elektronen, das heißt, sie verlassen ihre Umlaufbahnen um die Atome, und es kann ein Plasma entstehen. Dieses wiederum ist in der Lage, genug Druck zu entwickeln, um sich der Gravitation entgegenzustemmen. Der Schrumpfungsprozess kommt zum Stillstand, und wir haben einen stabilen Weißen Zwerg.«

»Ausgezeichnet, Lordadmiral«, lobte mich Christina Gabrielle. »Dann können Sie mir sicher auch sagen, was geschieht, wenn unser Stern zwischen 1,4 und drei Sonnenmassen besitzt.«

»In diesem Fall«, antwortete ich, »ist der Kern bis hin zum Eisen fusioniert, das bei diesen Temperaturen natürlich nur gasförmig vorliegt. Die Gravitation ist jetzt so gewaltig, dass sie Elektronen und Protonen zu Neutronen verschmilzt. Auch die Neutronen entarten schließlich, und es bildet sich ein Neutronenstern von gerade einmal zwanzig Kilometer Durchmesser. Dieses Gebilde ist so unglaublich dicht, dass ein Materiewürfel von einem Zentimeter Kantenlänge sagenhafte eine Milliarde Tonnen wiegt. Die übrig gebliebene Hülle des Sterns stürzt daraufhin mit 40.000 Kilometern pro Sekunde auf den ultraharten Kern, und aus der resultierenden Schockwelle entsteht eine klassische Supernova.«

»Doch damit haben wir immer noch kein Black Hole«, warf die Wissenschaftlerin ein.

»Nein«, sagte ich. »Das bekommen wir erst, wenn ein Stern mehr als drei Sonnenmassen aufweist. In diesem Augenblick gibt es bei einem Kollaps nichts mehr, was die Gravitation aufhalten könnte. Der Stern fällt haltlos in sich zusammen, unterschreitet die Erdgröße, unterschreitet die 20-Kilometer-Marke eines Neutronensterns, wird immer kleiner und dichter, bis am Ende alle Materie in einem winzigen Punkt konzentriert ist – der Singularität.«

»Das können wir allerdings längst nicht mehr direkt beobachten«, sagte Christina Gabrielle, »weil die Massedichte und damit die Anziehungskraft bei Unterschreiten des Schwarzschild-Radius so gigantisch ist, dass es nichts mehr gibt, was aus dem Innern des neugeborenen Black Holes entkommen kann. Ob Radio-, Wärme-, Röntgen- oder Gammastrahlung – nicht einmal mehr das normale Licht kann sich aus dem Bann der Gravitation lösen.«

Auf dem Bildschirm kam der Schrumpfungsprozess der blauen Riesensonne scheinbar zum Stillstand. Ihr schwaches Leuchten erlosch von einem Moment auf den anderen und machte einem tiefen Schwarz Platz.

»Es ist«, kommentierte ich den Vorgang, »als würde man einen Film anhalten und die gerade laufende Szene einfrieren. Das Black Hole gibt keinerlei Informationen mehr preis. Auf Terra nannte man diese Phänomene deshalb auch zunächst *Gefrorene Sterne*.«

»Über den Punkt der Singularität an sich wissen wir wenig«, setzte nun wieder die Wissenschaftlerin an. »Der berühmte terranische Mathematiker Roger Penrose hat einmal gesagt, dass es niemandem jemals möglich sein wird, eine Singularität zu erblicken, egal wo im Universum er sich auch befinden mag. Sie ist per Naturgesetz stets von einem Ereignishorizont umgeben. Er bezeichnete das als *kosmische Zensur*. Eine Singularität besitzt theoretisch eine unendlich kleine Ausdehnung und eine unendlich hohe Dichte. Dadurch ist die Gravitation ebenfalls unendlich hoch und bedingt eine unendliche Krümmung der Raumzeit, weshalb letztere aufhört zu existieren. In der Natur gibt es jedoch keine Unendlichkeiten, und deshalb müssen Einsteins Gleichungen vor diesem Problem kapitulieren. Mit den physikalischen Theorien des 20. Jahrhunderts waren Schwarze Löcher nicht schlüssig zu erklären.«

»Dafür aber mit der Quantengravitation«, fuhr ich fort. »Diese beschreibt die Singularität nicht als glatte, sondern als eine durch Wahrscheinlichkeiten bestimmte schaumartige Struktur. Zudem geht sie davon aus, dass in diesem quantenmechanischen Mikrouniversum zusätzliche Raumdimensionen existieren, die wie Gravitationskanäle wirken. Hier endet mein Fachwissen allerdings, Dr. Gabrielle. Jetzt sind Sie dran: Womit haben wir es im Zartiryt-System zu tun?«

»Nun«, sagte die junge Frau und lehnte sich in ihrem Stuhl so heftig zurück, dass ich befürchtete, sie würde nach hinten kippen. »Zunächst einmal rotiert unser Black Hole. Rotierende Schwarze Löcher sind im Universum der Normalfall. Sie zeichnen sich dadurch aus, dass sie durch die Rotation die geometrische Struktur der Raumzeit beeinflussen. Während ein ruhendes Black Hole die Raumzeit lediglich krümmt, wird diese durch ein rotierendes Black Hole praktisch mitgerissen und verzerrt. Diese Effekte können wir messen und analysieren.«

»Ergebnisse?«, fragte ich knapp.

»Das Zartiryt-Black Hole weist nur knapp drei Sonnenmassen auf«, kam die Antwort. »Ich kann deshalb mit Sicherheit sagen, dass es nicht auf natürliche Weise entstanden ist.«

»Wie dann?«

»Ich habe keine Ahnung, Sir«, gab Christina Gabrielle zu. »Es ist kein technisches oder anderweitiges Verfahren bekannt, mit dem man eine massearme Sonne wie zum Beispiel diejenige unserer Erde in ein Schwarzes Loch verwandeln kann. Die Energie, die dazu notwendig ist, übersteigt jegliche Vorstellungskraft.«

»Dennoch haben wir es hier mit einem Black Hole zu tun, das aus dem üblichen Raster fällt«, sagte ich. Ein unangenehmes Ziehen im Nacken ließ mich für einen Moment die Augen schließen.

»Zweifellos«, gab mir die junge Frau recht. »Im Moment kann ich Ihnen aber nicht mehr sagen. Zwei der ausgeschleusten Ortungssonden werden bis zum Rand der Ergosphäre des Schwarzen Lochs vorstoßen. Vielleicht kann ich mit diesen Daten etwas anfangen.«

Als Ergosphäre, so kramte ich aus meinem photografischen Gedächtnis hervor, bezeichnete man jene Region um ein rotierendes Black Hole, die noch vor dem Ereignishorizont lag, in der es jedoch bereits zu massiven Verzerrungen der Raumzeitgeometrie kam.

Geoffrey Waringer hat den Effekt einmal mit einem Spinnennetz verglichen, meldete sich mein Extrasinn, der in letzter Zeit auffallend schweigsam gewesen war. *Im Ruhezustand bleibt die durch die Fäden repräsentierte Raumzeit radförmig, und die Speichen laufen gerade auf ein im Zentrum fixiertes Objekt zu. Wenn das Objekt jedoch rotiert, verbiegt es die Speichen, und es entsteht eine Art Strudel. Alles, was sich innerhalb einer Ergosphäre befindet, muss mit dem Black Hole rotieren. Selbst ein Raumschiff, das sich mit Lichtgeschwindigkeit bewegt, kann sich dieser Drehung nicht entziehen.*

Es wird dabei allerdings nicht zwangsläufig über den Ereignishorizont gezogen, gab ich mental zurück.

Das ist richtig, wisperte der Logiksektor. *Dennoch ist eine Sonde, die in die Ergosphäre eindringt, für immer verloren. Das Gravitationsfeld des Schwarzen Lochs erlaubt ihr maximal eine Annäherung an die statische Grenze, also jenen Punkt, an dem die Raumzeitkrümmung gleich Null ist.*

»Ich würde Ihre Verbindung mit dem Extrasinn gerne einmal genauer untersuchen«, riss mich die Stimme Christina Gabrielles aus dem stummen Zwiegespräch. Sie hatte mich die ganze Zeit über interessiert beobachtet und meinen leicht abwesenden Gesichtsausdruck nicht nur bemerkt, sondern auch richtig gedeutet.. Während eines längeren Austauschs mit dem Logiksektor wirkte ich stets ein wenig träumerisch und in mich gekehrt. Ronald Tekener hatte mein entsprechendes Mienenspiel einmal in seiner respektlosen Art als *debil* bezeichnet.

»Es gibt unzählige Studien und medizinische Artikel zu diesem Thema«, erwiderte ich. »Ich kann Ihnen gerne eine Zugriffsberechtigung für die Imperiale Datensammlung auf Arkon I besorgen. Dort finden Sie mehr Informationen über den arkonidischen Extrasinn, als Sie jemals lesen können.«

»Ich spreche nicht über irgendeinen Extrasinn, Sir, sondern über den *Ihren*. Niemand hat so lange Zeit mit dieser bei den meisten Arkoniden brachliegenden Gehirnregion verbracht wie Sie. Stimmt es, dass Ihr Logiksektor eine eigene Persönlichkeit entwickelt hat? Das ist meines Wissens nach nicht die Norm.«

Ich musste unwillkürlich lachen. Um ehrlich zu sein, hatte ich mir bislang nie viele Gedanken um die *Persönlichkeit* meines Extrasinns gemacht. Er war ein Teil von mir, gehörte dazu wie eine Hand oder ein Fuß. Er konnte launisch, wütend, manchmal sogar verletzend sein, aber genügte das, um von einer Persönlichkeit mit individuellem Charakter, mit Träumen und Sehnsüchten zu sprechen?

Träume und Sehnsüchte sind deine *Domäne, Arkonide,* flüsterte es in meinem Bewusstsein. *Fakt ist, dass deine Persönlichkeit ohne mich gar nicht die Zeit gehabt hätte, sich zu entwickeln. Deine Eitelkeit und deine Unvernunft hätten dich längst das Leben gekostet.*

»Der altterranische Philosoph Théodore Simon Jouffroy hat einmal gesagt, dass die Geburt nur das Sein hervorbringt, die Person dagegen vom Leben geschaffen wird«, sagte ich an Christina Gabrielle gewandt. »Offengestanden ist es für mich nicht unbedingt wichtig, ob der Logiksektor so etwas wie Individualität besitzt. Wir sind aufeinander angewiesen, und ich möchte ihn nicht mehr missen. Ich schätze seine Funktion als Mahner und Ratgeber, und er hat mir mehr als einmal den Kopf gerettet. Er ist ich, und ich wäre ohne ihn nicht komplett.«

»Ich verstehe«, nickte die Wissenschaftlerin. »Vielleicht haben Sie dennoch irgendwann einmal etwas Zeit für mich. Ich verspreche auch, dass es nicht weh tun wird.«

Ich streckte der jungen Frau die rechte Hand entgegen, die sie ergriff und schüttelte.

»Lassen Sie uns über dieses Projekt reden, wenn Sie das nächste Mal in Quinto Center sind«, lächelte ich. »Und nun entschuldigen Sie mich. Ich habe noch einen Krankenbesuch zu absolvieren.«

Als ich das Labor durchquerte, ging ich deutlich schneller als sonst, denn mir war inzwischen lausig kalt, und ich konnte es kaum erwarten, dieses Kühlhaus endlich zu verlassen. Noch bevor ich die Krankenstation und den dort unter Beobachtung stehenden Santjun erreichte, meldete sich Naileth Simmers über Interkom.

»Wir schwenken in wenigen Minuten in den Orbit um Zartiryt ein, Sir«, sagte die Kommandantin der IMASO.

Überrascht warf ich einen Blick auf mein Armbandchronometer. Ich hatte tatsächlich über eine Stunde in der Wissenschaftlichen Anteilung zugebracht. Kein Wunder, dass ich völlig durchgefroren war.

»Ich bin unterwegs«, sagte ich nur und unterbrach die Verbindung.

Kapitel 3

Shinyan

In der Zentrale der MORROK roch es penetrant nach Vajat. Padpool hatte sich eine Riesenportion dieses auf Drorah, der Heimatwelt der Akonen, äußerst populären Mischgerichts aus fein geschnittenen, in Kräutersud gegarten Fleischstückchen und den gekochten Blättern des Vaj-Strauches aus der Vorratskammer geholt und zubereitet. Jetzt stand er kauend und schmatzend hinter Shinyan und sah ihr bei der Auswertung der gespeicherten Ortungsdaten zu. Die Akonin hasste das süßliche Vajat-Aroma. Zudem plagten sie wieder Kopfschmerzen, und sie fühlte sich müde und ausgelaugt. Seit sie das Zartiryt-System erreicht hatten, war es immer wieder zu solchen Schmerzattacken gekommen. Dennoch biss sie sich auf die Zunge und verkniff sich einen Kommentar.

»Das ist eine Korvette«, verkündete sie, nachdem sie die eingegangenen Messwerte sorgfältig studiert hatte. »Ein terranisches Schiff. 60 Meter Durchmesser, keine weiteren Markierungen. Ich frage mich, wer die sind und was die hier wollen.«

»Wir sollten sie anfunken und sie darüber informieren, dass wir dieses System und alles, was darin zu finden ist, für die Busrai-Familie beanspruchen.« Padpool hatte den Mund voll und war nur schwer zu verstehen.

»Das sind keine Prospektoren, du ...«, begann Shinyan, hielt dann aber inne und schluckte die Beleidigung, die sie dem Akonen an den Kopf werfen wollte, im letzten Moment herunter. Jetzt war nicht die Zeit für sinnlose Streitereien.

»Schiffe des Solaren Imperiums, der GCC oder einer registrierten Handelsorganisation würden eine automatische Kennung abstrahlen und sich damit identifizieren«, sagte sie stattdessen. »Unsere unbekannten Freunde legen dagegen viel Wert auf Anonymität.«

»Und was tun wir jetzt?«, wollte Padpool wissen.

»Warten«, antwortete Shinyan. »Warten und beobachten.«

Damit schien sich ihr Begleiter zufrieden zu geben. Er ließ sich auf den Sessel neben der Pilotenkonsole fallen und widmete sich ganz seiner bis zum Rand gefüllten Vajat-Schale. Die Prospektorin schüttelte nur den Kopf.

Die MORROK, ein altes Beiboot, das die Familie aus der Insolvenzmasse eines Springerpatriarchen ersteigert hatte, war nach wie vor auf einem knapp fünf Kilometer durchmessenden Asteroiden verankert. Bis auf einen einzigen Meiler waren alle Energieerzeuger abgeschaltet. Lediglich die Lebenserhaltungssysteme und die Ortungssensoren wurden mit Arbeitsstrom versorgt. Soweit Shinyan feststellen konnte, setzte das fremde Schiff nur die Passivortung ein. Die Gefahr, dass die dreißig Meter lange Prospektorenwalze entdeckt wurde, war somit vernachlässigbar gering.

»Man könnte meinen, die wären hier zu Hause«, sagte Shinyan leise zu sich selbst.

»Hm?«, machte Padpool und hörte für einen Augenblick damit auf, sich Vajat in den Mund zu schaufeln.

»Nichts«, winkte die Akonin ungeduldig ab. »Iss weiter!«

Je länger sie den Kurs der Korvette beobachtete, desto mehr war die Prospektorin davon überzeugt, dass im Zartiryt-System sehr seltsame Dinge vor sich gingen. Wenn sie die bisher gesammelten Informationen einer kritischen Prüfung unterzog, ließen sich ein paar bemerkenswerte Schlussfolgerungen ziehen. Die auf Zartiryt vorhandenen subplanetaren Anlagen bewiesen, dass dieses System einst intelligente Bewohner beherbergt hatte. Dann jedoch war die Sonne – wie und warum auch immer – zu einem Schwarzen Loch geworden und alles Leben erloschen.

Der Trümmerring um das Black Hole war ein Indiz für die Existenz mindestens eines weiteren Planeten, der die zerstörte Sonne einst auf einer engen Bahn umlaufen hatte. Padpool und sie hatten die Bruchstücke direkt nach ihrer Ankunft vor zwei Tagen analysiert und neben den üblichen Silikatmineralien sowie diversen Eisen- und Nickelverbindungen einige hochwertige Kristallstrukturen entdeckt. Schließlich hatten sie ihre Untersuchungen auf Zartiryt selbst ausgedehnt. Die Trümmerwelt versprach reiche Vorkommen an hochwertigen 5-D-Quarzen, die für so gut wie alle Geräte auf hyperphysikalischer Basis benötigt wurden und sich nur unter immensem Aufwand und hohen Kosten synthetisch herstellen ließen. Für Prospektoren eine Goldgrube.

Und schließlich war da noch die völlig überraschend aufgetauchte Korvette, die inzwischen die Akkretionsscheibe des Black Holes erreicht hatte und jetzt beschleunigte. Innerhalb weniger Minuten erreichte sie eine Geschwindigkeit von über 30.000 Sekundenkilometern. Im nächsten Moment war sie verschwunden.

»Was ...?«

Entgeistert starrte Shinyan auf den Bildschirm der Ortungsanlage. Sie wollte einfach nicht glauben, was sie da las, doch die angezeigten Werte ließen keinen Raum für Zweifel: Die Korvette hatte eine extrem kurze Linearetappe in Richtung des Schwarzen Lochs eingeleitet! Das war glatter Selbstmord!

Jeder, der sich nur oberflächlich mit der modernen Raumfahrt beschäftigte, wusste, dass der sichere Eintritt in den Linearraum ungefähr halbe Lichtgeschwindigkeit erforderte. Nur dann war gewährleistet, dass der Kalupsche Kompensationskonverter sein kugelförmiges Mantelfeld aufbauen und das zu transportierende Schiff vollständig umhüllen konnte. Auch wenn die dafür notwendige Technik in den vergangenen Jahrhunderten immer wieder verfeinert worden war, wagte es kaum jemand, dieses Limit ohne triftigen Grund zu unterschreiten. Eine Geschwindigkeit von 45.000 Sekundenkilometern, also fünfzehn Prozent Licht, galt als absolute Untergrenze, ab der eine Linearetappe noch möglich war und nicht zur Zerstörung des Kalups und damit des zugehörigen Raumers führte.

Shinyans Finger flogen förmlich über die Sensortasten ihres Kontrollpults. Nein, die Instrumente hatten keinerlei Explosion registriert. Allerdings wiesen die Strukturtaster eine ungewöhnlich starke Hyperschockwelle aus, wie sie für das Entstehen eines Mantelfelds charakteristisch war. Der Fremde hatte seine Maschinen über alle Maßen belastet.

Shinyan überspielte die Ortungsdaten in den Kursrechner der MORROK. Inzwischen war auch Padpool aufmerksam geworden. Er beendete seine Mahlzeit und trat wieder hinter den Sessel der Frau.

»Habe ich etwas verpasst?«, fragte er.

Die Akonin ignorierte ihn einfach. Gebannt wartete sie auf die Ergebnisse der Berechnungen.

»Das ist Wahnsinn!«, stieß sie hervor. »Sieh dir das an. Dieser Verrückte ist mitten in das Schwarze Loch geflogen.«

»Bist du sicher? Warum sollte er so etwas tun?«

Padpool schob Shinyan zur Seite, um den Bildschirm besser einsehen zu können. Auch wenn die Frau sonst nicht viel von ihrem Begleiter hielt, so musste sie doch zugeben, dass ihm so schnell niemand etwas vormachte, wenn es um Raumfahrt und Navigation ging. Als Pilot war der Prospektor ein Könner.

»Tatsächlich«, schüttelte er jetzt den Kopf. »Ein Manöver über gerade einmal zwei Astronomische Einheiten. Mitten hinein in den Höllenschlund. Darf ich mal ...«

Er packte Shinyan an den Schultern, drängte sie sanft aus dem Sessel und nahm selbst darin Platz. Nun war es an ihm, die Tastatur zu malträtieren. Ohne es zu wollen, war die Akonin von der plötzlichen Zielstrebigkeit des Mannes fasziniert.

»Hier«, sagte Padpool nach einer knappen Minute. »Schau dir das an. Wer immer die Korvette geflogen hat – er war ein Meister seines Fachs.«

Shinyan musterte die Zahlen und Graphiken auf dem Monitor.

»Tut mir leid«, zuckte sie dann mit den Schultern. »Das musst du mir schon übersetzen.«

»Das Schiff ist mit extrem niedriger Eintrittsgeschwindigkeit in den Linearraum gegangen«, kam Padpool der Aufforderung nach. »Das war notwendig, weil die Restfahrt beim Wiedereintritt es sonst direkt in die Singularität des Black Holes katapultiert hätte. Es hat eine kurze Etappe über 16 Lichtminuten mit einem Eintauchpunkt unmittelbar am Rand der Ergosphäre durchgeführt. Da diese mit Lichtgeschwindigkeit rotiert, musste die Korvette zwangsläufig in sie hineingleiten und nahm dabei automatisch eine stabile Bahn zwischen innerem und äußerem Ereignishorizont ein. Das Schiff befindet sich somit relativ zum rotierenden Raum in einer stationären Position; es treibt quasi bewegungslos, obwohl es mit 300.000 Sekundenkilometern um das Schwarze Loch rast. Genial, oder?«

Shinyan sah Padpool mit großen Augen an.

»Ich habe nicht ein Wort von dem verstanden, was du da eben gesagt hast.«

Der Akone schien einen Moment verwirrt und anscheinend nicht ganz sicher, ob Shinyan ihn nicht bloß ärgern wollte.

»Gut«, seufzte er. »Man könnte auch sagen, dass die Korvette nicht *in* das Black Hole hineingeflogen ist, sondern es lediglich in Höhe des Ereignishorizonts umkreist. Dazu war ein äußerst präzises und nicht einfach auszuführendes Flugmanöver notwendig.«

»Na bitte«, lächelte die Prospektorin zufrieden. »Es geht doch.«

»Trotzdem bleibt die Frage, warum die Fremden dieses Risiko auf sich genommen haben«, sagte Padpool.

»Das ist jetzt nicht mehr wichtig«, entgegnete die Frau. »Lass uns zur Familie zurückfliegen und Bericht erstatten. Onkel Rotter wird wissen, was zu tun ist.«

»Das meinst du hoffentlich nicht ernst?«, rief Padpool. »Zurückfliegen? Das würde mindestens ein paar Stunden dauern. Und bis wir dem Alten ... ich meine, Onkel Rotter die Situation erklärt hätten, wären ein paar weitere Stunden verloren. Bis dahin ist die Korvette wahrscheinlich längst wieder verschwunden und hat das erledigt, was sie erledigen wollte.«

»Das darf doch nicht wahr sein.« Shinyan stemmte die Hände in die Hüften. »Du glaubst tatsächlich, dass die Fremden hier sind, um irgendwelche Schätze zu heben, nicht wahr? Hast du eigentlich noch etwas anderes als deinen persönlichen Vorteil im Kopf?«

»Ich habe den Vorteil der *Familie* im Kopf, Shinyan«, gab Padpool zurück. Und worüber regst du dich überhaupt auf? Ein bisschen mehr Profitdenken stünde auch dir nicht schlecht zu Gesicht. Wir sind Prospektoren, und falls du es nicht bemerkt hast: Die Konkurrenz schläft nicht! Denkst du etwa, wir sind die Einzigen, die Onkel Rotter losgeschickt hat? Ich kenne die Bücher, meine Liebe, und wenn nicht sehr bald etwas geschieht, werden wir ein oder zwei Schiffe verkaufen müssen, um die laufenden Kosten zu decken.«

Die Akonin war überrascht. Natürlich war ihr klar gewesen, dass die Familie schon bessere Zeiten erlebt hatte, aber dass es so schlimm stand, war ihr neu.

»Das tut mir sehr leid, Padpool«, gab sie dennoch nicht nach, »aber das ist noch lange kein Grund, unser Leben zu riskieren. Du willst der Korvette folgen, nicht wahr? Du bist fest davon überzeugt, dass dieses Black Hole etwas unglaublich Kostbares verbirgt. Vergiss es! Ich werde es nicht zulassen, dass du uns umbringst!«

»Verdammt!« Padpool warf beide Arme theatralisch in die Luft. »Es ist immer dasselbe mit euch Weibern. Sobald es ein bisschen gefährlich wird, macht ihr euch ins Höschen. Wo wären wir Akonen wohl heute, wenn unsere Vorfahren bei jeder Schwierigkeit sofort aufgegeben hätten?«

»Unsere Vorfahren«, giftete Shinyan, »haben sich jahrtausendelang hinter einem systemumspannenden Schutzschirm verkrochen und würden es heute noch tun, wenn die Terraner sie nicht aus ihrer Lethargie gerissen hätten!«

»Na, dann solltest du dir mal ein Beispiel an deinen geliebten Terranern nehmen. Die machen nämlich nicht gleich einen Rückzieher, wenn es brenzlig wird.«

»Du verwechselst Vorsicht mit Fahrlässigkeit. Woher willst du wissen, ob die MORROK ein solches Gewaltmanöver überhaupt verkraften würde? Vielleicht besitzt die Korvette ganz andere technische Voraussetzungen als wir. Nein, Padpool, wir werden nicht in ein Schwarzes Loch fliegen, nur weil du glaubst, dass es dort etwas zu holen gibt!«

»Es ist ein Risiko, ja«, lenkte der Akone ein. »Aber ein kalkulierbares. Lass mich dir die Berechnungen zeigen. Wenn du willst, erkläre ich sie dir Zeile für Zeile. Du weißt genau, dass ich ein hervorragender Pilot bin und die MORROK ein zuverlässiges Schiff ist. Ich sage dir, Shinyan: Das ist eine Chance, die nie mehr wiederkommt. Wenn wir jetzt nicht zugreifen, bereuen wir es womöglich für den Rest unseres Lebens. Und außerdem hast du selbst gesagt, dass es auf Zartiryt vermutlich weitere Fallen und Sicherheitssysteme gibt. Ein Abbau der Kristalle könnte also immens gefährlich werden.«

»Padpool, ich ...«, begann Shinyan. Die Kopfschmerzen waren schlimmer geworden. Am liebsten hätte sich die Akonin in ihre Koje gelegt und eine Woche durchgeschlafen.

»Fünf Minuten«, unterbrach sie der Prospektor. »Mehr verlange ich nicht. Gib mir fünf Minuten Zeit, um es dir zu erklären. Wenn du dann immer noch der Ansicht bist, das Ganze sei zu gefährlich, fliegen wir brav zu Onkel Rotter zurück und erzählen ihm alles.«

Shinyan schloss für einen Moment die Augen. Wenn sie jetzt nachgab, das wusste sie genau, würde Padpool sie so lange beschwatzen, bis sie einlenkte. Warum hatte sie dieser verwünschten Mission bloß zugestimmt? Onkel Rotter zu widersprechen wäre sicher alles andere als angenehm gewesen, aber er hätte sich nach ein paar Wutanfällen wieder beruhigt. Das tat er immer, wenn er sich aufregte.

»Na schön«, sagte sie schließlich matt. »Du hast deine fünf Minuten.«

Padpool brauchte nur knapp mehr als die Hälfte der Zeit. Danach war Shinyan zwar nicht überzeugt, hatte dem geradezu berauscht wirkenden jungen Mann jedoch nichts mehr entgegenzusetzen.

»Vertrau mir«, sagte Padpool zum wiederholten Mal, als er sich vor dem Pilotenpult niederließ. »Wenn das alles hier in ein paar Stunden vorbei ist und wir mit vollen Laderäumen auf dem Weg zurück zur Familie sind, wirst du über deine unbegründete Angst lachen.«

Shinyan war eher zum Weinen zumute. Hinter ihrer Stirn schien sich eine Hornschrecke durch ihr Gehirn zu fressen. Medikamente, das wusste sie aus der Erfahrung der letzten beiden Tage, halfen nichts. Bislang waren die Kopfschmerzen nach einer Weile stets von allein abgeklungen.

Immerhin hatte sie ihren Begleiter dazu gebracht, eine Nachrichtenboje auszuschleusen. Sofern sie nicht innerhalb eines halben Busrai-Bordtages zurückkehrten, der nach allgemeiner galaktischer Norm etwas mehr als 18 Stunden Standardzeit entsprach, würde automatisch eine Hyperfunknachricht an die wartende Familienflotte abgesetzt werden. Gegen eine unmittelbare Kontaktaufnahme hatte sich Padpool vehement gewehrt. Entweder um, wie er behauptete, eventuell im Hintergrund lauernde Kameraden der Korvettenbesatzung nicht unnötig aufmerksam zu machen, oder aber, was Shinyan wahrscheinlicher vorkam, um den erwarteten Ruhm nicht mit verfrüht eintreffenden Familienmitgliedern teilen zu müssen.

Padpool hatte soeben einen vollständigen Check aller Schiffskomponenten abgeschlossen und ließ die MORROK jetzt von dem Asteroiden abheben. Geschickt steuerte er die Walze durch einen Trümmerschwarm und nahm Kurs auf die Randbereiche des Zartiryt-Systems. Innerhalb der folgenden fünf Minuten raste die MORROK mit einem Dreiviertel der Lichtgeschwindigkeit dahin. Dann ließ Padpool das Schiff einen weiten Bogen beschreiben, richtete den Bug auf das Schwarze Loch aus und bremste auf 60.000 Sekundenkilometer ab.

»Wir werden es genauso machen wie der Fremde«, gab er bekannt. Für Shinyan hörte es sich so an, als wolle sich Padpool selbst Mut zusprechen. War er sich seiner Sache vielleicht doch nicht so sicher, wie er vorgab? Die Prospektorin versuchte sich von der seltsamen Lethargie zu befreien, die sie mit einem Mal erfasst hatte, doch es gelang ihr nicht. Es war, als hätte sich die Schwerkraft an Bord plötzlich verdreifacht. Wie gebannt starrte sie auf den Hauptbildschirm, auf dem die rot glühende Akkretionsscheibe viel zu schnell größer wurde.

Das eigentliche Schwarze Loch durchmaß gerade einmal 4,4 Kilometer und zählte zu den kleineren Vertretern seiner

Art. Rein optisch war es – wie alle seine Brüder und Schwestern im Universum – nicht auszumachen, weshalb die Positronik nachhalf und es als einen gelb unterlegten Ring auf den Monitor projizierte. Lediglich die Akkretionsscheibe war aufgrund der entstehenden Reibungshitze unter der eingefangenen Materie gut zu sehen. Auf Shinyan machte die Darstellung den Eindruck eines gefräßigen Mauls, das bereits ein Schiff verschlungen hatte und sich nun anschickte, sich auch die MORROK einzuverleiben.

»Padpool ...«, brachte die Akonin heraus. Das Wort wand sich zäh und träge aus ihrem Mund. Die Welt um sie herum schien einzufrieren.

Was, bei allen Geistern der Milchstraße, waren sie im Begriff zu tun?

Tief im Innern des Walzenraumers brüllten die Energieumformer auf und versetzten das gesamte Schiff in Schwingung. Irgendwo hinter Shinyan implodierte ein Bildschirm mit lautem Knall. Sie wollte schreien, doch um sie herum war plötzlich nichts mehr, das den Schall hätte tragen können. Die künstliche Atmosphäre an Bord der MORROK hatte sich in einen dickflüssigen Brei verwandelt, den sie angewidert in ihre Lungen sog. Nur mit Mühe unterdrückte sie den Brechreiz. Würgend und hustend schnappte sie nach Luft. Dann wurde es dunkel.

Padpool hat sich verrechnet, zuckte es durch den schmerzenden Schädel der Akonin. *Das Schwarze Loch wird uns zu Staub zermahlen.*

Dass die MORROK in den Linearraum wechselte, nahm Shinyan gar nicht mehr bewusst wahr.

Auf einem mehr als 18.000 Lichtjahre entfernten Planeten namens Erde, den weder Shinyan noch Padpool jemals betreten hatten, schrieb man zu diesem Zeitpunkt den 15.

April 3112, und in Terrania, der Hauptstadt der Menschheit und größten Metropole des Solaren Imperiums, war es früher Nachmittag.

Um genau 13:58 Uhr wurde das Zartiryt-System von einem schwachen Hyperimpuls durchlaufen. Exakt 27 Millisekunden später folgte eine gewaltige fünfdimensionale Schockwelle, deren Ursprung in der Ergosphäre des Black Holes lag.

Kapitel 4

Atlan

Die Szenen, die die Kameras auf die Panoramagalerie in der Zentrale der IMASO übertrugen, waren die trostlosesten, die ich seit langer Zeit gesehen hatte. Zartiryt einen Planeten zu nennen, war schon beinahe ein Euphemismus. Die Trümmerwelt durchmaß gut 14.000 Kilometer und wies eine Schwerkraft von 0,89 Gravos auf. Hochrechnungen hatten ergeben, dass diese früher einmal bei 1,21 Gravos gelegen haben musste, doch dann hatte eine unbekannte Kraft dem Planeten rund ein Viertel seiner Masse entrissen. Dort, wo sich einst Berge, Täler, Flüsse, Seen und Meere erstreckt hatten, befand sich jetzt nur noch eine zernarbte, teilweise viele Kilometer in die Tiefe reichende Felslandschaft. Beherrschendes Merkmal der zerschundenen Oberfläche war ein 6000 Kilometer langer Spalt, der von Pol zu Äquator verlief und teilweise mehrere Kilometer breit war.

Der Anblick erinnerte mich entfernt an das Jahr 2842. Damals hatte ich mich in der Eastside auf dem Planeten Koetanor-Delp im Myrguuk-System aufgehalten, als aus heiterem Himmel riesige Materiemengen materialisiert waren und ganze Städte unter sich begraben hatten. Später hatte sich herausgestellt, dass sich dieser mit dem Namen *Suddenly-Effekt* belegte Vorgang auf einer ganzen Reihe von Welten abgespielt hatte und die Folge der verderblichen Aktivitäten des Faktors XIII der Meister der Insel gewesen war. Dieser hatte mit einem Situationstransmitter große Stücke aus den einst von den Lemurern geschaffenen Psionischen Bastionen herausgerissen, um an die im Innern dieser Planeten verborgene Psi-Materie heranzukommen. Die zufällige und ungesteuerte Rematerialisation dieser Trümmer auf anderen Welten war zwar eigentlich gar nicht vorgesehen gewesen, hatte dann aber gewaltige Schäden verursacht und zahlreiche Intelligenzen das Leben gekostet. Die USO ...

Ich kenne die Geschichte, rief mich der Extrasinn mit einem scharfen Impuls zur Ordnung. *Ich war dabei. Konzentriere dich auf die Gegenwart!*

Wie so häufig, hatte mein zweites Ich auch diesmal recht.

Auf jeden Fall fehlte von der verlorenen Planetenmasse jegliche Spur, und ich fragte mich, wo sie wohl abgeblieben sein mochte. Keiner der in so hoher Zahl vorhandenen Asteroiden des Systems wies eine geologische Zusammensetzung auf, die derjenigen der Trümmerwelt entsprach.

»Bei allem, was immer hier geschehen sein mag«, sagte Torben Santorin mit tonloser Stimme, »kann ich nur hoffen, dass die Bewohner Zartiryts zu diesem Zeitpunkt ihre Welt bereits verlassen hatten.«

Während des knapp eineinhalbstündigen Systemeinflugs hatten die Instrumente eine Unmenge an Informationen gesammelt. Auch wenn die Messungen durch die Hyperanomalien stark verzerrt wurden, kristallisierte sich dennoch nach und nach ein Bild dessen heraus, was hier vor langer Zeit geschehen war. Zartiryt hatte die Bahn um seine Sonne vor mindestens einer Million Jahren verlassen – das ergab die Simulation der ursprünglichen Umlaufdaten. Zu dieser Zeit musste der Zentralstern bereits zum Black Hole geworden sein. Seit damals näherte sich der Planet dem Schwarzen Loch immer weiter an. In ungefähr 500.000 Jahren würde Zartiryt die kritische Distanz überschreiten, endgültig auseinander brechen und in die Gravitationshölle hineingezogen werden.

Auf die Frage, wie eine Sonne, deren Masse unterhalb der erforderlichen Schwelle lag, zu einem Black Hole werden konnte, wussten sämtliche Experten der IMASO keine Antwort. Ein Naturphänomen schied mit an Sicherheit grenzender Wahrscheinlichkeit aus, und ein Waffensystem, das Sterne in Schwarze Löcher verwandelte, war – allen Göttern Arkons sei Dank – nicht bekannt.

Die Tiefenmessungen über Zartiryt zeigten reiche Adern an fünfdimensional strahlenden Kristallen, viel zu viele, als dass es sich um natürliche Vorkommen handeln konnte. Die Wissenschaftler stellten deshalb die These auf, dass der Planet enormen Schwerkraft-Schockwellen ausgesetzt gewesen war.

Es hatte mich nicht mehr überrascht zu erfahren, dass die Verwüstungen unmittelbar an der Oberfläche deutlich jüngeren Datums waren. Dort hatte vor etwa 50.000 Jahren ein Atombrand gewütet, wie ich ihn von anderen Brennpunkten des Konflikts der Lemurer mit den Halutern bereits kannte.

»Die Erste Menschheit hat dieses System entdeckt und in Besitz genommen«, sprach ich meine Überlegungen laut aus. »Später kamen die Schwarzen Bestien, und es entbrannte eine Schlacht, wie sie selbst für diesen furchtbaren Krieg beispiellos gewesen sein dürfte. Dabei wurden die Lemurer ausgelöscht. All das lässt nur einen logischen Schluss zu: Es muss im Zartiryt-System einen weiteren Monolithen geben!«

»Ich bin der gleichen Ansicht, Lordadmiral«, stimmte mir Naileth Simmers zu. »Das Problem ist nur: Wir haben nichts gefunden! Alle Ortungseinrichtungen arbeiten mit maximaler Leistung. Wir haben fast fünfzig Sonden ausgeschickt, die sich über das gesamte System verteilen. Wenn der Monolith hier wäre, hätten wir ihn längst aufspüren müssen.«

»Vielleicht wurde er bei der Attacke der Haluter zerstört«, warf Ramit Claudrin ein.

»Wohl kaum, Dicker.« Die krächzende Stimme gehörte Milton Elks, dem Cheftechniker der IMASO. Der untersetzte Mann mit dem deutlichen Bauchansatz kratzte sich ungeniert mit einem pneumatischen Schraubenschlüssel am Rücken. Er hielt sich in der Zentrale auf, um Santorin bei der Neujustierung einiger Sensoren zu unterstützen. Auf diese Weise, so die Hoffnung des Ortungsspezialisten, ließ sich die Störanfälligkeit der Instrumente reduzieren, und die Taster würden brauchbarere Ergebnisse liefern.

»Wenn der Monolith zerstört worden wäre, hätten wir nicht die Hyperschockwelle angemessen, die er bei seiner Aktivierung abgestrahlt hat. Ihr seid lediglich zu dämlich, das Ding zu finden.«

»Vielen Dank, Mr. Elks«, sagte die Kommandantin scharf. »Darf ich Sie daran erinnern, dass auch Sie ein Teil jener Mannschaft sind, die sie soeben als *dämlich* bezeichnet haben? Im Übrigen werden Sie sich umgehend bei Mr. Claudrin für Ihren Ton entschuldigen.«

»Okay«, brummte Elks unwillig. »Tut mir echt leid, Dicker. War nicht so gemeint.«

Es fiel mir schwer, ein Grinsen zu unterdrücken. Schräge Typen wie Milton Elks gab es auf fast jedem USO-Schiff. Sie gehörten auf ihrem jeweiligen Fachgebiet meistens zur Elite, ließen in Sachen sozialer Kompetenz jedoch selbst grundlegende Befähigungen vermissen. Der 3013 auf dem Mars geborene Cheftechniker hatte satte 70 Dienstjahre auf dem Buckel und leistete auf der IMASO seine letzten Pflichtmonate im Außeneinsatz ab. Danach erwartete ihn eine gut dotierte Stelle auf irgendeinem ruhigen Außenposten, wo er die Zeit bis zu seiner Pensionierung ohne größere Aufregungen verbringen konnte.

»Was glauben Sie, wie viele dieser Monolithen in der Milchstraße existieren, Lordadmiral?«, wandte sich die Kommandantin wieder mir zu. Ich hob in vollendet terranischer Manier die Schultern. Wie so vieles andere war mir auch diese Geste während meines 10.000-jährigen Exils auf der Erde in Fleisch und Blut übergegangen.

»In unserer Nachricht an Quinto Center habe ich erhöhte Alarmbereitschaft für sämtliche USO-Horchposten angeordnet. Decaree Farou dürfte inzwischen Perry Rhodan und Ronald Tekener über die Situation informiert haben. Wenn irgendwo in der Galaxis weitere Hyperschocks auftreten, werden wir davon erfahren.«

Der Gedanke an meine Stellvertreterin im USO-Hauptquartier ließ mich für einen Moment innehalten. Ich hatte Decaree, jene Frau, mit der ich seit nun schon seit rund einem Jahrzehnt zusammen war, fast sechs Wochen nicht mehr gesehen. Wir hatten uns während der Ereignisse um die Tyarez im Jahr 3102 näher kennen und schließlich lieben gelernt und eine Beziehung aufgebaut, die von gegenseitigem Respekt und größtmöglicher Toleranz geprägt war. Decaree Farou akzeptierte die Tatsache, dass die Liebe zu einem Unsterblichen nicht von Dauer sein konnte, und ich selbst versuchte mir wieder einmal einzureden, dass man nicht zwangsläufig miteinander alt werden musste, um in einer aufrichtigen und für beide Seiten gewinnbringenden Partnerschaft zu leben.

»Wir sollten uns diese Bunkeranlagen mal aus der Nähe ansehen«, mischte sich nun auch Santjun in die Diskussion ein. Der USO-Spezialist hatte die Arme vor der breiten Brust verschränkt und starrte wie hypnotisiert auf die Schirme der Panoramagalerie. Der tiefe, etwa vier Zentimeter lange Schnitt über dem rechten Auge, den er sich auf Thanaton zugezogen hatte, war mit einer dünnen Schicht Biomol bedeckt und schon fast nicht mehr zu sehen.

Mein Abstecher in die Krankenstation hatte kaum mehr als zwei Minuten in Anspruch genommen. Geriok Atair, der Medizinische Offizier der IMASO, hatte mich geradezu angefleht, seinem Patienten die Dienstfähigkeit zu bescheinigen und ihn mitzunehmen. Ich hatte seinem Wunsch entsprochen. Zum einen, weil ich wusste, wie penetrant Santjun sein konnte, wenn etwas nicht nach seinen Vorstellungen ablief, zum anderen, weil der auf Passa geborene Mann sich einigermaßen von unserem strapaziösen Abenteuer auf Thanaton erholt zu haben schien.

»Die Einrichtungen erstrecken sich teilweise bis in 60 Kilometer Tiefe«, sagte Torben Santorin. »Da unten könnten durchaus noch einige intakte Anlagen zu finden sein.«

»Ein Grund mehr, sofort aufzubrechen«, warf Santjun ein. »Wenn es auf Zartiryt Hinweise auf die Position eines Monolithen in diesem System gibt, dann finden wir sie nicht, indem wir herumstehen und große Reden schwingen.«

»Nicht so schnell, Mr. Santjun«, bremste ich den Elan des USO-Agenten. »Gerade Sie als Risiko-Spezialist sollten wissen, dass die Vorbereitung eines Einsatzes oft wichtiger ist als der Einsatz selbst.«

Warum sprichst du nicht offen aus, was ohnehin alle denken?, wisperte der Extrasinn. *Hyperenergetische Anomalien hin, Raumzeitverwerfungen her: Es gibt nur noch einen Ort, an dem sich der Monolith verbergen kann. Einen Ort, an den die Sonden nicht vordringen können. Je früher du das akzeptierst, desto besser.*

Das Black Hole, gab ich resigniert zurück.

Genau, bestätigte der Logiksektor. *Und der Einflug in ein Schwarzes Loch ist etwas, das selbst die furchtlosen Frauen und Männer der USO bestenfalls mit Unbehagen erfüllt.*

»Ich darf davon ausgehen, dass Sie mich bei einem Einsatz auf Zartiryt begleiten, Spezialist Santjun?«, fragte ich laut.

»Dafür bezahlen Sie mich, Sir«, antwortete der Agent grimmig.

»Ich brauche vier weitere Freiwillige. Major Simmers, haben wir einen Archäologen an Bord? Idealerweise einen, der sich mit lemurischer Geschichte auskennt?«

»Iasana Weiland, Lordadmiral«, sagte die Kommandantin. »Sie ist zwar keine ausgebildete Historikerin, hat sich aber intensiv mit den Lemurern beschäftigt.«

»Rang und Position?«, fragte ich knapp.

»Leutnant, Versorgungsoffizier«, lautete die Antwort.

»Einsatzerfahrung?«

»Ein halbes Dutzend Erkundungsmissionen unter Realbedingungen im Rahmen der vorgeschriebenen Übungen. Drei Intensiv-Trainingsseminare auf Quinto Center, das letzte vor einem halben Jahr.«

Ein Greenhorn, kommentierte der Extrasinn.

»Na schön«, nickte ich. »Leutnant Weiland soll sich in zehn Minuten in meiner Kabine melden. Geben Sie ihr die Liste mit den übrigen Freiwilligen mit und bereiten sie alles vor. Wir brechen in einer halben Stunde auf. Santjun, Sie kommen mit mir.«

»Verstanden, Lordadmiral«, bestätigten Naileth Simmers und der USO-Agent synchron.

Als sich das Zentralschott hinter mir schloss, fühlte ich mich zum ersten Mal seit unserem Abflug von Thanaton wieder ein wenig besser. Endlich geschah etwas.

»Kommen Sie bitte herein, Leutnant Weiland.«

Die gertenschlanke Frau mit den roten langen Haaren und den blauen durchdringenden Augen war eine natürliche Schönheit.

Selbst der sonst meist unterkühlt wirkende Santjun, der mit auf dem Rücken verschränkten Armen hinter mir stand, ließ sich einen Moment lang gehen und hob beeindruckt die Augenbrauen.

»Leutnant Iasana Weiland meldet sich wie befohlen, Sir!«, sagte die auf Plophos geborene Frau, salutierte vorschriftsmäßig und überreichte mir die von Naileth Simmers zusammengestellte Liste der Freiwilligen, die ich an Santjun weitergab, ohne einen Blick darauf zu werfen.

»Danke«, erwiderte ich und deutete auf einen freien Sessel mir gegenüber. »Setzen Sie sich.«

Iasana Weiland kam meiner Aufforderung nach, ließ sich steif auf die Sitzfläche sinken und legte ihre Hände sittsam in den Schoß. Ihrer ausdruckslosen Miene zufolge hätte man meinen können, dass sie ihrer unehrenhaften Entlassung aus dem Dienst entgegensah.

»Verraten Sie mir, was es morgen zum Mittagessen gibt?«, fragte ich geradeheraus. Endlich kam Bewegung in die starren Züge der Frau. Sie sah erst mich, dann Santjun ungläubig an.

»Sir?«

»Mittagessen, Mrs. Weiland«, wiederholte ich freundlich. »Ich würde gerne erfahren, was es morgen zum Mittagessen gibt.«

»Ja, Sir … ich …« Iasana Weiland leckte sich nervös über die Lippen. »Also … Kommandantin Simmers war bei der letzten Mannschaftsbesprechung der Ansicht, dass einige Kameraden zugelegt hätten. Gewichtsmäßig, meine ich. Sie bat mich deshalb, das Verpflegungsprogramm entsprechend anzupassen, und ich hatte die Idee … äh, den Einfall mit den *Siga-Wochen*. Kleine Portionen, großer Geschmack, wenn Sie verstehen, was ich meine.«

»Sehr kreativ«, warf ich ein.

»Waren Sie etwa nicht zufrieden, Sir?« In ihrer Stimme lag plötzlich ein Anflug von Erschrecken. Offenbar glaubte sie den Anlass für ihre Einbestellung ergründet zu haben. »Ich kann den Speiseplan für Sie selbstverständlich ändern und …«

»Das wird nicht nötig sein, Mrs. Weiland«, unterbrach ich sie lächelnd. »Ich habe Sie nicht rufen lassen, um mit Ihnen das Bordmenü zu diskutieren, sondern um Sie zu fragen, ob Sie sich in der Lage fühlen an einem Außeneinsatz teilzunehmen. Agent Santjun, drei weitere Spezialisten und ich werden in einer knappen halben Stunde aufbrechen, um die subplanetaren Anlagen Zartiryts zu inspizieren. Jemand, der sich mit lemurischer Geschichte auskennt, wäre dabei womöglich von Nutzen.«

»Es … es wäre mir eine Ehre, Sir«, stieß die Frau sofort hervor.

»Die Teilnahme ist völlig freiwillig«, ignorierte ich ihre Zusage, »und eine Weigerung zieht keinerlei Konsequenzen nach sich, Leutnant Weiland. Ich möchte Sie ernsthaft bitten, sich Ihre Antwort sehr gut zu überlegen. Sie haben keinen offiziellen Spezialistenstatus und sind nicht primär für Erkundungsmissionen ausgebildet. Wir wissen nicht, was uns erwartet.«

»Darüber bin ich mir im Klaren, Sir«, antwortete die Plophoserin. »Wo soll ich mich melden?»

»In fünf Minuten in der unteren Polschleuse«, sprach jetzt Santjun zum ersten Mal. »Ich werde die Ausrüstung persönlich überwachen. Wegtreten, Leutnant.«

Iasana Weiland erhob sich so hastig, dass sie beinahe ihren Stuhl umgeworfen hätte, salutierte erneut und wandte sich dem Ausgang meiner Kabine zu. Im offenen Schott drehte sie sich noch einmal um und sah mich unsicher an. »Darf ich Sie etwas fragen, Lordadmiral?»

»Natürlich«, antwortete ich.

»Was hatte die Frage nach dem Mittagessen mit dem bevorstehenden Einsatz zu tun?«

»Nichts, Mrs. Weiland.» Ich erhob mich und ging die wenigen Schritte zu ihr hinüber. Lächelnd suchte ich den Blick ihrer blauen Augen. »Dass Sie für den Einsatz befähigt sind, wusste ich bereits aus Ihrer Personalakte. Doch ein paar bedruckte Folien sagen nichts über einen Menschen aus, über seinen Charakter, sein Auftreten, seine Ausstrahlung. Darüber mache ich mir gerne ein persönliches Bild.«

Für einige Sekunden herrschte Schweigen. Dann nickte die Frau verstehend.

»Danke, Sir«, sagte Iasana Weiland leise.

Kapitel 5

Atlan

Unsere kleine Gruppe hatte die IMASO rund 500 Kilometer über der Planetenoberfläche verlassen. Der Kreuzer zog sich wie von mir befohlen sofort nach dem Ausschleusen wieder in den freien Raum zurück. Zum einen wollte ich kein unnötiges Risiko eingehen und eine Eingreifreserve für den Notfall in der Hinterhand wissen, zum anderen hatte ich Naileth Simmers die Anweisung gegeben, weitere Ortungen durchzuführen. Vielleicht brachten die von Torben Santorin und Milton Elks vorgenommenen Modifikationen an den Sensoren ja wirklich den erhofften Erfolg.

Neben Iasana Weiland, Santjun und mir selbst nahmen drei weitere USO-Spezialisten an unserer kleinen Exkursion teil. Neran Donar, ein schlaksiger Blondschopf mit schaufelgroßen Händen flog mit Santjun voraus. Dahinter folgten die Plophoserin und ich. Die Nachhut übernahmen Jacob Pelota und Windon Tempest, zwei Terraner, die erst seit wenigen Monaten an Bord der IMASO Dienst taten und zuvor reichlich Einsatzerfahrung bei der Bekämpfung von Rauschgiftschmugglern in der Eastside der Galaxis gesammelt hatten.

»Team 1 an Basis«, sprach ich in mein Helmmikrofon. Aus dem Empfänger drang ein beständiges Knacken und Rauschen, das mich an die Anfangszeiten der drahtlosen Kommunikation auf der Erde erinnerte.

»Basis hier«, hörte ich die helle Stimme von Amelia Marcos, der Cheffunkerin des Leichten Kreuzers. »Verbindung schwach, aber stabil, Team 1.«

»Verstanden«, gab ich zurück. »Senden wie vereinbart alle fünf Minuten einen Rafferimpuls auf Frequenzband Alpha. Team 1 Ende.«

Wir verloren jetzt schnell an Höhe. Unter uns glitt die leblose Landschaft Zartiryts dahin. Der Angriff der Haluter hatte alles buchstäblich dem Erdboden gleichgemacht. Waffen, wie sie hier eingesetzt und einst auch von meinem eigenen Volk entwickelt worden waren, erzeugten nach ihrer Zündung einen unlöschbaren Atombrand. Das dahinter steckende Prinzip war ebenso teuflisch einfach wie auf lebensverachtende Weise genial. Die Arkonbombe regte als hyperphysikalischer Katalysator beispielsweise alle chemischen Elemente mit einer höheren Ordnungszahl als 10 – insbesondere Silizium, Aluminium und Eisen – zu einer unkontrollierten Kernfusion an. Dabei stieg die Temperatur in der Umgebung so sehr an, dass sich der einmal angelaufene Prozess in einer Kettenreaktion immer weiter ausbreitete. Zurück blieb nichts als Tod und Zerstörung.

Mit jedem zurückgelegten Meter wurde der Kloß in meiner Kehle dicker. Niemand von uns sagte etwas. Die stumme Wucht dieser unwirklichen und doch so grauenhaft realen Felswüste war schlicht überwältigend. Wie viele Abkommen und Verträge waren wohl schon geschlossen worden, um Verbrechen wie dieses zu verhindern, und doch gab es immer wieder Lebewesen, die gewissenlos und töricht genug waren, sich über alles hinwegzusetzen, was Jahrtausende bewaffneter Auseinandersetzungen zwischen den Völkern der Milchstraße gelehrt hatten.

Zerstören ist um so vieles einfacher als aufzubauen, mein kleiner Imperator, erinnerte ich mich an die Worte meines alten Mentors Fartuloon. *Aufbau erfordert Anstrengung, kostet Zeit und Mühe. Deshalb erfahren nur wenige das einzigartige Vergnügen des Schaffens und Vollendens. Zerstörung dagegen ist unkompliziert und anspruchslos. Deshalb paart sie sich so oft mit Dummheit und Hass und wird von so vielen schlichten Gemütern wie ein Götze verehrt.*

Angesichts der bedrückenden Einöde Zartiryts klangen solche Aussagen leer und bedeutungslos. Wenn ich die Augen schloss, konnte ich sie beinahe vor mir sehen, die Türme und Häuser, die Wolkenkratzer und Hochstraßen, das pulsierende Leben einer gewaltigen Metropole. Millionen Lemurer waren hier vielleicht zu Hause gewesen, waren ihren täglichen Verrichtungen nachgegangen und hatten darauf gehofft, dass die Zeit, die ihnen gegeben war, in der Summe mehr Glück als Leid bereit hielt. Von alldem war nichts mehr da. Der Krieg hatte mit der ihm eigenen Erbarmungslosigkeit zugeschlagen und nichts zurückgelassen.

Nach zehn Minuten schwenkten Santjun und Donar nach links und hielten direkt auf den etwa zwanzig Kilometer entfernten Spalt zu. Wir steuerten einen imaginären Zielpunkt in Höhe der Polkappe an. Von dort, so sah es der Einsatzplan vor, wollten wir uns in die Tiefen der Trümmerwelt vorarbeiten.

Die Umgebung änderte sich langsam. Wir stießen immer öfter auf größere Ansammlungen von Felsen und Geröll. Ab und an wirkte der Boden wie glasiert, so als hätte sich das Gestein verflüssigt und wäre dann wieder erstarrt. Dabei waren teilweise bizarre Formen entstanden, die abstrakten Skulpturen glichen.

Die dünne Atmosphäre bestand in der Hauptsache aus Stickstoff, der sich mit einigen anderen chemischen Bestandteilen zu den säureartigen Nebelschwaden verband, die träge über die Planetenoberfläche trieben. Der Sauerstoffanteil lag deutlich unter einem Prozent. Wasser gab es nicht, und natürlich hatten wir auch keinerlei Anzeichen für tierisches oder pflanzliches Leben entdeckt.

»Basis an Team 1«, kam es in diesem Moment verzerrt aus meinem Funkempfänger.

»Team 1 hier«, antwortete ich. »Was gibt es?«

»Wir haben etwas auf den Orterschirmen«, hörte ich eine immer wieder von Störungen unterbrochene Stimme am anderen Ende. Ich war nicht in der Lage zu sagen, ob es sich um Amelia Marcos oder Naileth Simmers handelte.

»Sieht aus wie eine größere Metallansammlung. Eindeutig künstlich und unmittelbar an der Planetenoberfläche.«

»Ein Raumschiff?«, fragte ich.

»Möglich«, lautete die Antwort. »Wir orten allerdings keine Energieechos. Wenn es ein Raumschiff ist, dann liegt es schon sehr lange dort. Ohne die Kalibrierung der Sensoren hätten wir es niemals entdeckt. Ich überspiele die genauen Koordinaten auf die Positroniken der Raumanzüge.«

Zwei Sekunden später wurden mir und den anderen die entsprechenden Daten auf den Helmscheiben eingeblendet. Die Fundstelle lag kaum mehr als fünfzig Kilometer von unserem derzeitigen Standort entfernt.

»Team 1 an Basis«, sagte ich. »Wir werden uns das ansehen. Die Funkverbindung bleibt von jetzt an permanent offen. Rotalarm für alle Stationen. Ich rechne zwar nicht mit Problemen, will aber vorbereitet sein.«

»Verstanden, Team 1.«

»Alles herhören«, wandte ich mich an meine Begleiter. »Wir fliegen in einer geraden Linie. Jeweils hundert Meter Abstand vom Nebenmann. Beim geringsten Anzeichen von Gefahr ziehen wir uns geschlossen zurück und wer den Helden spielt, wird sich hinterher wünschen, meinen Namen niemals gehört zu haben.«

Den letzten Halbsatz hatte ich ganz bewusst auf Santjun gemünzt, mit dessen gelegentlich sehr forschen Art ich bereits auf Thanaton konfrontiert worden war. Kurz nachdem die Klarmeldungen eingetroffen waren, flogen wir bereits in Formation. Ich nickte anerkennend. Auch Iasana Weiland hielt sich hervorragend und fügte sich perfekt ein.

»Da vorne!«, rief Jacob Pelota zwei Minuten später. Im gleichen Augenblick sah ich es ebenfalls.

Meine Vermutung erwies sich als korrekt. Der unförmige, zur Hälfte im felsigen Untergrund steckende Klotz hatte eine Länge von gut einem Kilometer. Die ursprüngliche Form war nicht mehr zu ermitteln, doch angesichts der noch teilweise erhaltenen Hüllenstrukturen und der molekularen Zusammensetzung gab es keinen Zweifel: Das hier war einmal ein Raumschiff gewesen!

»Dort, Sir«, meldete sich Santjun und streckte den rechten Arm aus. »Sieht aus wie eine Schleuse. Ich schlage vor, dass ich vorausfliege und die Lage erkunde.«

»Und ich schlage vor, dass Sie Ihren Eifer zügeln und auf meine Anweisungen warten«, gab ich trocken zurück.

Das Schiff ist geradezu in den Felsboden eingeschmolzen, wisperte der Extrasinn. *Siehst du die zerfetzte Wandung?*

Das ist kein Raumer der Haluter, erwiderte ich mental.

Nein, bestätigte der Logiksektor. *Ich frage mich …*

Was?, hakte ich nach, als mein zweites Ich plötzlich schwieg.

Führe eine hypermetrische Datierung durch, forderte mich der Extrasinn auf. Ich tat, wie mir geheißen. Jeder Raumanzug der USO verfügte über eine Reihe von Analyseinstrumenten zur Erledigung grundlegender wissenschaftlicher Untersuchungen wie zum Beispiel der Altersbestimmung auf Basis der natürlichen Degeneration von Hyperstrahlung. Die Methode war mit einer Fehlerspanne von ungefähr fünf Prozent hinreichend genau für den alltäglichen Gebrauch und vor allen Dingen mit wenigen Handgriffen zu erledigen. Innerhalb einer knappen Minute hatte ich das Ergebnis.

1,2 Millionen Jahre, wisperte der Extrasinn. *Bei diesem Wrack handelt es sich mit hoher Gewissheit um ein Schiff der ehemaligen Bewohner Zartiryts oder aber jener Unbekannten, die sie einst angegriffen haben.*

Warum haben es die Lemurer nicht entsorgt?, wollte ich wissen.

Vielleicht wollten sie es als eine Art Mahnmal erhalten, vermutete der Logiksektor. *Oder das Schiff war noch intakt und wurde erst durch den Haluterangriff vernichtet. Du darfst nicht vergessen, dass die Lemurer weit mehr über die Erbauer der Monolithen wussten, als wir es zurzeit tun.*

»Major Santjun, Leutnant Weiland«, sagte ich. »Sie kommen mit mir. Die anderen halten mindestens 500 Meter Abstand zum Schiff und vor allem die Augen offen.«

Der USO-Agent übernahm wie selbstverständlich die Führung. Ich ließ ihn gewähren. Letztendlich war er speziell für Risikomissionen ausgebildet worden.

Das, was Santjun als Schleuse bezeichnet hatte, war nicht mehr als ein großes gezacktes Loch in der Hülle des Wracks. Die Sohlen unserer Stiefel erzeugten ein dumpfes Klopfen, als wir über den sanft gewölbten Rumpf des zerstörten Raumers schritten. Hier, etwa im Zentrum des plumpen, annähernd quaderförmigen Klotzes, war das Material fast vollständig intakt. Im Lichtkegel der Scheinwerfer leuchtete es in einem stumpfen, hellen Blau.

Per Antigrav hob ich ab und ließ mich langsam in die Öffnung hineinsinken. Für einen Moment glaubte ich aus dem Augenwinkel eine schemenhafte Bewegung erkannt zu haben, doch als ich genauer hinsah, war da nichts. Ich musste mich geirrt haben.

Die Zerstörung im Außenbereich des Wracks stellte sich als so umfassend heraus, dass wir mehrfach unsere Desintegratoren einsetzen mussten, um weiterzukommen. Überall versperrten uns eingestürzte Wände und Decken, ineinander verkeilte Trümmerstücke und ähnliche Hindernisse den Weg. Dennoch gelang es mir mit Hilfe des Extrasinns und meines fotografischen Gedächtnisses, nach und nach ein grobes Modell des Schiffsinnern zu entwickeln. Die Architektur war mir völlig unbekannt und entsprach keinem in der Milchstraße bekannten Muster.

Wir arbeiteten uns etwa zwanzig Minuten lang durch das allgegenwärtige Chaos, dann erreichten wir eine runde, gut vierzig Meter durchmessende Halle. Wie im gesamten Schiff herrschten auch hier hauptsächlich dunkle Grüntöne vor. Leider bot uns auch die Halle nichts als ein paar zersplitterte Bildschirme und diverses Mobiliar das aussah, als habe jemand ein Fass Säure darüber ausgekippt.

Der spitze Schrei Iasana Weilands ließ mich auf dem Absatz herumwirbeln. Überrascht starrte ich auf den milchigen Schemen, der mit einem Mal scheinbar aus dem Nichts erschienen war.

»Ist alles okay?«, kam die Frage von der IMASO. Da alle Funkkanäle kontinuierlich aktiv waren, hatte man den Schrei der Plophoserin natürlich auch in der Zentrale des Kreuzers gehört.

»Alles in Ordnung«, übernahm Santjun die Rückmeldung. Er stand mit dem Desintegrator im Anschlag einige Meter neben mir. Iasana Weiland hatte sich dagegen hinter einen halb geschmolzenen Aggregatblock zurückgezogen.

»Was ist das?«, fragte der USO-Spezialist.

Die Erscheinung erinnerte im ersten Moment an eine weiße Rauchwolke. Wenn man jedoch genauer hinsah, erkannte man eine undeutliche Gestalt von etwa zwei Metern Höhe und einem halben Meter Breite. Der ovale Körper ruhte auf zwei dünnen Beinen. Arme oder einen Kopf konnte ich nicht ausmachen.

»Ich wünschte, ich wüsste es«, antwortete ich, ohne den Blick zu wenden. Dann schaltete ich den Außenlautsprecher meines Raumanzugs ein.

»Hallo«, wandte ich mich an unseren geheimnisvollen Gast. »Mein Name ist Atlan. Ich und meine Freunde kommen in friedlicher Absicht. Falls wir dich durch unsere Anwesenheit gestört haben sollten, dann bitte ich um Entschuldigung.«

Ich schaute kurz zu dem USO-Agenten hinüber, der nach wie vor seine Waffe auf den Schemen gerichtet hielt.

»Stecken Sie das Ding weg, Santjun«, zischte ich verärgert. »Hier gibt es nichts, auf das Sie schießen könnten.«

Die Erscheinung zeigte keine erkennbare Reaktion. Stumm und reglos schwebte sie wenige Zentimeter über dem Boden. An den Rändern wirkte sie ausgefranst, und wenn ich sie nicht direkt mit der Helmlampe anstrahlte, sah es so aus, als würde sie schwach von innen heraus leuchten.

»Gut«, sagte ich nach einer weiteren ereignislosen Minute. »Wir ziehen uns zurück. Langsam und ohne hastige Bewegungen. Leutnant Weiland, Sie zuerst!«

Die Frau machte drei Schritte in Richtung Ausgang – und blieb wie angewurzelt stehen. Ich hörte ihre hektischen Atemzüge, als vor ihr ein zweiter Schemen unmittelbar aus der Wand heraustrat.

»Zeigen Sie keine Angst«, forderte ich die Plophoserin ruhig auf. »Gehen Sie einfach ganz gemütlich an der Erscheinung vorbei. Wir sind direkt hinter Ihnen. Vertrauen Sie mir. Ihnen wird nichts geschehen.«

Iasana Weiland gehorchte zögernd. Die geisterhafte Gestalt machte keine Anstalten, sich ihr in den Weg zu stellen. Santjun bedeutete mir, der Frau zu folgen. Seine rechte Hand ruhte auf dem Kolben des Desintegrators, doch noch ließ er die Waffe in ihrem Futteral.

Sie würde ihm auch nichts nutzen, wisperte der Extrasinn. *Diese Wesen, wenn es sich denn tatsächlich um solche handelt, sind nicht materiell.*

Ich vermochte es nicht rational zu erklären, doch instinktiv wusste ich, dass wir von den Schemen nichts zu befürchten hatten. Seit das zweite Exemplar aufgetaucht war, hatte mich eine seltsame Schwermut erfasst. Sie legte sich wie ein dünner Schleier über mein Gemüt, und ich spürte, wie sich weißliches Sekret in meinen Augenwinkeln sammelte.

Iasana Weiland passierte den Ausgang und verließ die Halle. Wenig später hatten Santjun und ich zu ihr aufgeschlossen. So schnell es uns möglich war, traten wir den Rückweg an, doch schon auf den ersten Metern schwebte ein dritter Schemen aus der Deckenverkleidung. Daran ändert sich auch in der Folge nichts. Im Gegenteil. Je näher wir der Außenhülle des Wracks kamen, desto mehr der nebelhaften Spukgestalten tauchten auf. Schließlich waren wir von ihnen geradezu eingekreist, doch nach wie vor erfolgte kein Angriff. Stets ließ man uns eine Lücke, durch die wir unseren Marsch fortsetzen konnten.

Wenig später meldete sich Windon Tempest und berichtete, dass einige der Schemen inzwischen auch durch den Schiffsrumpf gestoßen und auf der Planetenoberfläche erschienen waren. Allerdings blieben sie alle in unmittelbarer Nähe des havarierten Raumers und ignorierten die drei Männer.

»Sie sind so ...«, setzte Iasana Weiland an und stockte. Ihre Stimme kippte. »So ... traurig ...«, fuhr sie unter Tränen fort. »So ... verlassen und allein.«

»Sie spüren es also auch?«

Ich hatte bisher nichts gesagt, weil ich nicht sicher gewesen war, ob sich der ungewöhnliche emotionale Effekt auch auf meine Begleiter auswirkte.

»Was ist mit Ihnen, Mr. Santjun?«

»Ja«, antwortete der USO-Agent. »Vielleicht ein Versuch, uns geistig zu kontrollieren.«

»Das denke ich nicht«, widersprach ich. »Eine gezielte psychische Beeinflussung ist so gut wie immer mit dem Zwang verbunden, etwas zu tun oder sich auf bestimmte Weise zu verhalten, doch außer dieser überwältigenden Trostlosigkeit fühle ich nichts.«

Iasana Weiland war die Erste, die durch die völlig zerstörte Schleuse in der Schiffswand wieder die Außenwelt erreichte.

»Sir«, hörte ich sie in meinem Empfänger flüstern. »Sehen Sie sich das an.«

Santjun und ich verließen das Wrack nahezu gleichzeitig. Der Anblick, der sich uns bot, war überwältigend. Mindestens zweihundert der seltsamen Wesen waren um die Öffnung versammelt. Ich hatte sie inzwischen auf den Namen *Verlorene* getauft und konnte mich des Gefühls nicht erwehren, dass dieser Begriff nicht aus mir gekommen war, sondern dass Te'pros, der junge Mutant von Thanton, ihn in mir »hinterlassen« hatte. Das matte weiße Glühen der Schemen spiegelte sich auf der hellblauen Schiffshülle und erzeugte ein unwirkliches Licht. Iasana Weiland brach unvermittelt in haltloses Schluchzen aus, und auch mir fiel es schwer, die mich überflutende Gefühlswelle einigermaßen abzublocken.

»Donar, Pelota, Tempest!«, rief ich. »Melden Sie sich!«

Nacheinander drangen die hörbar bedrückten Stimmen der drei USO-Spezialisten aus meinem Empfänger. Auch sie hatten mit der Ausstrahlung der Schemen zu kämpfen und das, obwohl sie noch immer wie vereinbart einen halben Kilometer Abstand zum Wrack hielten. Ich flog zu der Plophoserin hinüber, die ihren Antigrav abgeschaltet hatte und mit in Weinkrämpfen zuckenden Schultern auf der Außenhülle des Schiffes zusammengesunken war. Sofort folgte mir ein Großteil der Schemen. Sie schienen meine Nähe geradezu zu suchen.

»Leutnant Weiland!«, sagte ich eindringlich und zog sie energisch auf die Füße. »Fliegen Sie zum Rest der Gruppe. Je weiter Sie sich von dem Phänomen entfernen, desto besser werden Sie sich fühlen. Haben Sie mich verstanden?«

Die Frau nickte nur, und tatsächlich schaffte sie es unter Tränen, das Flugaggregat zu aktivieren und loszufliegen.

Ich beobachtete nachdenklich, wie sie im Zwielicht Zartiryts immer kleiner wurde. Keiner der Verlorenen schien sich um sie zu kümmern.

Ich kann deine Vermutung nur bestätigen, wisperte der Extrasinn. *Die Sphärengeister konzentrieren sich ausschließlich auf dich – und in geringerem Umfang auf Santjun.*

Ich sah zu dem USO-Spezialisten hinüber. Auch er war von etwa zwei Dutzend Verlorenen umringt. Das Gros der Erscheinungen fokussierte allerdings mich.

Sphärengeister?, wiederholte ich.

Ein Name ist so gut wie der andere, gab der Logiksektor zurück.

Mit was haben wir es hier zu tun?, fragte ich mental. Mein zweites Ich zögerte mit der Antwort ungewöhnlich lange.

Du weißt, dass ich nicht gerne spekuliere, flüsterte es schließlich.

Mach eine Ausnahme, dachte ich gereizt. *Ich werde es niemandem verraten.*

Es spricht einiges dafür, dass die ehemaligen Bewohner Zartiryts vor mehr als einer Million Jahren nicht von einer Naturkatastrophe heimgesucht, sondern Opfer eines Angriffs von außerhalb wurden. Ob es tatsächlich eine Waffe gibt, die Sterne in Schwarze Löcher verwandelt, sei dahingestellt, doch die Kräfte, die damals in diesem Sonnensystem entfesselt wurden, müssen gewaltig gewesen sein.

Raumzeitverzerrungen, setzte ich den Gedankengang des Extrasinns fort. *Dimensionsrisse. Hyperstürme. Die gewohnten physikalischen Verhältnisse wurden auf den Kopf gestellt.*

So ist es, wisperte der Logiksektor. *Unter Umständen haben wir es hier mit den Überlebenden eines Krieges zu tun, der vor über einer Million Jahren stattgefunden hat. Ehemals organische Lebewesen, die durch die Auswirkungen eines mit monströsen Vernichtungswaffen geführten Angriffs in eine körperlose Zustandsform transformiert wurden. Die Ähnlichkeit der Schemen mit den insektoiden Fremden, die wir auf den Darstellungen innerhalb des Thanaton-Monolithen entdeckt haben, ist unverkennbar.*

Können wir mit ihnen kommunizieren?

Das wage ich zu bezweifeln, zerstörte der Logiksektor meine Hoffnung, mehr über die Ereignisse in ferner Vergangenheit zu erfahren. *Ich kann nicht einmal sicher behaupten, dass die Sphärengeister überhaupt so etwas wie ein eigenes Bewusstsein haben. Ihr Verhalten deutet eher auf rein instinktgeleitete Wesen hin.*

Und warum konzentrieren sie sich auf Santjun und mich?, fragte ich.

Was das betrifft, wäre selbst eine Spekulation fahrlässig, wisperte der Extrasinn.

»Was jetzt, Sir?«

Ich hatte gar nicht bemerkt, dass Santjun zu mir herübergeflogen war. Durch die Helmscheibe hindurch konnte ich verschwommen sein Gesicht erkennen. Es sah erschöpft aus.

»Wie fühlen Sie sich?«, fragte ich.

»Es ging mir schon besser«, antwortete er. »Wir sollten von hier verschwinden und endlich das tun, wozu wir hergekommen sind.«

»Lassen Sie mich vorher noch etwas versuchen«, erwiderte ich.

Hältst du das wirklich für eine gute Idee?, erkundigte sich der Logiksektor.

Hast du eine bessere?, konterte ich.

Der Extrasinn schwieg, und ich ging entschlossen auf die weiße Wand der Sphärengeister zu. Augenblicklich kam Bewegung in die durcheinanderwimmelnden Schemen, und die mir am nächsten schwebenden Erscheinungen wichen zurück. Ich verlangsamte meine Schritte, blieb schließlich stehen. Sofort rückten die Sphärengeister wieder näher.

»Was haben Sie vor, Lordadmiral?«

»Nur ein kleines Experiment, Mr. Santjun.«

Ich streckte den rechten Arm aus und ging vorsichtig weiter. Diesmal blieben die Schemen, wo sie waren. Meine Hand tauchte in eines der Nebelwesen ein. Nichts geschah. Nichts veränderte sich.

Ich machte einen weiteren Schritt nach vorn. Der schwach leuchtende Schleier nahm nun mein gesamtes Sichtfeld ein. Ich spürte ein sanftes Vibrieren auf der Brust, und ein Gefühl der Wärme breitete sich von dort aus.

Der nächste Schritt brachte mich endgültig mitten unter die Sphärengeister. Ich war jetzt vollständig von ihren Wolkenkörpern eingehüllt. Das Vibrieren steigerte sich zum Pochen, und mir war, als schlüge plötzlich ein zweites Herz in meinem Brustkorb.

Der Zellaktivator, bemerkte der Extrasinn überflüssigerweise.

Ja, die Schemen reagierten auf das lebensverlängernde Gerät, das mir einst von dem Geisteswesen ES verliehen worden war! Doch das erklärte noch immer nicht, warum sie sich nach wie vor auch um den USO-Agenten drängten.

Ich beschloss, dass ich genug experimentiert hatte, aktivierte den Antigrav und ließ mich gut hundert Meter in die Höhe tragen. Santjun tat es mir kurz darauf gleich; die Sphärengeister blieben zurück. Zwar versuchten einige von ihnen, uns zu folgen, doch schon nach wenigen Metern hielten sie inne und kehrten zu ihren Artgenossen zurück. Es sah so aus, als könnten sie die unmittelbare Umgebung des Wracks nicht verlassen. Auch dafür hatten weder ich noch der Extrasinn eine plausible Erklärung.

Ich hätte mich gerne weiter mit diesen geheimnisvollen Schemen beschäftigt, doch dafür fehlte mir die Zeit. Ich musste endlich diesen verdammten Monolithen finden.

Kapitel 6

Atlan

»Es tut mir leid, Sir. Ich kann mich nur wiederholen: Da ist nichts!«

Torben Santorin klang verstimmt. Offenbar fühlte er sich nach drei Stunden ergebnisloser Suche in seiner Ehre als Ortungsspezialist gekränkt. Er hatte das Zartiryt-System bereits zum zweiten Mal vollständig gescannt.

»Was ist mit den Sonden, die wir zum Black Hole geschickt haben?«, fragte ich, obwohl ich die Antwort kannte.

»Sie sind mit Erreichen des Ereignishorizonts erwartungsgemäß verstummt«, sprang diesmal Naileth Simmers ein. »Ich denke, wir haben keine Alternativen mehr und müssen tatsächlich davon ausgehen, dass sich der Monolith in der Ergosphäre des Schwarzen Lochs versteckt.«

Ich nickte. Unser Ausflug in die subplanetaren Anlagen auf Zartiryt hatte nichts eingebracht. Bis in eine Tiefe von vierzig Kilometern waren die dortigen Einrichtungen zu 99 Prozent zerstört. Noch tiefer präsentierten sich die Räume und Hallen zwar einigermaßen intakt und nur von Alter und den tektonischen Verschiebungen des umgebenden Gesteins gezeichnet, doch dafür völlig leer. Iasana Weiland hatte nichts Verwertbares entdecken können. Entweder hatten die Lemurer diese Bereiche des an ein Bunkersystem erinnernden Komplexes niemals in Besitz genommen, oder es war ihnen gelungen, alles Verwertbare rechtzeitig vor dem Haluterangriff in Sicherheit zu bringen.

»Der Einflug in ein Schwarzes Loch ist nicht unmöglich, Sir!« Die dröhnende Stimme des Epsalers ließ mich unwillkürlich zusammenzucken. Ramit Claudrin hatte sich in seinem Pilotensessel umgedreht und die mächtigen Unterarme auf die Rückenlehne gelegt. Er sah mich mit großen Augen an, als wäre damit alles gesagt und ich bräuchte nur noch den Einsatzbefehl zu erteilen.

»Natürlich nicht«, spottete Torben Santorin. »Das Problem ist nur, es wieder zu verlassen.«

»Erklären Sie mir das, Oberleutnant Claudrin«, ging ich über den Einwurf hinweg.

»Die Ergosphäre eines rotierenden Black Holes ist nichts weiter als ein in sich abgeschlossener, sich rasend schnell drehender Raum«, sagte der Pilot der IMASO. »Das ist vergleichbar mit einem Librationsfeld, wie wir es vom Linearflug kennen. Wenn ich eine kurze Linearetappe so berechne, dass ich mit annähernder Lichtgeschwindigkeit tangential auf den Rand der Ergosphäre treffe, müsste ich diese durchstoßen und in den Raum dahinter eindringen. Überlegen Sie, Sir! Wenn sich der Monolith ebenfalls dort befindet – und davon gehen wir doch alle aus –, muss er in der Ergosphäre treiben. Folglich können wir auch zu ihm gelangen. Es ist ein riskantes Manöver, ohne Frage, aber es ist machbar.«

Hast du dich eigentlich schon gefragt, wie der Monolith überhaupt dorthin gelangt ist?, wisperte der Extrasinn. *Als er gebaut wurde, hat das Schwarze Loch noch gar nicht existiert.*

Vielleicht ist er im Zuge der Kampfhandlungen von der Gravitation des Black Holes eingefangen worden, gab ich zurück. *Oder die Erbauer haben ihn einst dort verankert, um ihn vor der Zerstörung zu bewahren.*

»Würden sich die Erfolgschancen erhöhen, wenn wir statt des Kreuzers, sagen wir, einen Drei-Mann-Zerstörer einsetzen würden?«, fragte ich.

»Sie sprechen von der IM-Z-1, Sir«, nickte Claudrin. »Nun, ein kleiner und wendiger Zerstörer bietet fraglos den

Vorteil der besseren Manövrierbarkeit. Ich würde sagen: Ja! Das eingebaute siganesische Mikro-Lineartriebwerk wäre für besagtes Manöver deutlich besser geeignet als der Antrieb unserer dicken Mutter.«

Naileth Simmers verzog ob der neuerlichen Anzüglichkeit kurz das Gesicht.

»Wir sollten nichts überstürzen, Sir«, sagte sie dann. »Sie haben eben selbst nach den Sonden gefragt. Keine ist nach Eintritt in die Ergosphäre zurückgekehrt oder hat Daten übermittelt.«

»Sie waren zu langsam«, warf Ramit Claudrin ein. »Maximal halbe Lichtgeschwindigkeit. Die Rotationsenergie des Black Holes hat sie sofort zerfetzt.«

»Wir wissen nach wie vor sehr wenig über Schwarze Löcher«, blieb die Kommandantin bei ihrer Skepsis. »Und ich werde nicht als die USO-Kommandantin in die Geschichte eingehen, die den Lordadmiral sehenden Auges ins Verderben fliegen ließ.«

»Oberleutnant Claudrin«, beendete ich den kurzen Disput energisch. »Bitte erstellen Sie auf der Basis der Leistungsdaten der IM-Z-1 ein entsprechendes Szenario und speisen Sie es in die Hauptpositronik ein. Ich brauche mehrere Simulationen für einen Einflug in das Black Hole unter Berücksichtigung verschiedener Rahmenparameter. Genügt ihnen eine Stunde?«

»Wenn mir niemand dazwischenquatscht, reicht auch eine halbe, Sir«, verkündete der Epsaler stolz.

»Ausgezeichnet«, sagte ich. »Major Santjun, wären Sie so freundlich, mich in die untere Polschleuse zu begleiten? Ich würde unser schlankes Schätzchen gerne persönlich begutachten.«

Ramit Claudrin grinste breit, und nicht ohne Vergnügen registrierte ich, dass Naileth Simmers die Augen verdrehte.

Du bist und bleibst ein Kindskopf, wisperte der Extrasinn.

Die IM-Z-1 ruhte mit ausgefahrenem Fahrwerk in einer Spezialhalterung, die den 27 Meter langen und vier Meter durchmessenden torpedoförmigen Zerstörer im Falle von Turbulenzen vor Beschädigungen schützen sollte. Wenige Meter daneben stand die IM-SJ-1, eine Kleinst-Space-Jet mit dem Eigennamen MOONDANCER auf ihren vier Teleskoplandestützen. Damit war der vergleichsweise winzige Hangar beinahe schon überfüllt.

Der Zerstörer war eine Spezialanfertigung der USO und unterschied sich keineswegs nur durch seinen Linearantrieb in siganesischer Mikrobauweise von seinen in der Solaren Flotte verwendeten Pendants. Hier waren die fortschrittlichsten Technologien aller raumfahrenden Völker der Milchstraße verbaut worden. Die IM-Z-1 eignete sich sowohl für den Atmosphären- als auch für den Raumflug, besaß Impuls- und Antigravaggregate und erreichte in weniger als drei Minuten halbe Lichtgeschwindigkeit.

»Warum so schweigsam, Santjun?«, sprach ich den USO-Agenten an, der auf dem kurzen Weg zum Hangar kein Wort gesagt hatte. »Wenn Sie Bedenken haben, dann nur heraus damit.«

»Halten Sie es für klug, dass Sie an dem bevorstehenden Einsatz persönlich teilnehmen, Sir?«, fragte Santjun offen.

»Noch ist nicht klar, ob es überhaupt einen Einsatz gibt«, erwiderte ich.

»Lassen Sie bitte die Spielchen, Sir.« Mein Gegenüber trat einen Schritt näher an mich heran. »Wenn Claudrins Simulationen auch nur einen Hauch von Erfolg versprechen, werden Sie diesen Flug unternehmen.«

Der Mann hat dich nach nur zehn Tagen komplett durchschaut, spottete der Extrasinn.

»Und damit hätten Sie ein Problem?«, wollte ich wissen.

»Selbstverständlich«, sagte Santjun ernst. »Weil es nicht Ihre Aufgabe ist. Sie sind der Lordadmiral der USO. Wenn

Ihnen etwas passieren, wenn Sie vielleicht sogar – was die Schlangengötter der Evergreens verhindern mögen – getötet werden würden, wären die Folgen kaum absehbar. Ob Sie es wollen oder nicht, Sir: Sie sind eine Symbolfigur mit einem kaum zu übertreffenden Renommee und einer der maßgeblichen Gründe dafür, dass viele der unabhängigen Welten die USO und die von ihr repräsentierten Gesetze respektieren. Das würde sich jedoch schlagartig ändern, wenn die Öffentlichkeit erfahren müsste, dass sie in einem Schwarzen Loch verschwunden sind.«

»Ich gebe Ihnen grundsätzlich recht, Mr. Santjun«, erwiderte ich. »Doch ich habe es bereits Major Simmers gesagt: Die Monolithen stellen eine potenzielle Bedrohung dar, deren Ausmaß derzeit niemand abschätzen kann und die ohne mich nicht existieren würde. Es widerspricht meiner innersten Überzeugung, in dieser Sache anderen die Initiative zu überlassen.«

»Selbst wenn Sie dadurch die Existenz der USO gefährden?«

»Sie übertreiben.«

»Tue ich das?«

Santjun sah mich unverwandt an. Natürlich hörte ich solche Vorwürfe nicht zum ersten Mal. Die Funktion des Lordadmirals und damit des Oberbefehlshabers über Zehntausende von Raumschiffen, Stützpunkten und Agenten hatte ich seit fast einem Jahrtausend inne. Auch für einen relativ Unsterblichen war das eine sehr lange Zeit. Immer wieder hatten sich Situationen ergeben, die – zumindest nach meinem Empfinden – ein persönliches Eingreifen erforderlich gemacht hatten. Ich war ehrlich genug zu mir selbst, um zuzugeben, dass es in vielen Fällen wohl auch ausgereicht hätte, ein paar USO-Spezialisten in die Schlacht zu werfen, doch wer wollte sagen, ob mein, wie es Santjun so schön ausgedrückt hatte, *kaum zu übertreffendes Renom-*

mee auch dann Bestand gehabt hätte, wenn ich den größten Teil der Zeit hinter meinem Schreibtisch in Quinto Center zugebracht hätte.

Obwohl sie nun schon knapp zehn Jahre zurücklagen, waren mir beispielsweise die Abenteuer, die ich gemeinsam mit der geheimnisvollen Trilith Okt erlebt hatte, noch frisch im Gedächtnis. Sie war sicherlich nicht die Art von Frau, der mein Herz spontan entgegenflog, aber mein Leben wäre ärmer gewesen, wenn ich diese grimmige Kriegerin nicht kennengelernt hätte. Ein weiteres Mal hatte diese Begegnung mich gelehrt, wie unsinnig es war, die Welt stereotyp in Freunde und Feinde, Gute und Böse einzuteilen.

Auch beim Wettlauf um den auf Finkarm entdeckten Zellaktivator und bei den Ereignissen um das Erbe der Illochim hatte ich mir immer wieder Vorwürfe meiner Offiziere und Berater anhören müssen, insbesondere aber diejenigen Decaree Farous, die ähnlich wie Santjun argumentierte und mir regelmäßig das Recht absprach, mich wissentlich in Gefahr zu bringen. An meiner Einstellung hatte das nichts geändert. Es war nun einmal nicht meine Art, andere für mich die Kastanien aus dem Feuer holen zu lassen, und daran würde sich auch in Zukunft nichts ändern.

»Vertagen wir diese Diskussion auf später«, sagte ich. »Sie können so ein Ding fliegen?«

Ich zeigte auf den Zerstörer. Santjun nickte nur.

Die folgenden zwanzig Minuten verbrachten wir mit einer sorgfältigen Inspektion der IM-Z-1. Wie erwartet befand sie sich in einem vorzüglichen Zustand. Das Zirpen meines Armbandkoms ließ mich in der Durchmusterung eines Waffenschranks innehalten. Es war Naileth Simmers, die mich darüber informierte, dass Ramit Claudrin seine Simulationen abgeschlossen hatte.

Zwei Minuten später waren Santjun und ich wieder in der Zentrale.

»Es sieht gut aus, Lordadmiral«, empfing mich der Pilot der IMASO und nickte mir mit seinem kantigen Schädel aufmunternd zu. Ich trat hinter ihn und schaute über seine breiten Schultern auf den zentralen Bildschirm der Steuerkonsole.

»Das Wichtigste ist die Geschwindigkeit«, erklärte er die auf dem Monitor sichtbaren Daten und Diagramme. »Je näher man der absoluten Lichtgeschwindigkeit kommt, das heißt, je exakter man den Austrittspunkt aus dem Linearraum an die Grenze des Ereignishorizonts verlegen kann, desto steiler kann der Auftreffwinkel sein. Im Idealfall gleitet man praktisch ohne jeden Widerstand in die Ergosphäre hinein.«

»Ein Spaziergang«, sagte Naileth Simmers mit unverhohlenem Spott.

»Wie sieht es mit der Rückkehr aus?«, fragte ich.

»Nun ...«, Claudrin zögerte. »Da bin ich mir leider nicht ganz sicher.«

»Weil niemand wirklich weiß, welche Bedingungen in einer Ergosphäre herrschen«, sagte ich und strich mir nachdenklich übers Kinn.

»Genau. Fest steht, dass sie mit Lichtgeschwindigkeit rotiert – und mit ihr der Monolith, wenn er tatsächlich dort ist. Da auch die IM-Z-1 nahezu lichtschnell ist, sollte ein gezieltes Manövrieren kein Problem sein. Ebenso wenig wie ein Austritt aus der Ergosphäre. Aber wie Sie selbst sagten, Sir: Niemand weiß, ob die Verhältnisse da drinnen«, er deutete auf den Panoramaschirm, in dessen Mitte das Zartiryt-Black Hole stand, »tatsächlich so sind, wie wir uns das vorstellen.«

»Ich danke Ihnen, Oberleutnant«, erwiderte ich. »Gute Arbeit.«

Naileth Simmers sah mich nur stumm an, als ich neben sie trat. Santjun hatte wieder die Arme vor der Brust verschränkt und stand breitbeinig im Hintergrund der Zentrale neben einem Kontursessel.

»Wie ist die Lage an Bord?«, fragte ich die Kommandantin leise. Sie wusste natürlich sofort, worauf ich anspielte.

»Der Monolith befindet sich definitiv in diesem System«, antwortete sie ebenso leise. »Noch hält sich seine Wirkung allerdings in Grenzen. Unwohlsein, Kopfschmerzen, schnelles Nachlassen der Konzentration und allgemeine Müdigkeit. In Einzelfällen Depressionen, aber nichts, was mit ein paar Pillen nicht vorübergehend unter Kontrolle zu bringen wäre.«

»Gut«, sagte ich zufrieden. »Ich weiß, dass Sie nicht glücklich darüber sind, Naileth, aber ich *muss* diesen Flug machen.«

Ich hatte die Frau ganz bewusst mit ihrem Vornamen angesprochen.

»Ich habe es befürchtet, Sir. Darf ich fragen, wer Sie begleitet?«

»Major Santjun und Leutnant Weiland«, antwortete ich. »Letztere natürlich nur, wenn sie einverstanden ist, und ich versichere Ihnen, dass ich ihr das entsprechende Risiko in allen Farben ausmalen werde.«

»Mr. Santjun ist nach den Strapazen auf Thanaton nicht in der allerbesten Verfassung«, flüsterte die Gäanerin. »Ich halte es für keine gute Idee, ihn auf eine solche Mission mitzunehmen.«

»Machen Sie sich um mich keine Sorgen, Major!« Santjun stand mit einem mal wie hingezaubert vor uns. Wenn ich es nicht besser gewusst hätte, hätte ich geschworen, dass er ein Teleporter war.

»Zumindest sein Gehör funktioniert ganz ausgezeichnet«, stellte ich fest.

»Ich mag im Moment nicht im Vollbesitz meiner Kräfte sein«, sagte der USO-Agent, »aber ich bin neben dem Lordadmiral der Einzige, der bereits Erfahrung mit einem Monolithen hat. Die Logik gebietet somit, dass ich an diesem Einsatz teilnehme.«

Naileth Simmers wollte etwas erwidern, doch ich hob die rechte Hand und stoppte sie.

»Ich muss Mr. Santjun beipflichten«, sagte ich. »Sorgen Sie dafür, dass die von Claudrin errechneten Werte in die Bordpositronik der IM-Z-1 eingespeist werden. Und informieren Sie Leutnant Weiland. Wir starten in einer Stunde.«

Kapitel 7

Atlan

In der Pilotenkanzel des Zerstörers war es eng. Trotz der relativen Größe der IM-Z-1 nahm die Technik den Löwenanteil des verfügbaren Stauraums ein. Unmittelbar in unserem Rücken führte ein Schott zu den drei mit schlichten pneumatischen Liegen ausgestatteten Kabinen, die gerade einmal je vier Quadratmeter durchmaßen. Eine winzige Automatküche sowie die Nische, in der der Schrank mit den Handwaffen und Energiemagazinen untergebracht war, vervollständigten die sehr übersichtlichen Räumlichkeiten.

Iasana Weiland hatte im Notsitz neben der Ortungsanlage Platz genommen. Wie Santjun, der den Zerstörer flog, und auch ich, trug sie einen geschlossenen USO-Kampfanzug, der für eine Einsatzdauer von bis zu vier Wochen konzipiert war. Ein vollständig autarkes Versorgungs- und Wiederaufbereitungssystem erlaubte es seinem Träger, bis zu einem Monat in einer lebensfeindlichen Umgebung wie zum Beispiel im Vakuum des Weltraums zu überleben.

Wir hatten mit der IMASO ein Zeitfenster von zwölf Stunden vereinbart. Nach dem Eindringen in die Ergosphäre würde ein Kontakt mit dem Leichten Kreuzer nicht mehr möglich sein. Deshalb hatte ich Naileth Simmers angewiesen, dass sie Quinto Center um Hilfe anfunken sollte, falls wir uns nicht nach spätestens einem halben Standardtag meldeten.

»Kursdaten übernommen«, hörte ich den USO-Spezialisten sagen. »Beschleunige auf dreiviertel Licht. Aktivierung des Autopiloten in drei ... zwei ... eins ... jetzt!«

Auf dem Instrumentenpaneel vor mir begann ein Timer die letzte Minute vor dem Eintritt in den Linearraum herunterzuzählen. Ich musste plötzlich an Perry Rhodan denken, der im fernen Jahr 1971 mit einer primitiven Rakete namens STARDUST die Reise von der Erde zum Mond angetreten hatte. Hatte er sich damals ähnlich gefühlt? Hatte auch er diese Mischung aus Aufregung und Angst empfunden, die mich in diesen Momenten erfasst hatte?

Vor uns wurde die rot glühende Akkretionsscheibe des Schwarzen Lochs schnell größer. Es war uns wie ein gutes Omen erschienen, als wir inmitten des riesigen Trümmerfelds eine Art Schneise entdeckt hatten, eine Region, in der die Zahl der Asteroiden und Gesteinsbrocken deutlich niedriger lag als überall sonst. Das erlaubte es uns, eine deutlich höhere Eintrittsgeschwindigkeit zu erreichen und somit die Präzision der nur wenige Sekundenbruchteile andauernden Linearetappe signifikant zu erhöhen.

Ich drehte mich zu Iasana Weiland um. Obwohl ich mich redlich bemüht hatte, ihr die Gefahren der anstehenden Exkursion begreiflich zu machen, hatte sie erneut keinen Moment gezögert. Als sie meinen Blick bemerkte, lächelte sie durch die Helmscheibe, doch es sah ziemlich gequält aus.

»Ich hoffe, Sie bereuen Ihre Entscheidung nicht nachträglich«, sagte ich.

»Haben Sie denn keine Angst, Sir?«, fragte die Frau scheu. Ich lachte.

»Natürlich habe ich Angst, Mrs. Weiland. Ich habe nur ein paar Jahrtausende mehr Übung darin, sie vor anderen zu verbergen.«

»92 Prozent Licht«, meldete Santjun. »In einer halben Minute ist es soweit.«

Die IM-Z-1 raste auf das Black Hole zu. Die Fusionsmeiler im hinteren Teil des Zerstörers arbeiteten auf Volllast, da das Strukturfeld des Impulskonverters für die immense Beschleunigung gewaltige Energiemengen benötigte. Es war ein seltsames Gefühl zu wissen, dass wenige Meter von einem entfernt eine kleine Sonne loderte, deren vernichtendes Feuer ausschließlich durch ein paar gerichtete Magnetfelder gezähmt wurde. Von der Geschwindigkeit selbst spürten wir nichts; dafür sorgten die Andruckabsorber. Allerdings zeugten die als lange, gelbrote Schlieren an uns vorbeiziehenden Trümmer der Akkretionsscheibe davon, dass wir uns in relativistischen Bereichen bewegten.

Zehn Sekunden. Das Schwarze Loch war viel zu nah. Hatten sich Ramit Claudrin und die Positronik womöglich verrechnet?

»95 Prozent Licht.«

Die Stimme Santjuns klang verzerrt. Jedes einzelne Wort verursachte ein mehrfaches Echo, das auch dann nicht verschwand, als ich die Lautstärke des Empfängers herunterregelte.

95 Prozent Licht! Das war so ziemlich das Maximum, das man mit einem Impulstriebwerk erreichen konnte. Ausgereizt wurde es so gut wie nie, da ein Eintritt in den Linearraum bereits bei halber Lichtgeschwindigkeit – und somit erheblich materialschonender und gefahrloser – möglich war.

In den vergangenen Jahrtausenden hatte es immer wieder Forscher gegeben, die sich des Phänomens der Lichtgeschwindigkeit angenommen hatten, einer der maßgeblichen Naturkonstanten im Universum. Albert Einstein, der bis heute als einer der größten terranischen Denker aller Zeiten galt, hatte herausgefunden, dass sich prinzipiell jedes Objekt, egal ob Raumschiff, Mensch oder eben Licht selbst, stets mit rund 300.000 Kilometern pro Sekunde bewegte. Seine entscheidende Leistung hatte darin bestanden, diese Bewegung in eine zeitliche und eine räumliche Komponente zu zerlegen. Erhöhte ein Objekt seine Bewegung durch den Raum, verringerte es dadurch seine Bewegung durch die Zeit und umgekehrt. Beide Bewegungsarten addierten sich dabei stets wieder zur Lichtgeschwindigkeit. Bei Erreichen von 100 Prozent Licht musste die Zeit somit zwangsläufig stehen bleiben, was physikalisch unmöglich war. Deshalb konnte kein Objekt im Normalraum jemals diese magische Grenze erreichen, geschweige denn überschreiten. Lediglich Lichtquanten, Photonen genannt, waren in der Lage, dieses Wunder zu vollbringen, weil sie keine Masse besaßen.

»Linearetappe in drei ... zwei ... eins ... jetzt!«

Von einem Augeblick auf den anderen veränderte sich die Umgebung. Der Zerstörer schien plötzlich still zu stehen, doch ich wusste, dass er in Wahrheit durch die Ergosphäre des Black Holes raste, mitgerissen von den unglaublichen Gravitationskräften, die hier, unmittelbar vor der Grenze des inneren Ereignishorizonts, herrschten.

Der Übergang war geglückt!

Um uns herum taumelten Hunderte, nein Tausende von kleinen und größeren Trümmerstücken, Materie, die das Schwarze Loch an sich gezogen hatte und zu verschlingen im Begriff war. Der Hintergrund leuchtete in düsterem Rot. In unregelmäßigen Abständen blitzen helle Funken auf und erloschen sofort wieder.

Das ist lediglich der kleinere, der sichtbare Teil des tatsächlich vorhandenen Lichts, wisperte der Extrasinn. Es tat unglaublich gut, seine ruhige, flüsternde Stimme zu hören. *Sieh dir die Messwerte an. Infrarotstrahlung, Mikrowellen, Radiowellen. Je höher die Gravitation, desto energieärmer ist das Licht, bis es schließlich komplett verschluckt wird.*

Ein seltsames Knistern ließ mich aufhorchen. Eine rote Lampe am Instrumentenpult signalisierte, dass der Schutzschirm der IM-Z-1 kurz vor dem Zusammenbruch stand. Das Heer der permanent auf ihn einprasselnden Mikrometeoriten machte ihm zu schaffen. Warum reagierte Santjun nicht?

Ich wollte dem Mann im Pilotensessel etwas zurufen, doch dann registrierte ich, dass er schlaff in den Sicherheitsgurten zusammengesunken war und sich nicht mehr rührte. Eine schnelle Überprüfung der Vitalwerte, die durch die Anzugpositronik ununterbrochen ermittelt wurden, ergab, dass der USO-Agent lediglich bewusstlos war. Hatte er die auf Thanaton durchgestandenen Belastungen und den verderblichen Einfluss des Monolithen etwa doch schlechter verdaut, als ich bereit gewesen war zu glauben?

»Wo ... wo sind ... wir?«

Auch Iasana Weiland hatte beim Übertritt in die Ergosphäre kurzzeitig die Besinnung verloren und kam nun wieder zu sich.

»Genau dort, wo wir sein wollten«, erwiderte ich knapp. Mit zwei Schaltungen legte ich die Flugkontrollen auf meinen Platz um. Ich fühlte mich mit einem Mal um Jahrzehnte gealtert. Meine Glieder und der Rücken schmerzten, ich hatte kein Gefühl in den Fingerspitzen, und jede Bewegung fiel mir schwer. Der Zellaktivator sandte belebende Impulse durch meinen Körper, doch mein Zustand besserte sich nur allmählich. Um wie viel beschwerlicher musste die Situation für Iasana Weiland und Santjun sein.

Die Ortungsdaten waren so gut wie unbrauchbar. Im Innern der Ergosphäre herrschte ein beispielloses energetisches Chaos, und die Instrumente lieferten völlig verrückte Werte. Mal zeigten sie an, dass der den Zerstörer umschließende Raum nur wenige hundert Meter groß war, dann wiederum weitete er sich, und seine Begrenzungen waren nicht mehr erfassbar. Schließlich schaltete ich die komplette Anlage einfach ab und flog auf Sicht.

Die war allerdings auch nicht besonders gut. Immer wieder musste ich Felstrümmern ausweichen, die auf kaum vorhersehbaren Bahnen durch das rote Zwielicht torkelten und teilweise fünfzig und mehr Meter Durchmesser hatten. Hinzu kam, dass der Impulsantrieb nur schwerfällig auf meine Steuerbefehle reagierte. Es dauerte einige Minuten und zwei Beinahe-Kollisionen, bis ich die Verzögerung in meine Flugmanöver einkalkulieren konnte. Kurz darauf war alles wieder normal.

Ein leises Stöhnen signalisierte, dass auch Santjun zu sich kam. Konzentriert starrte ich aus dem Kanzelfenster der IMZ-1 in das verwirrende Durcheinander der Ergosphäre hinaus. Einen Monolithen sah ich da draußen nicht. Faktisch – das hatten die Berechnungen von Christina Gabrielle ergeben – besaß die Ergosphäre eine maximale Weite von acht Kilometern. Durch die von der Rotation verzerrte Raumzeit wuchs dieser Durchmesser jedoch auf gut 1000 Kilometer an. Ging man von einer halbwegs kugelförmigen Ausdehnung aus, ergab sich damit ein Volumen von über 500 Millionen Kubikkilometern. Das war mehr als ausreichend, um gleich ein paar Dutzend Monolithen zu verstecken.

Vereinfacht ausgedrückt war die Ergosphäre eine Art Mikrokosmos, ein in sich gekrümmter Raum und damit vom übrigen Kosmos isoliert. Der menschliche Verstand war nicht für die Verarbeitung vierdimensionaler Konzepte konstruiert und konnte sich in vorliegendem Fall nur mit der Mathematik oder bildlicher Vereinfachung behelfen. Wenn man das Szenario beispielsweise um eine Dimension reduzierte, wurde es sofort verständlicher. Ein fiktives Lebewesen, das nur die Dimensionen Höhe und Breite kannte, also flach wie ein Blatt Papier war, würde eine Kugel stets als Ebene begreifen. Wenn es von einem Punkt A aus startete und entlang des Kugeläquators stur geradeaus ging, musste es irgendwann wieder am Ausgangspunkt seiner Reise ankommen. Für dreidimensionale Wesen wie uns ein völlig logischer und leicht zu erklärender Vorgang, doch nicht so für unseren zweidimensionalen Freund. In seiner Welt hätte er sich mit jedem Schritt weiter von Punkt A entfernt und wäre am Ende dennoch wieder genau dort angelangt, wo er losgegangen war. Auf diese Weise nahmen Menschen, Arkoniden und fast alle anderen Völker der Milchstraße die Krümmung der Raumzeit wahr.

Ausweichen!

Der scharfe Impuls des Extrasinns rettete mir und meinen Begleitern das Leben. Zumindest vorerst. Ich hatte schon vor vielen tausend Jahren gelernt, auf die blitzartigen Warnungen meines zweiten Ichs zu reagieren – und zwar ohne den zeitaufwendigen Umweg über das bewusste Denken. Ich riss den Steuerknüppel nach rechts. Gleichzeitig explodierte etwas im Heck des Zerstörers. Ein gewaltiger Ruck presste uns in die Sitze, und auf dem Instrumentenpaneel flammten reihenweise rote Lämpchen auf.

Die IM-Z-1 geriet ins Trudeln. Offenbar waren auch die Andruckabsorber in Mitleidenschaft gezogen worden, denn ich hatte plötzlich das Gefühl, mein Körpergewicht hätte sich verdreifacht. Iasana Weiland stieß einen gurgelnden Schrei aus, wollte etwas sagen, brachte jedoch nur ein ersticktes Würgen hervor.

Für einen Wimpernschlag sah ich den hinteren Teil des Zerstörers in wenigen Metern Entfernung am Cockpit vorbeidriften, ein Anblick, dem etwas erheiternd Surreales anhaftete. Was immer uns getroffen hatte – es hatte die IM-Z-1 fast genau in der Mitte erwischt und sauber in zwei Teile gespalten.

Wir haben keinen Antrieb mehr, stellte der Logiksektor unnötigerweise fest. *Versuche den Zerstörer mit den Korrekturdüsen zu kontrollieren.*

Das war leichter gesagt als getan. Auch die Positronik hatte etwas abbekommen und tat nicht das, was sie tun sollte. Zwar konnte ich die rechts und links neben den seitlichen Stummelflügeln der IM-Z-1 angebrachten Impulsdüsen ansteuern, sie jedoch nicht miteinander synchronisieren.

Noch bevor der Extrasinn einen entsprechenden Vorschlag formulieren konnte, hatte ich die Notsteckverbindung meiner Anzugpositronik freigelegt und das dünne Kabel mit dem Universaladapter aus der Halterung gezogen. Mit zwei Handgriffen war der intakte Rechner meiner Raummontur mit der defekten Positronik des Zerstörers vernetzt. Die Koordination der Steuerdüsen war eine vergleichsweise einfache Aufgabe. Innerhalb von Sekunden stabilisierte sich die Flugbahn der IM-Z-1.

Schau nach links, forderte mich der Logiksektor auf. Es dauerte für meine Verhältnisse ungewöhnlich lange, bis ich den dünnen, weiß glühenden Lichtbalken als das erkannte, was er war.

Ein Waffenstrahl!, dachte ich.

Thermobeschuss, präzisierte der Extrasinn. *Die Gravitation des Black Holes beeinflusst neben dem Raum auch die Zeit und erzeugt immer wieder Zonen, in denen ihr normaler Ablauf gestört wird.*

Der wie in einem Standbild festgefrorene Thermostrahl flackerte noch einmal kurz auf und erlosch, gerade so, als wolle jemand die Worte meines zweiten Ichs unterstreichen. Dann sah ich den Monolithen. Das in seiner Gesamtheit mehr als vier Kilometer hohe und etwa eineinhalb Kilometer breite Objekt schwebte inmitten einer Raumregion, die gänzlich trümmerfrei war. Wann immer sich einer der Gesteinsbrocken bis auf eine bestimmte Distanz genähert hatte, änderte er urplötzlich und ohne erkennbaren Anlass den Kurs und entfernte sich wieder.

Der Monolith auf Thanaton war halb in einem Felsmassiv versunken und zudem von zahlreichen Plattformen, Leitern, Aufbauten und nicht zuletzt Vegetation bedeckt gewesen. Nun sah ich zum ersten Mal eines der geheimnisvollen Gebilde in seiner eigentlichen Form. Auf den ersten Blick wirkte es wie einer jener Wolkenkratzer, mit denen die Terraner im 20. und 21. Jahrhundert ihre Städte verschandelt hatten, eine klobige, aus verschieden breiten und hohen Quadern zusammengefügte Struktur, die langsam um ihre Längsachse rotierte. Dabei schoben sich immer wieder Bereiche in mein Sichtfeld, die deutliche Spuren von Beschädigung trugen. Dort war das ansonsten silbrig schimmernde Metall aufgerissen, glänzte nur noch matt oder fehlte ganz und hinterließ dadurch hässliche, gezackte Löcher.

Bei näherem Hinsehen lösten sich die Quader in Tausende, bis zu hundert Meter lange Stränge auf, die antiken Orgelpfeifen nicht unähnlich waren. An seiner Basis, dem Ende, das auf Thanaton im Boden gesteckt hatte, wirkte der Monolith wie mit einem Messer abgeschnitten. Da die silbrigen Röhren unterschiedlich lang waren, ergab sich nach oben hin das Bild eines kaskadenartig gestuften Bündels, in dem die längeren Elemente innen und die kürzeren außen lagen.

Nichtsdestotrotz wirkte der Monolith beeindruckend, ja sogar bedrohlich. In seiner schlichten Schwerfälligkeit strahlte er gleichzeitig so etwas wie Autorität aus. Es war schwer in Worte zu fassen, doch je länger ich den stummen Riesen anstarrte, desto überzeugter war ich, dass er Dinge verbarg, die besser verborgen blieben. Erneut musste ich Santjun recht geben, der dem Gebilde auf Thanaton trotz des orgelartig-filigranen Erscheinungsbildes mit der Bezeichnung Monolith versehen hatte.

Für weitere Überlegungen hatte ich keine Zeit, denn in diesem Moment löste sich irgendwo im Umfeld des Monolithen ein weiterer Thermostrahl. Woher er genau kam, hätte ich nicht zu sagen vermocht, doch wieder war das Glück auf unserer Seite, denn er kroch wie in Zeitlupe auf uns zu; ein Ausweichen war selbst mit den Korrekturdüsen kein Problem.

Du musst so schnell wie möglich eines der Löcher in der Außenhülle erreichen, wisperte der Extrasinn. *Nur dort könnt ihr in den Monolithen eindringen. Schon der nächste Schuss kann für uns der letzte sein.*

Innerhalb der Ergosphäre war es so gut wie unmöglich, Entfernungen abzuschätzen, also hielt ich einfach stur auf mein Ziel zu. Ein Knacken im Funkempfänger, gefolgt von einem schmerzhaft lauten Pfeifen, ließ mich zusammenzucken. Ich war wie elektrisiert. Jemand versuchte Kontakt zu uns aufzunehmen – und dieser Jemand konnte sich nur innerhalb des Monolithen befinden. Obwohl die Verbindung extrem schlecht war, waren dennoch einzelne Worte zu verstehen. Der oder die Unbekannte sprach reinstes Interkosmo.

»... unbekannte ... ling ... Anflug ... Sie fremdes ...Stelle um ... hole ... auf der ... Sie die Folgen ...«

Der Spruch wurde permanent wiederholt, und schon nach kurzer Zeit hatte die Positronik die Lücken gefüllt und die Nachricht rekonstruiert.

Sie lautete: »An den unbekannten Eindringling. Mit Ihrem Anflug verletzen Sie fremdes Hoheitsgebiet. Kehren Sie auf der Stelle um! Ich wiederhole: Kehren Sie auf der Stelle um! Andernfalls werden Sie die Folgen tragen!«

»Ihr seid lustige Vögel«, knurrte ich, während die IM-Z-1 unbeirrt auf den Monolithen zusteuerte. »Erst schießt ihr uns das Raumschiff unter dem Hintern weg, und dann sollen wir umkehren.«

Neben mir hatte sich Santjun so weit erholt, dass er mich bei meinen Bemühungen, den Zerstörer auf Kurs zu halten, wieder unterstützen konnte. Seine behandschuhten Finger huschten über die Sensorfelder, und einige der roten Lämpchen auf dem Instrumentenpanel wurden grün.

»Die Kabine ist dicht«, gab der USO-Spezialist die Ergebnisse seiner Aktivitäten bekannt. »Der Thermostrahl ist unmittelbar vor der oberen Heckflosse eingeschlagen und hat den Schutzschirmprojektor für die Prallschirme zur Explosion gebracht. Dadurch ist der Zerstörer in der Mitte durchgebrochen. Notreaktor läuft mit halber Leistung. Wir fliegen derzeit mit etwa 98 Prozent Licht. Tendenz aufgrund der gravitatorischen Sogwirkung des Black Holes steigend.«

Dennoch wollte der Monolith einfach nicht näher kommen. Unverrückbar hing er vor uns im roten Dämmerlicht. Ich hatte eines der größten Löcher, beinahe schon ein Krater in der silbergrauen Hülle, anvisiert und die IM-Z-1 in eine sanfte Parabel gezwungen. Sie folgte damit der Eigendrehung des Monolithen, und die wie ein Stachel aus ihrem Bug ragende Hyperfunkantenne zeigte scheinbar starr auf die Öffnung.

Ich fragte mich, auf welche Weise sich der Monolith an seiner Position hielt. Triebwerke konnte ich nirgendwo erkennen, und schon auf Thanaton hatte das Gebilde eher den Eindruck einer planetengebundenen Einrichtung denn den einer Raumstation gemacht. Dennoch: Der Monolith musste bereits seit sehr langer Zeit in einem stabilen Orbit innerhalb der Ergosphäre kreisen. Natürlich war nicht auszuschließen, dass es die Lemurer gewesen waren, die ihn auf seine Bahn um das Schwarze Loch gebracht hatten, doch daran wollte ich nicht so recht glauben.

»Achtung!«

Diesmal war Santjun sogar schneller als der Extrasinn. Der Monolith machte urplötzlich einen Satz auf uns zu. Ich schaltete die Korrekturdüsen sofort auf Umkehrschub, doch es war abzusehen, dass die Bremswirkung nicht ausreichen würde, um die drohende Kollision zu verhindern. Wir mussten in den vergangenen Minuten in einer jener Zonen geflogen sein, in der die Gravitationseinflüsse des Black Holes den Ablauf der Zeit verlangsamt hatten. Über die kurzzeitig in meinem Schädel aufblitzende Frage, warum uns – ganz im Gegensatz zu den diversen Trümmerbrocken der Ergosphäre – der unsichtbare Schutzschirm des

Monolithen nicht aufgehalten hatte, konnte ich mir später den Kopf zerbrechen, denn uns blieben höchstens noch ein paar Sekunden.

Ohne weiteres Zögern schlug ich mit der Faust auf den knallroten Notschalter neben dem Steuerpult. Mit lautem Knall explodierten die in den Metallplaststreben des Cockpitrahmens eingelassenen Mikrosprengladungen und schleuderten die viergeteilte Scheibenkonstruktion aus ihrer Halterung. Für einen Moment zerrte die Sogwirkung der Dekompression an mir und meinen Begleitern, doch die Gurte hielten uns in den Sitzen.

»Raus hier!«, rief ich mit minimaler Sendeenergie. »Antigrav auf kleinstmögliche Leistungsabgabe schalten, Deflektorschirme und Ortungsschutz ein. Mit etwas Glück können wir unseren unbekannten Freunden weismachen, dass wir beim Aufprall ums Leben gekommen sind.«

Noch während ich sprach, hatte ich den Verschluss der Sicherheitsgurte geöffnet und mich nach oben abgestoßen. Santjun folgte mir und zerrte dabei Iasana Weiland mit sich, die sich gleichfalls aus ihrem Sitz gelöst hatte. Der Zerstörer rutschte rasend schnell unter uns hinweg. Einen Atemzug später krachte er wenige hundert Meter von uns entfernt frontal die ohnehin beschädigte Außenhülle des Monolithen.

Der sich lautlos aufblähende Feuerball wurde vom herrschenden Vakuum schnell erstickt. Vermutlich waren die Magnetfelder des Notreaktors zusammengebrochen und hatten so indirekt die Detonation ausgelöst. Zwar gab es selbst für einen solchen Fall redundante Systeme, doch diese konnten nicht greifen, da durch die Havarie die Hauptenergieversorgung ausgefallen und die Speicher der Positronik beschädigt worden waren.

Unsichtbar und mit aktiviertem Ortungsschutz drangen wir ins Innere eines Monolithen vor, der von Unbekannten in Besitz genommen worden war und von diesen offensichtlich als Eigentum betrachtet wurde. Insofern hatten wir unser Ziel vorläufig zwar erreicht, aber die geplante Rückkehr zur IMASO würde sich nach der Zerstörung der IM-Z-1 weitaus schwieriger gestalten als geplant.

Kapitel 8

Shinyan

Shinyan erwachte mit heftigen Kopfschmerzen. Das war im Grunde nichts Neues, doch so schlimm wie diesmal hatte sich das Pochen in ihrem Schädel noch nie bemerkbar gemacht. Seit die rätselhaften Fremden Padpool und sie gefangen genommen und hierher gebracht hatten, schien die Zeit stehen geblieben zu sein. Die Akonin hätte nicht zu sagen vermocht, ob seitdem zehn Stunden oder zehn Tage vergangen waren.

Padpool schlief noch, wenn auch sehr unruhig. Immer wieder wälzte er sich auf der dünnen Matte, die man ihnen zur Verfügung gestellt hatte, hin und her und murmelte dabei Dinge, die Shinyan nicht verstand. Manchmal zuckte er regelrecht zusammen, stöhnte laut und schlug ein paar Mal mit den Armen um sich, so als müsse er sich im Traum eines Angriffs erwehren. Die Prospektorin weckte ihn dennoch nicht auf. Zum einen war es in dem Licht, das von einer nicht erkennbaren Quelle erzeugt wurde, schwer genug, überhaupt einzuschlafen, zum anderen würden sie ihre Kräfte womöglich noch brauchen.

Padpool hatte es tatsächlich geschafft. Sein waghalsiges Manöver war gelungen, und die MORROK hatte die unsichtbare Grenze zur Ergosphäre durchstoßen. Zeit, diesen Erfolg zu feiern, war ihnen allerdings nicht geblieben, denn schon Minuten nach ihrer Ankunft in jener düsterroten, beklemmend irreal wirkenden Welt zwischen Normaluniversum und Ereignishorizont war der Angriff erfolgt. Die terranische Korvette war wie aus dem Nichts aufgetaucht und hatte die Prospektorenwalze in ein Fesselfeld gehüllt. Kurz darauf war aus den Lautsprechern der Funkanlage eine verzerrte, jedoch eindeutig männliche Stimme gedrungen, die Padpool und sie aufgefordert hatte, jede Gegenwehr zu unterlassen. Andernfalls, so der Unbekannte, würde man die MORROK auf der Stelle vernichten.

Shinyan hatte Padpool mit einiger Mühe davon überzeugen können, zunächst einmal stillzuhalten. Das Schiff der beiden Akonen war ohnehin nur schwach bewaffnet, während die Korvette zumindest Thermo- und Desintegratorgeschütze aufweisen konnte. Die bei dieser Baureihe übliche Transformkanone in der oberen Polkuppel fehlte dagegen, was die Prospektorin als weiteren Hinweis darauf wertete, dass es sich bei den Fremden nicht um Angehörige des Solaren Imperiums handelte. Zwar verkauften die Terraner ausgediente Militärkorvetten nach einer Generalüberholung an Dritte weiter, doch Waffen und andere sensible technische Einrichtungen – insbesondere die heiß begehrten Transformkanonen – wurden selbstverständlich zuvor entfernt.

Die Fremden hatten die MORROK zu einer kilometerlangen Konstruktion geschleppt, die aus zahlreichen silbergrauen, kristallin wirkenden Strängen bestand, und dort in einer Art Hangar verankert. Shinyan rätselte noch immer, ob es sich dabei um ein Raumschiff, eine Station oder etwas völlig anderes handelte. Zumindest hatte sie etwas Ähnliches noch nie zuvor gesehen und war ziemlich sicher, dass das Objekt von keiner der bekannten großen Zivilisationen in der Galaxis gebaut worden war.

Kurz danach war ein fünfköpfiges Enterkommando in der Zentrale aufgetaucht und hatte die beiden Akonen durch ein wahres Labyrinth aus kurzen, zwei Meter hohen Gängen und über einige Antigravschächte in einen gewaltigen Hohlraum geführt. Dabei hatte sich der Eindruck des absolut Exotischen einmal mehr bestätigt, denn auch die Innenarchitektur des Gebildes entsprach keinem Shinyan auch nur einigermaßen geläufigen Muster. Alles war aus dem gleichen silbrigen Material gefertigt, aus dem auch die Außenhülle bestand. Es gab kaum merklich nach, wenn man darauf entlangschritt, war ein wenig durchscheinend und an vielen Stellen von verschwommenen Abbildungen bedeckt, auf die sich die Akonin keinen Reim machen konnte. Manchmal hatte sie geglaubt, schlanke, elegant wirkende Wesen zu sehen, die undefinierbaren Tätigkeiten nachgingen, dann wieder hatte die Linien und Formen nur wirre, unverständliche Muster ergeben, die in den Augen geschmerzt hatten, wenn sie zu lange darauf gestarrt hatte.

Im Zentrum des eher an einen Dom erinnernden Hohlraums ruhte ein großer, kubischer Block, dessen Seiten mindestens dreißig Meter lang waren. An seinem Fuß hatten die etwa vierzig Terraner – zumindest nahm Shinyan an, dass es sich um Terraner handelte, auch wenn ihnen irgendetwas anhaftete, das sie nicht einzuordnen vermochte – ein notdürftiges Lager errichtet. Mehrere Baracken aus vorgefertigten Plastikteilen flankierten drei große Container, aus denen die Männer ständig Ausrüstungsgegenstände, Vorräte und jede Menge Kisten mit undefinierbarem Inhalt holten, um damit in den Tiefen des Riesengebildes zu verschwinden.

Der Kubus selbst bestand aus schlichtem, grauem Metallplastik und sah schon allein deshalb wie ein Fremdkörper aus. Aber auch sonst wollte er einfach nicht in diese merkwürdige Szenerie passen. Auf seiner Vorderseite, also der Seite, die dem Lager der Terraner zugewandt war, befand sich ein durch ein massives Schott verschlossenes Tor. Darüber erkannte Shinyan seltsame Schriftzeichen, die direkt in das Material des Würfels eingeätzt waren – lemurisch, wenn sie sich nicht irrte. Die Terraner jedenfalls ignorierten den Würfel geflissentlich, ja schienen seine Nähe sogar regelrecht zu meiden.

Shinyan und Padpool waren ein Stück außerhalb des Lagers untergebracht worden. Die Terraner hatten einfach ein Areal von drei mal drei Metern mit einem Prallschirm abgegrenzt und die beiden Akonen dort eingesperrt. Eine Schlafmatte, ein paar Decken und ein großer Kanister mit Trinkwasser waren alles, was sie ihren Gefangenen zugestanden. Einmal hatte man ihnen etwas zu essen gebracht, einen dicken, für den Geschmack der Akonin viel zu süßen Brei, den Padpool mit wahrer Begeisterung in sich hineingeschlungen hatte.

Zum Glück besaßen sie nach wie vor ihre Raumanzüge, auch wenn man diese gründlich durchsucht und die meisten technischen Geräte stillgelegt oder zerstört hatte. Immerhin bewahrte sie der Besitz der Monturen davor, ihre Notdurft im Freien verrichten zu müssen. Ihr Gefängnis war von allen Seiten her einsehbar, und so etwas wie sanitäre Anlagen schienen die Terraner nicht für notwendig zu erachten – zumindest nicht für die beiden Akonen.

Die meiste Zeit hockte Shinyan im Schneidersitz auf dem Boden und beobachtete das bunte Treiben um sich herum. Dabei fiel ihr einer der Fremden ganz besonders auf. Es handelte sich um einen über zwei Meter großen, dünnen, geradezu ausgemergelten Mann mit schmalem, scharf geschnittenem Gesicht und einer hakenförmigen Nase. Er trug, wie seine Kameraden, eine schmucklose, dunkelblaue Uniform ohne jede Rangabzeichen oder andere Symbole, schwarze Stiefel, ein breites, silbernes Band um das rechte Handgelenk und mehrere Ringe an den Fingern beider Hände. Um seinen Hals lagen einige dünne, silberne Ketten. Die daran angebrachten Schmuckstücke zeichneten sich deutlich unter dem dünnen Stoff der Kleidung ab. Selbst die Haut des Terraners, den die anderen respektvoll mit *Malcher* anredeten, schimmerte silbern.

Der Mann machte Shinyan selbst aus der Ferne noch Angst. Vielleicht war sie in dieser Hinsicht zu sensibel, doch sie konnte die düstere Aura, die ihn wie ein eisiger Hauch umwehte, körperlich spüren. Selbst wenn er mit dem Rücken zu der Akonin stand, hatte sie das Gefühl, er würde sie anstarren. Seine knappen, kontrollierten Bewegungen, der stechende Blick seiner grünen Augen, die verwirrende Mischung aus jugendlicher Kraft und Abgeklärtheit, aus kühler Berechnung und nervöser Ruhelosigkeit faszinierten die Frau und stießen sie gleichzeitig ab.

Für die junge Prospektorin gab es längst keinen Zweifel mehr, dass dieser Malcher der Anführer der Gruppe war. Immer wieder verschwand er in der einen oder anderen Baracke, hielt sich eine halbe oder ganze Stunde darin auf, kehrte zurück und erteilte neue Anweisungen. Dann wieder stand er einfach nur breitbeinig und mit vor der Brust verschränkten Armen da und schaute seinen Leuten bei dem zu, was sie taten. Was genau das war, konnte Shinyan nach wie vor nicht sagen. Also beobachtete sie die Fremden weiter, so gut es ging, und machte sich ihre Gedanken.

Als Padpool ächzend und stöhnend erwachte, begann er fast augenblicklich mit seiner üblichen Nörgelei, ließ sich langatmig darüber aus, dass er sich immer noch müde und zerschlagen fühlte, dass ihm Nacken und Rücken schmerzten und er jetzt ohnehin viel lieber bei Onkel Rotter und den anderen Familienmitgliedern gewesen wäre. Shinyan biss die Zähne zusammen und sagte nichts, obwohl sie ihrem Begleiter gegenüber nur allzu gern ein paar grundsätzliche Dinge klargestellt hätte, doch in ihrer aktuellen Situation war ein weiterer Streit das Letzte, was sie gebrauchen konnten.

Etwa eine Stunde später veränderte sich etwas. Zunächst verschwand Malcher erneut in einer der Baracken. Nach zehn Minuten tauchte er wieder auf, rief zwei seiner Untergebenen zu sich, gab ihnen ein paar knappe Befehle und deutete dann in Richtung der beiden Akonen. Das seltsame

Pärchen, ein spindeldürrer Terraner mit langen, blonden Haaren und viel zu großen Ohren sowie ein pummeliger, kaum mehr als 1,60 Meter großer Mann mit kugelrundem Bauch, setzte sich in Marsch und kam auf Shinyan und Padpool zu. Der Dürre zog ein schmales Kästchen aus der Tasche seiner Uniformhose und nestelte einige Sekunden daran herum. In dem Prallschirm, der das Gefängnis der Akonen umschloss, entstand eine schmale Lücke mit flimmernden Rändern.

»Du!«, rief der Dicke und deutete auf Shinyan. »Komm mit!«

Er sprach Interkosmo mit einem schwachen Akzent, den die Prospektorin nicht einordnen konnte.

»Sie geht nirgendwo hin!«

Zu Shinyans Überraschung trat Padpool vor und baute sich demonstrativ zwischen ihr und den beiden Terranern auf.

»Wir sind Nomaden der Busrai-Familie und verlangen gemäß dem Allgemeinen Galaktischen Freihandelsabkommen von 2877 und den Statuten der Prospektorengilde die sofortige Freilassung. Sie haben keinerlei Recht, uns hier festzuhalten. Wenn Sie uns auf der Stelle alle illegal konfiszierten Gegenstände zurückgeben und uns zu unserem Raumschiff bringen, bin ich bereit, von einer offiziellen Beschwerde bei Ihrer Regierung abzusehen.«

Die zwei Männer sahen sich sekundenlang an, dann brachen sie synchron in schallendes Gelächter aus. Shinyan legte ihre Hand auf Padpools Schulter, weil sie ahnte, dass es in dem Akonen kochte und er sich womöglich zu einer Unbedachtheit hinreißen ließ, aber es war schon zu spät. Als der dürre Terraner kurzerhand durch die Öffnung im Prallschirm trat, Padpool einfach beiseite schob und Shinyan am Arm packte, konnte ihr Gefährte nicht mehr an sich halten.

»Padpool, nein!«, schrie die Akonin.

Der Prospektor stürzte sich auf sein Gegenüber, riss es herum und holte mit der Rechten aus, um zuzuschlagen, doch noch bevor er seine Absicht in die Tat umsetzen konnte, hatte ihn sein Gegner mit einem blitzschnellen Fußtritt in die Magengrube gefällt. Padpool fiel wie ein nasser Sack und wälzte sich nach Luft schnappend auf dem Boden, beide Arme um den Unterleib geschlungen.

»Ich will dir nicht wehtun, Kleine«, sagte der Terraner ruhig. »Also komm einfach mit. Unser Boss möchte dir nur ein paar Fragen stellen. Danach darfst du wieder zu deinem Liebsten zurück.«

»Er ist nicht mein ...«, setzte Shinyan an, verstummte dann aber. Was machte das jetzt noch für einen Unterschied?

Der Dürre führte sie durch die Öffnung und hantierte erneut an dem kleinen Kästchen. Nachdem sich die Lücke im Prallfeld wieder geschlossen hatte, stieß er Shinyan unsanft in Richtung des Lagers und bedeutete ihr mit einem Kopfnicken, sich in Bewegung zu setzen. Mit einem letzten Blick auf den sich noch immer vor Schmerzen krümmenden Padpool gehorchte sie.

»Mach dir keine Sorgen«, grinste der Terraner anzüglich. »Dem geht es in ein paar Minuten wieder gut.«

Während sie mit ihren beiden Bewachern die kurze Strecke zu den Baracken zurücklegte, gewann sie den Eindruck, dass es im Lager plötzlich merklich hektischer zuging als bisher. Überall hasteten Menschen hin und her, schleppten Gerätschaften davon und riefen sich Anweisungen zu. Erneut fiel ihr auf, dass jeder der Männer – eine Frau hatte sie bislang noch nicht gesehen – Schmuckstücke aus Silbermetall trug.

Möglicherweise galt das Material derzeit unter den Terranern als besonders schick. Die Busrai-Nomaden kümmerten sich üblicherweise nicht allzu sehr um das, was in der Galaxis passierte, und so war Shinyan nur unzureichend über die gesellschaftlichen und politischen Entwicklungen in der Milchstraße unterrichtet.

»Hier rein!«, kommandierte der Dicke und deutete auf die nur angelehnte Tür einer Baracke.

Das Innere des Gebäudes, das lediglich aus einem einzigen Raum bestand, wurde von einigen auf breite Gestelle montierten Scheinwerfern ausgeleuchtet. Im ersten Moment fühlte sich Shinyan an eine Raumschiffzentrale erinnert. An den Wänden reihten sich positronische Speicherbänke, Mikromeiler und Rechenmodule aneinander. Davor stand eine hufeisenförmige Steuerkonsole mit einem großen und mehreren kleinen Bildschirmen, auf denen offenbar Aufnahmen aus der Ergosphäre zu sehen waren. Die Qualität war allerdings nicht besonders gut. Immer wieder fiel die Übertragung für längere Zeit ganz aus, und die Monitore wurden schwarz. In der Luft lag ein beständiges Brummen, das Shinyans Kopfschmerzen zusätzlich verschlimmerte. Das alles machte einen überaus provisorischen Eindruck.

Malcher saß mit dem Rücken zur Tür in einem breiten Sessel. Als er die Akonin und ihre Begleiter eintreten hörte, drehte er sich um und erhob sich. Trotz des Hämmerns in ihrem Schädel bekam Shinyan augenblicklich eine Gänsehaut. Aus der Nähe wirkte Malcher noch unheimlicher. Die silbrig schimmernde Gesichtshaut war von unzähligen winzigen Falten übersät, und das dichte, fast schwarze Haar wollte nicht so recht zum sonstigen Äußeren des Terraners passen. An Wangen und Halsansatz erkannte die Frau zudem Hautwucherungen, die aussahen, als sei dort irgendetwas von innen nach außen gewachsen, doch obwohl sie der Anblick abstieß, konnte sie ihre Augen nicht abwenden.

»Shinyan«, sagte Malcher. Seine Stimme klang ungewohnt weich, nahezu freundlich. »Prospektorin der Busrai-Nomaden. Geboren 3089 an Bord der KATAKA. Vater Mailot,

Mutter Jalenka. Seit 55 Stunden auf der Suche nach 5-D-Kristallen im Zartiryt-System.«

Shinyan war alles andere als beeindruckt. Natürlich hatten die Terraner den Bordrechner der MORROK angezapft und dessen Daten ausgelesen.

»Ich frage mich«, fuhr Malcher fort, als die Akonin schwieg, »ob das wirklich schon die ganze Wahrheit ist? Was meinen Sie?«

»Ich ... ich verstehe nicht«, erwiderte Shinyan. Ihre Knie schienen plötzlich aus akonischem Rokat-Mus zu bestehen, und die Müdigkeit schlug wie eine alles verschlingende Flutwelle über ihr zusammen. Malcher lächelte.

»Natürlich nicht«, sagte er. »Sie verbergen nichts, das kann ich fühlen. Sie haben nicht die geringste Ahnung, was hier vorgeht, in was Sie da durch eine unglückliche Fügung des Schicksals ... hineingestolpert sind. Jung und ahnungslos. Eine Frau ganz nach meinem Geschmack.«

Mit den letzten Worten war er dicht an Shinyan herangetreten und hatte ihr Kinn mit seiner rechten Hand umfasst. Die Akonin hatte das Gefühl, als würde sich eine Schlange über ihre Haut ringeln. Sie wollte sich abwenden, sich dem Griff dieses schrecklichen Mannes entziehen, doch sie konnte es nicht, war wie gelähmt. Als Malcher sie endlich losließ, wäre sie beinahe zu Boden gestürzt, aber die beiden Terraner, die sie hierher gebracht hatten, hielten sie fest.

»Ich werde ...«, fuhr Malcher fort, wurde jedoch von einem durchdringenden Piepston unterbrochen. Mit zwei Schritten erreichte er die Steuerkonsole.

»Arrik!«, rief er. »Übernimm die Kontrollen. Taraster! Du passt auf das Mädchen auf.«

Der Dürre ließ Shinyan los und nahm in dem Sessel Platz, in dem gerade noch Malcher gesessen hatte. Sein Kumpan mit dem Kugelbauch zog die Akonin auf die Seite und bedeutete ihr, sich ruhig zu verhalten.

»Ortungsalarm«, meldete Arrik. »Irgendetwas ist in die Ergosphäre eingedrungen und bewegt sich auf uns zu.«

»Irgendetwas?«, wiederholte Malcher, der mit einem Mal alles andere als weich und freundlich klang.

»Tut mir leid, Boss«, bedauerte der dürre Terraner. »Die Interferenzen sind einfach zu stark. Die RONIN bekommt keine klaren Daten. Vermutlich ist es ein Raumschiff.«

»Verdammt!«

Malcher fuhr wütend herum und fixierte Shinyan. Im ersten Moment dachte die Akonin, er wolle sie schlagen, doch stattdessen legte er seine Rechte nur behutsam um ihren Hals.

»Wer ist das?«, fragte er leise und deutete in Richtung der Bildschirme, auf denen gerade einige verwaschene Trümmerstücke durch eine rot leuchtende Nebelwand drifteten.

Shinyan versuchte dem Blick der grünen Augen auszuweichen, doch sofort verstärkte sich der Druck der Hand um ihre Kehle. Sie bekam keine Luft mehr.

»Wer ist das?« wiederholte der Mann seine Frage.

»Ich ... ich ...«, presste die Prospektorin heraus, »... weiß es ... nicht. Ich ... schwöre.«

»Wie Sie wollen.«

Malcher ließ sie unvermutet los, und Shinyan rang keuchend nach Atem. Als sie wieder einigermaßen klar denken konnte, stand der Terraner bereits am Steuerpult und hielt ein klobiges Mikrofon in der Hand.

»Malcher an RONIN. Könnt ihr mich hören?«

»Laut und klar«, kam die Antwort.

»Ich will, dass ihr den Fremden unter Feuer nehmt. Schießt ihn ab!«

»Verstanden. Allerdings dürfte das nicht ganz einfach sein. Die Zieloptik ist durch die Verzerrungen ziemlich ...«

»Schießt ihn ab!«, brüllte Malcher so laut, dass nicht nur Shinyan, sondern auch Arrik und Taraster zusammenzuckten. Die Akonin fragte sich längst verzweifelt, ob es sich bei dem unbekannten Raumschiff um ein Fahrzeug der Familie handelte. Die zurückgelassene Nachrichtenboje konnte ihre Arbeit noch nicht aufgenommen haben, aber vielleicht war Onkel Rotter ungeduldig geworden und hatte jemanden geschickt, um nachzusehen, was Shinyan und Padpool trieben. Vielleicht war er sogar persönlich gekommen. Vielleicht ...

Hör auf, ermahnte sich die junge Frau selbst. Onkel Rotter war nicht Padpool! Er würde erst einmal das gesamte System und die nähere Umgebung penibelst durchkämmen, bevor er das Risiko einginge, in ein Schwarzes Loch zu fliegen – wenn er so etwas Verrücktes denn *überhaupt* tun würde. Viel wahrscheinlicher war es, dass er die MORROK und ihre Besatzung als Verlust verbuchte und von dannen zog. Schließlich konnte er nicht einmal ahnen, dass sein hochgeschätzter Famulus so dumm gewesen war, in einem Black Hole auf Schatzsuche zu gehen, und seine Begleiterin nicht alles Akonenmögliche unternommen hatte, um ihn davon abzuhalten.

»Habt ihr ihn erwischt?«

Malcher stand wie festgewachsen vor seiner Konsole und starrte auf die Bildschirme. Die Fingerknöchel seiner Hand, in der er das Mikrofon hielt, waren schneeweiß.

»Das wissen wir nicht«, kam die Antwort. »Es herrscht das reine Chaos hier draußen.«

Der Terraner schloss für einen Moment die Augen; dann schleuderte er das Mikrofon so heftig gegen eine der Speicherbänke, dass es in mehrere Teile zersprang. Arrik und Taraster gaben sich sichtlich Mühe, so klein und unbedeutend wie möglich zu erscheinen, und für eine halbe Ewigkeit war nur das Brummen der Maschinen zu hören.

Die Wandlung, die Malcher in dieser Zeit vollzog, war beinahe gespenstisch. Der Zorn in seinem Gesicht machte purer Gelassenheit Platz. Urplötzlich war er wieder jener beinahe schon charismatische Mann, den Shinyan vor einigen Stunden zum ersten Mal bemerkt hatte. Sein Lächeln wirkte gefasst, fast schon gütig, als er den Raum durchschritt, die Teile des Mikrofons aufhob und sie wieder zusammensetzte. Das Gerät funktionierte offenbar noch, denn Malcher kehrte an die Konsole zurück, betätigte einige Schalter und setzte dann eine weitere Funkbotschaft ab:

»An den unbekannten Eindringling. Mit Ihrem Anflug verletzen Sie fremdes Hoheitsgebiet. Kehren Sie auf der Stelle um! Ich wiederhole: Kehren Sie auf der Stelle um! Andernfalls werden Sie die Folgen tragen!«

Dann reichte er das Mikrofon an Arrik weiter und wies ihn an, die Botschaft permanent zu wiederholen.

»Wie weit sind wir mit den Vorbereitungen?«, fragte er Taraster.

»So gut wie fertig«, antwortete der dicke Terraner. »Die Teams können in spätestens fünfzehn Minuten aufbrechen.«

»Was ist mit unserer eigenen Gruppe?«

»Der Professor würde gerne noch ein paar zusätzliche Messungen durchführen. Er ist sich nicht sicher, ob ...«

»Abgelehnt!«, fiel Malcher ihm ins Wort. »Wir dringen so schnell wie irgend möglich ins Innere des Bunkers vor. Ich bin bereit, das Auftauchen der beiden Akonen als Zufall zu akzeptieren, aber dass ihnen ein zweites Schiff innerhalb weniger Stunden nachfolgt, ist keiner mehr.«

»Was machen wir jetzt mit unseren *Gästen?«*

Taraster warf Shinyan einen vielsagenden Blick zu.

»Sperr das Mädchen wieder ein«, sagte Malcher. »Um dieses Problem kümmern wir uns später.«

Der dicke Terraner wollte Shinyan gerade mit sich Richtung Ausgang zerren, als plötzlich der Boden vibrierte und kurzzeitig ein dumpfes Rumoren zu hören war, das sogar das Brummen der diversen Aggregate übertönte. Nach zwei, drei Sekunden war alles vorbei.

»Was war das?«

Taraster war stehen geblieben und sah zu Malcher hinüber. Der hatte sich bereits wieder hinter Arrik aufgebaut und musterte die Anzeigen.

»Werden wir beschossen?«, wollte er wissen.

»Nein«, schüttelte Arrik den Kopf. »Irgendetwas ist mit dem Monolithen kollidiert.«

»Wenn du noch einmal *irgendetwas* sagst, reiße ich dir die Zunge raus«, zischte Malcher böse.

»Sieh es dir selber an, Boss«, erwiderte der Dürre. »Die Taster kommen nicht durch. Da ist nichts zu machen.«

Insgeheim bereitete sich Shinyan auf einen neuen Wutausbruch des großen Mannes vor, doch diesmal hatte sich Malcher unter Kontrolle. Er legte beide Hände auf die Schultern Arriks, fast so, als wolle er ihn massieren. Dann drehte er sich um und wandte sich Taraster zu. Um seine Mundwinkel spielte ein falsches Lächeln.

»Sag den übrigen Männern Bescheid, dass sie sich bewaffnen sollen«, befahl er. »Sag ihnen, dass wir soeben ungebetenen Besuch bekommen haben.«

»Okay, Boss«, bestätigte Taraster eifrig und wollte sich schon abwenden, als ihn ein knapper Ruf Malchers noch einmal zurückhielt.

»Noch etwas.« Der silberhäutige Terraner atmete tief ein und wieder aus. Nie zuvor hatte Shinyan eine Stimme als so kalt und mitleidlos empfunden. »Sag ihnen, dass ich nicht an weiteren Gefangenen interessiert bin.«

Kapitel 9

Naileth Simmers

Naileth Simmers trat aus der winzigen Nasszelle, griff nach dem bereit gelegten Handtuch und rubbelte sich das kurze, gewellte Haar trocken. Die Dusche hatte sie zumindest vorübergehend erfrischt, doch die Müdigkeit steckte ihr nach wie vor in den Knochen.

Die Kommandantin der IMASO suchte sich eine neue Garnitur Unterwäsche und eine saubere Uniform aus dem Wandschrank. Auf dem Monitor des Interkoms wurden soeben die aktuellsten Ortungsergebnisse eingeblendet. Erwartungsgemäß gab es keine neuen Erkenntnisse.

Naileth Simmers zog sich an, riss die Verpackung eines der beiden auf dem kleinen Arbeitstisch ihrer Kabine liegenden Konzentratriegel auf und biss ein großes Stück der hellbraunen Masse ab. Kauend ließ sie sich auf das ungemachte Bett fallen und betrachtete das großformatige Foto, das sie mit einem Streifen Klebeband an der gegenüberliegenden Wand befestigt hatte. Die dreidimensionale Aufnahme zeigte Reginald Stern und sie selbst eng umschlungen vor einem bunt bemalten Riesenrad. War das tatsächlich schon zwei Jahre her? Damals hatten sie ihren gemeinsamen Freigang auf der Urlaubswelt Zirkon verbracht und die Annehmlichkeiten des dortigen Touristenzentrums genossen. Nun, wenn sie ehrlich war, musste sie zugeben, dass sie eigentlich kaum aus ihrem Hotelzimmer in der Nähe eines großen Vergnügungsparks herausgekommen waren. Das Holofoto war das einzige Souvenir, das sie an diese drei leidenschaftlichen Wochen erinnerte.

Reg diente im Rang eines Oberleutnants an Bord der SONORA, eines Schweren Kreuzers der TERRA-Klasse. Sie hatten sich auf einem Straßenfest in Terrania kennengelernt. Er besuchte seinen Bruder und dessen vierjährige Tochter, sie selbst war mit ihrem Neffen, dem Sohn ihrer jüngeren Schwester, unterwegs. Von da an hatten sie eine jener Fernbeziehungen geführt, wie sie für Angehörige der Solaren Flotte oder der USO typisch waren.

Nach der Scheidung von ihrem ersten Ehemann hatte Naileth Simmers nicht geglaubt, sich noch einmal verlieben zu können. Sie war vorsichtig geworden, manche hätten ihr Verhalten vielleicht sogar als ängstlich bezeichnet. Doch mit Reg war alles anders gewesen. Zumindest am Anfang. Er drängte sie nicht, brachte sie zum Lachen, legte Wert auf Zärtlichkeit.

Die Kommandantin schüttelte unwillkürlich den Kopf. Manchmal benahm sie sich wie eine Zwanzigjährige. Reg war Vergangenheit, und was Männer anging, herrschte bei ihr seit damals Flaute.

Das Ziehen im Nacken kam so unvermittelt, dass sich Naileth Simmers beinahe verschluckt hätte. Der Schmerz zog über Schultern und Rücken in Arme und Beine und ebbte dann schnell ab. Natürlich wusste sie sofort, dass sie soeben die klassischen Symptome eines Transmitterdurchgangs erlebt hatte. Der sogenannte Entzerrungsschmerz war bis heute ein nicht vollständig geklärtes medizinisches Phänomen. Manche Wissenschaftler nahmen an, dass er auf der Unverträglichkeit bioelektrischer Felder mit den Frequenzen des durch einen Transmitter erzeugten Hyperfelds beruhte. In jenen Zeiten, in denen man noch mit Transitionstriebwerken geflogen war, hatte es vor allem im militärischen Sektor umfangreiche Forschungen zu diesem Thema gegeben, denn der Entzerrungsschmerz war ein maßgeblicher Faktor, wenn es darum ging, wie schnell eine Raumschiffbesatzung nach einem Wiedereintritt auf unvorhergesehene Ereignisse reagieren konnte. Eindeutige Resultate hatte man trotz großer Bemühungen nicht erzielt.

Noch bevor die Kommandantin der IMASO die Interkomverbindung zur Zentrale aktivieren konnte, heulte der Alarm durch den Kreuzer, und ihr Kombiarmband signalisierte mit einem Zirpen, dass sie jemand über die Notfrequenz sprechen wollte. Im gleichen Augenblick erloschen die Lichter und gingen kurz darauf mit dem Einsetzen der Notstromversorgung wieder an.

»Simmers hier«, meldete sich die Gäanerin. Sie war längst aufgesprungen und durch das sich nur widerspenstig öffnende Schott ihrer Kabine in den dahinter liegenden Rundgang geschlüpft. Im Laufschritt – und barfuß – überbrückte sie die wenigen Meter zum Kommandostand. Ihre Stiefel hatte sie in der Eile nicht gefunden; vermutlich lagen sie unter dem Bett.

»Die IMASO wurde soeben von ihrem Standort im Trümmerfeld des Black Holes über 121 Millionen Kilometer in den Orbit um Zartiryt transmittiert.« Torben Santorin gab sich sichtlich Mühe, seine schier unglaubliche Aussage in sachlichem Ton vorzutragen.

»Meiler 1 bis 12 ausgefallen. Notstromaggregate intakt, aber wir können weder einen Schutzschirm errichten noch die Triebwerke oder unsere Waffen einsetzen. Die Ortung zeigt nichts an. Ich habe keine Ahnung, was hier gerade passiert ist.«

Auch das Doppelschott zur Zentrale wich nur zögerlich zur Seite. Mit einem schnellen Blick erfasste die Kommandantin die Lage. Alle Stationen waren bereits besetzt, die wichtigsten sogar doppelt, was daran lag, dass Lordadmiral Atlan darauf bestanden hatte, den vorläufigen Gefechtsalarm aufrechtzuerhalten.

»Redet mit mir«, rief Naileth Simmers und ließ sich in ihren Sessel fallen. Mit fliegenden Fingern tippte sie den sechsstelligen Überrangkode in das Sensorfeld der Armlehne. Sofort wurden die Verbindungen zu den Kommandoknoten geschaltet und die Klarmeldungen eingeblendet. Die Techniker unter Milton Elks waren bereits zum Maschinenraum unterwegs, um die Ursache des plötzlichen Ausfalls der Reaktoren zu untersuchen. Die Wiederherstellung der Energieversorgung besaß erste Priorität.

»Da gibt es nichts zu reden, Madam«, ergriff Torben Santorin das Wort. »Wir orten, messen und scannen mit allem, was wir haben. Nichts!«

»Wenn wir von einem Transmitter abgestrahlt wurden, dann muss es entsprechende Emissionen geben«, stellte Naileth Simmers fest.

»Die gibt es wahrscheinlich auch«, entgegnete der Chefoter, »aber sie werden von den bekannten Verzerrungen im Zartiryt-System verschluckt.«

»Na schön«, seufzte die Gäanerin. »Dann sollten wir ...«

Das neuerliche Ziehen im Nacken ließ sie verstummen. In den Gesichtern der anderen Anwesenden las sie nicht nur Verblüffung, sondern zum ersten Mal auch einen Anflug von Furcht. Die Panoramagalerie zeigte von einer Sekunde auf die andere die Trümmerwüste rund um das Schwarze Loch. Die IMASO war wieder genau dort, wo sie ein unbekanntes Transmitterfeld nur Minuten zuvor erfasst und Millionen von Kilometern weit in den Orbit Zartiryts transportiert hatte. In Naileth Simmers keimte eine vage Vermutung auf, von der sie hoffte, dass sie sich nicht bewahrheiten würde.

Eine leichte Erschütterung durchlief den Kreuzer. Kurz darauf eine zweite.

»Prallfeld hält«, sagte Ramit Claudrin. »Unser Herzblatt rast noch immer mit einigen hundert Sekundenkilometern durch das Trümmerfeld der Akkretionsscheibe. Mit einem intakten Schutzschirm wäre das kein Problem, aber so ...«

Naileth Simmers leckte sich nervös die Lippen. Was der Pilot der IMASO da so scheinbar leichthin angesprochen hatte, konnte sich zu einer ernsthaften Gefahr entwickeln. Die Prallfeldgeneratoren des Kreuzers erzeugten ein Hüllfeld, das den Schiffskörper lückenlos umschloss und jegliche Materie durch seine gravomechanische Wirkung abstieß. Seine Aufrechterhaltung kostete allerdings Energie in nicht unerheblicher Menge.

Jeder Raumfahrer wusste, dass das Weltall lange nicht so leer und grenzenlos war, wie es in manchen TriVid-Dokumentationen dargestellt wurde, vor allem dann nicht, wenn man sich mit hoher Geschwindigkeit hindurchbewegte. Innerhalb einer Galaxis fanden sich immer noch einige Tausend Moleküle pro Kubikmeter; auf den ersten Blick nicht viel, doch wenn ein Raumer in jeder Sekunde Milliarden solcher Kubikmeter durchquerte, relativierte sich das alles ganz erheblich, und die wenigen Moleküle addierten sich zu einem regelrechten Trommelfeuer, das die Außenhülle eines ungeschützten Schiffes innerhalb weniger Sekunden zerfetzen konnte.

Die IMASO hatte keine Möglichkeit mehr zu bremsen, also war der Prallschirm derzeit alles, was zwischen ihr und dem Bombardement aus dem Trümmerfeld der Akkretionsscheibe stand. Wenn die Energiereserven verbraucht waren und der Schirm zusammenbrach, war das gleichbedeutend mit dem Untergang.

»Oberleutnant Santorin«, sagte Naileth Simmers nüchtern. »Gibt es in der Nähe einen größeren Asteroiden? Sagen wir, zehn Kilometer Durchmesser oder mehr.«

»Allerdings«, kam Sekunden später die Antwort. »Ein ziemlich dicker Brocken sogar; etwa vierzig Kilometer breit und doppelt so lang.«

Auf dem Hauptbildschirm erschien ein zerklüfteter, von zahlreichen Kratern überzogener Planetoid, vermutlich ein Bruchstück des innersten Systemplaneten.

»Können Sie Hohlräume oder andere Auffälligkeiten erkennen?«, erkundigte sich die Kommandantin.

»Nicht direkt«, sagte Torben Santorin, wobei er eher den Eindruck erweckte, dass er zu sich selbst sprach. »Allerdings bekomme ich sehr seltsame Resultate von den Spektrografen.«

»Inwiefern?«

»Bei dem Prachtstück vor uns handelt es sich um einen C-Asteroiden, der größtenteils aus Kohlenstoffverbindungen besteht«, erklärte Santorin. »Das Linienspektrum stimmt jedoch nicht mit dem chemischen Grundmuster überein. Da die spektrografischen Sensoren in diesem Bereich nicht von Hyper- oder Gravitationsanomalien beeinflusst werden, ist das Ergebnis eindeutig.«

»Sie sagen also, dass die Zusammensetzung dieses Asteroiden von der Zusammensetzung ähnlicher Asteroiden abweicht, richtig?«

»Ja«, bestätigte der Cheforter. »Allerdings sind die Abweichungen seltsam diffus. Sie lassen sich nicht auf eine feste Quelle reduzieren, sondern verteilen sich über das gesamte Objekt.«

»So als würde etwas die Messdaten streuen«, sagte Naileth Simmers.

»Genau. Ich ... oh ...«, Torben Santorin hielt einen Moment lang inne. »Jetzt verstehe ich, worauf Sie hinauswollen, Madam«, sprach er dann weiter. »Das wäre ... ich werde das sofort überprüfen.«

Zum dritten Mal fuhr der Schmerz in den Nacken der Kommandantin.

Zum dritten Mal wurde die IMASO in Nullzeit über eine Strecke von 121 Millionen Kilometern befördert, und erneut landete sie im Orbit um Zartiryt, rund dreißig Kilometer über der Oberfläche in der Nähe des willkürlich festgelegten Nordpols.

»Zwei Minuten und 36 Sekunden!«, dröhnte die Stimme von Ramit Claudrin. »Von einer Transition zur nächsten vergehen genau zwei Minuten und 36 Sekunden.«

»Hat das etwas zu bedeuten?«, fragte Amelia Marcos. Die Funkerin hatte ihre klobigen Kopfhörer abgenommen und strich sich die langen, pechschwarzen Haare glatt.

»Keine Ahnung«, sagte der Pilot und zuckte mit den mächtigen Schultern. »Es fällt zumindest auf.«

»Hey, ihr da oben!« Das unverkennbare Organ von Milton Elks drang so laut aus dem in Naileth Simmers' Sessel integrierten Interkom, dass die Gäanerin regelrecht zusammenschrak.

»Jemand zu Hause?«

»Bericht, Oberleutnant Elks!«, forderte die Frau, während sie sich zur Ruhe gemahnte. Die IMASO befand sich in einer Krisensituation, und in einer solchen war es für eine Kommandantin entscheidend, Besonnenheit und Zuversicht auszustrahlen. Selbst dann, wenn man es mit einem 99-jährigen Sonderling zu tun hatte, der einem mit Vorliebe auf den Nerven herumtrampelte.

»Sämtliche Meiler sind völlig in Ordnung«, eröffnete der kauzige Cheftechniker des Leichten Kreuzers seinen gespannten Zuhörern. »Lediglich die verfluchte Fusionsreaktion kommt nicht in Gang. Das injizierte Plasmagemisch erreicht nicht die nötige Kerntemperatur, um zu zünden, und ich habe keinen blassen Schimmer, warum.«

»Was ist mit den Speichern?«, fragte Naileth Simmers.

»Zum Leben zu wenig, zum Sterben zu viel. Mit den verfügbaren Reserven können wir keine großen Sprünge machen. Wenn wir innerhalb der nächsten Minuten alle nicht lebensnotwendigen Systeme abschalten, haben wir es noch drei oder vier Tage warm und kuschelig. Spätestens dann ist Sense. Wenn ihr allerdings euren Prallschirm behalten wollt, und davon gehe ich mal aus, reicht der Saft gerade mal noch ein paar Stunden. Sorry, Kameraden, aber die Wahrheit tut manchmal weh.«

»Danke, Mr. Elks«, sagte die Kommandantin. »Arbeiten Sie weiter. Wenn wir wenigstens ein paar der Meiler starten könnten, gäbe uns das genug Energie, um das System zu verlassen. Was immer Sie brauchen: Sie bekommen es!«

»Dass ich so etwas noch einmal von einer 60 Jahre jüngeren Frau zu hören kriege ...« Der Cheftechniker kicherte albern.

»*Oberleutnant Elks!*«, sagte Naileth Simmers scharf. In der Zentrale schien es plötzlich zehn Grad kälter geworden zu sein.

»Ich melde mich, Madam«, stieß Elks hastig hervor und unterbrach die Verbindung.

»Noch fünf Sekunden.«

Ramit Claudrin hob seine rechte Hand und spreizte die Finger. Jeder wusste, was er damit meinte. In fünf Sekunden waren die gut zweieinhalb Minuten abgelaufen, die zwischen den bisherigen Transitionen gelegen hatten. Und auch diesmal kam die Versetzung pünktlich. Mit sorgenvoller Miene und schmerzendem Nacken starrte die Kommandantin der IMASO auf den Hauptbildschirm der Panoramagalerie, wo sich das Trümmerfeld des Zartiryt-Systems scheinbar bis in die Unendlichkeit erstreckte.

Kapitel 10

Atlan

Wir waren etwa zwanzig Meter ins Innere des Monolithen eingedrungen, dabei über geschmolzene und wieder erstarrte Metallteile geklettert, hatten uns durch Risse und Spalten gezwängt und zweimal sogar die Desintegratoren eingesetzt, um einige besonders hartnäckige Hindernisse aus dem Weg zu räumen. Das silbrige Material erwies sich dabei als erstaunlich widerstandsfähig und löste sich erst nach längerem Beschuss durch mindestens zwei Waffen auf.

Danach wurden die Zerstörungen langsam weniger, und schließlich standen wir vor einer massiven Wand, die uns auf ganzer Breite den Weg versperrte und über und über mit jener Art von Bildern geschmückt war, die Santjun und ich bereits im Monolithen von Thanaton gesehen hatten. Nachdenklich fuhr ich mit den Fingerkuppen über die Darstellungen, die alt und verblichen wirkten. Durch das berührungsempfindliche Gewebe der Handschuhe hatte ich das Gefühl, als würde ich mit der nackten Hand über die kühle, glatte Oberfläche streichen. Offenbar waren die Bilder von den unbekannten Künstlern einige Millimeter tief in das kristallin wirkende Metall eingelassen und dann versiegelt worden.

Iasana Weiland entwickelte ein reges Interesse an den gezeigten Szenen. Ihre Helmkamera arbeitete pausenlos. Vielleicht wollte sie sich auch nur ablenken, denn die Lage, in der wir steckten, war alles andere als angenehm. Die IM-Z-1 existierte nicht mehr; insofern besaßen wir vorerst keine Möglichkeit, die Ergosphäre zu verlassen und zur IMASO zurückzukehren. Außerdem mussten wir uns mit einem unbekannten Gegner auseinandersetzen, der sich innerhalb des Monolithen bereits eingerichtet hatte und damit einen nicht zu unterschätzenden strategischen Vorteil besaß. Es war nicht schwer zu erahnen, dass es sich dabei höchstwahrscheinlich um die sogenannten *Silberherren* handelte, oder doch zumindest um jenen Teil dieser Gruppierung, der uns auf Thanaton leider entkommen war. In welcher Verbindung die Silberherren zu den Monolithen standen und wie viel sie über diese Objekte wussten, hatte ich noch nicht in Erfahrung bringen können.

Es stand zu vermuten, dass unser Eindringen in den Monolithen nicht unbemerkt geblieben war. Die Kollision des Zerstörers mit der Außenhülle hatte man schon trotz aller Störungen wahrscheinlich nicht nur anmessen, sondern auch unmittelbar körperlich spüren können. Insofern durfte ich davon ausgehen, dass man entsprechend reagierte und jemanden schickte, der nach möglichen Überlebenden suchte. Je schneller wir deshalb vorankamen und die unmittelbare Umgebung der Aufprallsstelle verlassen konnten, desto größer waren unsere Chancen, diesen Suchtrupps zu entkommen.

Eine genaue Vorstellung über unser weiteres Vorgehen hatte ich noch nicht entwickelt. Wir benötigten ein Raumschiff, mit dem wir die Ergosphäre wieder verlassen konnten. Falls es uns nicht gelang, ein solches aufzutreiben, mussten wir mindestens noch zehn Stunden am Leben bleiben, um auf Unterstützung durch die USO hoffen zu können. Dass es der anderen Seite nicht zwangsläufig darum ging, uns gefangen zu nehmen, hatte der rücksichtslose Angriff auf die IM-Z-1 gezeigt.

»Mit dem Kopf durch die Wand?«, fragte Santjun und deutete auf die vor uns aufragende silbergraue Mauer.

»Ich denke, wir nehmen lieber die Desintegratoren«, versuchte ich einen müden Scherz. Niemand lachte.

»Warten Sie bitte, Lordadmiral«, sagte Iasana Weiland. »Ich möchte vorher noch ein paar Aufnahmen machen.«

»Können Sie aus Ihren bisherigen Beobachtungen schon Schlussfolgerungen ziehen?«, wollte ich wissen. Ich hatte mir zwar längst meine eigenen Gedanken gemacht, doch eine zweite Meinung konnte nie schaden.

»Die Verlorenen, wenn wir sie denn weiterhin so nennen wollen, waren Insektoide mit einer durchschnittlichen Größe von zwei Metern, Sir. Riesige Kerbtiere sozusagen, mit eingeschnittenen Leibern und stark voneinander abgegrenzten Körpersegmenten, teilweise aufrecht auf zwei Beinen gehend, teilweise aber auch auf allen vieren. In dieser Hinsicht haben uns die Bilder im Monolithen von Thanaton schon eine Menge Informationen geliefert. Die Verlorenen waren im Besitz einer hoch entwickelten Technik, und die Darstellungen im Zartiryt-Monolithen lassen auf einen sehr langen und sehr verlustreichen Kampf gegen einen überlegenen Gegner schließen. Leider kann ich weder Aussagen zu dessen Aussehen oder Herkunft noch zu seiner Motivation machen. Die Darstellungen der Verlorenen sind sehr subjektiv geprägt. In den meisten Fällen reine Innenansichten. Mir ist ihr Sinn und Zweck nicht ganz klar, aber möglicherweise stellen sie so etwas wie ein kollektives Gedächtnis dar. Wir wissen einfach zu wenig über dieses Volk, und nach über einer Million Jahren werden wir wohl auch nicht mehr allzu viele Spuren finden.«

Die Ausführungen der Frau deckten sich ohne Ausnahme mit meinen eigenen Überlegungen. Die Verlorenen waren vor sehr langer Zeit ausgelöscht worden, und das Einzige, was sie zurückgelassen hatten, waren die Monolithen.

»Major Santjun«, sagte ich und hob demonstrativ meinen auf Desintegratormodus geschalteten Kombistrahler. »Darf ich bitten?«

Fünf Minuten lang bestrichen wir die Wand mit den flimmernden Desintegratorfeldern, die die Bindungskräfte zwischen den Atomen neutralisierten und so die meisten Materialien in ultrafeinen Staub verwandelten. Die silbergrauen Kristallstrukturen des Monolithen, aus denen man auf Thanaton das Silbermetall gewonnen hatte, hatten sich schon dort als erstaunlich widerstandsfähig erwiesen, und auch dieses Mal war es nicht anders. Kurz vor dem Durchbruch entstand plötzlich ein feiner Riss im Material, der sich schnell nach allen Seiten erweiterte.

Vorsicht!, wisperte der Extrasinn in meinem Kopf.

Noch bevor ich meine beiden Begleiter warnen konnte, wurde die Stille des Vakuums von einem Knall zerrissen. Ein Teil der Wand brach nach außen auf, und die Bruchstücke flogen uns wie Projektile entgegen. Ich sah noch, wie Iasana Weilands Sauerstofftank getroffen und aus seiner Magnethalterung gerissen wurde. Dann erfasste mich die Gewalt der ausströmenden Atmosphäre und schleuderte mich in Richtung einer wenige Meter entfernten Ansammlung von herabgestürzten und ineinander verkeilten Deckensegmenten. Ich streckte instinktiv die Arme nach vorn, um den Aufprall abzumildern. Dennoch fuhr ein scharfer Schmerz durch meine Schultern, als ich gegen das Hindernis krachte.

»Lordadmiral?«, hörte ich Santjuns alarmierte Stimme im Empfänger.

»Ich komme klar«, rief ich gereizt. »Kümmern Sie sich um Mrs. Weiland. Ihr Sauerstofftank hat etwas abbekommen.«

»Verstanden.«

Fluchend kam ich auf die Beine. Weder der USO-Spezialist noch ich hatten damit gerechnet, dass es hinter der von uns zerstörten Wand eine Atmosphäre geben könnte, eine Nachlässigkeit, die mich mit heiligem Zorn auf mich selbst erfüllte. Wie hatte ich so einen elementaren Einsatzparameter unberücksichtigt lassen können? Das durch die Desintegratoren in seiner Stabilität zunehmend geschwächte Wandstück war durch den Druck schließlich zerbrochen, und die explosionsartig entweichende Luft hatte ein Übriges getan. Inzwischen war der Luftstrom versiegt, was auf ein automatisches Schleusensystem hindeutete.

Ich ging zu Santjun hinüber, der bereits hinter der am Boden hockenden Iasana Weiland stand und eine Schlauchverbindung zwischen seinem und dem Sauerstofftank der Frau hergestellt hatte. Offenbar war die Luftversorgung ernsthaft in Mitleidenschaft gezogen worden.

»Meldung«, herrschte ich ihn an, denn ein kleiner Teil meiner Wut richtete sich durchaus auch gegen den Risiko-Spezialisten, der die Lage ebenso falsch eingeschätzt hatte wie ich selbst.

»Der Tank leckt, Sir«, gab Santjun Auskunft. »Vermutlich Mikrorisse in der Isolierung.«

»Wie viel Zeit haben wir?«, fragte ich gradheraus. Es hatte keinen Sinn, die Situation zu beschönigen, und Iasana Weiland besaß ein Recht zu wissen, wie es um sie stand. Es war eines der ungeschriebenen USO-Gesetze innerhalb einer im Feld operierenden Gruppe, dass bezüglich der jeweiligen Gefechtslage absolute Offenheit an den Tag gelegt wurde.

»Zehn bis höchstens fünfzehn Minuten«, lautete die deprimierende Antwort. »Ich habe die Hälfte meiner Sauerstoffreserven in die Speicher geleitet, aber die Regressionsrate ist extrem hoch.«

»Dann los«, stieß ich grimmig hervor. »Irgendwo hinter dieser verdammten Wand gibt es eine Schleuse. Auf die Beine, Mrs. Weiland. Sie haben gehört, was Mr. Santjun gesagt hat. Falls Sie in einer Viertelstunde noch atmen wollen, sollten Sie sich zusammenreißen und ein bisschen beeilen.«

Das »Jawohl, Sir« der Frau klang kraftlos, und ihre Stimme zitterte, doch darauf konnte ich jetzt keine Rücksicht nehmen. Die Erfordernisse im Verlauf eines Einsatzes wechselten oft im Minutentakt, und die USO opferte einen Großteil ihrer Ressourcen, um ihre Mitarbeiter auf diese Tatsache vorzubereiten.

Es dauerte weitere zwei Minuten, bis wir das entstandene Loch so erweitert hatten, dass es für uns und unsere klobigen Kampfanzüge groß genug war. Ich kontrollierte immer wieder die Anzeigen der Ortung, doch weder aktiv noch passiv fingen die Sensoren etwas auf, das sich verwerten ließ. Immerhin konnte ich davon ausgehen, dass unsere potenziellen Gegner mit den gleichen Schwierigkeiten zu kämpfen hatten.

Ohne mein fotografisches Gedächtnis und die Hilfe des Extrasinns hätte ich schon nach kurzer Zeit die Orientierung verloren. Wie der Monolith auf Thanaton war auch dieser hier von einem dichten Netz aus kurzen, zwei Meter hohen Gängen durchzogen, die keinem erkennbaren System folgten. Abgesehen von den vorherrschenden rechten Winkeln erinnerte mich die Gestaltung an einem Ameisenbau, ein Vergleich, der angesichts der insektoiden Gestalt der Verlorenen durchaus seinen Charme besaß.

Die Schwerkraft betrug 1,2 Gravos und wurde von unseren Kampfanzügen auf normale Erdschwere angepasst. Insofern mussten in den Tiefen des Monolithen Maschinen arbeiten, die diese künstliche Schwerkraft erzeugten und aufrechterhielten. Während wir uns so schnell wie möglich voranbewegten, fragte ich mich zum wiederholten Mal, welchem Zweck diese riesigen Objekte einst gedient hatten. Warum hatten die Verlorenen sie erbaut? Die Möglichkeiten erschienen mir nicht allzu zahlreich, und dennoch hatte ich das Gefühl, dass ich etwas übersah.

»Dort vorn«, machte mich Santjun auf ein rundes Metalltor aufmerksam, das durchaus eine Schleuse sein konnte. Unmittelbar daneben waren zwei simple Drucktasten in die Wand eingelassen, die sich weder in Größe noch Farbe voneinander unterschieden.

Universelle Logik, wisperte der Extrasinn. *Öffnen und Schließen. Viel mehr Sinnvolles kann man mit Türen nicht anstellen.*

Ich drückte die obere Taste. Nichts geschah. Ich drückte die untere Taste. Nichts geschah.

Natürlich, dachte ich mürrisch. *Warum sollte ich zur Abwechslung auch einmal Glück haben?*

Mit Santjuns Hilfe untersuchte ich jeden Zentimeter des Rundschotts. Vermutlich hatten wir mit unserem gewaltsamen Eindringen einen Alarm ausgelöst und die Notverriegelung der Schleuse aktiviert. Auf den meisten Raumfahrzeugen der in der Milchstraße heimischen Völker waren die Sicherheitssysteme ähnlich ausgerichtet. Ein Vakuumeinbruch zählte zu den schwersten und gefährlichsten Notlagen, in die ein Schiff geraten konnte. Insofern waren die Raumer üblicherweise in kleine Parzellen unterteilt, die man schnell und unkompliziert isolieren konnte. Im Gefechtsfall, also wenn ein Angriff von außen erfolgte, war ein Öffnen der Schotte nur noch von innen möglich. Dadurch wollte man dem Gegner ein Eindringen in die unbeschädigten Schiffsbereiche erschweren.

Ich schaute zu Iasana Weiland hinüber. Sie stand nahezu regungslos auf der Stelle. Ihr Gesicht konnte ich durch die spiegelnde Helmscheibe nicht sehen, aber ich wusste auch so, was in ihr vorging, denn ich hatte es selbst oft genug erlebt. Für Männer wie Santjun oder mich war der Tod wie ein alter Bekannter, jemand, den man zwar verabscheute und wenn irgend möglich nicht zu nahe an sich heranließ, der jedoch stets in der Nähe war und auf seine Chance wartete. Es war nicht etwa so, dass man sich an diesen Zustand gewöhnte, aber man lernte, ihn als unausweichlich zu akzeptieren, so dass er die Konzentration und das logische Denken nicht störte.

Iasana Weiland besaß nicht die nötige Erfahrung, um gleichermaßen beherrscht reagieren zu können. Sie starrte vermutlich auf die stetig fallende Sauerstoffanzeige in ihrem Helmdisplay, und in ihrem Kopf wirbelten die Gedanken. Selbst unter uns Unsterblichen, die wir zwangsläufig immer wieder von liebgewonnenen Freunden und Gefährten Abschied nehmen mussten, war der Tod ein Thema, über das man nicht sprach, wenn es nicht unbedingt sein musste – und sicher auch ein Grund, warum wir so gern unter uns blieben. Ich machte da keine Ausnahme. Auch nach so vielen Jahrtausenden waren Dinge wie Kontinuität und Beständigkeit etwas, das ich brauchte, dem ich ganz bewusst nachspürte und das ich nur unter meinesgleichen fand. Monotonie und Wiederholung wurde von vielen Menschen gefürchtet, doch sie half, den Verstand zu schärfen und das Wichtige vom Unwichtigen zu trennen. Vielleicht musste man tatsächlich erst 11.000 Jahre alt werden, um das zu erkennen.

Weder Santjun noch ich fanden irgendetwas, das uns weiterhalf. Schließlich packte ich den schweren Kombistrahler mit beiden Händen und schlug mit dem Kolben mehrmals wütend gegen das Schott. In diesem Moment war es mir egal, ob unsere Gegner uns hören konnten.

Reiß dich zusammen, ermahnte mich der Logiksektor. *Sie wusste, worauf sie sich einlässt.*

Das mag sein, gab ich wütend zurück, *aber sie wird durch meine Unachtsamkeit sterben.*

Ich kann dir nicht widersprechen, lautete der deprimierende Kommentar meines zweiten Ichs, *aber du wirst das Geschehene nicht mehr ändern. Sorge stattdessen lieber dafür, dass ihr Tod nicht umsonst war.*

Nach einem letzten Schlag ließ ich von dem Schott ab und ging zu Iasana Weiland hinüber. Natürlich hätte ich die ihr zur Verfügung stehende Zeit noch einmal verlängern können, indem auch ich einen Teil meiner Luftreserven opferte, doch was hätte das gebracht? Es mochte mitleidlos und unmenschlich klingen, aber wenn wir nicht innerhalb der nächsten Minuten eine Möglichkeit fanden, das Schott doch noch zu öffnen, war es sinnvoller, den eigenen Sauerstoff aufzusparen und nach einem anderen Weg ins Innere des Monolithen zu suchen.

»Warum setzen Sie sich nicht, Mrs. Weiland«, sagte ich leise und fasste sie sanft an der Schulter.

»Nein.« Sie schüttelte heftig den Kopf. Ich hörte ihre schnellen, abgehackten Atemzüge. Sie versuchte, die lähmende Angst zu kontrollieren, die Panik zurückzudrängen, sich keine Blöße zu geben, doch da war längst nichts mehr, was sie dem nahenden Ende entgegenzusetzen hatte. Die Gewissheit, sterben zu müssen, übertraf jede andere menschliche Empfindung – und es gab kein Patentrezept zum Umgang mit ihr.

Als sie taumelte und zu stürzen drohte, fing ich sie auf. Iasana Weiland klammerte sich wie eine Ertrinkende an mich. Ihr Rückentank war längst leer, und vermutlich war der Sauerstoffgehalt in ihrer Atemluft bereits auf ein Minimum gesunken. Zumindest blieben ihr unnötige Schmerzen erspart. Sie würde einfach das Bewusstsein verlieren, einschlafen und nicht mehr aufwachen.

»Es tut mir leid«, flüsterte ich.

Die Frau erschlaffte in meinen Armen.

Im gleichen Augenblick öffnete sich das Schott.

Kapitel 11

Marcus Merten

Korporal Marcus Merten rieb sich den schmerzenden Nacken und dachte daran, dass er eigentlich schon seit vier Stunden Feierabend hatte. Seitdem die Steuerpositronik der Luftumwälzanlage auf das neue Taktsystem umgestellt worden war, verbrachte er mehr Zeit im Maschinenraum als irgendwo sonst. Allein das Justieren der Pulsgeber für die Filternetze hatte Tage in Anspruch genommen, und als die Signalkaskade endlich synchron lief, hatte die Installationsroutine während des allnächtlichen Diagnoseupdates sämtliche Einstellungen gelöscht, und er musste wieder von vorn anfangen. Natürlich hatten die Programmierer jede Schuld weit von sich gewiesen und behauptet, ihre Routine wäre in sämtlichen Simulationen fehlerfrei gelaufen. Vermutlich habe er, Marcus, die Justierungen nicht mit der nötigen Sorgfalt vorgenommen, und überhaupt wäre er als einfacher Techniker sowieso nicht ausreichend qualifiziert, um ein so filigranes und ausgefeiltes Meisterwerk, wie es das CALYPSO-Taktsystem nun einmal darstellte, in notwendigem Maße würdigen zu können.

Natürlich hatte er sich bei seinem Chef Milton Elks beschwert, aber genau so gut hätte er versuchen können, einem arkturischen Stummschwänzler das Sprechen beizubringen. Insofern war ihm nichts anderes übrig geblieben, als seinen Ärger hinunterzuschlucken, die gemachten Überstunden auf sein Lebensarbeitszeitkonto zu buchen und ansonsten dafür zu sorgen, dass die Frauen und Männer an Bord der IMASO nach Möglichkeit nicht erstickten. All das rückte mit der Durchsage von Kommandantin Naileth Simmers erst einmal in den Hintergrund.

Kurz nach vier Uhr morgens am 16. April 3112 verspürte Marcus Merten den Schmerz im Nacken zum ersten Mal. Er war nicht besonders ausgeprägt, und der Techniker dachte an vieles, aber ganz bestimmt nicht an einen unvorhergesehenen Transmitterdurchgang. Wahrscheinlich, so nahm er an, war er einfach nur überarbeitet, und sein Körper hatte sich entschieden, ein paar Warnsignale zu senden. Viel Zeit, sich Gedanken zu machen, bekam er ohnehin nicht, denn kurz darauf fiel die komplette Energieversorgung aus, und Milton Elks rief sein Team in einem der Besprechungsräume zusammen.

Als sich das Ziehen im Nacken wiederholte, stand er bereits zusammen mit den anderen vor dem wild gestikulierenden Marsianer, der den einzelnen Technikern ihre Aufgaben zuteilte. An den Reaktionen der Umstehenden konnte Marcus Merten ablesen, dass er nicht der Einzige war, der den Schmerz spürte.

»Worauf wartet ihr denn noch?«, rief Milton Elks aufgebracht und kratzte sich heftig mit beiden Händen am Bauch. Marcus wusste, dass es eine der zahllosen Marotten seines Chefs war, sich darüber zu beschweren, dass ihm das Tragen einer USO-Uniform einen stark juckenden Hautausschlag verursachte. Da er jedoch bislang jeden medizinischen Beweis für seine Behauptung schuldig geblieben war und kein Arzt eine allergische Reaktion hatte diagnostizieren können oder wollen, galt die offizielle Kleiderordnung weiterhin auch für ihn.

»Soll ich jedem von euch faulen Gesellen vielleicht einen Abschiedskuss geben? Macht euch an die Arbeit!«

Während der Großteil des Teams in Richtung Reaktorhalle aufbrach, begab sich Marcus Merten auf den Rückweg in den Maschinenraum. Zwei kurz hintereinander erfolgende Erschütterungen ließen ihn innehalten. Das waren keine Explosionen gewesen. Es hatte sich eher so angefühlt, als wäre etwas mit dem Schiff kollidiert oder als hätte der Schutzschirm einen feindlichen Treffer abbekommen. Da der Kreuzer derzeit allerdings keinen Schutzschirm mehr besaß, blieb nur die erste Möglichkeit.

Milton Elks hatte Marcus mit der Inspektion der Lebenserhaltungssysteme beauftragt, eine nur bedingt anspruchsvolle Tätigkeit, die in der Hauptsache im Auslesen und Vergleichen positronischer Protokolle bestand. Irgendwie hatte er das Gefühl, dass Elks ihn nicht leiden konnte, obwohl er sich eigentlich keinen Grund dafür auszumalen vermochte. Andererseits hätte er nicht einen Menschen an Bord der IMASO nennen können, dem Milton Elks mehr als Gleichgültigkeit entgegenbrachte.

Die dritte Schmerzattacke kam ihm heftiger vor als die beiden vorangegangenen. Kurz danach hallte die Stimme der Kommandantin über Interkom durch den gesamten Kreuzer.

»Hier spricht Naileth Simmers. Wie Sie alle wahrscheinlich längst bemerkt haben, kämpfen wir derzeit mit ein paar Problemen. Die IMASO wird aus noch unbekannten Gründen im Abstand von zwei Minuten und 36 Sekunden von einem ebenfalls noch unbekannten Mechanismus aus dem Trümmergürtel um das Schwarze Loch in den Orbit von Zartiryt und wieder zurück versetzt. Gleichzeitig ist die Energieversorgung ausgefallen, und die Reserven genügen lediglich zur Aufrechterhaltung der Grundfunktionen des Schiffes. Wir können zwar keinen hochenergetischen Schutzschirm errichten, doch die Prallfelder reichen aus, um uns vor allen nachteiligen Folgen eines Aufenthalts innerhalb der Akkretionsscheibe zu bewahren. Im Moment besteht keine akute Gefahr. Ich wiederhole: Im Moment besteht keine akute Gefahr! Ich möchte Sie deshalb alle bitten, auf Ihren Stationen zu bleiben und Ihren Pflichten in gewohnter Weise nachzukommen. Bitte sehen Sie von direkten Anfragen ab. Sobald es neue Informationen gibt, werde ich Sie unterrichten. Naileth Simmers Ende.«

Marcus Merten betrat den Maschinenraum durch das große Doppelschott und lauschte fasziniert in die ungewohnte Stille. Üblicherweise herrschte in der riesigen domartigen Halle ein Lärm, bei dem man sein eigenes Wort nicht verstand, und ohne Gehörschutz konnte hier niemand arbeiten. Jetzt jedoch standen die meisten Aggregate still. Mit Einsetzen der Notstromversorgung hatte die Automatik sämtliche nicht überlebenswichtigen Anlagen heruntergefahren oder gleich ganz abgeschaltet. Lediglich Luftumwälzung, Temperaturregulierung, Beleuchtung, interne Kommunikation, Wasser- und Nahrungsaufbereitung sowie die Riegelsysteme der Schleusen- und Durchgangsschotte wurden noch mit Strom versorgt.

Der Techniker ging zu einem schmalen Pult hinüber, löste mit geübtem Griff die Verkleidung und schloss ein mobiles Prüfgerät per Datenkabel an die Transferbuchse an. Die regelmäßigen Routinechecks wurden selbstverständlich über eine drahtlose Verbindung getätigt, doch für den Alarmfall gab es die Anweisung, zusätzlich auf die altmodische Art zu prüfen, um jegliche Fremdeinflüsse auszuschließen.

Zwei Minuten und 36 Sekunden. Tief in den hintersten Winkeln von Marcus Mertens Verstand brachte diese Zeitspanne eine Saite zum Schwingen, doch er konnte den Ton nicht so weit verstärken, dass er ihn klar und deutlich vernommen hätte. Es ging ihm dabei ein wenig wie bei seinen geliebten 3-D-Schachaufgaben, die er so gern in seiner Freizeit löste und mit denen ihn die positronischen Speicher der IMASO im Überfluss versorgten. Manchmal starrte er minutenlang auf eine der komplexen Stellungen, ohne die einzelnen Figuren wirklich wahrzunehmen. Dabei *wusste* er, dass er die Lösung längst kannte und lediglich nicht in der Lage war, den letzten Schritt zu gehen und sein Wissen in eine konkrete Zugfolge zu übersetzen. Es machte ihn rasend, und oft dauerte es Stunden oder gar Tage, bis sich die ersehnte Erleuchtung endlich einstellte. Dieser Moment jedoch war überwältigend und mit nichts vergleichbar, was er sonst empfand, wenn er einen technischen Defekt beseitigte oder eine schwierige Wartungsarbeit erfolgreich durchgeführt hatte.

Zwei Minuten und 36 Sekunden. Warum ausgerechnet dieses Intervall? Dass sie es hier mit einem Transmitter zu tun hatten, verwunderte ihn nicht. In ihrer Blütezeit hatten die Lemurer die Transmittertechnik zu ungeahnter Perfektion entwickelt. Während des Krieges gegen die Meister der Insel waren die Terraner immer wieder mit entsprechenden Hinterlassenschaften der Ersten Menschheit konfrontiert worden. Marcus hatte einiges über diese Zeit gelesen, und Iasana Weiland, mit der er eine Zeit lang liiert gewesen war, hatte ihm viel über dieses große, alte Volk erzählt. Doch all das half ihm jetzt wenig. Wieder einmal war er von jenem zermürbenden Gefühl beherrscht, etwas zu wissen, etwas, das für alle an Bord der IMASO von fundamentaler Wichtigkeit war, doch er war nicht in der Lage, dieses Wissen zu kanalisieren und in eine greifbare Erkenntnis zu verwandeln, in etwas, das er verwenden und umsetzen konnte.

Es dauerte eine gute Stunde, dann war Marcus Merten fertig. Wie nicht anders zu erwarten gewesen war, gab es keine Probleme. Die IMASO war ein Schiff der USO, und jeder, der für diese Organisation arbeitete, wusste sehr genau, wie wichtig eine perfekt funktionierende Ausrüstung im Ernstfall sein konnte.

Dafür brannte der Nacken des Technikers nach inzwischen über dreißig Transitionen wie ein altarkonidisches Opferfeuer. Der Schmerz strahlte sternförmig über Schultern,

Rücken und Arme aus und fühlte sich an wie ein handfester Muskelkater. Marcus Merten hatte vor zehn Jahren einmal an dem legendären terranischen Ringwulst-Marathon teilgenommen, einer der bekanntesten Sportveranstaltungen des Solaren Imperiums. Dabei galt es, auf dem abgesicherten Ringwulst eines Ultraschlachtschiffs mit 2500 Metern Durchmesser fünf Runden zu laufen. Es war schwer, sich eine Vorstellung von der unglaublichen Größe dieser waffenstarrenden Giganten zu machen, doch wenn man einmal die rund acht Kilometer lange Strecke eines Umlaufs, vorbei an zahllosen Schleusen, Antennen und Impulskanonen, hinter sich gebracht hatte, wuchs die Ehrfurcht vor den Stahlkolossen fast ins Unermessliche. Er hatte die fünf Runden tatsächlich durchgestanden und sich danach ähnlich gefühlt wie in diesem Moment.

Die immer wieder vereinzelt auftretenden Erschütterungen der Schiffszelle waren fast schlimmer als die Schmerzen. Jedes Mal, wenn der Prallschirm der IMASO von einem Trümmerbrocken aus der Akkretionsscheibe des Black Holes getroffen wurde, zuckte Marcus zusammen, zumal er wusste, dass das schützende Feld nicht ewig halten würde.

Er überlegte, Milton Elks über Interkom anzurufen und ihn zu fragen, ob er noch etwas tun könne, verzichtete dann aber darauf. Der Cheftechniker hatte zurzeit sicher genug um die Ohren, und wenn er Marcus brauchte, würde er sich schon melden.

Also packte er seine Messgeräte zusammen und machte sich auf den Weg zur Krankenabteilung. Vielleicht konnte ihm Geriok Atair, der Medizinische Offizier, ein paar Tabletten geben, die den Entzerrungsschmerz linderten. Der Antigravschacht brachte ihn auf Hauptdeck 4. Schon von weitem konnte er die Stimmen einer größeren Gruppe von Menschen hören. Vor der Medostation drängten sich ein gutes Dutzend Frauen und Männer. Die meisten von ihnen gestikulierten aufgeregt und riefen immer wieder Atairs Namen.

»Was ist hier los?«, fragte Marcus Merten einen knochigen Blondschopf, der ein wenig abseits der wogenden Menge stand und sich ohne Unterlass den Nacken massierte.

»Wir wollen etwas gegen die Schmerzen«, sagte der Mann. »Aber Atair gibt nichts heraus. Vermutlich wollen die Offiziere alle Medikamente für sich behalten.«

»Das ist doch Unsinn.«

Marcus Merten zuckte erneut zusammen, als die nächste Versetzung erfolgte. Außer durch den Schmerz machten sich die Transmittersprünge durch nichts bemerkbar, und das Ziehen im Nacken hatte sich längst in ein heftiges Stechen verwandelt. Der Techniker konnte verstehen, dass sich die hier versammelten Besatzungsmitglieder Erleichterung verschaffen wollten; schließlich war er selbst aus den gleichen Gründen hier. Dennoch war es albern anzunehmen, dass die Schiffsführung die Ausgabe von Schmerzmitteln verweigerte, um sie für sich selbst zu horten.

»Ach«, erwiderte sein Gegenüber. »Wie können Sie da so sicher sein? Die Kommandantin und ihre Vertrauten wissen ohne Zweifel mehr als wir. Seit über einer Stunde springen wir nun schon hin und her, und womöglich wird das noch Tage so weitergehen.«

Die Situation vor dem Schott der Krankenstation drohte zu eskalieren, als die Ersten damit begannen, mit ihren Fäusten gegen den Terkonitstahl zu hämmern. Marcus überlegte einen Moment lang, ob er eingreifen sollte, entschied sich dann aber dagegen. Im Augenblick waren diese Menschen für rationale Argumente nicht empfänglich.

Marcus Merten nickte dem Blondschopf zu, drehte sich um und ging zum Antigravschacht zurück. Naileth Simmers hatte sich geirrt. Es bestand durchaus eine akute Gefahr – und sie wurde mit jedem weiteren Transmittersprung akuter.

Kapitel 12

Naileth Simmers

»Oberleutnant Santorin! Schnell und auf den Punkt bitte!«

Naileth Simmers drückte ihren Rücken durch und rollte mit den Schultern, doch die Übung zeigte längst keine Wirkung mehr. Jemand schien ihr ein paar Hundert glühende Nadeln entlang der Wirbelsäule unter die Haut geschoben zu haben.

»Der Ursprung der Transmitterimpulse liegt eindeutig auf dem Asteroiden, den wir der Einfachheit halber *Jumper* getauft haben«, sagte der Ortungschef. »Ich bin zudem davon überzeugt, dass wir es mit einem sogenannten Situationstransmitter der Lemurer zu tun haben. Allerdings lässt sich der in der Literatur beschriebene Feuerring nicht beobachten, was wohl daran liegt, dass der Transmitter jeweils nur für einen extrem kurzen Zeitraum aktiviert wird.«

»Situationstransmitter benötigen große Mengen an Energie«, warf die Kommandantin ein. »Wäre es deshalb nicht folgerichtiger anzunehmen, dass das Gerät auf Zartiryt steht und aus irgendwelchen tief im Innern des Planeten versteckten Meilern versorgt wird, die wir aus den bekannten Gründen lediglich nicht orten können?«

»Nein, Madam«, widersprach Santorin. »Sie selbst haben die Streuung der spektrografischen Messdaten ins Spiel gebracht. Auf Jumper gibt es eine auffällige Häufung nicht natürlicher Legierungen. Die Tatsache, dass sich diese beinahe gleichmäßig über den gesamten Asteroiden verteilen, deutet darauf hin, dass irgendetwas die Taststrahlen nicht nur reflektiert, sondern auch ablenkt und wie ein Netz über die verfügbare Fläche legt.«

»Die Leydensche Streuung«, nickte die Kommandantin.

»So ist es«, bestätigte Torben Santorin. »Der geniale Physiker Tyll Leyden hat schon 2342 postuliert, dass durch energiereiche hyperenergetische Impulse ausgelöste Gravitationseffekte lokal eng begrenzte Raumzeitverwerfungen verursachen können, die sich wie ein Mosaik auf einer beliebig großen Oberfläche ausbreiten. Das wurde später durch entsprechende Studien bestätigt.«

»Schnell und auf den Punkt«, brummte Ramit Claudrin für seine Verhältnisse leise. Es klang dennoch wie ein aus der Ferne heranziehendes Gewitter. Die meisten anderen im kleinen Konferenzzimmer neben der Zentrale versammelten Offiziere erlaubten sich trotz der herrschenden Anspannung ein kurzes Grinsen.

»Wie dem auch sei«, fuhr Santorin fort. »Ich habe alles dreimal durchgerechnet. Auf Jumper generiert sich alle zwei Minuten und 36 Sekunden ein Tele-Transportfeld, das die IMASO in den Orbit um Zartiryt versetzt. Nach noch einmal der gleichen Zeitspanne aktiviert sich der Transmitter erneut und holt das Schiff wieder zurück. Die Energie dafür bezieht er aus Quellen, deren Anzapfung für genau jene Messergebnisse sorgen, die uns überhaupt erst auf seine Spur gebracht haben.«

»Normalerweise bedienen sich Situationstransmitter einer nahen Sonne«, sagte Ramit Claudrin.

»Die es im Zartiryt-System jedoch schon zu Zeiten der Lemurer nicht mehr gab.« Torben Santorin nahm einen Schluck aus dem Plastikbecher, der vor ihm auf dem Tisch stand.

»In unserem Fall zehrt das Gerät somit entweder von den Reserven, die es vor Jahrzehntausenden angelegt hat, oder es existieren noch funktionstüchtige Meiler.«

»Erzählen Sie den anderen, was Sie mir vorhin erzählt haben«, forderte Naileth Simmers den Ortungschef auf.

»Wir wissen, dass die meisten Trümmer der Akkretionsscheibe von einem früheren Planeten stammen, der seine Bahn noch vor Zartiryt um die namenlose Sonne zog«, ließ dieser sich nicht lange bitten. »Auch Jumper war früher ein Teil dieser Welt. Ich kann natürlich nur spekulieren, aber nehmen wir einmal an, dass der Monolith damals ausgerechnet dort stand. Die Verlorenen wurden angegriffen und schlugen in der Folge die letzte Schlacht ihres Lebens, Zartiryt wurde verwüstet, die Sonne zum Schwarzen Loch, und der innere Planet brach durch die tobenden Gewalten einfach auseinander. Der Monolith überstand die Katastrophe einigermaßen unbeschadet, wurde vom Black Hole eingefangen und irgendwann in die Ergosphäre gezogen. Mehr als eine Million Jahre später fanden ihn dann die Lemurer. Wir wissen nicht, warum sie ihn für so ungemein wertvoll hielten, aber natürlich war ihnen bewusst, dass die Haluter früher oder später auch Zartiryt entdecken mussten. Um den Monolithen zu schützen, installierten sie deshalb eine Reihe von Fallen – und genau in eine solche sind wir geraten.«

Für lange Sekunden herrschte fast andächtige Stille. Es war Ramit Claudrin, der sich als Erster zu Wort meldete.

»Eine Falle?«, fragte er skeptisch. »Was für eine Falle soll das denn sein, die ein Raumschiff wie eine epsalische Kampfkugel sinnlos hin und her transistiert?«

»Sie dürfen nicht vergessen, dass diese Falle über 50.000 Jahre alt ist, Ramit«, erwiderte Torben Santorin. »Die Zeit, Einschläge von Mikrometeoriten, die hyperphysikalischen Anomalien und vor allem der Angriff der Haluter – all das hat dazu beigetragen, dass die Technik langsam, aber sicher verfiel. Streng genommen haben wir wahrscheinlich noch großes Glück gehabt, denn ich gehe davon aus, dass der Transmitter früher so programmiert war, dass er fremde Schiffe direkt in das Black Hole geschleudert hat. Durch die bereits genannten Faktoren wurde der Mechanismus jedoch beschädigt, was der Grund dafür ist, dass wir noch am Leben sind.«

»Verstehe«, sagte Naileth Simmers. »Der Transmitter versucht also, uns alle zwei Minuten und 36 Sekunden in das Schwarze Loch zu werfen, und weil das nicht funktioniert, holt er uns wieder zurück, und das Spiel geht von vorne los.«

»Das ist meine Theorie«, stimmte Santorin zu.

»Wie groß ist die Chance, dass die Falle doch noch erfolgreich zuschnappt?«, meldete sich Terence Abigon zu Wort, der der Diskussion bislang schweigend gefolgt war. Die grauen Augen des Ersten Offiziers fixierten den Ortungschef. Wie immer strahlte er eine fast schon beängstigende Ruhe aus.

»Keine Ahnung«, antwortete Santorin. »Ich fürchte, mit dieser Möglichkeit werden wir leben müssen.«

»Viel wichtiger ist: Wie kommen wir aus diesem Teufelskreis wieder heraus? Vorschläge?«

Naileth Simmers stöhnte verhalten, als die IMASO eine weitere Transition ausführte. Fast zwanghaft blickte sie auf die Anzeige ihres Armbandchronometers. Seit dem letzten Transmittersprung waren exakt zwei Minuten und 36 Sekunden vergangen. Im selben Moment aktivierte sich der Interkom.

»Atair hier«, füllte die Stimme des Medizinischen Offiziers den Konferenzraum. »Es gibt Probleme.«

»Welcher Art?«, wollte die Kommandantin wissen.

»Die Leute stehen kurz davor, die Krankenstation zu stürmen«, lautete die Antwort. »Der durch die ständigen Transitionen ausgelöste Entzerrungsschmerz und die bekannte Wirkung des Monolithen sind eine ziemlich explosive Mischung. Vielleicht sollten wir mit der Ausgabe von Medikamenten doch schon früher beginnen und …«

»Nein!«, unterbrach Naileth Simmers. »Darüber haben wir bereits gesprochen. Wir wissen nicht, wie lange wir dieser Tortur ausgesetzt sind, und deshalb steht meine Entscheidung: Wenn wir jetzt schon anfangen, die gesamte Besatzung mit Analgetika zu versorgen, sind die Vorräte in kürzester Zeit aufgebraucht. Sie haben selbst darauf hingewiesen, dass es keinerlei Erfahrungswerte gibt, was die Auswirkungen anhaltender Transmitterdurchgänge auf die menschliche Physis angeht – von der Psyche gar nicht erst zu reden.«

»Ich bin auf Ihrer Seite, Madam«, sagte Geriok Atair. »Aber ich befürchte, dass ich demnächst ein paar ungebetene Gäste haben werde, die weit weniger verständnisvoll sind.«

»Ich bin unterwegs«, erwiderte die Kommandantin.

»Das halte ich für keine besonders gute …«

Den Rest des Satzes konnte Naileth Simmers schon nicht mehr hören. Sie hatte die Verbindung kurzerhand unterbrochen. Niemand wagte es, die Frau aufzuhalten, als sie den Konferenzraum mit schnellen Schritten verließ.

Kapitel 13

Shinyan

Arrik und Taraster hatten Shinyan zurück zu Padpool gebracht, der sich bereits wieder so weit erholt hatte, dass er den beiden Terranern finstere Blicke zuwarf und sich provokativ neben der sich öffnenden Strukturlücke im Prallschirm platzierte. Außer dem Knick in seinem männlichen Stolz hatte er keine ernsthaften Verletzungen davongetragen, und bevor er erneut auf dumme Gedanken kommen konnte, zerrte ihn die Akonin zur Seite und mahnte ihn mit ernstem Blick, sich zu beherrschen.

Nachdem Malchers Helfershelfer abgezogen waren, informierte sie Padpool über alles, was sie erfahren hatte. Sie hatte ihren Bericht kaum beendet, da kamen die Dinge plötzlich in Bewegung. Mehrere Gruppen aus jeweils drei bis vier schwer bewaffneten Männern brachen auf, passierten den Würfel, den Malcher als *Bunker* bezeichnet hatte, und verschwanden in den unergründlichen Tiefen des Monolithen. Ohne Zweifel handelte es sich dabei um die Suchtrupps, die auf Befehl des unheimlichen Terraners mögliche Eindringlinge stellen und ausschalten sollten.

Monolith. So hatte Malcher die Station genannt, auf der sie sich befanden. Shinyan war sich nicht sicher, aber sie nahm an, dass es sich dabei um ein terranisches Wort handelte. Im Akonischen gab es ein Bedeutungsäquivalent, das *kerkra* lautete. Auch wenn die Einheitssprache der Milchstraße einst indirekt aus dem Lemurischen hervorgegangen war, über das alte Arkonidisch als Zwischenstufe, so hatte sie sich im Lauf der Jahrhunderte kontinuierlich verändert. Insbesondere mit dem fast schon mythischen Aufstieg der zuvor unbekannten Terraner zur galaktischen Großmacht hatten viele Wendungen und Begriffe aus den lokalen Idiomen dieses Volkes einen Weg in die *lingua franca* der Galaxis gefunden. Das war unter anderem ein Grund dafür, warum sich die Angehörigen vieler akonischer Adelsfamilien bis heute strikt weigerten, auch nur ein einziges Wort Interkosmo zu sprechen.

Ob Perry Rhodan wohl wusste, was er den Akonen angetan hatte, als er im Jahr 2102 mit dem Forschungskreuzer FANTASY ins Akon-System eingedrungen war und damit das selbst gewählte Exil dieses einst so stolzen Volkes beendete? Obwohl diese Ereignisse nun schon mehr als 1000 Jahre zurücklagen, steckte der Stachel der Scham noch immer tief im Fleisch der akonischen Selbstachtung. Shinyan selbst hegte hingegen keinen Groll gegen die Menschen. Ihrer Meinung nach hatten die Terraner damals getan, was sie für richtig hielten, und nachdem Perry Rhodan die Akonen unabsichtlich ins Licht der galaktischen Öffentlichkeit gerückt hatte, war er mit ausgestreckter Hand auf sie zugegangen und hatte ihnen Freundschaft und Unterstützung angeboten. Der Rest war Geschichte.

Nachdem die Bewaffneten verschwunden waren, machten sich drei weitere Gruppen bereit, die jedoch statt schwerer Kampfanzüge und Handwaffen wissenschaftliche Ausrüstung und mobile Messgeräte trugen. Malcher hatte seine Baracke inzwischen wieder verlassen und erteilte ihnen letzte Anweisungen. Was er sagte, konnte Shinyan aufgrund der großen Entfernung leider nicht hören, aber danach hatten es die Männer sehr eilig.

Die vier letzten im Lager verbliebenen Terraner scharten sich schließlich um Malcher, der erneut ruhig und ohne übertriebene Gestik sprach. Arrik, Taraster und der hochgewachsene Anführer selbst blieben zurück, während sich die anderen in Richtung des Bunkers aufmachten. Sie gingen auffallend langsam, so als würden sie sich vor dem grauen Kubus fürchten. Die vorderen zwei Männer, ein muskulöser Glatzkopf mit Oberarmen, die die Uniform zu sprengen drohten, und ein älterer, in dieser fremdartigen Umgebung seltsam deplatziert wirkender Herr mit weißen Haaren und altmodischer Brille, richteten lange, antennenartige Stäbe – vermutlich Messfühler – auf das Bauwerk.

»Was machen die da?«, fragte Padpool, der das Geschehen genauso gespannt verfolgte wie Shinyan.

»Sieh dir den Bunker an«, antwortete die Akonin. »Er unterscheidet sich so offenkundig vom Rest des Monolithen, dass er garantiert nicht von den ursprünglichen Erbauern dieser Station stammt. Dieser Malcher sucht etwas, und er glaubt offenbar, dass er es in diesem Würfel findet.«

Das Quartett war jetzt noch knapp zehn Meter vom Bunker entfernt. Die Individualschirme der Schutzanzüge waren ausnahmslos aktiviert. Shinyans Mund fühlte sich furchtbar trocken an. Dennoch bediente sie sich nicht aus dem Kanister mit Trinkwasser, sondern hielt den Blick unverwandt auf die Gruppe Terraner gerichtet.

Das Energiefeld flammte auf, als der vorderste der Männer, das glatzköpfige Muskelpaket, die Zehn-Meter-Grenze überschritt. Die Barriere schmiegte sich eng an die grauen Bunkerwände und war lediglich als kaum merkliches Flimmern wahrzunehmen, ähnlich einer Luftspiegelung an einem heißen Sommertag in den Wasserparks von Konar. Zeitgleich löste sich ein dünner, hellgrüner Strahl aus dem oberen Bereich des Würfels und traf den Terraner genau zwischen die Augen. Er machte noch einen zögerlichen Schritt, blieb dann jedoch stehen – und sackte zusammen wie ein Ballon, aus dem schlagartig sämtliche Luft entwichen war.

Seine Kameraden machten keinerlei Anstalten, ihm zu Hilfe zu eilen. Wie gebannt verharrten sie auf der Stelle, erschüttert, verwirrt, gefangen in jenen quälend langen Sekunden des Schocks, in denen die Zeit stehen blieb und die Angst das Kommando übernahm. Sie kamen nicht einmal mehr dazu, sich umzudrehen und die Flucht zu ergreifen. Drei weitere Male flammte der grüne Strahl auf; kurz hintereinander und mit tödlicher Präzision. Das eigentlich Gespenstische dabei war die Lautlosigkeit, mit der all das geschah. Keiner der Männer schrie, keiner wurde durch die Wucht des Treffers herumgeschleudert oder zurückgeworfen. Stattdessen sah es jedes Mal für einen kurzen Augeblick so aus, als sei der jeweils Getroffene durch ein langes dünnes Seil mit dem Kubus verbunden. Dann fiel er stumm zu Boden und regte sich nicht mehr.

Malcher hatte das alles ohne sichtbare Reaktion beobachtet. Fast eine volle Minute stand er einfach nur da und starrte auf die vier toten Terraner. Das Schutzfeld um den Bunker war längst wieder erloschen, und wären die vier Leichen nicht gewesen, hätte man glauben können, dass die letzten paar Minuten nichts weiter als ein böser Traum gewesen seien.

Dann wandte sich Malcher ab und ging langsam auf die Baracke zu, in der sich auch Shinyan vor kurzem noch aufgehalten hatte. Er öffnete die Tür, trat hindurch und schloss sie wieder hinter sich. Arrik und Taraster schienen unschlüssig, wussten offenbar nicht, was sie tun sollten und was ihr Boss von ihnen erwartete. Nach einer Weile beschlossen sie, ihm einfach zu folgen.

Die Akonin sah ein letztes Mal zu den Toten hinüber, um die sich niemand mehr kümmern würde, und die Verzweiflung brach sich endlich Bahn. Sie sank zu Boden, zog die Knie an und vergrub ihren Kopf schluchzend in den Armen. Als Padpool sich wortlos neben sie setzte und an sich zog, ließ sie es dankbar geschehen.

Kapitel 14

Atlan

Es dauerte eine scheinbare Ewigkeit, bis sich das Außenschott geschlossen und das Innenschott endlich geöffnet hatte. Ich wartete nicht auf die Analyse der Atmosphäre durch meine Anzugpositronik, sondern legte Iasana Weiland ohne weitere Verzögerung auf den Boden und riss ihr den Helm vom Kopf. Mir war sofort klar, dass sie nicht mehr atmete. Der Brustkorb bewegte sich nicht, und die Lippen wiesen bereits eine leichte Blaufärbung auf. Das entsprechende Gewebe wurde nicht mehr ausreichend mit Sauerstoff versorgt.

Mir blieben vielleicht eine, allenfalls zwei Minuten, bevor der Atemstillstand lebensbedrohlich und das Gehirn irreparabel geschädigt wurden. Der Puls der jungen Frau war wie erwartet schwach, aber fühlbar. Das Herz eines Menschen hörte beim Erstickungstod üblicherweise erst nach fünf oder sechs Minuten auf zu schlagen, was daran lag, dass das Hämoglobin im Blut eine gewisse Menge Sauerstoff speicherte und die wichtigsten Organe so lange wie möglich weiterversorgte. Erst wenn auch diese Vorräte aufgebraucht waren, kam es zum endgültigen Kollaps.

Ich packte den Kopf der Plophoserin und zog ihn nach hinten. Bei Bewusstlosen in liegender Position fiel die Zunge sehr oft in den Rachenraum zurück und verschloss so die Atemwege. Eine Überstreckung verhinderte das. Nachdem auch ich den Helm abgenommen hatte, legte ich die flache Hand über Iasana Weilands Mund, blies langsam Luft in ihre Nase und beobachtete dabei den Brustkorb. Zufrieden stellte ich fest, dass er sich sanft hob. Im Sekundentakt setzte ich meine Wiederbelebungsmaßnahmen fort. Schon nach wenigen Beatmungszyklen kam sie wieder zu sich. Ich lächelte sie beruhigend an und musste unwillkürlich an den Bauern denken, den ich wenige Tage zuvor auf Thanaton vor dem Ertrinken gerettet hatte.

»Lassen Sie sich Zeit«, sagte ich. »Atmen Sie ruhig und gleichmäßig. Zählen Sie dabei von neunundneunzig an rückwärts. Würden Sie das für mich tun?«

Sie nickte nur. Ich überprüfte die von der Positronik ermittelten Vitaldaten. Die Medoeinheit hatte bereits selbstständig gehandelt und ein Kreislauf stabilisierendes Medikament injiziert. Ich gab manuell zusätzlich ein leichtes Beruhigungsmittel, nickte Iasana Weiland noch einmal aufmunternd zu und überließ sie erst einmal sich selbst. Aus vielen ähnlichen Situationen wusste ich, dass sie einige Minuten brauchen würde, um mit sich ins Reine zu kommen. Eine Konfrontation mit der eigenen Sterblichkeit konnte kein noch so gutes Training realitätsnah simulieren, und jeder Mensch ging mit dieser Erfahrung auf seine ganz persönliche Weise um.

Santjun war derweil nicht untätig gewesen und hatte sich umgesehen. Wir waren in einem weiteren Gang gelandet, der jedoch deutlich länger war als jene, die wir bislang kennengelernt hatten. Auch hier herrschte das allseits bekannte und von zahlreichen bildlichen Darstellungen bedeckte kristalline Material vor.

»Etwas gefunden?«, erkundigte ich mich.

»Nein, Sir«, antwortete der USO-Spezialist. Natürlich hatte auch er sich längst von seinem Helm befreit. Nicht ohne Sorge registrierte ich die unnatürliche Graufärbung seiner Haut, verzichtete jedoch darauf, ihn auf seinen Zustand anzusprechen. Selbst wenn er sich schlecht fühlte, hätte er es nicht zugegeben.

»Wir sind knapp fünfhundert Meter oberhalb der Basis in den Monolithen eingedrungen«, sprach Santjun weiter.

»Der zentrale Hohlraum befindet sich somit weitere sieben- bis achthundert Meter über uns. Kann ich davon ausgehen, dass Sie auch diesen Monolithen abschalten wollen, Sir?«

»Das erscheint mir das einzig Vernünftige zu sein«, bestätigte ich.

»Gut«, sagte Santjun. »Dann müssen wir zum Bunker vorstoßen.«

»Wo unsere unbekannten Freunde sicher schon auf uns warten«, ergänzte ich.

»Davon können wir mit absoluter Sicherheit ausgehen.«

Der USO-Agent fuhr sich mit der rechten Hand durch die schweißfeuchten Haare. Ich wollte mich bereits umdrehen und zu Iasana Weiland zurückgehen, als mich Santjun noch einmal ansprach.

»Sir?«

»Ja«, erwiderte ich und sah ihn auffordernd an.

»Die Sache mit Leutnant Weiland tut mir leid«, sagte Santjun leise. »Ich hätte wissen müssen …«

»Nein«, unterbrach ich ihn energisch. Meine anfängliche Wut auf den Spezialisten war längst verraucht. »Sie haben etwas übersehen, Mr. Santjun, genau wie ich. Im Gegensatz zu Ihnen bin ich allerdings schon etwas länger im Geschäft, und wenn sich hier jemand entschuldigen sollte, dann bin ich es. Fehler sind unvermeidbar; ich nehme an, dass man Ihnen das während Ihres USO-Trainings beigebracht hat. Wenn sie gemacht werden, ist es wichtig, nicht nach Schuldigen, sondern nach Gründen zu suchen und Konsequenzen zu ziehen. Wir waren beide nachlässig und unkonzentriert, und das hätte einer Kameradin beinahe das Leben gekostet. Sorgen wir dafür, dass so etwas nicht noch einmal geschieht. Und jetzt lassen Sie uns Mrs. Weiland gemeinsam nach Hause bringen.«

Die Plophoserin hatte sich währenddessen erhoben und sah mir mit unsicherem Blick entgegen. Ihr Gesicht wirkte blass, die Hände hielt sie fest an die Hüften gepresst, vermutlich, um zu verbergen, dass sie zitterten. In der Rückschau war es natürlich ein Fehler gewesen, sie überhaupt auf diese Mission mitzunehmen, aber niemand hatte ahnen können, dass wir in der Ergosphäre nicht allein sein würden.

»Wir müssen aufbrechen, Leutnant«, sagte ich. »Fühlen Sie sich stark genug?«

»Macht das einen Unterschied, Sir?«, fragte die Frau zurück. »Die Situation diktiert die Aktion. So steht es in den USO-Statuten für Risikoeinsätze, nicht wahr? Machen Sie sich keine Sorgen. Ich werde durchhalten.«

Damit drehte sie mir den Rücken zu und begann geschäftig an ihren Gürteltaschen zu nesteln.

Lass sie in Ruhe, wisperte der Extrasinn. *Egal, was du jetzt sagst: Sie will es nicht hören.*

Wir kontrollierten unsere Ausrüstung, schalteten die Deflektorschirme wieder an und machten uns auf den Weg. Mein Zellaktivator hatte seine sonst höchstens unterschwellig wahrnehmbare Aktivität inzwischen zu einem anhaltenden, sachten Pochen gesteigert. Dort, wo er meine nackte Haut berührte, war die von ihm ausgehende Wärme deutlich zu spüren. Geriok Atair, der Medizinische Offizier der IMASO, vermutete aufgrund diverser Hochrechnungen der auf Thanaton gewonnenen Daten, dass die unheilvolle Ausstrahlung des Monolithen nach 60 bis 100 Stunden unweigerlich zum Tod führte. Durch den Aktivator wurde ich mit den entsprechenden Belastungen deutlich besser fertig als meine beiden Begleiter; ein weiterer Faktor, den ich nicht aus den Augen verlieren durfte und bei allen weiteren Planungen berücksichtigen musste.

Santjun übernahm einmal mehr wie selbstverständlich die Führung, und ich ließ ihn auch diesmal gewähren. Für eine Viertelstunde folgten wir verschiedenen Korridoren, überquerten eine breite Rampe und gingen durch mehrere vollkommen leere Räume. Ein mit ungewöhnlich klaren Bildern geschmückter Torbogen führte schließlich in eine quadratische Halle. Welchem Zweck sie einst gedient hatte, war nicht einmal mehr zu erraten. Überall lagen verformte und bis zur Unkenntlichkeit zerfetzte Metallteile herum. Zwei massive Stahlträger hatten sich zwischen Decke und Wänden verkeilt und waren ineinander verschmolzen. Schwärzungen an den wenigen großen Trümmerbrocken und verkohlte Plastikreste wiesen darauf hin, dass es hier gebrannt hatte. Der Boden war mit winzigen Kunststoffsplittern bedeckt, die unter den Sohlen unserer Stiefel knirschten.

»Das waren lemurische Anlagen«, stellte Iasana Weiland fest. Sie musterte die Darstellungen des Torbogens. »Erstaunlich«, murmelte sie.

»Lassen Sie uns an Ihren Erkenntnissen teilhaben?«, fragte ich.

»Hier wird die Zerstörung Zartiryts geschildert«, sagte die Plophoserin. »Zumindest gehe ich davon aus, dass es sich um Zartiryt handelt. Und das hier ...«, sie fuhr mit den Zeigerfinger der rechten Hand an einer Serie von Bildern entlang, »... das ist ... seltsam.«

Ich trat neben sie, um die Abbildungen selbst zu betrachten. Sie waren auf eine schwer fassbare Weise unscharf und doch klar erkennbar. Es gab keine eindeutigen Linien, denen man folgen konnte, doch wenn man ein einzelnes Bild als Ganzes anschaute, schälte es sich wie aus einer undurchdringlichen Nebelbank heraus und nahm Gestalt an. Nichtsdestotrotz blieben die Konturen verschwommen und undeutlich.

»Das sieht aus wie ein ... Übergang«, dachte ich laut. »Eine Pforte. Ein Tor zu einem fernen Ort. Und die Verlorenen haben ... sie haben sich vor dieses Tor gelegt.«

»Sie sind tot, Lordadmiral«, flüsterte Iasana Weiland. »Sie haben sich nicht vor das Tor gelegt, sondern sind dort gestorben.«

Ich spürte, wie die Traurigkeit zurückkehrte, die mich schon während der Begegnung mit den Sphärengeistern erfasst hatte. Diese wenigen Bilder erzählten von einer unvorstellbaren Katastrophe, von Verzweiflung, Angst und Tod. Sie erzählten von einem Volk, das einst wohl größer und technologisch fortschrittlicher als die Arkoniden und Terraner gewesen war und von dem heute nicht einmal mehr ein Name existierte. Würde man sich in einer Million Jahren noch an das Solare Imperium, an die USO oder an einen unbedeutenden Arkoniden namens Atlan erinnern? Die Zeit, so sagte man, behandelt jeden gleich, und doch zieht der Mensch großes Behagen aus der Illusion, dass sie ihn bevorzugt, dass er das Zentrum der Welt ist und mit seinen beschränkten Sinnen alles um ihn herum so wahrnimmt, wie es sich objektiv darstellt.

Neben mir aktivierte Santjun urplötzlich seinen Antigrav und stieg mit immenser Beschleunigung in die Höhe. Ich ahnte sofort, dass etwas nicht stimmte. Normalerweise war ich niemand, der allzu viel auf Ahnungen gab, doch mein an Risikoeinsätzen und gefahrvollen Situationen eher überreiches Leben hatte nicht nur meine Sinne geschärft, sondern auch jene schwer zu definierende Begabung ausgeprägt, die man mangels besserer Alternativen gemeinhin als Instinkt bezeichnete. Eine Art biologisches Frühwarnsystem, das stets dann ansprach, wenn Gefahr drohte, und mir damit schon oft jene entscheidenden Sekunden Vorsprung verschafft hatte, denen ich am Ende mein Leben verdankte.

Santjun feuerte als Erster, doch schon einen Lidschlag später schlugen aus drei verschiedenen Richtungen blassrote Energiestrahlen in seinen Schutzschirm und hüllten den USO-Spezialisten in eine Kaskade sprühender Funken und energetischer Überschlagblitze. Zwar hielt der Schirm der Belastung stand, doch die Abstoßung, die der Kontakt zwischen Waffenstrahl und Schirmfeld erzeugte, schleuderte den Mann quer durch die Halle. Immerhin reagierte die Positronik schnell genug, um eine Kollision mit der Wand zu verhindern, und regulierte den Antigrav so, dass der Agent sofort wieder in eine aufrechte Position kam.

Erneut ließ Santjun seine Waffe sprechen. Ich hatte mich längst in die Deckung eines massiven Pfeilers zurückgezogen, der durch die Decke eingebrochen war und den vorderen Teil der Halle wie einen Pappkarton zusammengedrückte hatte. Natürlich war mir klar, dass Santjun nur deshalb im freien Schussfeld verharrte, um mir Gelegenheit zu geben, die Stellungen unserer Gegner auszuspähen und die Schützen unschädlich zu machen. Eine gefährliche, allerdings nicht nur in USO-Kreisen verbreitete Strategie.

Ich schwebte an dem Pfeiler entlang nach oben, bis ich fast das gesamte Areal überblicken konnte. Nichts. Wahrscheinlich benutzten die Fremden ebenfalls Deflektorfelder. Auf dem Ortungsschirm konnte ich drei undeutliche Punkte erkennen; offenbar funktionierten die Sensoren auf kurze Distanz halbwegs zufriedenstellend. Für eine sichere Positionsbestimmung reichte das jedoch bei weitem nicht aus.

Erneut wurde Santjun unter Beschuss genommen. Diesmal gelang es mir, einen der Angreifer zu identifizieren. Er hatte sich zwischen zwei spiralförmigen Metallplaststücken verschanzt, die einst zu einer der hier von den Lemurern installierten technischen Anlagen gehört haben mochten. Wie ich vermutet hatte, setzten die Unbekannten Deflektoren ein; der Waffenstrahl schien aus dem Nichts heraus zu entstehen und fand seinen Weg zielsicher in den Schutzschirm des USO-Spezialisten. Über die Oberfläche der energetischen Blase zogen sich indessen Schlieren in allen Regenbogenfarben, ein sicheres optisches Zeichen für eine drohende Überlastung.

»Rückzug!«, befahl ich über Funk und hoffte, dass mich meine Gefährten in dem heftigen Energiegewitter überhaupt verstehen konnten. Gleichzeitig feuerte ich meinen Kombistrahler ab, bevor mein Ziel die Position wechseln konnte.

Volltreffer, wisperte der Extrasinn, und ich kam nicht umhin, eine gewisse Genugtuung aus seinem Kommentar herauszuhören.

Kurzzeitig konnte ich eine von blendenden Entladungen eingerahmte, eindeutig humanoide Gestalt erkennen. Sie versuchte hastig, sich meinem Feuer zu entziehen, geriet ins Stolpern und stürzte. Mitleidlos feuerte ich weiter. Die Unbekannten hatten sofort scharf geschossen. Es war ihnen nicht darum gegangen, uns aufzuhalten oder gefangen zu nehmen, sondern sie hatten von Beginn an versucht, Santjuns Schutzschirm durch konzentrierten Beschuss zum Zusammenbruch zu bringen.

Aus den Augenwinkeln sah ich, dass sich Santjun wie ein Stein zu Boden fallen ließ. Erst kurz vor dem Aufprall bremste er ab und raste in einer halsbrecherischen Kurve durch den Torbogen aus der Halle hinaus. Ich wollte ihm folgen, geriet in diesem Augenblick jedoch selbst in den Fokus mehrerer Energiestrahlen. Zu den bisherigen drei Gegnern hatten sich mindestens zwei weitere gesellt. Ein schriller Alarmton signalisierte das Überschreiten des Leistungsmaximums meines Mikrofusionsreaktors. Die robusten Geräte waren zwar so ausgelegt, dass sie zwei bis drei Minuten bis zu 150 Prozent über den Normalwert belastet werden durften, allerdings stieg dadurch das Risiko eines Totalausfalls durch exzessiven Verschleiß enorm an.

Automatisch griff ich an meinen Waffengürtel und löste eine der dort befestigten Blendgranaten. Die hühnereigroßen Objekte wurden durch einen zwei Sekunden lang anhaltenden Druck mit der Hand aktiviert und zündeten beim Aufprall auf ein festes Hindernis eine hochkonzentrierte Mischung aus Magnesium und Lithiumperchlorat. Das erzeugte einen Lichtblitz von zehn Millionen Candela Stärke, der die Leuchtkraft einer normalen Glühlampe somit um das mehr als 75.000-fache übertraf.

Oben rechts, half mir der Extrasinn bei der Orientierung. Ebenso wie zuvor Santjun hatten die Treffer aus den Energiewaffen unserer Angreifer auch mich quer durch die Halle katapultiert. Zudem erschwerten mir die in meinem Schutzschirm irrlichternden Entladungen die Sicht. Ich warf die Granate und schloss die Augen. Die Positronik berechnete automatisch die notwendige Strukturlücke und öffnete meinen Schirm gerade so lange und konturgenau, dass das Wurfgeschoss ungehindert passieren konnte.

Mit der Explosion der Granate war das Chaos perfekt. Die unglaubliche Helligkeit drang selbst durch die geschlossenen Lider meiner Augen und trieb mir das salzige Sekret in Strömen heraus. Ich hatte das Gefühl, als würden sich die Lichtstrahlen direkt in mein Gehirn bohren und dort alles verbrennen, auf das sie trafen. Irgendjemand schrie; wahrscheinlich ich selbst. Noch immer schrillte der Überlastungsalarm.

Endlich klärte sich mein Sichtfeld. Überrascht stellte ich fest, dass ich den Torbogen beinahe erreicht hatte. Santjun und Iasana Weiland hatten sich links und rechts des Halleneingangs aufgestellt und gaben mir Feuerschutz, besser gesagt: Sie jagten blind eine Salve nach der anderen in das hinter mir wütende Durcheinander.

Ich hielt auf den Durchgang zu. In diesem Moment tauchten in dem Gang hinter dem Torbogen drei Gestalten in Schutzanzügen und mit schweren Strahlengewehren im Anschlag auf. Die Gruppe musste sich unbemerkt von der anderen Seite her genähert haben und hatte soeben ihre Deflektorschirme desaktiviert.

»Santjun!«, schrie ich und riss die Waffe in den Anschlag. »Hinter Ihnen!«

Der USO-Spezialist fuhr auf dem Absatz herum. Drehen und schießen waren eine einzige Bewegung. Zu zweit nahmen wir die neuen Gegner unter Feuer. Iasana Weiland brauchte etwas länger, kassierte einen Treffer und schlug hart gegen den Torbogen. Immerhin bewahrte sie der Prallschirm vor ernsthaften Blessuren.

Ich zog die Frau mit mir in die Deckung eines Trümmerstücks. Ihr Gesicht war schweißüberströmt. Haare und Augenbrauen wiesen Brandspuren auf, und auch die Gesichtshaut war gerötet und an einigen Stellen aufgeplatzt. Das größte Problem der Frau stellte nach wie vor die defekte Sauerstoffversorgung dar. Die Positronik ihres Kampfanzugs war gezwungen, immer wieder Atemluft aus der Umgebung in das Schutzfeld einzulassen, da sie sich nicht wie bei Santjun und mir aus dem Rückentank bedienen konnte. Die Außenluft war jedoch durch die Kampfhandlungen so heiß geworden, dass die Klimaanlage sie nicht mehr auf eine erträgliche Temperatur herunterkühlen konnte. Iasana Weiland hatte somit mittelfristig nur die Wahl, entweder zu ersticken oder zu verbrennen. Hinzu kamen eventuell giftige Dämpfe, die bei dem Feuergefecht entstanden sein mochten.

»Sie bleiben hier«, rief ich. »Verkriechen Sie sich so tief es geht zwischen den Trümmern. Santjun und ich schaffen das allein.«

Sie wollte etwas sagen, doch außer einem trockenen Husten brachte sie nichts heraus. In ihrem Blick lagen jene Angst und Verzweiflung, die ich während meiner Zeit als Admiral der Imperialen Flotte so oft bei den arkonidischen Rekruten gesehen, die Furcht, die sich während des Krieges gegen die Meister der Insel oder die Dolans in den Gesichtern der terranischen Kampfschiffbesatzungen gespiegelt und die ich ungezählte Male und bei ungezählten Gelegenheiten in den Augen meiner Kameraden und Freunde erkannt hatte. Auf den Krieg und den Kampf, auf das Töten, den Schmerz und die Schreie war man niemals vorbereitet. Kein Training, keine Ausbildung, kein Übungseinsatz konnte das echte Grauen, das einen dabei erfasste, auch nur ansatzweise simulieren, und wenn es schließlich so weit war, wenn man im Zentrum des Wahnsinns stand und sich die Welt auf einen winzigen Punkt reduzierte, gab es keine Ideale mehr, für die es sich zu sterben lohnte, keine Ziele, für die man als Patriot sein Leben zu opfern bereit war, und keine Zukunft, die so erstrebenswert schien, dass man dafür die eigene Vergangenheit verleugnete.

»Das ist ein Befehl!«, stieß ich hart hervor.

Santjun hatte den Torbogen aufgeben und sich wieder in die Halle zurückziehen müssen. Wir verschanzten uns hinter den kantigen Überresten einer großen Maschine und wechselten die Magazine unserer Kombistrahler. Der Gegner hatte uns in die Enge getrieben und rückte jetzt von zwei Seiten auf uns vor. Ich schaute mich verzweifelt um, doch viel zu sehen gab es nicht. Die Luft kochte und war von dickem, weißblauem Rauch erfüllt. Ein Durchbruch durch die Decke oder eine Wand war aufgrund der Widerstandsfähigkeit der Kristallstrukturen zu zeitaufwendig und damit nicht praktikabel. Wir saßen in der Falle.

Wenn du eine Idee hast, dann heraus damit, wandte ich mich an den Extrasinn, doch der schwieg und ließ sich nicht einmal zu einem seiner schnippischen Kommentare hinreißen.

Es ist Zeit, sich Sorgen zu machen, alter Mann, hörte ich Decaree Farou in meiner Erinnerung sagen. In den letzten Jahren war dieses Zitat aus einer erfolgreichen terranischen TriVid-Serie zu einer Art Dauerwitz zwischen uns geworden.

»Sie müssen hier raus, Lordadmiral«, hörte ich Santjun in meinem Empfänger. »Ich werde einen Ausbruch versuchen und Ihnen den Weg freischießen. Sie kommen dann nach und …«

»Reden Sie keinen Unsinn«, unterbrach ich den USO-Spezialisten. »Sobald Sie Ihre Nasenspitze über diesen Quader hier erheben, sind sie tot. Wir …«

Auch ich konnte meinen Satz nicht beenden, denn in diesem Moment starteten unsere Widersacher den Generalangriff. Sie hatten die letzten Minuten genutzt, um sich in günstige Positionen zu bringen und nahmen unser provisorisches Versteck unter Dauerfeuer. Es musste sich um mindestens sieben oder acht Gegner handeln. Das Einzige, was uns jetzt noch helfen konnte, war ein Wunder.

Kapitel 15

Naileth Simmers

Naileth Simmers hörte die aufgeregten Stimmen, noch bevor sie sich aus dem Antigravschacht schwang. Vor der Krankenstation hatten sich ein gutes Dutzend Frauen und Männer versammelt und begehrten mit wütenden Rufen Einlass. Zwei in vorderster Front stehende Angehörige des Kantinenpersonals schlugen immer wieder mit den Fäusten gegen das geschlossene Schott.

»Was ist hier los?«, fragte die Kommandantin, als sie die Gruppe fast erreicht hatte. Sie bemühte sich, ihrer Stimme einen zwar energischen, aber nicht zu aggressiven Ton zu verleihen, so wie sie es in den diversen USO-Seminaren über Menschenführung und Krisenmanagement gelernt hatte. Bei einigen der Umstehenden zeigte sich tatsächlich Erschrecken in den Gesichtern, andere wiederum blickten Naileth Simmers mit offener Missbilligung an.

Bereits auf dem kurzen Weg von der Zentrale zur Krankenstation hatte die Frau versucht, sich darüber klar zu werden, wie sie sich in diesem Fall verhalten sollte. Wenn sie ehrlich zu sich selbst war, verstand sie die Aufregung ihrer Leute nicht. Sicher reagierte jeder anders auf eine Notlage, der eine mehr, der andere weniger beherrscht, doch sie hatte es hier ausnahmslos mit gut ausgebildeten und auf solche Fälle vorbereiteten Spezialisten zu tun. Eine derart überzogene Reaktion auf eine zwar schwierige, aber längst noch nicht lebensbedrohliche Gefahrensituation erschien ihr nicht nur ungewöhnlich, sondern schlicht und einfach nicht nachvollziehbar.

»Ich habe eine Frage gestellt«, sagte Naileth Simmers, als niemand Anstalten machte, ihr zu antworten. »Was tun Sie hier? Sie wissen so gut wie ich, dass Sie bei Bereitschaftsalarm Ihre regulären Gefechtspositionen nicht verlassen dürfen.« Sie deutete auf einen unsicher dreinblickenden Mann mit kurzer Stoppelfrisur und stark gerötetem Gesicht: »... Fähnrich Sadjadin, richtig? Darf ich um Meldung bitten?«

»Ich ... wir ...«, begann der Angesprochene. Naileth Simmers schätzte ihn auf kaum mehr als 25 Jahre. Zwar kannte sie jeden der rund 150 Besatzungsmitglieder der IMASO mit Namen, doch selbstverständlich war ihr nicht bei allen der persönliche Hintergrund präsent. In diesem Fall erinnerte sie sich allerdings sehr gut, weil der Mann einen Zwillingsbruder hatte, der auf Quinto Center stationiert war und dort als Positroniker Dienst tat. Inmain und Kentilon Sadjadin, das waren ihre Namen.

Die Kommandantin trat zwei Schritte nach vorn und berührte Sadjadin sanft am rechten Arm.

»Beruhigen Sie sich, Mr. Sadjadin«, sagte sie. »Wir haben alle Angst, aber an Bord dieses Schiffes existieren aus gutem Grund feste Regeln und Abläufe. Warum halten Sie sich nicht daran?«

»Ich bin ... es ... tut mir leid.«

»Das glaube ich Ihnen sogar«, nickte die Gäanerin. Dann wandte sie sich an den Rest der Versammlung, die dem kurzen Dialog schweigend gefolgt war. Niemand machte Anstalten, vorzutreten und sich zum Sprecher der Gruppe aufzuschwingen.

»Verlieren wir nicht unnötig Zeit«, sagte sie laut. »Sie haben alle gegen eine Reihe von Dienstvorschriften verstoßen, und ich bin enttäuscht, weil ich bislang geglaubt hatte, dass so etwas auf *meinem* Schiff nicht passieren könne. Ja, die Lage ist ernst. Ja, sie könnte sich zu einem echten Desaster entwickeln. Ja, wir alle haben Schmerzen, die sich womöglich noch verschlimmern werden. Deshalb werde ich Ihnen jetzt sagen, was wir tun. Wir tun so, als hätte diese ganze unschöne Szene niemals stattgefunden. Sie kehren augenblicklich auf Ihre Stationen zurück, und wir arbeiten gemeinsam an einer Lösung des Problems. Ich werde mich mit unserem Medizinischen Offizier beraten. Wenn wir zu der Ansicht gelangen, dass es an der Zeit ist, eine medikamentöse Behandlung einzuleiten, werden Sie darüber informiert. Und jetzt möchte ich kein weiteres Wort hören. Verschwinden Sie einfach, bevor ich es mir noch anders überlege.«

Offenbar hatte Naileth Simmers den richtigen Ton getroffen. Die kleine Gruppe löste sich innerhalb kürzester Zeit auf. Schließlich stand nur noch Inmain Sadjadin mit gesenktem Kopf und hängenden Schultern vor ihr.

»Kann ich noch etwas für Sie tun, Fähnrich?«, wollte die Kommandantin wissen.

»Ich … ich möchte noch sagen, dass … ich Sie nicht enttäuschen wollte, Madam. Und dass ich damals sehr stolz war, als ich auf der IMASO angenommen wurde. Ich … ich glaube, sie ist ein gutes Schiff mit … mit einer guten Besatzung und ich hoffe, dass ich … das wir … Ihnen das eines Tages beweisen können.«

Naileth Simmers lächelte kaum merklich.

»Sie sind noch jung, Mr. Sadjadin«, sagte sie dann. »Und Sie werden im Verlauf Ihrer Karriere noch in weitaus unangenehmere Situationen geraten als diese hier. Vergessen Sie die heutige Erfahrung nicht und lassen Sie sich von ihr in Zukunft daran erinnern, dass Sie niemals die Kontrolle verlieren dürfen. Wenn Sie die Kontrolle verlieren, verlieren Sie alles. Und jetzt hauen Sie endlich ab.«

»Jawohl, Madam!«, rief der junge Mann, salutierte und ging.

Naileth Simmers atmete einmal tief ein und wieder aus. Das war einfacher gewesen als erwartet.

»Sehr beeindruckend!«, sagte eine hohe Stimme hinter ihr.

Die Kommandantin fuhr herum. Sie hatte gar nicht gemerkt, dass sich das Schott zur Krankenstation geöffnet hatte. Geriok Atair starrte sie aus großen, runden Augen an. Das fahle Licht der Notbeleuchtung ließ sein Gesicht und die spiegelblanke Glatze grau erscheinen. Wie die meisten Aras war auch der Medizinische Offizier der IMASO spindeldürr. Aus den Ärmeln des weißen Kittels, den er über der Uniform trug, ragten knochige Hände mit langen, dünnen Fingern und sauber manikürten Nägeln. Die schwarzen, bis unter die Knie reichenden Stiefel waren auf Hochglanz poliert.

Naileth Simmers produzierte ein flüchtiges Lächeln. In Atairs Gegenwart fühlte sie sich stets ein wenig unwohl, ein völlig irrationales Gefühl, das sie zu ignorieren gelernt hatte, das sie aber dennoch störte.

»Die Leute sind nervös und haben Angst. Wer will es ihnen verdenken?«, sagte sie und verzog das Gesicht, als eine neue Schmerzwelle durch ihren Körper schwappte. Die IMASO war einmal mehr transmittiert worden. Dem Ara hingegen schien das alles nichts auszumachen; seine Miene blieb ausdruckslos.

»Na schön.« Die Kommandantin betrat die kleine Krankenstation und setzte sich auf die Kante einer der beiden Behandlungsliegen. Flüchtig musterte sie das große Aquarium, das Atair in einer Ecke des Raums aufgestellt hatte. Jeder an Bord der IMASO wusste, dass die große Leidenschaft des Medizinischen Offiziers in der Züchtung exotischer Fische lag und dass er dieses Hobby schon seit Jahrzehnten betrieb.

»Wie ist es um unsere Bestände an Analgetika bestellt?«, fragte Naileth Simmers.

»Wenn Sie wissen wollen, wie lange wir 150 Menschen mit Schmerzmitteln versorgen können, werden Sie meine Antwort nicht mögen«, erwiderte der Ara.

»Auch wenn mein Bedarf an schlechten Nachrichten für die nächsten Monate bereits gedeckt ist, Oberleutnant – raus mit der Sprache.«

»Zwei Maximaldosierungen pro Person«, sagte Geriok Atair. »Alles andere würde nicht mehr wirken. Ich befürchte allerdings, uns bleibt auch so nicht mehr viel Zeit.«

»Wie meinen Sie das?«

»Wie Sie wissen, hat die moderne Medizin nicht allzu viele Erfahrungen mit dem sogenannten Entzerrungsschmerz. Frühere Langzeitstudien an Raumfahrern haben gezeigt, dass Transitionen oder Transmitterdurchgänge grundsätzlich ungefährlich sind, wenn zwischen den einzelnen Etappen respektive Sprüngen ausreichende Karenzen, also Ruhepausen liegen. Was allerdings geschieht, wenn man einen menschlichen Organismus über Stunden hinweg beständig transitiert, darüber gab es bisher keine Erkenntnisse. Bis jetzt.«

»Das scheint Sie ja geradezu in Ekstase zu versetzen, Mr. Atair«, entfuhr es Naileth Simmers, bevor sie es verhindern konnte. Sie hätte sich am liebsten auf die Zunge gebissen, doch dazu war es jetzt zu spät. »Entschuldigen Sie bitte«, sagte sie sofort. »Das war dumm von mir.«

»Eine Entschuldigung ist nicht notwendig.« Der Ara ging an seinem Gast vorbei und aktivierte einen Computerbildschirm. »Die Aufgabe eines Arztes ist es, Leben zu retten und Leiden zu lindern. Mir ist durchaus bewusst, welche Verbrechen Vertreter meines Volkes in der Vergangenheit unter dem Banner angeblicher Nächstenliebe verübt haben, und ich bin alles andere als stolz darauf. Die Abneigung, die viele Völker der Milchstraße gegen uns Aras empfinden, ist nachvollziehbar.«

»Das mag sein«, entgegnete die Kommandantin. »Aber niemand hat das Recht, ein ganzes Volk aufgrund der Taten einiger weniger zu verurteilen. Die Aras haben zu allen

Zeiten die besten Medizinern dieser Galaxis gestellt, und wir verdanken ihnen den Sieg über zahlreiche furchtbare Krankheiten.«

»Ich werde Ihnen nicht widersprechen«, erwiderte Geriok Atair und neigte den Kopf. »Darf ich fortfahren?«

»Ich bitte darum.«

»In seiner einfachsten Definition ist der Schmerz ein Warnsignal des Körpers, der uns darauf aufmerksam machen soll, dass etwas nicht in Ordnung ist. Wir sprechen dann von einem physiologischen Schmerz, das heißt, er wird durch eine Reizung bestimmter Nervenenden ausgelöst und klingt ab, wenn die entsprechende physiologische Störung beseitigt ist.«

»Soweit ich weiß, ist es genau das, was ein Transmittersprung auslöst«, sagte Naileth Simmers.

»Nur bedingt«, schränkte Geriok Atair ein. »Man vermutet, dass bestimmte Hyperfrequenzen mit den bioelektrischen Feldern organischer Lebewesen wechselwirken, was jedoch nicht erklärt, warum der Schmerz ausgerechnet im Nacken entsteht. Durch den Umstand, dass wir nun seit mehr als vier Stunden einer permanenten hyperfrequenten Bestrahlung dieser Art ausgesetzt sind, habe ich herausgefunden, dass sich die Schmerzqualität sehr schnell in den neuropathischen Bereich verlagert.«

»Eine Nervenschädigung?«, fragte die Kommandantin alarmiert.

»Es sieht so aus. Sehen Sie selbst.«

Der Ara aktivierte den Bildschirm. Naileth Simmers erkannte die positronisch aufbereitete Darstellung sofort. Sie zeigte eine Reihe von Nervenfasern, die sich durch ein Netz aus blau eingefärbten Körperzellen wanden und immer weiter verästelten.

»Das ist gesundes Gewebe, das ich mir kurz nach unserer Ankunft im Zartiryt-System entnommen habe«, erklärte

Geriok Atair. »Seit wir in die Transmitterfalle gerieten, habe ich jede halbe Stunde eine weitere Probe entnommen.«

»Sie schnippeln an sich selber herum?«, fragte die Frau.

»Per Mikrolaserskalpell, ja«, winkte der Ara ungeduldig ab.

Auf dem Bildschirm wurde die ursprüngliche Darstellung kleiner und wanderte in die obere linke Ecke. Acht weitere Bilder gesellten sich hinzu, jedes mit einer Kennnummer, einem Datum und einem Zeitindex versehen.

»Durch den fortgesetzten Einfluss der Hyperstrahlung kommt es nicht nur zu einer Rückbildung des um die Nervenfasern abgelagerten Bindegewebes, sondern auch zu einer partiellen Degeneration der Nervenzellen selbst und zu Umbildungen der synaptischen Bereiche.«

»Was bedeutet das?«

Die Stimme der Kommandantin klang plötzlich unendlich müde. Blicklos starrte sie auf den Monitor, der Bild für Bild die voranschreitende Beschädigung der einzelnen Neuronen dokumentierte.

»Die Schmerzen werden in fünf bis acht Stunden so stark sein, dass auch Analgetika nicht mehr viel helfen«, sagte der Mediziner. »Die Schädigungen sind zwar reversibel, aber das hilft uns nicht weiter. Es ist abzusehen, dass ich früher oder später damit beginnen muss, die ersten Patienten in ein Heilkoma zu versetzen. Deshalb schlage ich vor, dass wir umgehend mit der Ausgabe der Schmerzmittel beginnen. Die Vorräte werden auf jeden Fall ausreichen, denn wenn wir die Transmissionen nicht in ein paar Stunden gestoppt haben, ist es ohnehin zu spät.«

Naileth Simmers nickte. Dann aktivierte sie den Armbandkom an ihrem linken Handgelenk und nahm Verbindung mit der Zentrale auf. Am anderen Ende meldete sich ihr Erster Offizier Terence Abigon. In wenigen Worten schilderte sie ihm die Lage und bat ihn, alles Notwendige in die Wege zu leiten.

»Was haben Sie jetzt vor?«, fragte Ara, nachdem die Kommandantin das Gespräch beendet hatte.

»Ich weiß es noch nicht, Mr. Atair«, seufzte sie leise. »Ich weiß es noch nicht.«

Kapitel 16

Marcus Merten

Zwei Minuten und 36 Sekunden.

Marcus Merten hockte in der menschenleeren Kantine des Mannschaftsdecks und starrte blicklos in den Plastikbecher, der vor ihm auf dem Tisch stand. Er war noch immer bis zum Rand mit Kaffee gefüllt, denn seit sich der Techniker das Getränk an einem der Automaten besorgt hatte, hatte er nicht ein einziges Mal davon getrunken. Die pechschwarze Flüssigkeit stand absolut still, und das war für ihn ein beunruhigender Anblick. Normalerweise konnte man, wenn man ganz genau hinsah, stets ein leichtes Zittern auf der Oberfläche des Kaffees erkennen. Die Reaktorhalle befand sich in unmittelbarer Nähe, und wenn die Meiler liefen, brachten sie trotz aller Isolierungen und Vibrationsdämpfer die umliegenden Wände und Decken zum Erbeben.

Zwei Minuten und 36 Sekunden.

Diese verdammte Zeitspanne ging Marcus nicht aus dem Kopf. In der letzten halben Stunde hatte er die Zahlen immer wieder und in allen nur denkbaren Kombinationen auf ein Blatt Schreibfolie gekritzelt.

Zwei – drei – sechs.

Quersumme elf.

156 Sekunden.

Zwei mal drei mal sechs gleich sechsunddreißig.

Und so weiter und so fort.

Marcus Merten wartete darauf, dass etwas geschah, dass jener unerklärliche Mechanismus in Gang kam, der es ihm im Nachhinein so verrückt erscheinen ließ, dass er die einfache, die offenkundige, die auf der Hand liegende Lösung eines Problems nicht schon viel früher erkannt hatte. Er *wusste*, dass diese zwei Minuten und 36 Sekunden eine zentrale Bedeutung besaßen, dass sie der Schlüssel zum Entkommen aus einer Falle waren, die die Besatzung der IMASO langsam, aber stetig zermürbte, und es war dieses Wissen, das ihn Schritt für Schritt in den Wahnsinn trieb.

Der Nacken des Technikers stand in Flammen, der Rücken schmerzte, die Muskeln in den Oberarmen und den Schultern verkrampften inzwischen bei der geringsten Bewegung. Wie sollte man da in Ruhe nachdenken? Alle zwei Minuten und 36 Sekunden führte der Leichte Kreuzer einen weiteren Transmittersprung aus, wurde die körperliche und seelische Belastung, der jeder an Bord des Kugelraumers ausgesetzt war, schlimmer.

Er hatte mehrfach versucht, Kontakt zu Milton Elks aufzunehmen, doch sein Chef meldete sich nicht. Schließlich hielt Marcus Merten es nicht mehr aus. Er verließ die Kantine und begab sich zur Reaktorhalle. Er musste irgendetwas tun. Irgendetwas, und wenn es noch so sinnlos war. Vielleicht half es, wenn er sich durch Arbeit ablenkte, wenn er seinem Verstand die Gelegenheit gab, sich mit etwas anderem als diesen verwünschten zwei Minuten und 36 Sekunden zu beschäftigen. Hieß es nicht, dass man, sofern man etwas wirklich finden wollte, auf gar keinen Fall danach suchen durfte?

Zu seiner Überraschung fand Marcus die Reaktorhalle menschenleer. Neben der geöffneten Verkleidung einer Steuerkonsole lag ein tragbares Messgerät auf dem Boden. Es piepste alle paar Sekunden. Einige Meter weiter hatte einer der Techniker seine Uniformjacke ausgezogen und achtlos über die Lehne eines Kontursessels geworfen.

»Hallo?«, rief Marcus Merten in die unheimliche Stille hinein. Keine Antwort.

Marcus war dem Funkverkehr der Kollegen natürlich gefolgt. Insofern wusste er, dass die Meiler einwandfrei funktionierten und lediglich die Zündung, die sogenannte Erstfusion, nicht in Gang kam. Dabei wurde ein zuvor ultrahoch erhitztes Plasma, also ein ionisiertes Gas, in die Reaktorkammer eingespritzt und dort durch einen Wellenimpuls über die kritische Temperatur gehoben. Infolgedessen zündete die Fusionsreaktion, in deren Verlauf leichte Atomkerne miteinander verschmolzen und dabei Energie freisetzten. Der Großteil dieser Energie wurde abgezapft und in die Speicher oder direkt an die Endverbraucher weitergeleitet, ein kleiner Rest dazu verwendet, die Reaktionskette in Gang zu halten.

Daran hatte sich über all die Jahrhunderte nichts geändert. Seit Perry Rhodan damals im Jahr 1971 auf dem irdischen Mond ein notgelandetes Forschungsraumschiff der Arkoniden entdeckt und deren überlegene Technik für die Menschheit in Besitz genommen hatte, war die grundlegende Architektur von Fusionsreaktoren gleich geblieben, da das dahinter stehende Prinzip so einfach war, dass es nicht mehr verbessert werden konnte.

Marcus Merten hob das Messgerät vom Boden auf und studierte die Anzeige. Auf dem beleuchteten Display stand eine Reihe von Zahlen. Demnach betrug die mittlere Temperatur des Zündplasmas in Meiler 7 gerade einmal 98 Millionen Grad Celsius. Für eine Fusionsreaktion waren deutlich über 100 Millionen Grad notwendig. Milton Elks und sein Team hatten versucht, die Temperatur zu steigern, indem sie die Injektoren manuell auf Intervallbetrieb geschaltet hatten. Dadurch wurde das Plasma mit Wellenimpulsen überschüttet. Eine Reaktion war ausgeblieben. Es schien fast so, als hätten sich die physikalischen Grundbedingungen geändert und die Naturgesetze würden Temperaturen über 98 Millionen Grad Celsius auf einmal nicht mehr erlauben.

Während Marcus die Messung aus reiner Gewohnheit an zwei weiteren Reaktoren mit gleichem Ergebnis wiederholte, kramte er in seiner Erinnerung nach dem, was er einst an der Akademie gelernt hatte. Die Temperatur war nichts weiter als eine Maßeinheit für die mittlere kinetische Energie einer Ansammlung von Teilchen, beschrieb also den energetischen Zustand der Moleküle eines festen Körpers, einer Flüssigkeit oder eines Gases. Je stärker sich diese bewegten, desto höher lag die Temperatur des entsprechenden physikalischen Systems.

In diesem Moment wurde die IMASO von einem besonders heftigen Zittern durchlaufen. Es hielt mindestens zehn Sekunden lang an und wurde dann allmählich schwächer. Marcus musste sich an einer der Reaktorverkleidungen festhalten, um nicht zu stürzen. Kurz danach gellte der Alarm durch den Kreuzer.

Über den Interkom erklang die Stimme des Ersten Offiziers: »Achtung! Hier spricht Terence Abigon. Wir sind soeben durch einen Meteoritenschauer von ungewöhnlicher Dichte geflogen. Die Prallfelder sind nach wie vor intakt. Unsere Techniker arbeiten mit Hochdruck an einer Lösung des Problems. Für diejenigen von Ihnen, die durch den Entzerrungsschmerz so stark beeinträchtigt werden, dass sie ihren Dienstpflichten nicht mehr in der gebotenen Weise nachkommen können, stehen ab sofort an allen Ausgabestellen entsprechende Medikamente zur Verfügung. Bitte machen Sie von dieser Möglichkeit jedoch nur dann Gebrauch, wenn Sie keine andere Alternative mehr sehen. Abigon Ende.«

Wie auf Kommando erfolgte der nächste Transmittersprung. Stöhnend überlegte Marcus Merten einen Augenblick lang, ob er sich die in Aussicht gestellten Schmerzmittel besorgen sollte, entschied sich dann aber dagegen. Er war noch nie besonders wehleidig gewesen und würde jetzt sicher nicht damit anfangen.

Mit einem letzten Blick auf die wie Soldaten nebeneinander aufgereihten Reaktoren verließ Marcus die Halle und machte sich auf die Suche nach Milton Elks. Irgendwo musste der Mann ja schließlich stecken.

Kapitel 17

Atlan

Als das Schießen schlagartig aufhörte, dachte ich für einen Moment, ich hätte mein Gehör verloren. Dann drang ein metallisches Krachen und Bersten an meine Ohren. Ich spürte, wie der Hallenboden unter meinen Füßen schwankte. Santjun packte mich sofort am Arm, aber ich schüttelte seine Hand unwillig ab. Die ständige übertriebene Fürsorge des USO-Agenten ging mir langsam auf die Nerven.

Der Pfeiler, den ich vor einigen Minuten als Deckung benutzt hatte, bewegte sich plötzlich. Gerade noch rechtzeitig erfasste ich die drohende Gefahr. Ich sprang auf und riss Santjun mit mir. Gemeinsam stürzten wir zu Boden, überschlugen uns mehrfach und rollten ein gutes Stück in Richtung Torbogen. Hinter uns krachte der tonnenschwere Pfeiler mit Donnergetöse in genau jene Trümmeransammlung, in der wir uns gerade noch versteckt hatten. So schnell wir konnten, rappelten wir uns wieder auf, doch es erfolgte kein Angriff.

»Was …?«, begann der USO-Spezialist verblüfft und verstummte. Ich konnte sein Erstaunen gut nachvollziehen, denn was sich da zischend und klappernd aus den zerbeulten Fragmenten lemurischer Technik grub, bot einen wahrhaft grotesken Anblick. Santjun und ich mussten weiter zurückweichen, weil die durch den jetzt schnell abziehenden Qualm gut erkennbare, mehrere Meter durchmessende Roboterspinne heftig mit ihren Extremitäten wackelte und dabei Metallbrocken von der Größe oxtornischer Riesenmelonen von sich schleuderte. Sie rasten als gefährliche Geschosse durch die Halle, und einer krachte nur eine Armlänge von Santjun entfernt in einen großen Schrotthaufen.

Ich sah mich nach Iasana Weiland um, konnte die Plophoserin aber nirgendwo entdecken. Sie hätte uns wahrscheinlich sofort sagen können, ob die Spinne lemurischen Ursprungs war oder nicht. Auf jeden Fall schien das Ding nicht zu unseren Gegnern zu gehören, denn die hatte das plötzliche Auftauchen des Roboters offensichtlich ebenso erstaunt wie uns. Sie hatten ihren Angriff vorübergehend abgebrochen und warteten ab. Das änderte sich nun jedoch schlagartig.

Ich erkannte zwei Humanoide in grauschwarzen Schutzanzügen zwischen den Trümmern. Einer davon deutete sichtlich aufgeregt auf Santjun und mich, dann rissen beide gleichzeitig die Waffen nach oben. Der Spinnenroboter reagierte augenblicklich. Zwei seiner zwölf Beine – sechs auf jeder Seite – zuckten nach vorn und trafen die Männer mit vernichtender Wucht vor die Brust. Ohne die aktivierten Schutzschirme wären sie auf der Stelle tot gewesen. So wurden sie lediglich rücklings gegen die Wand geschleudert und fielen von dort zu Boden, wo sie benommen liegen blieben.

Nun kam die seltsame Maschine erst richtig in Fahrt. Mit erstaunlicher Geschicklichkeit huschte sie über die Schuttberge, die sich in der Halle türmten, und stieß mit ihren dreifach gegliederten Beinen immer wieder scheinbar wahllos in die Lücken zwischen den Trümmern. Ihr ovaler, im hinteren Bereich mit einer Anzahl kurzer, stummelähnlicher Auswüchse versehener Körper pendelte dabei unstet hin und her. Der Kopf, ein weiteres, wenn auch deutlich kleineres Oval, war mit zwei langen, biegsamen Antennenfühlern ausgestattet. Zwei schwarze, mit kleinen roten Punkten übersäte Kreise sollten wohl so etwas wie Augen darstellen. Insgesamt vermittelte die Konstruktion allerdings einen eher unfertigen und behelfsmäßigen Eindruck. Wie die bisher entdeckten lemurischen Hinterlassenschaften wies auch sie deutliche Spuren des Alters auf. Das Metall war fleckig und stumpf, und wenn sich die langen, dünnen Spinnenbeine bewegten, ertönte ein leises, aber vernehmbares Zischen, so als würden die Gelenke von einer primitiven Pneumatik betrieben, aus der Gase austraten. Dennoch wirkten die Bewegungen flüssig und gewandt.

Fasziniert schauten Santjun und ich dabei zu, wie der Roboter innerhalb kürzester Zeit unsere zwischen den Trümmern verborgenen Angreifer aufspürte, packte und wie Gliederpuppen durch die Halle warf. Keiner der Fremden kam dazu, auch nur einen einzigen Schuss abzufeuern. Wer konnte, ergriff die Flucht. Die, die es nicht mehr allein schafften, wurden von ihren Kameraden mitgeschleift.

»Vielleicht sollten wir uns ebenfalls zurückziehen, Sir«, sagte Santjun. »Dieses … Ding kommt womöglich zu dem Schluss, dass auch wir hier eigentlich nichts zu suchen haben.«

»Denkbar«, gab ich zu, »aber wenig wahrscheinlich. Es muss uns längst registriert haben. Dennoch greift es uns nicht an. Wir sollten uns lieber um Mrs. Weiland kümmern. Kommen Sie. Helfen Sie mir.«

Wir fanden die Plophoserin kurz darauf unversehrt unter einer ehemaligen Aggregatverkleidung. Iasana Weiland sah nach wie vor weder besonders glücklich noch besonders gesund aus, doch sie war unverletzt und am Leben. Hätte man mich vor ein paar Minuten nach unseren Chancen gefragt, dieses Inferno zu überstehen, wäre meine Prognose ganz sicher nicht so optimistisch ausgefallen.

»Wissen Sie jetzt, warum ich diesen Job so gerne mache, Mrs. Weiland?«, versuchte ich sie mit einem schwachen Scherz aufzuheitern. »So viel Spaß wie gerade eben habe ich nämlich jeden Tag.«

»Ich … beneide Sie, Sir«, erwiderte die Frau. Ihre Stimme klang rau und belegt.

Ich lächelte innerlich. Iasana Weiland war angeschlagen, aber ganz sicher nicht gebrochen. Das bewies mir ihre ironische Entgegnung – und vor allem die Leidenschaft, die in ihren Augen funkelte, als sie des Spinnenroboters gewahr wurde.

»Was … was ist das?«, fragte sie, doch es war erkennbar, dass sie mehr zu sich selbst denn zu Santjun oder mir sprach.

»Unser Retter in der Not«, antwortete der USO-Spezialist trotzdem. »Zumindest vorerst.«

»Ein lemurisches Erzeugnis, nicht wahr, Mrs. Weiland?«, schloss ich mich mit einer Frage an.

Die Plophoserin schien mich gar nicht zu hören. Schritt um Schritt, so als würde sie sich einem ungeheuer wertvollen Kunstobjekt nähern, ging sie auf den Roboter zu, der sich inzwischen umgedreht und seine beiden Antennenfühler auf uns gerichtet hatte. Erst jetzt wurde mir bewusst, wie groß die Maschine tatsächlich war. Auch wenn der ovale Körper an seiner Längsachse höchstens drei Meter durchmaß, so waren die Spinnenbeine in ausgestrecktem Zustand mindestens doppelt so lang.

»Die Lemurer haben Roboter aller Formen und Größen gebaut«, sagte Iasana Weiland, ohne den Blick von der Maschine zu wenden. »In den Blütejahren vor dem Krieg gegen die Haluter entstanden immer wieder neue Typen und Baureihen. Ja, das ist ganz sicher ein Erzeugnis der Lemurer, Lordadmiral. Darauf deuten nicht nur die zwölf Beine hin.«

Santjun warf mir einen fragenden Blick zu.

»Die Zwölf war den Lemurern heilig«, erklärte ich. »Auch ihr Zahlensystem war duodezimal, basierte also nicht auf zehn, sondern auf zwölf unterschiedlichen Ziffern.«

»Das ist alles sehr interessant, aber sollten wir uns nicht besser artig bedanken und dann von hier verschwinden?« Der USO-Spezialist legte seine Rechte wie zufällig auf den Kolben seiner Strahlwaffe, die er wieder am Gürtel des Kampfanzugs befestigt hatte.

»Unsere Freunde haben sich zwar ein paar blutige Nasen geholt, werden aber ganz bestimmt nicht aufgeben.«

»Ich bin Calipher«, begann der Spinnenroboter plötzlich auf Altlemurisch zu sprechen. »Calipher begrüßt den Träger des Lichts und seine Begleiter an Bord der Experimentalstation 2. Ich erwarte Eure Befehle, Herr.«

Das ist beinahe im Wortlaut die Botschaft, die du auf Thanaton im Bunker des dortigen Monolithen gehört hast, wisperte der Extrasinn.

Und ein weiterer Hinweis darauf, dass es eine ganze Reihe dieser Monolithen geben muss, dachte ich zurück. *Damals war es Experimentalstation 8, hier ist es Experimentalstation 2.*

»Ich bin Atlan, Träger des Lichts«, akzeptierte ich die mir zugewiesene Rolle. Was genau dieser offensichtliche Ehrentitel besagte, wusste ich noch nicht, doch selbstverständlich hatte ich die Bedeutung Caliphers sofort erfasst. Der Roboter war der erste Zeitzeuge, den wir auf der Suche nach dem Geheimnis der Monolithen gefunden hatten. Er war vielleicht sogar persönlich vor Ort gewesen, als die Haluter Zartiryt angegriffen und verwüstet hatten. In seinen Speichern ruhten eventuell die Antworten auf alle unsere Fragen.

»Nenne mir deine Aufgabe, Calipher«, forderte ich die Maschine auf.

»Ich bin der schwere Wachroboter Caaa … liii … pheeer«, gehorchte der stählerne Riese. Während des letzten Teils des Satzes verlor die knarrende Kunststimme plötzlich ihre klare Modulation und zog die Silben unnatürlich in die Länge.

Du kannst nicht erwarten, dass die Blechspinne nach 50.000 Jahren noch einwandfrei arbeitet, mischte sich der Logiksektor ein.

»Mir obliegt die Sicherung aller Experimentalsektoren«, fuhr Calipher fort. »Anat Serkuloon ist sehr zufrieden mit mir.«

»Du musst entschuldigen«, bohrte ich vorsichtig weiter, »aber ich bin erst vor kurzem hier eingetroffen. Weißt du, wo sich Anat Serkuloon zurzeit aufhält?«

»Zu Tisch! Zu Tisch!«, rief der Roboter plötzlich mit sich überschlagender Stimme. Dann eilte er so schnell davon, dass seine Spinnenbeine hart gegeneinanderschlugen. Ein zweiter Torbogen, der dem, durch den wir die Halle betreten hatten, gegenüber lag und zum Verwechseln ähnelte, führte tiefer in den Monolithen hinein. Kurz bevor die Maschine ihn erreicht hatte, hielt sie inne und drehte den ovalen Schädel.

»Kommt Ihr nicht mit, Herr?«, wollte sie wissen.

»Wohin gehen wir?«, fragte ich zurück.

Calipher schien zu zögern. Die roten Punkte seiner Augen bildeten in schneller Folge verwirrende Muster.

»Das weiß ich nicht«, sagte er schließlich. »Ich muss es vergessen haben. Verzeiht mir bitte, Herr.«

»Schon gut«, wiegelte ich ab. »Du musst dich nicht entschuldigen.«

Es war inzwischen ziemlich offensichtlich, dass die Speicher des Roboters über die Zeit gelitten hatten. Wenn Calipher tatsächlich schon vor 50.000 Jahren seinen Dienst an Bord des Monolithen verrichtet hatte, war das auch kein Wunder. Das bedeutete natürlich, dass wir im Umgang mit ihm sehr vorsichtig sein mussten, weil die Gefahr bestand, dass sein derzeit freundliches Verhalten jederzeit ins Gegenteil umschlagen konnte.

»Calipher«, sagte ich. »Sind dir die Männer, die uns vorhin angegriffen haben, bekannt?«

»Bekannt?«, gab der Wachroboter zurück. Wieder drehte er den ovalen Schädel; es sah aus, als würde er nachdenken. »Ich glaube nicht. Aber ich kann sie nicht leiden. Sie sind laut und rücksichtslos. Wünscht Ihr, dass ich sie eliminiere, Herr?«

»Nein«, erwiderte ich schnell. »Wann sind sie hier eingetroffen?«

»Wer?«

»Die Männer.«

»Welche Männer, Herr?«

Das bringt nichts, sprach der Extrasinn das Offenkundige aus.

»Gibt es einen Ort, an dem wir sicher sind?«, wechselte ich das Thema. »Einen Ort, an dem uns keiner findet, selbst wenn er nach uns sucht?«

»Calipher kann Euch beschützen, Herr. Wenn ich bei Euch bin, gibt es keinen Grund zur Furcht.«

»Das weiß ich«, sagte ich geduldig. »Dennoch würde ich ungern Aufsehen erregen, verstehst du? Niemand soll wissen, dass meine Freunde und ich hier sind.«

»Ein Geheimauftrag?«

»Genau. Und ein sehr wichtiger noch dazu.«

Übertreibe es nicht, mahnte der Logiksektor.

»Ich könnte Euch in die inneren Experimentalsektoren bringen«, schlug Calipher vor. »Dorthin verirrt sich so gut wie nie jemand. Dort ist man allein. Ganz allein.«

»Gut«, stimmte ich zu. »Bring uns so schnell wie möglich hin.«

Kapitel 18

Atlan

Calipher dirigierte uns entlang mehrerer Korridore und durch einige von zehn Meter hohen Spitzbögen umschlossene Hallen in einen Bereich des Monolithen, der sich bizarrer ausnahm als alles, was ich seit unserer Ankunft bisher gesehen hatte. Wir standen an der Einmündung in einem völlig asymmetrischen Hohlraum, der sich vor uns in grotesken Kurven und Windungen über eine Strecke von rund einem Kilometer ausdehnte. Von allen Seiten schoben sich beulenartige Auswüchse ins Innere der Kaverne. Mit etwas Phantasie konnte man sich durchaus vorstellen, dass man sich im Verdauungstrakt eines gigantischen Lebewesens aus Kristall aufhielt, um einen Weg über die von Zotten und Falten bedeckte Darmwand zu suchen.

»Was ist das hier?«, fragte ich den Roboter

»Das sind die inneren Experimentalsektoren, Herr«, antwortete die Maschine. »Sagte ich das nicht bereits? Ich glaube, ich habe das bereits gesagt, bin mir aber nicht mehr sicher. Verzeiht mir, Herr.«

»Welche Art von Experimenten wurde hier durchgeführt?«

An das sprunghafte, manchmal gar schizophrene Verhalten Caliphers gewöhnte ich mich langsam. Während der vergangenen Minuten hatte ich immer wieder Fragen nach den Lemurern, den Verlorenen und vor allem nach Sinn und Zweck der Monolithen gestellt, doch Verwertbares war dabei nicht herausgekommen. Entweder erging sich der Wachroboter in völlig beziehungslosen Monologen, oder er gab gleich offen zu, dass er nichts über die entsprechenden Sachverhalte wusste.

»Das weiß ich nicht«, sagte Calipher, wie um mich zu bestätigen. »Anat Serkuloon spricht nicht mit mir darüber. Es ist wohl nicht wichtig genug.«

Ich verzog mürrisch das Gesicht und wischte mir den Schweiß von der Stirn. Auch wenn ich als Arkonide normalerweise gut mit hohen Temperaturen fertig wurde, setzte mir die hier herrschende tropische Schwüle doch zu. Nachdenklich machte ich ein paar Schritte in die Kaverne hinein und fuhr mit der rechten Hand über die Wölbung einer der zahlreichen kugelförmigen Ausstülpungen. Da ich meine Handschuhe längst ausgezogen und an meinem Gürtel befestigt hatte, spürte ich die warme Feuchtigkeit direkt auf der Haut. Die Luft musste von Wasserdampf gesättigt sein, doch woher kam er?

Es hat keinen Sinn zu spekulieren, wisperte der Extrasinn. *Der Zweck dieser Halle – oder der inneren Experimentalsektoren, wie Calipher sie nennt – lässt sich mit den aktuell verfügbaren Informationen nicht einmal erahnen. Vielleicht wussten selbst die Lemurer nicht genau, was sie hier taten.*

Das glaube ich nicht, widersprach ich mental. *Während des Krieges gegen die Haluter waren Ressourcen aller Art knapp. Die Lemurer hätten wohl kaum einen beträchtlichen Teil ihrer Aktivitäten auf die Monolithen konzentriert, wenn sie sich nicht einen klaren Nutzen davon versprochen hätten.*

Ich stelle erfreut fest, dass du noch zu logischem Denken fähig bist, erwiderte mein zweites Ich. *Ich sehe es genau so. Dennoch sind die Lemurer in ihren Bemühungen gescheitert. Die Bestien haben sie – Monolithen hin oder her – am Ende einfach überrannt.*

»Sir …?«

Ich hatte Iasana Weiland nicht kommen hören. Wie sie so vor mir stand, mit ihren zerzausten Haaren, der an vielen Stellen verbrannten Gesichtshaut und dem mutlosen, aber trotzigen Blick in den feuchten Augen, wurde mir deutlicher als je zuvor klar, dass es meine verdammte Pflicht war, diese Frau heil nach Hause zu bringen. Natürlich hatte ich immer wieder betont, dass unser Einsatz gefährlich werden konnte. Natürlich hatte ich sie darauf hingewiesen, dass ihre Teilnahme freiwillig war und dass ihr keinerlei Nachteile entstünden, wenn sie ablehnte. Ich hatte ihr sogar dringend davon abgeraten, Santjun und mich zu begleiten. Aber wem machte ich hier etwas vor? Wenn man die Chance bekam, dem Lordadmiral der USO persönlich auf eine Mission zu folgen, lehnte man nicht ab. Auf keinen Fall! Und auch wenn ich mich zeit meines Lebens niemals mit der Rolle als prominente Galionsfigur und lebende Legende abfinden würde, so haftete sie mir nun einmal an und brachte andere dazu, Dinge zu tun, die sie unter normalen Umständen nicht tun würden. Das durfte ich niemals vergessen.

»Sir, ich …«, begann die Plophoserin, stockte dann aber. Ich erkannte die drohende Ohnmacht gerade noch rechtzeitig, um beherzt zuzugreifen und die taumelnde Frau aufzufangen. Sanft ließ ich sie zu Boden gleiten.

Die Positronik des Kampfanzugs diagnostizierte eine akute Kreislaufschwäche, latente Unterzuckerung sowie eine allgemeine Asthenie. Man musste kein Mediziner sein, um Letzteres auf ihre nun bereits mehrstündige Anwesenheit an Bord des Monolithen zurückzuführen. Was immer das geheimnisvolle Objekt auch aus- oder abstrahlte – uns lief die Zeit davon.

Iasana Weilands Augenlider flatterten, als sie wieder zu sich kam. Zwar hatte die Medoautomatik sofort reagiert und ein paar kräftigende Injektionen verabreicht, doch lange würde das nicht vorhalten. Irgendwann halfen selbst die stärksten Drogen nicht mehr.

Ich sah Santjun an, der neben mir in die Hocke gegangen war. Ebenso wie die Plophoserin verfiel auch er zusehends, ließ sich das aber nicht anmerken. Nichtsdestotrotz würden auch seine Kräfte früher oder später erschöpft sein. Wir mussten hier raus und zurück zur IMASO.

»Calipher«, wandte ich mich einmal mehr an den Spinnenroboter, der der ganzen Szene ohne sichtliche Reaktion gefolgt war. Lediglich die langen Kopffühler pendelten sachte hin und her.

»Gibt es eine Möglichkeit, den Monolithen … die Experimentalstation zu verlassen? Einen Hangar mit Raumschiffen vielleicht, Rettungskapseln oder einen Transmitter?«

Die Maschine schien nachzudenken. Ich hätte zu gerne gewusst, was jetzt in den Speichern und positronischen Netzen des Wachroboters vorging. Vielleicht fanden wir eine Möglichkeit, Calipher mitzunehmen. Ich war davon überzeugt, dass meine Experten auf Quinto Center in der Lage sein würden, die in ihm schlummernden Informationen freizulegen respektive zu rekonstruieren.

»Nein«, sagte Calipher nach einer Weile. »Eine so lange Reise sollte man nicht antreten, ohne alle Lichter auszuschalten. Das gebietet die Höflichkeit.«

»Er redet wieder wirres Zeug«, stieß Santjun hervor. »Es bringt nichts, wenn wir uns weiterhin verstecken, Sir. Wir sollten in die Offensive gehen. Der Roboter hat bewiesen, dass er kämpfen kann. Mit seiner Hilfe könnten wir bis zum zentralen Hohlraum vordringen und den Bunker besetzen.«

»Ja! Wir müssen kämpfen, Herr«, plapperte Calipher. »Wir müssen den Gegner vernichten. Rückzug ist Kapitulation. Das wird Meister Serkuloon niemals akzeptieren, und am Ende ist wieder alles so, wie es sein soll.«

Ich ignorierte das konfuse Gerede des Roboters und konzentrierte mich auf Iasana Weiland.

»Geht es wieder?«, wollte ich wissen.

Die Plophoserin nickte, und ich half ihr auf die Beine.

»Ich weiß, dass Sie es nicht hören wollen, Iasana«, sagte ich leise zu ihr, »aber ich verspreche Ihnen, dass ich Sie hier rausbringe.«

»Weil ich nur eine schwache Frau bin und es allein nicht schaffe?«

»Wenn ich das glauben würde, hätte ich Sie niemals mitgenommen. Deshalb werde ich Sie auch nicht anlügen. Machen Sie nicht den Fehler zu denken, dass wir das Schlimmste schon hinter uns hätten, aber was immer noch auf uns warten mag: Ich weiß, dass Sie damit fertig werden.«

»Danke, Sir«, nickte sie.

Calipher war währenddessen vorausgeeilt. Er bewegte sich mit geradezu spielerischer Leichtigkeit über das unebene Terrain. Immer wieder fanden seine Spinnenbeine eine Lücke, in die er hineinstoßen, oder einen Vorsprung, an dem er sich festhalten konnte. Zwanzig Minuten später erreichten wir eine breite Mulde, in der sich eine Lache klaren Wassers angesammelt hatte. Eine schnelle Analyse mit den Sensoren des Kampfanzugs ergab, dass man es bedenkenlos trinken konnte, also schonten wir unsere Vorräte und bedienten uns. Die lauwarme Brühe schmeckte schal und metallisch, aber sie stillte den Durst.

Obwohl keiner von uns Hunger hatte, aßen wir jeder zwei Konzentratriegel. Danach kam die Müdigkeit. Auch ich hätte am liebsten die Augen geschlossen und ein paar Stunden geschlafen, doch natürlich war an so etwas nicht zu denken.

»Ich wünschte, wir hätten noch drei oder vier wie den da«, sagte Santjun und deutete auf Calipher.

»Wir wissen nicht, mit wem und vor allem mit wie vielen Gegnern wir es zu tun haben, Mr. Santjun«, entgegnete ich. »Zudem verspüre ich wenig Lust darauf, mich in einen Kleinkrieg verwickeln zu lassen. Am besten wäre es, wenn wir so schnell wie möglich aus dem Monolithen verschwinden und zur IMASO zurückkehren könnten. Mit dem Leichten Kreuzer in der Hinterhand hätten wir eine deutlich günstigere Verhandlungsposition.«

»Ich sage es nicht gern«, brummte der USO-Agent, »aber in diesem Punkt bin ich auf der Seite des Blechkameraden. Ich halte nicht viel von Flucht.«

»Wer vor einer Niederlage flieht, nimmt den möglichen Sieg mit sich«, lächelte ich. »Sie sollten die Welt nicht nur in Schwarz und Weiß einteilen, Santjun. Wenn man sich im Vorteil glaubt, verwechselt man Geduld oft mit Schwäche.«

»Das können Sie später gerne in mein Poesiealbum schreiben, Lordadmiral«, sagte der USO-Spezialist respektlos, »aber diese Leute sind aus einem ganz bestimmten Grund hier. Die Aggressivität, mit der sie uns gegenüber auftreten, ist kein Zufall. Sie wollen nicht, dass Außenstehende mitbekommen, was sie hier treiben. Sie haben selbst gesagt, dass die Monolithen ein mögliches Gefahrenpotenzial für die gesamte Milchstraße darstellen, Sir. Wollen Sie jetzt etwa tatenlos zusehen, wie Unbekannte damit herumspielen und möglicherweise irreparablen Schaden anrichten?«

»Keineswegs«, ließ ich mich nicht aus der Ruhe bringen. »Und genau deshalb werden wir Ihren und meinen Ansatz miteinander kombinieren.«

»Und das heißt was?«

»Mrs. Weiland und ich werden gemeinsam mit Calipher in die Randbereiche des Monolithen vorstoßen und ein paar Löcher in die Außenwände sprengen. Das sollten unsere Freunde im zentralen Hohlraum auch ohne aktive Ortung mitkriegen. Vielleicht denken sie sogar, dass wir Verstärkung bekommen haben und diese sich gerade Zugang verschafft. Sie werden also einen Gutteil ihrer Aufmerksamkeit auf die neue Lage richten, was Ihnen, Santjun, die Gelegenheit verschafft, zum Bunker vorzustoßen. Dort treffen wir uns dann.«

»Klingt machbar«, nickte der USO-Agent. Ein solcher Kommentar aus seinem Munde war ein Lob, auf das selbst ein Regierender Lordadmiral stolz sein durfte.

»Da wir aufgrund der Interferenzen nicht per Fernzündung arbeiten können, werde ich die Sprengsätze per Zeitschaltung hochgehen lassen«, sagte ich.

»Calipher, wie lange brauchen wir von hier bis zur nächsten Außenwand?«

»Nicht lange«, antwortete die Stahlspinne. Ich wartete auf eine präzisere Aussage, aber der Wachroboter schien der Ansicht zu sein, dass er alles gesagt hatte, was notwendig war.

»Na schön«, seufzte ich. »Ich werde die erste Ladung in genau einer Stunde scharf machen und auf 60 Minuten Verzögerung programmieren. Danach folgt alle fünf Minuten eine weitere Ladung, deren Zünder ich fünf Minuten kürzer einstelle. Somit dürfte es in zwei Stunden einen ziemlich heftigen Knall geben. Bis dahin sollten Sie sich so nahe wie möglich an den zentralen Hohlraum herangearbeitet haben, Mr. Santjun.«

»Kein Problem«, erwiderte der USO-Spezialist. »Das ist mehr als genug Zeit.«

»Okay. Noch Fragen?«

»Was machen wir, wenn irgendetwas schiefgeht?«, meldete sich Iasana Weiland zu Wort. »Eine Funkverbindung dürfte auf diese Distanz nicht möglich sein, da die durch das Schwarze Loch hervorgerufenen Anomalien im Innern des Monolithen sehr viel stärker sind als im Zartiryt-System. Zum Glück, wie ich hinzufügen möchte, denn sonst hätte uns der Gegner schon längst geortet und gestellt.«

»Wenn etwas schiefgeht«, übernahm Santjun die Antwort, »müssen wir improvisieren. Wie man Ihnen in der Grundausbildung fraglos beigebracht hat, ist Improvisation ein maßgeblicher Faktor bei jedem Risikoeinsatz. Wenn die Vorausplanung an ihre natürlichen Grenzen stößt, kommt der menschliche Faktor ins Spiel, Leutnant Weiland. Das ist der Grund, warum wir nicht einfach Roboter in den Einsatz schicken. Kreativität, Intelligenz und ein Gespür für die Situation – diese Fähigkeiten werden Maschinen niemals besitzen.«

»Schon gut«, winkte die Plophoserin ab. »Ich hatte lediglich die Hoffnung, dass ich bei zwei so hochkarätigen Experten wie Ihnen und dem Lordadmiral mal etwas anderes als die üblichen Phrasen aus dem Lehrbuch zu hören bekomme.«

Das verdutzte Gesicht Santjuns ließ mich breit grinsen. Iasana Weiland überprüfte noch einmal ihre Ausrüstung, nickte zufrieden und drehte sich dann zu uns um.

»Können wir?«, fragte sie.

»Zwei Stunden«, sagte ich und schlug Santjun spielerisch auf die Schulter. »Ab jetzt!«

Kapitel 19

Atlan

Wir kamen zügig voran. Dennoch musste ich Calipher immer wieder ermahnen, nicht zu weit vorauszueilen, damit wir nicht den Anschluss verloren. Der Wachroboter erschien mir wie aufgedreht, fast so wie ein Hund, der nach langer Zeit endlich aus dem Haus gelassen worden war und nun vor lauter Übermut und Freude herumtollte. Wenn ich ihn gemahnte, langsamer zu werden und auf uns zu warten, blieb er zwar vorübergehend stehen, wippte dabei jedoch nervös mit dem Körper und trommelte mit einigen seiner Beine auf den Boden. Es hörte sich an, als würde ein schwerer Regenguss auf eine Wellblechhütte niedergehen. Falls uns der Gegner auf den Fersen war, hatte er vermutlich wenig Mühe, uns zu folgen. Er konnte sich problemlos an dem Höllenlärm orientieren, den Calipher veranstaltete.

Du kannst davon ausgehen, dass er erst durch deine Anwesenheit aus seinem Dämmerschlaf geweckt wurde, wisperte der Extrasinn. *Wie auf Thanaton erwacht auch der Monolith von Zartiryt langsam zum Leben. Calipher war für die letzten 50.000 Jahre zur Passivität verurteilt. Sein Bedürfnis, sich zu bewegen, erscheint mir daher nachvollziehbar.*

Er ist eine Maschine, gab ich mental zurück. *Maschinen haben keine Bedürfnisse.*

Das ist ein überaus engstirniger Standpunkt, erwiderte der Logiksektor. *Zumindest für jemanden, der sich so gern weltoffen und tolerant gibt wie du.*

Ich hatte im Moment keine Lust zu einem der üblichen kleinen Wortgefechte, die ich oft mit meinem zweiten Ich austrug. Was immer Calipher auch antreiben mochte, er machte es mir durch sein Verhalten nicht gerade leichter. Dennoch war ich bemüht, die Gefahr einer Entdeckung so gering wie möglich zu halten. Um die Energieemissionen unserer Kampfanzüge auf ein Minimum zu reduzieren, hatte ich Iasana Weiland angewiesen, auf Flugaggregat, Schutzschirm und Deflektor zu verzichten. Selbstverständlich tat ich das Gleiche. Auch wenn eine Ortung innerhalb des Monolithen erschwert respektive fast unmöglich war, so konnte ich sie dennoch nicht gänzlich ausschließen. Deshalb kontrollierte ich in regelmäßigen Abständen die eigenen Ortungsanzeigen; bislang ohne Erfolg.

Die Umgebung hatte sich erneut verändert. Die Gänge und Korridore waren enger geworden, und bei einigen besonders schmalen Stellen wäre ich bereit gewesen, eine beträchtliche Summe darauf zu wetten, dass unser robotischer Begleiter sie nicht würde passieren können. Ich hätte ohne Ausnahme verloren. Irgendwie schaffte es Calipher jedes Mal, seinen auf den ersten Blick so massig wirkenden Körper auf groteske Weise zusammenzufalten und durch sämtliche Spalten und Öffnungen zu zwängen, die uns auf unserer Reise begegneten. Selbst Durchlässe, die für Iasana Weiland und mich in unseren schweren Schutzmonturen fast zu eng waren, bewältigte Calipher mühelos.

»Gibt es Orte in dieser Station, die dir verboten sind?«, fragte ich ihn in einer jener seltenen Phasen, in denen er nicht wie ein übermütiges Kind vor uns herumturnte.

»Natürlich«, antwortete er.

»Dürfte *ich* diese Orte betreten?«

»Ihr seid ein Träger des Lichts, Herr. Ihr dürft alles tun, was Euch beliebt.«

»Weiß du, welches Jahr wir schreiben?«

»Die Zeit, die Zeit.« Calipher neigte den Kopf so tief herab, dass seine Antennenfühler über den Boden des Gangs schabten. »Die Zeit ist kein Freund von Sentimentalitäten. Jeder Augenblick ist einzigartig. Warum kränken wir die Gegenwart, indem wir verpassten Gelegenheiten nachtrauern?«

»Wann hast du Anat Serkuloon zum letzten Mal gesehen?«, versuchte ich es anders.

»Nicht lange her«, sagte der Roboter und rieb die vorderen Beinpaare gegeneinander. Das dabei entstehende Quietschen trieb mir einen kalten Schauer nach dem anderen über den Rücken. »Oder sehr lange her. Ich weiß, was ich tue. Es gibt keine Beschwerden. Nicht eine einzige.«

Er weicht jeder Frage nach der Vergangenheit systematisch aus, wisperte der Extrasinn. *Vielleicht solltest du den Druck etwas erhöhen.*

»Du hast keine Ahnung, nicht wahr?«, folgte ich dem Ratschlag des Logiksektors. »Du weißt nicht, wie lange du schon hier bist und was geschehen ist. Deine entsprechenden Speicher sind leer oder beschädigt, aber das willst du nicht zugeben. Habe ich recht?«

»Ihr seid ein Träger des Lichts. Ihr habt immer recht, Herr.«

»Hör auf, mich derart plump und anmaßend zu belehren.«

»Ich … ich …, aber Herr …«, stammelte Calipher. In gewisser Weise tat er mir leid, aber ich konnte jetzt nicht mehr zurück. Offenbar hatte ich endlich einen wunden Punkt gefunden, einen Hebel, den ich ansetzen konnte.

»Willst du mich beleidigen, Calipher? Willst du einen Träger des Lichts wie einen dummen Jungen behandeln? Willst du mich womöglich sogar belügen?«

»Warum seid Ihr so grausam, Herr?«

Der Wachroboter verlor jetzt komplett die Beherrschung. Urplötzlich knickte er mit allen zwölf Spinnenbeinen ein und landete scheppernd auf dem Boden. Die Kopffühler verschwanden vollständig in seinem stählernen Schädel, als könne er die Realität dadurch auslöschen, indem er sich einfach weigerte, sie wahrzunehmen. In diesen Sekunden wirkte er im wahrsten Sinne des Wortes wie ein Häufchen Elend.

»Habe ich etwas gesagt oder getan, das Euch erzürnt hat, Herr? Ich bin Euer Diener, und wenn Ihr mich bestrafen müsst, so habe ich es gewiss verdient, doch sagt mir wenigstens, welche Schande ich auf mich geladen habe, damit ich aus meinen Fehlern lernen kann.«

Begreifst du denn nicht?, meldete sich der Extrasinn. *Er hat keinerlei Zeitgefühl mehr. Er vergleicht den aktuellen Zustand des Monolithen mit den wenigen Fragmenten aus seiner Erinnerung, und alles ist anders. Die einzige Möglichkeit, diesen Widerspruch zu erklären, ist das Leugnen der gewaltigen Zeiträume, die seitdem vergangen sind. Ist dir aufgefallen, dass er von Anat Serkuloon stets in der Gegenwart spricht? Er ist völlig verwirrt und weiß nicht, wie er reagieren soll.*

»Du hast weder Schande auf dich geladen, noch will ich dich für etwas bestrafen«, sagte ich etwas versöhnlicher. »Aber du darfst mir nichts verheimlichen.«

»Werdet ... werdet Ihr mich ... abschalten, Herr?«, fragte Calipher so leise, dass ich Mühe hatte, ihn zu verstehen.

»Nein«, erwiderte ich. »Niemand wird dich abschalten. Das verspreche ich dir.«

»Aber ich bin ... defekt, Herr.« Die Stimme des Roboters klang jetzt tatsächlich niedergeschlagen. »Ich bin nicht mehr in der Lage, die mir vorbestimmten Aufgaben zu Eurer Zufriedenheit zu erfüllen. Ich bin wertlos und schäme mich so sehr, Herr.«

»Es gibt keinen Grund, sich zu schämen.« Auch wenn ich mir ein wenig albern vorkam, weil ich hier den Psychiater für einen uralten lemurischen Roboter spielte, hatte ich nach wie vor die Hoffnung, Calipher ein paar brauchbare Informationen zu entlocken.

»Vergiss nicht, dass du mir und meinen Freunden das Leben gerettet hast«, fuhr ich fort. »Ohne dich wäre ich mit hoher Wahrscheinlichkeit tot. Du bist also sehr wohl fähig, das zu tun, wofür man dich einst gebaut hat.«

»Da habt Ihr recht, Herr.«

Der gerade eben noch vor Kummer gebeugte Spinnenkörper schnellte wie eine Sprungfeder in die Höhe.

»Ihr seid so klug. Und so gütig. Sagt, Herr, habt Ihr Anat Serkuloon gesehen? Wisst Ihr, wo er sich aufhält? Er sucht sicher schon nach mir, und ich möchte ihn ungern warten lassen.«

Kann ich es riskieren und ihm die Wahrheit sagen?, fragte ich den Extrasinn.

Früher oder später wirst du es müssen, lautete die Antwort.

»Du hast lange geschlafen, Calipher«, sagte ich behutsam. »Sehr lange. Seit damals sind 50.000 Jahre vergangen. Ich glaube, Anat Serkuloon ist längst tot.«

Für fast eine halbe Minute stand der Wachroboter vollkommen reglos, und ich hegte bereits die Befürchtung, dass ihn die Nachricht vom Ableben seines früheren Herrn dazu bewogen hatte, sich erneut zurückzuziehen. Dann jedoch begannen die Spinnenbeine wieder zu zucken, und das Leben kehrte in den stählernen Körper zurück.

»Das ist bedauerlich«, sprach er schließlich. »Aber es hätte schlimmer kommen können. Immerhin habe ich einen neuen Herrn. Ihr werdet doch bei mir bleiben, oder?«

»Lass uns nicht den zweiten Schritt vor dem ersten machen«, erwiderte ich ausweichend. »Wie du weißt, ist die Experimentalstation in der Gewalt unbekannter Eindringlinge, die wir zunächst vertreiben müssen.«

»Verstehe«, erwiderte Calipher. »Verstehe ganz und gar. Der Feind ist eingedrungen, während ich geschlafen habe. Ich werde Euch nicht noch einmal enttäuschen, Herr. Überlasst alles Weitere mir.«

Bevor ich die Maschine aufhalten konnte, war sie bereits mit Riesenschritten hinter der nächsten Gangbiegung verschwunden. Das laute Klacken ihrer Spinnenbeine wurde schnell leiser.

»Calipher!«, rief ich, so laut ich konnte. »Komm sofort zurück!«

Gut gemacht, wisperte der Extrasinn.

Wenn du so klug bist, hättest du mich ja warnen können, gab ich mürrisch zurück. *Hinterher sind alle Propheten schlauer.*

»Sehen Sie sich das an, Lordadmiral«, beendete die Stimme Iasana Weilands den kurzen Disput. Die Plophoserin stand vor der gegenüberliegenden Gangwand, wo sie die ganze Zeit einige der Bilder studiert hatte, die auch in diesem Bereich des Monolithen in vielen Varianten zu finden waren.

»Da ist wieder dieses seltsame Tor«, fuhr sie fort. »Und Unmengen von Toten. Ich würde zu gerne wissen, was das alles zu bedeuten hat, und vor allem, warum es den Verlorenen so wichtig war, diese Ereignisse über den ganzen Monolithen verteilt zu dokumentieren. Ist es nicht faszinierend, wenn man bedenkt, dass diese Bilder über eine Million Jahre alt sind?«

»Zweifellos«, stimmte ich zu. »Allerdings liegt genau da das Problem. Selbst als relativ Unsterblicher habe ich Schwierigkeiten, mir eine solche Zeitspanne auch nur ansatzweise vorzustellen. In einer Million Jahren können Hunderte von Imperien entstehen und wieder zerfallen. Wer immer die Verlorenen waren – die Monolithen sind vermutlich das Einzige, was von ihnen übrig geblieben ist, und vielleicht werden wir niemals erfahren, warum sie sie einst gebaut haben. Kommen Sie, wir müssen weiter.«

Wir folgten dem Gang, in dem Calipher kurz zuvor entschwunden war. Ich hoffte immer noch, dass sich der Roboter besann und zurückkehrte, wenn sein erster Übereifer erst einmal verflogen war und ihm bewusst wurde, dass er seinen neuen *Herrn* einfach allein gelassen hatte, doch die Maschine ließ sich nicht blicken. Also bemühte ich vorerst meinen Orientierungssinn, den Logiksektor und mein fotografisches Gedächtnis. Von den zwei Stunden, die ich mit Santjun als Frist vereinbart hatte, waren bereits dreißig Minuten verstrichen, als wir eine weitere große Halle erreichten.

Ich fühlte mich unwillkürlich an ein altertümliches Museum erinnert. An den Wänden aufgereiht standen doppelt mannshohe, vitrinenähnliche Schränke. Einige von ihnen waren bis zur Unkenntlichkeit zerstört und zu unförmigen Schlackeklumpen zusammengeschmolzen; die meisten jedoch hatten die Jahrtausende nahezu unbeschadet überstanden. Hinter den transparenten Glasplastscheiben erkannte ich diverse Objekte, von denen ich kein einziges hätte identifizieren können und deren Funktionen sich mir nicht einmal annähend erschlossen.

Iasana Weiland stürzte sich geradezu mit Feuereifer auf die ersten Artefakte, und obwohl mir die Zeit unter den Nägeln brannte, beschloss ich, ihr ein paar Minuten zu gönnen. Wir konnten nicht mehr weit von der Außenhülle des Monolithen entfernt sein.

Ich trat an eine der Vitrinen heran und studierte ihren Inhalt genauer. Auf einer dunkelgrau marmorierten Platte lag ein schmales, zirka dreißig Zentimeter langes Stück Silbermetall, das an einem Ende nadelspitz zulief und am anderen wie abgebrochen wirkte. Die Bruchkante glitzerte, als wären unzählige winzige Diamantsplitter in dem Material eingeschlossen. In meiner Vorstellung entstand das Bild eines großen, silbernen Igels, dem man mit Gewalt einen seiner Stacheln entfernt hatte. Für einen Moment überlegte ich, ob ich das Objekt mitnehmen sollte, entschied mich dann aber dagegen.

Die nächste Vitrine beherbergte gleich eine ganze Reihe von Fächern – achtzehn, um genau zu sein. In jedem von ihnen lag ein gut daumennagelgroßer Brocken Silbermetall. Ich musste unwillkürlich an meine Abenteuer während der amerikanischen Goldgräberzeit auf der Erde denken. Im Jahr 1863 hatte ich mich für einige Wochen in St. Virginia im damaligen amerikanischen Bundesstaat Montana an der Grenze zu Kanada aufgehalten. Die dortigen Goldfunde hatten damals ein wahres Blutbad ausgelöst, das auch ich nicht hatte verhindern können. Für Nuggets der Größe, wie ich sie hier vor mir hatte, hätten sich die Glücksjäger der damaligen Zeit, ohne mit der Wimper zu zucken, gegenseitig die Köpfe eingeschlagen.

Mit deiner Vermutung, es könnte sich hier um ein Museum handeln, hattest du vermutlich nicht ganz unrecht, wisperte der Extrasinn.

Die Lemurer haben hier alles zusammengetragen, was sie an Artefakten der Verlorenen finden konnten, setzte ich den Gedankengang des Logiksektors fort. *Viel war es allerdings nicht, und ich bezweifle, dass sie aus den Fundstücken weiterreichende Schlussfolgerungen als wir ziehen konnten.*

Du solltest nicht vergessen, dass das nur einer von einer ganzen Reihe Monolithen ist, widersprach mein zweites Ich. *Wir haben keine Ahnung, wie viele der* Experimentalstationen *die Lemurer aufgespürt haben, aber sie haben jede einzelne zweifellos weitaus gründlicher durchsucht, als uns dies bislang möglich war. Sie haben sich außerdem die vorhandene Technik zunutze gemacht und sie durch ihre eigene ergänzt; dazu mussten sie die Hinterlassenschaft der Verlorenen erst einmal verstehen. Ich hoffe, du begreifst, dass genau darin unsere Chance liegt.*

Ich denke schon, gab ich mental zurück. *Auch wenn von den Verlorenen selbst aufgrund der unglaublich langen Zeitspanne nicht mehr viel übrig ist, so besteht immer noch die wesentlich realistischere Möglichkeit, dass wir die entsprechenden Daten der Lemurer finden. Sie werden das, was sie über die Monolithen und ihre Erbauer herausfanden, irgendwo gespeichert haben.*

Vielleicht sogar direkt vor Ort, wisperte der Extrasinn. *Experimentalstation 2 versteckt sich in der Ergosphäre eines Schwarzen Lochs. Ich kenne nicht viele Schlupfwinkel, die sicherer sind.*

Das wäre zu schön, um wahr zu sein, dachte ich.

Ich schlage lediglich vor, dass du diese Überlegungen in deiner weiteren Planung berücksichtigst. Wenn du den Monolithen nicht abschalten kannst, musst du seine Zerstörung ernsthaft in Erwägung ziehen, doch dann wären alle hier eventuell vorhandenen Informationen für immer verloren.

Es war einmal mehr Iasana Weiland, die mein stummes Zwiegespräch mit dem Logiksektor beendete. Die Plophoserin stand in einem dem Eingang gegenüberliegenden Torbogen, der offenbar in einen weiteren Raum führte, und winkte heftig mit beiden Armen.

»Kommen Sie, Lordadmiral«, rief sie. »Das müssen Sie sehen.«

Ich ging ohne Hast zwischen den übrigen Vitrinen hindurch und nahm mir die Zeit, die dort ausgestellten Stücke zumindest oberflächlich zu mustern. Falls es sich dabei um Güter des täglichen Bedarfs handelte, waren die Verlorenen ein weitaus absonderlicheres Volk gewesen, als ich bislang angenommen hatte. Der letzte Schaukasten enthielt eine mächtige, von löchrigen Ausbuchtungen durchzogene Spirale. An drei Stellen waren dünne Schriftzeichen zu erkennen, die man ähnlich wie die überall im Monolithen vorhandenen Bilder in das Material eingelassen hatte – und sie waren definitiv nicht lemurischen Ursprungs. Überhaupt glichen sie nichts, das ich in meinem langen Leben schon einmal irgendwo gesehen hatte.

»Nun kommen Sie doch, Sir«, drängte Iasana Weiland ungeduldig. »Das ist unglaublich!«

Ich hob beschwichtigend die Hand, warf einen letzten Blick auf die seltsame Spirale und trat dann durch den Torbogen.

»Na?«, sagte die Plophoserin, als ich die dahinter liegende Halle betrat. »Habe ich zu viel versprochen?«

»Nein«, sagte ich bloß. Zu mehr war ich erst einmal nicht fähig.

Kapitel 20

Shinyan

Shinyan ahnte, dass Unheil drohte, und das schon lange bevor Arrik und Taraster zum zweiten Mal an diesem Tag zu ihr und Padpool herüberkamen. Wie bereits zuvor zog der dürre Arrik das schmale Kästchen aus seiner Hosentasche und schaltete eine Strukturlücke in den Prallschirm ihres Gefängnisses. Diesmal wurde nicht nur Shinyan, sondern auch Padpool aufgefordert mitzukommen.

Shinyan warf dem jungen Mann einen besorgten Blick zu, doch Padpool machte keinerlei Anstalten, sich der Anweisung der beiden Terraner zu widersetzen. Wahrscheinlich fühlte er sich ebenso müde und zerschlagen wie sie selbst. Shinyans Kehle war ausgedörrt, und ihre Zunge lag schwer und trocken im Mund. Dennoch hatte sie in den vergangenen Stunden nicht einmal mehr die Energie aufgebracht, sich aufzuraffen und einen Schluck Wasser aus dem großen Kanister zu trinken. Ebenso wie Padpool hatte sie einfach nur dagelegen und ins Leere gestarrt. Sie konnte fast körperlich spüren, wie ihr irgendetwas langsam und unaufhaltsam sämtliche Kraft aus dem Körper saugte.

Die Terraner hatten solche Probleme ganz offensichtlich nicht. Arrik packte Padpool und zog ihn auf die Beine; Taraster tat dasselbe mit ihr. Shinyans Knie fühlten sich an, als wären sie aus Gummi, und es kostete sie erhebliche Überwindung, überhaupt stehen zu bleiben.

»Los, macht schon«, knurrte Taraster und trat Padpool kräftig ins Hinterteil. Der Prospektor stolperte nach vorn, zeigte sonst aber keine Reaktion.

Malcher wartete bereits. Er stand breitbeinig und mit vor der Brust verschränkten Armen vor den Baracken und sah ihnen entgegen. Shinyan wäre am liebsten davongelaufen, doch selbst ohne Taraster an ihrer Seite, der sie am Arm gepackt hatte und mit sich zog, wäre sie dazu wohl nicht mehr in der Lage gewesen. Selten in ihrem Leben hatte sie sich so elend und antriebslos gefühlt.

Sie versuchte, nicht zu den vier toten Männern aus Malchers Bande hinüber zu sehen, die nach wie vor dort lagen, wo sie von den Verteidigungsanlagen des Bunkers getötet worden waren.

Außer Arrik, Taraster und Malcher befanden sich vielleicht noch ein halbes Dutzend Terraner im Lager. Alle anderen waren mit unbekannten Zielen in den Tiefen des Monolithen verschwunden.

»Mrs. Shinyan«, begrüßte sie der über zwei Meter große Anführer mit der silbergrauen Haut. Zwischen den dünnen Lippen blitzte eine Reihe makellos weißer Zähne, doch das Lächeln, das der Mann zeigte, wirkte aufgesetzt und empfindungslos.

»So schnell sieht man sich wieder«, fuhr er fort. »Sie haben unser kleines Experiment sicher mit Interesse verfolgt. Leider verlief es nicht ganz so vielversprechend wie erwartet, aber meine Leute sind zuversichtlich, dass Sie aus dem bedauerlichen Unfall gelernt und daraus die richtigen Schlüsse gezogen haben. Ich denke, wir sind jetzt so weit, dass wir einen neuen Versuch wagen können.«

Es dauerte ein paar Sekunden, bis die Akonin begriff, worauf ihr Gegenüber hinauswollte, doch selbst als ihr träger Verstand endlich erfasste, warum Malcher Padpool und sie hatte holen lassen, war sie nicht mehr fähig, Abscheu oder Wut darüber zu empfinden. Die Lethargie hatte sie vollständig erfasst und sich wie ein dicker, schwerer Mantel über ihren Geist gelegt.

»Was meinen Sie, Mrs. Shinyan«, hörte sie den ausgemergelten Terraner wie aus weiter Ferne sagen. »Möchten Sie den Anfang machen?«

Shinyan hob den Kopf und zwang sich, Malcher ins Gesicht zu sehen. Seine unter dichten, buschigen Brauen funkelnden Augen schienen größer und größer zu werden, und sie hatte das Gefühl, in einen riesigen, grünen See zu fallen. Ihr schwindelte, und ohne Taraster, der sie noch immer stützte, wäre sie zu Boden gefallen. Warum ließ man sie nicht endlich schlafen?

»Warum … tun Sie das?«, fragte die Akonin.

»Ich könnte es Ihnen erklären, aber Sie würden es nicht verstehen, glauben Sie mir.«

Malcher verzog das Gesicht zu einem verächtlichen Grinsen und fuhr sich mit der Rechten durch den dichten Haarschopf. Die hässlichen Hautwucherungen an Stirn, Wangen und Kinn schienen ein Eigenleben zu entwickeln, sich wie unter furchtbaren Schmerzen zu winden, doch wahrscheinlich waren es nur die Lichtverhältnisse, die Shinyans Augen einen Streich spielten.

»Die Welt ist um vieles einfacher, als Sie vielleicht denken«, sagte Malcher und brachte sein Gesicht ganz nahe an das ihre heran. »Es gibt die wenigen, die leben, und die vielen, die sterben müssen. Dazwischen liegt ein dunkles, kaltes Vakuum. Die meisten Menschen ignorieren diese Tatsache und existieren ohne Sinn und Ziel bis zu jenem unvermeidbaren Moment, in dem sie ihre eigene Bedeutungslosigkeit erkennen. Für Sie ist dieser Moment heute gekommen, und wenn Sie noch einen Funken Selbstachtung in sich tragen, Mrs. Shinyan, dann werden Sie mir dankbar sein.«

Malcher nickte Taraster zu, und der stieß Shinyan unsanft in Richtung Bunker. Die Akonin machte ein, zwei unsichere Schritte, blieb dann jedoch stehen.

»Haben Sie keine Angst«, rief Malcher. »Angst ist nur ein Werkzeug der Trägheit, das uns daran hindert, unsere wahre Bestimmung zu finden. Gehen Sie der Ihren entgegen. Genießen Sie den Augenblick. Befreien Sie sich!«

Shinyan tat einen weiteren Schritt. Etwa zwanzig Meter von ihr entfernt lag der alte Mann mit den weißen Haaren und der altmodischen Brille. Auf seiner Stirn, genau zwischen den weit aufgerissenen Augen, prangte ein winziger roter Punkt. Dort war der hauchdünne Waffenstrahl eingedrungen, den die unsichtbaren Geschütze des Bunkers abgefeuert hatten. Vermutlich hatte er nicht einmal mehr mitbekommen, was geschah. Er war sofort tot gewesen.

»Nein!«

Padpools Schrei riss Shinyan zumindest vorübergehend aus ihrem Phlegma. Sie drehte sich um und sah, wie der junge Akone auf sie zulief. Arrik und Taraster wollten ihn aufhalten, doch Malcher bedeutete ihnen mit einer knappen Geste, dort zu bleiben, wo sie waren.

»Ich werde nicht zulassen, dass ihr sie umbringt, ihr verdammten terranischen Schweine!«, brüllte Padpool. Er packte Shinyan mit beiden Armen und zog sie an sich.

»Wenn ihr uns töten wollt, dann müsst ihr es schon selbst tun. Als Versuchskaninchen stehen wir jedenfalls nicht zur Verfügung. Na los, du stinkender Kahun, oder hat dir dein hochtrabendes Geschwätz das Hirn vernebelt? Ich sterbe lieber, als dass ich mir noch mehr von diesem erbärmlichen Gefasel anhöre.«

Shinyan stockte der Atem, als Malcher blitzschnell seine Waffe zog und auf Padpool und sie anlegte. In seinem Gesicht stand mit einem Mal nur noch unversöhnlicher Hass, und für den Bruchteil einer Sekunde glaubte die Akonin das schreckliche Geheimnis zu erkennen, das dieser Mann verbarg, ein Geheimnis, das er mit niemandem teilen konnte und das ihn deshalb innerlich auffraß. Das kaum merkliche

Flimmern um die Abstrahlmündung des klobigen Blasters würde das Letzte sein, was Shinyan in diesem Universum sah. Sie wartete darauf, dass der Film ihres Lebens vor ihrem geistigen Auge ablief. Sagte man nicht, dass genau das im Moment des eigenen Todes geschah? Doch da war nichts, nur diese nicht enden wollende Zeitspanne, eher ein gefrorener Augenblick, der nicht verstreichen wollte und es dennoch viel zu schnell tat.

In Malchers entgleisten Zügen wütete der Zorn und machte das Gesicht noch furchteinflößender, als es ohnehin schon war. Worauf wartete er? Warum schoss er nicht? Vielleicht war es ja besser so, denn dann war endlich alles vorbei, und sie konnte die Augen schließen und schlafen. Onkel Rotter würde niemals erfahren, wo sein Protegé und dessen potenzielle Gefährtin abgeblieben waren. Es war verrückt, aber der Gedanke daran, dass der alte Patriarch einmal nicht seinen Willen bekam, bereitete ihr selbst jetzt immenses Vergnügen.

Doch dann senkte Malcher den Arm. Langsam, zögerlich, so als würde er einen schweren inneren Kampf ausfechten. Während er auf Padpool und Shinyan zuging, verstaute er die Waffe sorgfältig in jenem Gürtelholster, aus dem er sie hervorgezogen hatte. Die Beherrschung kehrte übergangslos in sein Gesicht zurück, auch wenn Shinyan den Eindruck hatte, dass sie sich lediglich als oberflächliche Maske über die Raserei legte. Die Akonin erwartete, dass der Terraner Padpool schlagen oder anderweitig misshandeln, dass er seinem unterdrückten Groll in irgendeiner Form Ausdruck verleihen würde, doch das tat er nicht. Stattdessen blieb er zwei Schritte vor Padpool stehen und nickte ihm anerkennend zu. Die langen, silbrig schimmernden Finger spielten unbewusst mit den Ketten, die er um den Hals trug.

»Ich bin beeindruckt«, sagte er. »Standhaftigkeit im Angesicht der Todes. So etwas findet man nicht mehr oft.«

Padpool schwieg. Normalerweise wäre Shinyan die Berührung des Akonen unangenehm gewesen, doch jetzt und hier gab ihr seine Nähe nicht nur das Gefühl, nicht allein zu sein, sondern auch so etwas wie Zuversicht. Vielleicht hatte sie Padpool tatsächlich falsch eingeschätzt, vielleicht war sie aber auch nur ein Opfer der emotionalen Spannung, die diese ganze aberwitzige Situation erzeugte. Im Endeffekt war ihr das egal, denn eines stand fest: Malcher würde keinen von ihnen einfach so gehen lassen, doch mit Padpool an ihrer Seite war das, was sie erwartete, nur halb so schlimm.

»Ich werde Ihnen die einmalige Möglichkeit geben, Ihre hübsche Freundin zu retten, Padpool.« Malcher hatte wieder dieses schreckliche falsche Lächeln aufgesetzt.

»Alles, was Sie dafür tun müssen, ist, den Platz Shinyans einnehmen. Sie gehen an ihrer Stelle zum Bunker und öffnen ihn für mich. Wenn Ihnen das gelingt, sind Sie beide frei. Ich werde Sie sogar persönlich an Bord der MORROK bringen. Sollte Ihnen dagegen etwas zustoßen, was ich, nebenbei bemerkt, ehrlich und aus tiefstem Herzen bedauern würde, ist für Sie das Spiel zwar zu Ende, aber zumindest Ihre Partnerin kann gehen. Ich bin sicher, sie wird Ihr Andenken für alle Zeiten in Ehren halten.«

»Welche Garantie habe ich, dass Sie Ihre Zusagen einhalten?«, fragte der Akone.

»Padpool!«, rief Shinyan und wollte sich aus seinem Griff befreien, doch er hielt sie eisern fest. »Du kannst sein Angebot doch nicht ernsthaft in Erwägung ziehen.«

»Ich gebe Ihnen mein Wort, Mr. Padpool«, sagte Malcher. »Und bevor Sie sich über das gebotene Maß hinaus echauffieren: Das ist alles, was Sie von mir bekommen werden. Von Ihrer Warte aus mag ich Ihnen derzeit nicht unbedingt als besonders vertrauenswürdig erscheinen, und das verstehe ich sogar, aber ich darf Ihnen versichern, dass ich ein Mann bin, der sein Wort hält. Im Übrigen denke ich nicht, dass Sie eine Wahl haben, oder?«

Padpool sah ihr tief in die Augen.

»Er hat recht, Shinyan«, flüsterte er.

Die Akonin unternahm einen weiteren Versuch, sich aus seiner Umarmung zu lösen, doch Padpool war zu stark. Schließlich entspannte sie sich, und der Prospektor ließ sie los und nahm stattdessen ihr Gesicht in beide Hände.

»Hör mir zu«, sagte er leise. »*Ich* habe dich hierher gebracht und …«

»Nein!«

Shinyan schüttelte den Kopf und begann, blind auf ihn einzuschlagen, doch Padpool packte ihre Handgelenke und zog sie so eng an sich, dass sie kaum noch Luft bekam.

»Hör mir zu«, wiederholte er scharf, »und unterbrich mich nicht. Du bist hier, weil ich dich dazu überredet habe. Ich hätte auf dich hören sollen. Du warst von Anfang an nicht nur die Hübschere, sondern auch die Klügere von uns beiden.«

Er grinste verschmitzt, und für einen kurzen Augenblick war er wieder der waghalsige und unbedachte Padpool, den sie kannte, nur um so vieles gereifter, erwachsener.

»Dieser Wahnsinnige hat keinerlei Skrupel«, sagte er bewusst so laut, dass Malcher ihn hören musste. »Wenn wir ihm einen Anlass geben, wird er uns beide umbringen. Ich weiß, dass sein Wort nichts wert ist, Shinyan, aber es ist alles, was wir noch haben. Selbst wenn er lügt, kann ich unsere einzige Chance nicht ignorieren. Lass mich in der Hoffnung gehen, dass ich wenigstens *dich* retten konnte – und bitte verzeih mir.«

»Pad …«, brachte Shinyan heraus, dann versagte ihr die Stimme. Das durfte doch alles nicht wahr sein. Warum erwachte sie nicht endlich aus diesem surrealen Traum? Sie spürte Padpools warmen Atem, der über ihre Wangen strich, seine Arme, die er um ihre Hüften gelegt hatte, und sie waren das Einzige, das sie in diesen Augenblicken als real akzeptierte. Alles andere mutete so unendlich entrückt an, nichts weiter als ein Produkt ihrer überschäumenden Phantasie, eine wirre Abfolge von Schreckensbildern, die einen irgendwann schweißgebadet erwachen ließen und von denen man nichts zurückbehielt als eine unangenehme, schnell verblassende Beklemmung.

Fast zwangsläufig fanden ihre Lippen die seinen, schmeckten die feuchte, salzige Wärme, die er verströmte. Sie spürte, wie Padpool ihren Kuss erwiderte, nicht plump und fordernd, sondern sanft und zärtlich und auf eine Art, wie sie es niemals für möglich gehalten hätte. Als sie sich wieder voneinander lösten, hatte sich so vieles verändert, doch es blieb keine Zeit, sich über die Konsequenzen klar zu werden.

»Anrührend.« Malcher massierte sich mit Daumen und Zeigerfinger der linken Hand den Nasenrücken. Bildete sich Shinyan das nur ein, oder knisterte seine silberne Haut dabei tatsächlich wie altes, brüchiges Pergament?

»Dennoch: Ich bin ein wenig in Eile. Wenn Sie dann so freundlich wären, Padpool.«

»Bleib«, sagte Shinyan leise. »Bleib einfach, egal was geschieht.«

»Schluss mit dem nutzlosen Gerede.« Plötzlich klang Malchers Stimme wieder so kalt und emotionslos wie vor einigen Stunden, als er den Befehl gegeben hatte, die Unbekannten, die in den Monolithen eingedrungen waren, zu töten. Erneut zog er seinen Blaster aus dem Gürtelholster. Ohne den Blick von Padpool zu wenden, legte er auf Shinyan an. Die Abstrahlmündung zielte genau auf die linke Schläfe der Akonin.

»Ich gebe Ihnen zehn Sekunden«, sagte der Terraner zu dem jungen Prospektor. »Dann sind Sie entweder unterwegs, oder Ihre Freundin ist tot.«

Padpool suchte noch einmal Shinyans Blick und nickte ihr kaum merklich zu. Dann wandte er sich um und ging langsam in Richtung Bunker. Arrik und Taraster wichen unwillkürlich zwei Schritte zurück; Malcher dagegen blieb reglos stehen, die Augen zu engen Schlitzen zusammengekniffen und die Waffe nach wie vor auf die Akonin gerichtet.

Shinyan verspürte den unkontrollierbaren Zwang, etwas zu tun, um das aufzuhalten, was unvermeidlich schien, doch die Lähmung, die ihren Körper erfasst hatte, war so vollkommen, dass sie nicht einmal mehr atmen konnte. Die Kälte und das Vakuum des Weltraums schienen ihren Weg ins Innere des Monolithen gefunden zu haben, und nur die Tatsache, dass sie die Einzige war, die zitternd nach Luft rang, bewies ihr, dass in Wahrheit der spindeldürre Terraner neben ihr für das alles verantwortlich zeichnete.

»Verraten Sie mir eines, Malcher«, hauchte sie erstickt. »Macht Ihnen das Töten Spaß?«

Der Terraner sah überrascht aus. Padpool war nur noch wenige Schritte von der ersten der vier Leichen entfernt. Seit er losgegangen war, hatte er sich nicht ein einziges Mal umgedreht.

Shinyan wusste nicht, warum, doch auf einmal musste sie an ihren Großvater denken. Sharkol war einer der wenigen aus der Familie gewesen, der in die alte Heimat zurückgekehrt war. Er hatte die Gemeinschaft hinter sich gelassen, um wieder auf Drorah zu leben – zumindest war sie sehr lange Zeit dieser Überzeugung gewesen. Es hatte der Akonin damals das Herz gebrochen, als Sharkol während eines Aufenthalts auf der Freihandelswelt Lepso plötzlich verschwunden und nicht mehr zurückgekehrt war. Wie oft mochte sie die kurze TriVid-Aufzeichnung, in der der alte Mann seinen Entschluss zu rechtfertigten suchte, seitdem wohl schon abgespielt haben? Wie oft hatte sie die Tränen in den Augen des Großvaters gesehen und zu verstehen versucht, warum er gegangen war, obwohl es ihn doch so sichtlich geschmerzt hatte, die Seinen zu verlassen. In ihrer kindlichen Naivität hatte sie sich am Anfang selbst die Schuld gegeben und sich nächtelang in den Schlaf geweint, während ihr Vater getobt und Sharkol alle Plagen des Universums an den Hals gewünscht hatte.

Nach einer Weile war auch Shinyan zu der Einsicht gelangt, dass dies ein taugliches Mittel war, um den in ihr wühlenden Schmerz zu betäuben. Letztlich waren die Beweggründe ihres Großvaters gar nicht wichtig. Was zählte war nur, dass er seine einzige Enkelin verletzt hatte. Wissentlich und obwohl er nie müde geworden war, ihr zu versichern, dass er sie über alles liebte, dass ihr Lächeln alle Sonnen des Universums verblassen ließe und jeder Augenblick in ihrer Nähe sein Herz mit Glück und Dankbarkeit füllte. Also, so Shinyans logische Schlussfolgerung, hatte er sie angelogen. Seine Beteuerungen und Komplimente waren nichts als inhaltsleere Heucheleien gewesen, denn wenn er sie wirklich geliebt hätte, wäre er nicht einfach gegangen; zumindest nicht, ohne sich vorher von ihr zu verabschieden.

Für Shinyan, das Kind, war diese Hypothese zufriedenstellend gewesen, für Shinyan, die Erwachsene, hatte sie jedoch schon bald nicht mehr ausgereicht. Schließlich hatte sie die nagende Ungewissheit nicht mehr länger ertragen können. Zum ersten und bis heute einzigen Mal war sie ins Blaue System geflogen, um nach Sharkol zu suchen und ihn zur Rede zu stellen. Sie hatte ihn schnell gefunden. Seine Asche war mangels vorhandener und vor allem finanzkräftiger Angehöriger in einer der öffentlichen Ahnenhallen deponiert worden, die sich am Rand der vielen Vororte Konars, der planetaren Hauptstadt, zu Dutzenden fanden. Shinyan war gerade noch rechtzeitig gekommen, denn wenige Tage später wäre die gesetzliche Aufbewahrungsfrist des *Seelenkrugs*, wie man auf Drorah das Gefäß mit den Überresten von Verstorbenen nannte, abgelaufen gewesen, und von ihrem Großvater wäre nichts außer einem Eintrag in den amtlichen Melderegistern übrig geblieben.

Ihre weiteren Nachforschungen hatten dann ergeben, dass Sharkol an der bei Akonen sehr seltenen Kiriyang-Beckron-Nekrose gelitten hatte, einer genetisch bedingten, unheilbaren degenerativen Nervenerkrankung, die erst im relativ hohen Alter ausbrach, dann jedoch schnell voranschritt und meist innerhalb eines Jahres zum Tod führte. Diese Information hatte sie in einen regelrechten Schockzustand versetzt. Sie hatte fast zwei Tage benötigt, bis sie wieder klar hatte denken können. Sie hatte begriffen, dass Sharkol bei ihr geblieben war, so lange er dies hatte tun können, doch als die Krankheit seinen Zustand immer weiter verschlechtert hatte, als die Schmerzen unerträglich geworden und die Kraft, die Wahrheit vor ihr zu verbergen, geschwunden war, da war er gegangen, um ihr und allen anderen den letzten Akt dieses Dramas zu ersparen. Die Erkenntnis, dass sie ihren Großvater all die Jahre falsch beurteilt und seine Liebe zu ihr geleugnet, dass sie ihre Zeit damit vergeudet hatte, ihn zu hassen, hatte sie mit elementarer Wucht getroffen, und es hatte lange gedauert, bis die Tränen, die sie weinte, die gewaltige Leere in ihr ausgefüllt hatten.

Nach ihrer Rückkehr zur Familie hatte sie versucht, mit ihrem Vater darüber zu reden, doch als sie ihm die Wahrheit über Sharkols Verschwinden eröffnet hatte, war er noch wütender geworden, als er es ohnehin schon gewesen war. Er hatte bereits zu lange mit seiner eigenen, in einer Mischung aus Selbstschutz und Verzweiflung zusammengebastelten Version der damaligen Ereignisse gelebt und sich schlicht eingeredet, dass Sharkol den Verstand verloren und das eigene Blut schändlich verraten hatte. Die Realität hatte nicht in diese Welt gepasst, die sich längst verfestigt hatte und zu einem unauflöslichen Bestandteil seines Lebens geworden war. Niemals würde Shinyan jenen Abend vor mehr als fünf Jahren vergessen, als ihr Vater ihr klar und kategorisch zu verstehen gegeben hatte, dass er den Namen Sharkol nie mehr zu hören wünschte. Shinyan hatte ihn nur angeblickt, diesen Mann, der ihr stets so stark und unbeugsam erschienen war und der plötzlich so schwach und verletzlich ausgesehen hatte.

»Es ist gut«, hatte sie nur gesagt. »Ich werde für uns beide trauern.«

In dieser Nacht hatte sie ihren Vater zum ersten und einzigen Mal in ihrem Leben weinen gehört, und das aus seiner Schlafkammer dringende, unterdrückte Schluchzen hatte sie bis in die Grundfesten ihrer Seele erschüttert. Seitdem war Sharkol nie mehr Gesprächsthema zwischen ihnen gewesen, und Shinyan achtete peinlichst darauf, dass das auch so blieb.

»Spaß?«, riss sie Malchers Stimme aus den Erinnerungen. »Um ehrlich zu sein – ich habe nie ernsthaft darüber nachgedacht. Ich würde es nicht unbedingt Spaß nennen. Eher Genugtuung. Nein, das ist das falsche Wort. Bestätigung. Ja, Bestätigung. Wenn Ihr guter Padpool hier und heute sein Leben lässt, ist das so etwas wie Pflichterfüllung. Viele Menschen glauben, dass die Zeit nicht fließt, sondern ein von Beginn an existenter Block ist, in dem alle Ereignisse von der frühsten Vergangenheit bis in die fernste Zukunft auf ewig festgefroren sind. Unsere limitierten Sinne sind lediglich nicht in der Lage, diesen Block als solchen wahrzunehmen. Wir sind so eingeschränkt und von der Natur beschnitten, dass wir die Welt um uns herum nur in kleinen Portionen erfassen können. Was immer Ihrem Freund passiert, Shinyan, hat längst stattgefunden, und auch wenn dieser Philosophie im Hinblick auf die Existenz eines freien Willens ein deprimierender Aspekt innewohnt, so lässt sich die schiere Logik des Konzepts nicht leugnen.«

Die abschließenden Sätze des Terraners hatte Shinyan gar nicht mehr bewusst aufgenommen, denn in diesen Sekunden ließ Padpool den letzten der vier Toten hinter sich. Als der bereits bekannte Energieschirm um den Bunker herum aufflammte, stieß die Akonin einen spitzen Schrei aus. Padpool blieb nicht stehen, sondern ging unbeirrt weiter. Einen Schritt, zwei Schritte. Shinyan schloss die Augen. Sie wollte nichts mehr sehen, nichts mehr hören, nichts mehr fühlen, und doch waren ihre Sinne auf das Äußerste angespannt.

Das leise Singen des Waffenstrahls war kaum zu vernehmen. Zwei Stunden zuvor hatte sie gar nichts gehört, doch da war sie auch mehr als hundert Meter weiter weg gewesen. Kurz darauf folgte das dumpfe Geräusch eines Körpers, der schwer auf den Boden sackte. Danach war nur noch Stille – und sie fegte wie ein Orkan durch Shinyans Verstand, während ihr die Tränen über die Wangen rannen.

Kapitel 21

Naileth Simmers

»Wir können die IMASO nicht evakuieren.«

Milton Elks stand mit in die Hüften gestemmten Armen vor Naileth Simmers, und die schlechte Laune war ihm noch deutlicher anzusehen als sonst.

»Die Mikroreaktoren der Kampfanzüge funktionieren genauso wenig wie ihre großen Brüder, und mit den Batterien überleben wir keine zehn Stunden. Wir kriegen die Positroniken nicht in Gang und haben inzwischen auch sämtliche Energieerzeuger an Bord der Jäger und Beiboote überprüft. Nichts. Nicht die Spur eines technischen Defekts. Nicht einmal eine beschissene Roststelle.«

»Mit anderen Worten«, sagte Ramit Claudrin vom Pilotensessel aus, »wir sind erledigt!«

»Schöner hätte ich es selbst nicht sagen können«, stimmte der Cheftechniker zu. »Allerdings hätte ich bei solcher Wortwahl im Gegensatz zu Ihnen einen scharfen Verweis durch unsere geschätzte Kommandantin und damit die Fortsetzung meiner steilen Karriere riskiert.«

»Danke, meine Herren.« Naileth Simmers schloss für einen Moment die Augen. Sie hatte sich wenige Minuten zuvor das zweite Injektionspflaster auf den Unterarm geklebt, doch die Schmerzen, die inzwischen durch ihren gesamten Körper tobten, waren dadurch kaum erträglicher geworden. Die Prognose von Geriok Atair bewahrheitete sich. Medikamente halfen nicht mehr.

»Sehen wir der bitteren Realität ins Auge«, stieß Milton Elks hervor. »Wir überlassen den Automaten das Regiment und machen die Äuglein zu. Das ist es doch, was unser Eierkopf vorschlägt, oder? Ab in den komatösen Heilschlaf und darauf vertrauen, dass irgendein Lordadmiral rechtzeitig merkt, dass etwas nicht stimmt und uns zu Hilfe eilt. Nichts gegen den verehrten Chef, aber wohl fühle ich mich dabei nicht.«

»Ihre Beurteilung ist wie immer ebenso brillant wie sprachlich ausgefeilt, Oberleutnant«, erwiderte Naileth Simmers. »Allerdings würde uns das allenfalls zwei oder drei Stunden bringen. Spätestens dann bricht nämlich der Prallschirm zusammen, und die IMASO wird in der Trümmerzone zu Staub zerrieben.«

»Was ist mit der Idee von Leutnant Moonk?«, erkundigte sich Terence Abigon. »Wir könnten es zumindest versuchen.«

»Das haben wir doch schon bis zum Erbrechen diskutiert.« Wieder war es Milton Elks, der das Wort ergriff. »Selbst wenn wir alle verfügbaren Sprengsätze an Bord des Kreuzers zusammenpacken und irgendwie an eine Sonde koppeln, kriegen wir die verdammte Bombe nicht ins Ziel! Die Korrekturdüsen sind zu schwach, um eine ausreichende Beschleunigung zu garantieren. Außerdem wären die Kursberechnungen selbst von einer Großpositronik nicht in unter einem halben Tag zu schaffen. Es gibt zu viele Variable. Und schließlich ist es nicht einmal sicher, dass die Explosion stark genug wäre, um an der Oberfläche Jumpers auch nur zu kratzen. Ein Schuss aus einer funktionstüchtigen Transformkanone würde den Asteroiden innerhalb von Sekunden zu Staub zerbröseln. Alles andere ist Kinderkram. Wenn unser Gunner also keine anderen Vorschläge hat, soll er lieber weiter seine Kanonen polieren.«

Tarber Moonk, der Waffenoffizier der IMASO, hatte darauf verzichtet, an der aktuellen Besprechung in der Zentrale des Kreuzers teilzunehmen. Da er ein Ertruser und somit von erheblicher Leibesfülle war, hätte seine Anwesenheit im dem vergleichsweise kleinen Raum die übrigen Offiziere über Gebühr eingeengt. Aus diesem Grund war er in der Waffenleitzentrale geblieben und lauschte der Debatte per Interkom.

»Meine Kanonen sind wie üblich blitzblank, Chefingenieur Elks«, kam Moonks Stimme aus den Lautsprechern. »Sobald Sie mir die notwendige Energie zur Verfügung stellen, ist das Problem Jumper gelöst.«

»Wir drehen uns hier im Kreis«, sagte Torben Santorin. Seine Augen lagen tief in den Höhlen. »Wir reden und reden und kommen zu keinem Ergebnis. Meiner Meinung nach sollten wir uns alle in die Raumanzüge werfen und unser Heil in den subplanetaren Anlagen Zartiryts suchen. Wenn wir tief genug eindringen, finden wir bestimmt noch unzerstörte Kammern mit intakter Luftversorgung.«

»Und wenn nicht?«, fragte Elks. »Die Anzüge geben uns schätzungsweise zwischen sechs und zehn Stunden. Wenn wir bis dahin nicht erfolgreich waren, ersticken wir. Und wie schon gesagt: Mit den Batterien können wir keine großen Sprünge machen. Der Antigrav zieht einfach zu viel Saft.«

»Na, dann sind wir jetzt aber mal gespannt, was *Sie* anzubieten haben, Elks«, ätzte Santorin. »Oder liegen Ihre Stärken allein darin, die Vorschläge Ihrer Kameraden madig zu machen?«

»Das sind keine Vorschläge, sondern Wunschträume«, giftete der Cheftechniker zurück.

»Eine brillante Analyse von dem Mann, der uns nicht einmal sagen kann, warum die Reaktoren nicht funktionieren.«

»Schluss jetzt!«, rief Naileth Simmers. »Wir sind alle am Ende unserer Kräfte, und jeder tut, was er kann. Wenn niemand mehr etwas anderes als persönliche Beleidigungen beizutragen hat, schlage ich vor, dass wir alle Vorbereitungen zum Verlassen der IMASO treffen. Ich werde die Besatzung informieren. Der Rest weiß, was er zu tun hat.«

Der Besprechungsraum leerte sich innerhalb von Sekunden. Ramit Claudrin, Torben Santorin und die Kommandantin nahmen wieder ihre Plätze in der Zentrale ein. Versonnen betrachtete Naileth Simmers das sich auf dem großen Hauptbildschirm abzeichnende Trümmerfeld der Akkretionsscheibe. Alle anderen Monitore waren abgeschaltet, um Energie zu sparen.

In diesem Moment führte der Leichte Kreuzer den nächsten Transmittersprung aus und materialisierte über der Oberfläche Zartiryts. Der epsalische Pilot grunzte verhalten. Als einer der wenigen hatte er bislang gänzlich auf medikamentöse Behandlung verzichtet. Torben Santorin ballte die Hände und legte den Kopf zurück. Naileth selbst fiel es schwer, nicht laut zu schreien. Eine unsichtbare Kraft schien ihren Körper brutal in die Länge zu ziehen. Der Schmerz war überall. Sie hatte das Gefühl, dass selbst ihre Haare und Fingernägel weh taten.

Ihr Blick fiel auf das altmodisch wirkende Zählwerk auf ihrer Kommandokonsole. Es zeigte eine 177 in dicken, gelb leuchtenden Ziffern. 177 Transitionen in fast acht Stunden. Wenn sie diesen Wahnsinn überlebten, war ihnen ein Eintrag in den Chroniken der Raumfahrtgeschichte sicher.

Naileth Simmers gab sich einen Ruck und aktivierte den schiffsweiten Interkom. Es war Zeit für ihre Durchsage – vielleicht die letzte Durchsage, die sie an Bord der IMASO machen würde.

Kapitel 22

Marcus Merten

Marcus Merten hatte versucht ein wenig zu schlafen, es nach einer Viertelstunde jedoch aufgegeben. Auch das abwechselnd heiße und kalte Duschen in der Nasszelle zeigte kaum Wirkung. Der Schmerz war längst allgegenwärtig. Er hatte im positronischen Intranet der IMASO gelesen, dass Schmerzrezeptoren zwar einen vergleichsweise starken Reiz benötigten, um anzusprechen, dass sie dafür aber nicht *adaptierten*, sich der Organismus also nicht an den Schmerz gewöhnen konnte. Ein dauerhafter Reiz führte somit nicht zu einer verminderten Erregbarkeit.

Interessanterweise – und auch das hatte er aus den Datenbanken des Schiffes erfahren – war das Schmerzempfinden während des Geschlechtsverkehrs quasi abgeschaltet. Viel Hoffnung, seine Qualen auf diese Weise zu erleichtern, machte er sich allerdings nicht. Außer mit Iasana Weiland hatte er in den vergangenen Jahren mit keiner Frau das Bett geteilt, und der hübschen Plophoserin war damals wohl mehr an der schnellen Reparatur ihrer Klimaanlage als an seiner Gesellschaft gelegen gewesen.

Doch Marcus beschwerte sich nicht. Zum einen hätte es ohnehin niemanden gekümmert, zum anderen war sein Leben keineswegs so unspektakulär verlaufen, wie es einem außen stehenden Beobachter womöglich erscheinen mochte. An Bord galt er allgemein als ruhiger und unkomplizierter Zeitgenosse, der seine Arbeit machte, ein paar lockere Freundschaften pflegte und ansonsten nicht weiter auffiel. Mit dieser Einschätzung, so fand Marcus Merten, lagen seine Kameraden gar nicht einmal so falsch. Er sah sich nicht als Eigenbrötler oder gar Außenseiter, aber als jemanden, der einiges erlebt und viel hinter sich gebracht hatte. Er sah sich als jemand, der wartete, auch wenn er nicht genau wusste, auf was.

Die Studienjahre auf der Erde hatte er noch in vollen Zügen genossen. Seine natürliche Fähigkeit, auch komplexe Zusammenhänge schnell zu durchschauen, war ihm dabei eine wertvolle Hilfe gewesen. Die meisten Vorlesungen hatte er sich deshalb auch geschenkt und stattdessen lieber die entsprechenden Bücher gelesen.

Auf die Idee, sich bei der USO zu bewerben, war er sehr spät gekommen. Da hatte er bereits die Tretmühle von sechs verschiedenen Firmen respektive Dienstherren durchwandert, hatte einen Großteil seiner Illusionen eingebüßt und war hart auf dem Boden der Tatsachen aufgeschlagen.

Arbeit muss Spaß machen; schließlich verbringt man einen Großteil seines Lebens damit – an diesen Lieblingssatz seines alten Studienfreunds Stanley Moskovich hatte er in den ersten Jahren seiner beruflichen Laufbahn oft denken müssen. Ab und an trafen sie sich auch heute noch, um eine Nacht zu durchzechen und Erinnerungen auszutauschen, die bei jedem Besäufnis ein klein wenig sentimentaler und ein klein wenig außergewöhnlicher wurden. Stanley, dessen technische Fertigkeiten irgendwo zwischen jämmerlich und nicht vorhanden rangierten, hatte inzwischen so ziemlich jeden Job in jeder nur denkbaren Branche ausprobiert, doch einer, der ihm *Spaß* machte, war wohl noch nicht dabei gewesen. Marcus grübelte bis heute darüber, warum sein Freund überhaupt einen technischen Studiengang gewählt hatte.

Er selbst war auf jeden Fall überglücklich gewesen, als er gleich auf seine erste Bewerbung einen positiven Bescheid erhalten hatte. Ausgerechnet die *Whistler Company*, einer der größten und bekanntesten Konzerne nicht nur der Erde, sondern der bekannten Milchstraße, hatte ihn als Assistenzentwickler für ihre Roboterfertigung eingestellt. Leider war er in der Abteilung für Haus- und Freizeitmaschinen gelandet. Nach vier Monaten intensiver Beschäftigung mit der Optimierung des Volumenstroms von Sauggebläsen für Reinigungsroboter war seine Leidensfähigkeit erschöpft gewesen, und er hatte gekündigt.

Die nächsten beiden Anstellungen waren nicht wesentlich glücklicher verlaufen. Für ein halbes Jahr hatte er die Transportbänder eines Logistikunternehmens auf einem der kleineren Frachtraumhäfen Terranias gewartet und es danach fast zwei Jahre bei einem Hersteller für industrielle Vakuumpumpen ausgehalten. In beiden Fällen waren es die nervtötende Routine und der eintönige Schichtdienst gewesen, die ihn am Ende zum Aufgeben gezwungen hatten. Immerhin hatte er in dieser Zeit Ylvie kennengelernt. Ylvie de la Martinez – schon der Name war ein Gedicht, und wenn die schlanke Terranerin aus Barcelona auch nicht unbedingt mit einem scharfen Verstand gesegnet war, so besaß sie doch Qualitäten, die kein Mann einfach ignorieren konnte.

So schön die Zeit mit Ylvie zunächst gewesen war, so schwer war es bald geworden, ein Gesprächsthema zu finden, das sie nicht permanent überforderte. Letztlich gelangte man in jeder Partnerschaft früher oder später an einen Punkt, an dem Gespräche an Bedeutung gewannen und die rein körperlichen Aspekte an selbiger verloren. Marcus hatte schließlich einsehen müssen, dass Ylvie keine Frau war, die ein Mann wie er länger als unbedingt nötig beanspruchen durfte. Also hatte er die Konsequenzen gezogen und nicht nur sie, sondern auch gleich den Planeten verlassen.

Das Schicksal – und eine nicht allzu üppige Barschaft – hatten ihn nach Ferrol im Wega-System geführt. Ohne viel Hoffnung hatte er sich auf eine Stelle als Positronikspezialist in der öffentlichen Verwaltung beworben und erstaunt festgestellt, dass er seinen Mitkonkurrenten trotz seiner eher beschränkten Kenntnisse in Sachen Computertechnik um Lichtjahre voraus war. Zudem genossen Terraner offenbar einen hervorragenden Ruf unter den ferronischen Arbeitgebern, und so hatte er es innerhalb kürzester Zeit und mit bestenfalls mittelmäßigem Engagement bis zum Stellvertretenden Abteilungsleiter der Melderegistratur Thorta-Süd geschafft. In dieser Zeit hatte er sich einen Großteil seines inzwischen beachtlichen Wissens um Positroniken angeeignet. Dabei hatte er freilich zu spät bemerkt, dass ihn sein Chef, ein unglaublich fetter Mann namens Tarax, lediglich mit seiner noch fetteren Tochter hatte verkuppeln wollen. Gerade noch rechtzeitig war Marcus eine überstürzte Flucht bei Nacht und Nebel geglückt.

Tarax hatte sich ob des unerwarteten Verlusts seines sicher geglaubten Schwiegersohns wenig amüsiert gezeigt und erhebliche Anstrengungen unternommen, diesen zurückzuholen. Nach drei nicht gerade angenehmen Wochen des Versteckspielens in den Slums von Thorta war es Marcus gelungen, auf der KUN-I, einer Springerwalze, die hauptsächlich durch Rost und die gute Hoffnung ihres Besitzers zusammengehalten wurde, eine Heuer zu erhalten. Patriarch Kunbur hatte sich nach einigen Humpen billigen Ferrol-Weins bereiterklärt, den flüchtigen Techniker aufzunehmen und ihm die Passage nach Olymp zu ermöglichen. Über mangelnde Beschäftigung hatte sich Marcus an Bord des Seelenverkäufers nicht zu beklagen gehabt. Er war praktisch ununterbrochen im Einsatz gewesen und hatte pausenlos dafür gesorgt, dass das 250 Meter lange Schiff nicht bei der nächsten Transition auseinandergebrochen war.

Kurz nachdem die KUN-I auf dem Frachthafen von Trade-City gelandet war, war das Glück scheinbar an Marcus' Seite zurückgekehrt. Ein untersetzter Mann mit buschigem Schnauzbart und altmodischen Koteletten hatte ihn noch am Einreiseschalter angesprochen und ihm ein Angebot unterbreitet, das zu schön erschien, um wahr zu sein. Die *Miller & Croydon Inc.*, eine Firma, die auf Stahlkonstruktionen aller Art spezialisiert war, hatte dringend qualifizierte Fachleute für den Bau eines Staudamms in den noch weitgehend unerschlossenen Dschungelgebieten des Planeten gesucht. Die Bedingungen, so der Schnauzbärtige, der sich als Emmet Tscheschek vorgestellt hatte, seien zwar hart, doch dafür würde man ihn, Marcus, für alle Unannehmlichkeiten finanziell mehr als großzügig entschädigen.

Marcus ärgerte sich heute noch darüber, dass er damals nicht misstrauischer gewesen war. Sechs Wochen später hatte er in einer kleinen Zelle im Untersuchungsgefängnis von New Larisa, einem Vorort der planetaren Hauptstadt, gesessen und versucht, den hiesigen Ordnungskräften glaubhaft zu machen, dass er von dem groß angelegten Betrug der nur auf dem Papier existenten *Miller & Croydon Inc.* nichts gewusst habe und es zutiefst bedauere, dass die Hintermänner der Luftfirma diverse Zulieferer, darunter unter anderem die mächtige *General Cosmic Company*, um mehrere hundert Millionen geprellt hatten. Natürlich waren Emmet Tscheschek und das Geld längst über alle Berge gewesen, und Marcus hatte nicht einen müden Solar gesehen. Immerhin hatten die Behörden ihn am Ende laufen gelassen und von jeder Mitschuld freigesprochen.

Zu diesem Zeitpunkt war Marcus Merten bereit gewesen, aufzugeben und sich einzugestehen, dass es für ihn keinen Platz an den diversen reich gedeckten Tischen der Galaxis gab, ja dass er es nicht einmal schaffen konnte, sich ein paar von den Krümeln zu schnappen, die die Reichen und Schönen der Milchstraße gelegentlich fallen ließen. Er hatte sich entschlossen, auf die Erde zurückzukehren. Als gebürtiger Terraner hatte er dort wenigstens Anspruch auf eine gesicherte Grundversorgung, erhielt kostenlos drei Mahlzeiten am Tag und einen Platz, an dem er schlafen konnte. Vielleicht würde er sich einer der freiwilligen Arbeitsgruppen anschließen, die die öffentlichen Parks und Plätze säuberten, die Büsche und Sträucher beschnitten und wässerten oder andere gemeinnützige Tätigkeiten verrichteten. Normalerweise wurden solche Aufgaben von einem Heer aus Robotern übernommen, doch um den zahlreichen beschäftigungslosen Menschen innerhalb der perfekten terranischen Wohlstandsgesellschaft dabei zu helfen, wenigstens so etwas wie eine rudimentäre Selbstachtung zu bewahren, teilte man den Arbeitsgruppen Areale zu, die für die Roboter tabu waren.

Marcus hatte den letzten Gegenstand von Wert verkauft, den er noch besaß – einen Anhänger aus Luurs-Metall an einer ultraleichten Kette aus molekülverdichtetem Titan. Sein Vater hatte ihn ihm zu seinem 16. Geburtstag geschenkt, bevor er mit einer Fremdenführerin aus Goshun City durchgebrannt und auf Nimmerwiedersehen verschwunden war. Ein Schwarzmarkthändler hatte Marcus einen lächerlich geringen Preis für das wertvolle Stück geboten und war wohl selbst überrascht gewesen, als der junge Mann das Angebot ohne weitere Verhandlung angenommen hatte.

Die Summe hatte ausgereicht, um sich in einer der zahllosen Kneipen entlang der zwölf Ringhäfen volllaufen zu lassen, und weiter hatten Marcus Mertens Pläne damals nicht gereicht. Vielleicht würde er Glück haben und einen Ertruser treffen, mit dem er eine Schlägerei würde anfangen können. Dann hätte er sein erbärmliches Dasein wenigstens in angemessener Belanglosigkeit zu beschließen vermocht.

Als er die Bar in den frühen Morgenstunden auf unsicheren Beinen verlassen hatte, war er pleite und hatte gestunken wie ein Okrill nach einem Schlammbad in den Chliit-Sümpfen von Oxtorne. Heute wusste er, dass er damals unmittelbar vor dem Abgrund gestanden hatte, bereit, ohne zu zögern den letzten Schritt zu machen, wäre da nicht ein Engel namens Schwester Mildred gewesen. Die uralte, runzlige Frau mit dem kahlrasierten Schädel und den schwarz geschminkten Lippen war ihm zunächst wie eine Ausgeburt der Hölle erschienen, doch selbst wenn sie der Satan persönlich gewesen wäre, hätte er nicht mehr davonlaufen können. Stattdessen war er einfach umgekippt. Die Alte hatte ihn aufgefangen, ihn sich kurzerhand über die knochigen Schultern geworfen und zu einem wartenden Gleiter geschleppt. Zehn Stunden später war er wieder zu sich gekommen – in einem sauberen Bett, gewaschen, mit einem viel zu kleinen, nach Desinfektionsmitteln stinkenden Pyjama am Leib und mit halbwegs klarem Kopf.

Marcus Merten musste lächeln, als die entsprechenden Bilder vor seinem geistigen Auge erschienen. Schwester Mildred, ihr *Orden der Anständigen*, die nachfolgenden Jahre in der Mission. Er verdankte diesen Menschen unendlich viel, jenen, die wie er irgendwann an einem Punkt angekommen waren, an dem es nicht mehr weiterzugehen schien, die bereit gewesen waren, aufzugeben, den einfachen Weg zu wählen. Marcus war nie ein gläubiger Mensch gewesen, und auch Schwester Mildred hatte es nicht geschafft, ihn zu einem solchen zu machen. Allerdings, und das war dem Techniker erst später bewusst geworden, hatte sie es auch nie versucht. Sie und die anderen hatten ihn aufgenommen, keine Fragen gestellt und auch keine Bedingungen. Sie hatten, ohne eine Gegenleistung zu erwarten, gegeben, und dieses Verhalten hatte Marcus zunächst fast in den Wahnsinn getrieben und ihn dann zum Nachdenken gebracht.

Da hatten Menschen existiert, die nichts besaßen, die Fremden geholfen hatten, obwohl sie selbst hilfebedürftig gewesen waren, die lieber gedarbt und gelitten hatten, als andere darben und leiden zu sehen. Er hatte lange gebraucht, um zu verstehen, wie ein solches Leben glücklich machen, wie Verzicht und vorbehaltloser Altruismus Befriedigung produzieren konnten, doch als es schließlich soweit gewesen war, hatte diese Erkenntnis alles verändert. Der Abschied war kurz und herzlich gewesen. Niemand hatte ein Wort gesagt. Das war auch gar nicht nötig gewesen. Am Schluss hatte er Schwester Mildred umarmt, und obwohl er sich so fest vorgenommen hatte, nicht zu weinen, hatte er es doch getan.

Er wäre gerne geblieben, aber das war nicht die Zukunft, die er vor sich gesehen hatte. Er war nicht wie Schwester Mildred und ihre *Anständigen*. Er war vielleicht geläutert, wenn man einen derart starken Begriff überhaupt auf einen so schwachen Charakter wie den seinen anwenden wollte, doch er nicht gebessert worden. Ihm war klar geworden, dass die Welt nicht so funktionierte, wie er bislang geglaubt hatte, dass die Werte, nach denen er sein Dasein ausgerichtet hatte, in Wahrheit keine Bedeutung besaßen und ihm nicht das geben konnten, was er wollte. Allerdings hatte er noch keinen Ersatz gefunden und war sich bewusst gewesen, dass die Suche, die nun vor ihm lag, lange dauern konnte.

Auf dem Weg in die Stadt war er an einem der USO-Außenbüros vorbeigekommen. Er hatte seine Entscheidung innerhalb von Sekunden getroffen. Das war vor beinahe vier Jahren gewesen. Zwei Jahre Grundausbildung, weitere achtzehn Monate Dienst auf diversen Stationen und dann die Beförderung zum Techniker erster Klasse. Kurz darauf hatte er den Befehl erhalten, sich auf Quinto Center zu melden und dort an Bord der IMASO zu gehen.

Die Schmerzen einer weiteren Transition holten ihn unsanft in die Realität zurück. Nein, langweilig war sein bisheriges Leben ganz bestimmt nicht gewesen. Möglicherweise hatte er sogar weitaus früher als die meisten anderen begriffen, auf was es dabei ankam, und so ein Vorsprung machte einiges aus, wenn der Tag des Kassensturzes kam. Am Ende, da war er sich inzwischen absolut sicher, zählte nicht das, was man war oder hatte, sondern das, was man in den Herzen jener zurückließ, die einem etwas bedeuteten.

Der Interkom schaltete sich automatisch ein, und ein kurzes Piepsen kündigte eine allgemeine Durchsage der Schiffsführung an. Gleich darauf erklang die Stimme von Naileth Simmers.

»Hier spricht Naileth Simmers«, sagte die Kommandantin des Leichten Kreuzers. »Ich möchte Sie alle bitten, aufmerksam zuzuhören. Die Offiziere und ich haben nach reiflicher Überlegung und Abwägung aller Alternativen eine schwerwiegende Entscheidung getroffen. In exakt dreißig Minuten beginnen wir mit der Evakuierung der IMASO. Jedes Besatzungsmitglied wird sich nach Beendigung dieser Durchsage sofort bei seinem direkten Vorgesetzten melden. Von ihm wird jeder Einzelne von Ihnen die genaue Zeit und den Ort der Ausschleusung erfahren. Finden Sie sich dort pünktlich und in voller Kampfmontur ein. Eventuelle Verzögerungen sind unverzüglich zu melden. Die Notstromversorgung der Raumanzüge verschafft uns ein Handlungsfenster von fünf bis zehn Stunden. Es ist unsere Absicht, vor Ende dieser Frist in die subplanetaren Anlagen Zartiryts einzudringen und dort nach Räumen zu suchen, die noch über eine intakte Luftversorgung verfügen. Die Wahrscheinlichkeit, dass solche Räume existieren, ist nach Meinung unserer Experten hoch. Bitte bewahren Sie die Ruhe, halten Sie sich an die Anweisungen und helfen Sie den Kameraden, die Unterstützung brauchen. Wir werden das gemeinsam durchstehen! Ab sofort herrscht Rotalarm. Ich wiederhole: Ab sofort herrscht Rotalarm! Naileth Simmers Ende.«

Marcus Merten wälzte sich stöhnend von seiner Koje. So ging es also zu Ende. Jedem, der die Schmerzen noch ignorieren und seinen Verstand benutzen konnte, musste klar sein, dass die Evakuierung einer Kapitulation gleichkam. Selbst wenn es dort unten Kavernen mit Atemluft geben sollte, so war die Chance, sie zu finden, geradezu verschwindend gering. Da die Ortung nach wie vor nicht funktionierte, musste man auf gut Glück suchen, und in fünf bis zehn Stunden würde man lediglich einen Bruchteil des existierenden Areals abdecken können. Nach Marcus Mertens Einschätzung hatte Naileth Simmers soeben das Todesurteil über die 150 Frauen und Männer an Bord der IMASO gesprochen.

Der Techniker wählte die Frequenz von Milton Elks. Diesmal bekam er sofort eine Verbindung.

»Merten«, raunzte der Marsianer. »Untere Polschleuse. Sektor 3. 12:22 Uhr Bordzeit. Bewegen Sie Ihren faulen Arsch, Mann!«

»Ich liebe Sie auch, Sir«, sagte Marcus laut und schaltete ab. Unvermittelt musste er kichern. Wenn die Gewissheit des nahen Todes ein Gutes hatte, dann war das sicherlich der Umstand, dass man sich um die Folgen seiner letzten Handlungen keine Gedanken mehr machen musste.

Marcus Merten brauchte fast fünf Minuten, bis er den Kampfanzug aus dem Wandschrank gezerrt und sich hineingezwängt hatte. Routinemäßig überprüfte er die Funktionstüchtigkeit der Systeme, die ausnahmslos im Bereitschaftsmodus liefen. Als er die Kabine verlassen wollte, kam es zur nächsten Transition, doch diesmal spürte Marcus keinen Schmerz. Fassungslos starrte er auf die schwach glimmende Helmanzeige, auf der soeben die letzten Klarmeldungen des positronischen Standardprüfberichts eingeblendet wurden. Er fühlte sich, als hätte ihm gerade jemand einen Eimer Eiswasser über den nackten Körper gekippt.

»Oh, mein Gott!«, entfuhr es ihm.

Es war geschehen. Spät zwar, aber immerhin. Marcus Merten wusste plötzlich, warum die IMASO alle zwei Minuten und 36 Sekunden von einer uralten Transmitterfalle der Lemurer erfasst und abgestrahlt wurde. Es war so unglaublich einfach, so lächerlich banal, und wie so viele Male zuvor fragte er sich, warum er die Zusammenhänge nicht schon früher erkannt hatte.

Ohne eine weitere Sekunde zu zögern, trat Marcus mit der Zentrale in Verbindung. Naileth Simmers meldete sich persönlich. Ihre Stimme klang verärgert. Dennoch nahm Sie sich die Zeit, den Anruf entgegenzunehmen. Sie wusste, dass es in dieser Situation niemand wagen würde, sie wegen einer Nichtigkeit zu belästigen.

»Wir müssen die Evakuierung sofort abbrechen, Madam!«, rief Marcus Merten aufgeregt. »Wir dürfen die IMASO auf gar keinen Fall verlassen. Ich weiß, es klingt verrückt, aber ich beschwöre Sie, mir zu glauben. Ich kann alles erklären. Zwei Minuten und 36 Sekunden, Sir! Die Lösung lag die ganze Zeit direkt vor uns, und wir waren auf beiden Augen blind!«

Kapitel 23

Atlan

»Was ist das?«

Ich machte zwei Schritte in die Halle hinein und drehte mich dann langsam im Kreis. Das etwa hundert mal hundert Meter durchmessende Areal wurde von mehreren grauschwarzen Quadern beherrscht, zwischen denen sich armdicke, silberne Kabel spannten. Über die Decke zog sich ein Labyrinth von Verstrebungen, das wie ein antikes Schienennetz aussah. Vier große Kugeln, an deren Außenhülle zahllose tentakelähnliche Fortsätze montiert waren, hingen wie überdimensionale Kraken in massiven metallischen Halterungen. Auf dem Boden zwischen den Quadern existierte ein rechteckiger, rötlich eingefärbter Bereich, der von zwei dünnen, übereinandergelagerten Ringen eingefasst wurde.

»Ich weiß es nicht«, sagte Iasana Weiland. »Aber es ist eindeutig lemurisch.«

Die Zerstörungen, auf die wir während unseres Streifzugs durch den Monolithen bislang fast überall gestoßen waren, hielten sich hier in Grenzen. Außer einigen dunklen Flecken auf den Verkleidungen der Quader und ein paar Rissen in den Metallschienen sah die gesamte Installation gut aus. Natürlich hatte die Plophoserin recht. Was immer diese Anlage darstellen sollte – sie entstammte nicht der Technik der Verlorenen.

Unvermittelt verspürte ich den starken inneren Druck, mit denen sich für gewöhnlich einer meiner Erinnerungsschübe ankündigte. Im Jahr 2404 war ich an Bord des damaligen Flaggschiffs des Solaren Imperiums, der CREST III, fast

50.000 Jahre in die Vergangenheit geschleudert worden und hatte dort viel über die lemurische Kultur erfahren. Perry Rhodan und ich hatten während dieser Zeit die Voraussetzungen für den späteren Sieg im Krieg gegen die Meister der Insel gelegt. Die damaligen Ereignisse gehörten mit zu den intensivsten Erfahrungen, die mein fotografisches Gedächtnis gespeichert hatte.

Mit Hilfe eines starken Impulses meines Extrasinns und einer leichten Dagor-Konzentrationsübung gelang es mir, das überwältigende Bedürfnis, loszulassen und sich dem Zwang des Erzählens einfach hinzugeben, zurückzudrängen. Eine solche Episode erstreckte sich stets über mehrere Stunden, die ich in einer Art Trance verbrachte und während derer ich nicht ansprechbar war. Aktuell war so etwas das Letzte, was wir brauchen konnten.

Ich hatte nicht mehr auf Iasana Weiland geachtet. Meine Begleiterin war tiefer in die seltsame Halle eingedrungen, um sich umzusehen. Soeben stieg sie über den Doppelring am Boden und betrat den besonders gekennzeichneten Bereich im Zentrum des Komplexes.

»Nein!«, schrie ich, doch es war schon zu spät. Ein greller Blitz zuckte durch die Luft, und obwohl ich die Augen reflexhaft schloss, hatte ich das Gefühl, dass meine Netzhaut im Bruchteil einer Sekunde zu Asche verbrannte. Um mich herum erwachten die Hinterlassenschaften der Ersten Menschheit zum Leben.

Blindlings stürmte ich vorwärts. Meine erste Sorge galt Iasana Weiland. Ich zwang mich, die Augen wieder zu öffnen, und brüllte vor Schmerz. Mein Schädel dröhnte wie die Kugelzelle eines arkonidischen Schlachtschiffs der TUSSAN-Klasse unter Trommelfeuer. Vor mir erkannte ich wenig mehr als eine Ansammlung von hellen und dunklen Flächen. Ich rannte einfach weiter, spürte Widerstand und stieß die Plophoserin mit aller Kraft von mir weg.

Iasana Weiland schrie, als sie davongeschleudert wurde, über den Doppelring stolperte und hart auf den Boden prallte. Gleichzeitig spürte ich einen furchtbaren Druck, der sich auf meinen Brustkorb legte und mir die Luft aus den Lungen presste.

Mit dem Betreten der roten Markierung musste die Plophoserin einen uralten Mechanismus in Gang gesetzt haben. Vor und hinter mir krachte und knirschte es, so als würde eine altertümliche Schrottpresse ihre Arbeit aufnehmen. Irgendetwas zerrte mit Macht an meinem Kampfanzug. Ich versuchte, den Schutzschirm zu aktivieren, konnte den entsprechenden Schalter an meinem Gürtel jedoch nicht erreichen, weil meine Arme so brutal nach hinten gezogen wurden, dass die Schultergelenke knackten.

Wehr dich nicht, wisperte der Extrasinn eindringlich. *Gib nach, oder du brichst dir sämtliche Knochen.*

Ich gab den instinktiv geleisteten Widerstand auf, und sofort erhielt ich einen Teil meiner Bewegungsfreiheit zurück. Inzwischen konnte ich auch wieder einigermaßen sehen. Ich schwebte etwa drei Meter über dem Hallenboden in der Luft; vermutlich hing ich in einem Netz aus Fessel- und Antigravfeldern. Die vier Kugeln hatten sich in Bewegung gesetzt und glitten mit wimmelnden Tentakeln an den Deckenverstrebungen entlang auf mich zu.

Rekonstruktion, hörte ich den Logiksektor in meinem Kopf. *Holografische Erfassung der verfügbaren Fragmente, Analyse der gewonnenen Daten, Ergänzung der fehlenden Systemelemente mittels moderner Algorithmen der Wahrscheinlichkeitsrechnung und schließlich die Überführung der Ergebnisse in ein dreidimensionales, voll funktionstüchtiges Modell. Erstaunlich.*

Was faselst du da?, gab ich wütend zurück.

Mit dieser Anlage haben die Lemurer versucht, aus den im Monolithen entdeckten Artefakten auf deren ehemalige Funktion zu schließen, erklärte mein zweites Ich. *Die rote Zone zwischen den Quadern ist nichts weiter als der Erfassungsbereich eines 3-D-Scanners. Was immer man hineinstellt, wird durchleuchtet und in allen Details aufgezeichnet. Aufgrund von Form, Struktur, Materialeigenschaften und anderen Kriterien versucht eine Positronik dann, die ursprüngliche Aufgabe des Objekts hochzurechnen und ein Abbild des ehemaligen Originals herzustellen.*

Das ist wirklich faszinierend, erwiderte ich, *hilft mir im Moment aber nicht weiter.*

Ich habe dir bereits gesagt, dass du dich entspannen sollst, wisperte der Extrasinn. *Es besteht keinerlei Grund, sich Sorgen zu machen. Wenn der Scanvorgang abgeschlossen ist, wird du freigegeben.*

Ein scharfes Stechen unterhalb meines rechten Knies ließ mich zusammenzucken. Ich zog die Beine an und registrierte sofort das winzige Loch im Material des Kampfanzugs. Sekunden später traf mich ein millimeterdünner, weiß glühender Energiestrahl am linken Oberschenkel und hinterließ ein zweites Loch, von dessen schwarzen Rändern ein dünner Rauchfaden aufstieg.

Keinerlei Grund, sich Sorgen zu machen, richtig?, dachte ich erbost an die Adresse des Logiksektors. *Warum reagiert die verdammte Automatik nicht? Die Positronik hätte den Individualschirm längst selbständig schalten müssen.*

Die in der Solaren Flotte und der USO verwendeten Kampfanzüge waren Meisterwerke der Ingenieurkunst und mit einer Anzahl intelligenter, im Notfall autonom reagierender Systeme ausgerüstet. Sobald der Träger einer solchen Montur in Gefahr geriet, schalteten sich die entsprechenden Schutzfunktionen selbsttätig zu. Mein Anzug reagierte jedoch überhaupt nicht.

Nach rechts! Wie immer reagierte ich rein instinktiv auf den Impuls des Extrasinns. Meine begrenzte Bewegungsfreiheit nutzend, wich ich zur Seite aus. Der hauchdünne Laserstrahl fuhr Millimeter an meiner linken Schläfe vorbei.

»Leutnant Weiland!«, rief ich. »Schalten Sie das verdammte Ding ab! Benutzen Sie meinetwegen Ihre Waffe, aber bringen Sie diese Höllenmaschine zum Stillstand!«

Ich hörte, wie die Plophoserin irgendetwas sagte, konnte sie jedoch nicht verstehen. Das Klicken und Zischen um mich herum übertönte alles.

Der Scanner muss defekt sein, wisperte der Extrasinn. *Wie so vieles, was wir bislang innerhalb der Monolithen gefunden haben.*

Mehrere der Tentakel, die jeweils in einem Bündel feiner, biegsamer Tastfäden endeten, begannen damit, mich aus dem Kampfanzug zu schälen. Offenbar verfolgte die Anlage die Absicht, so viele Details wie möglich über Aufbau und Beschaffenheit ihres Testobjekts – mich – herauszufinden, und ging dabei alles andere als zimperlich vor.

Ich machte mich so klein wie möglich, zog die Beine an und umschlang sie mit beiden Armen. Dann legte ich die Stirn gegen die Knie, wartete zwei Sekunden und streckte mich ruckartig zur vollen Körperlänge.

Gut gemacht, lobte mich der Extrasinn, was nicht oft vorkam. Vermutlich hatte er ein schlechtes Gewissen, weil er die Gefahr zuvor falsch eingeschätzt hatte. Wie auch immer: Mit der plötzlichen Variation von Körpergröße und Volumen schien ich den Scanner tatsächlich zu verwirren. Die Maschine war auf den Umgang mit toter Materie ausgerichtet. Außerdem war ich mit Sicherheit deutlich größer als ein gewöhnliches Artefakt der Verlorenen. Die Verarbeitungsgeschwindigkeit einer Positronik spielte keine Rolle, wenn nicht die notwendigen Formeln und Rechenregeln zur Verfügung standen. Die lemurische Anlage konnte einfach nichts mit mir anfangen.

Für einen Augenblick erlangte ich meinen vollen Bewegungsspielraum zurück. Meine Hand schlug auf den Schalter für den Schutzschirm.

Reaktorfehler, blinkte es hellgrün auf der Anzeige meines Armbandkoms. *Infusionsplasma erreicht nicht die notwendige Zündtemperatur.*

Reflexhaft packte ich den Blaster, der in seiner Magnethalterung an meiner Hüfte ruhte. In diesem Moment griffen jedoch die Kraftfelder des Scanners wieder zu und bogen meine Arme nach hinten.

»Leutnant Weiland!«, brüllte ich zornig. »Warum dauert das so lange?«

Statt einer Antwort vernahm ich das Zischen einer Energiewaffe. Zugleich verlor ich jeglichen Halt und stürzte aus drei Metern Höhe wie ein Stein auf den harten Metallboden. Der Schmerz fuhr mir mit glühenden Messern in den Rücken, und mein Zellaktivator, der seit meiner Ankunft im Monolithen ohnehin verrückt spielte, verstärkte sein beständiges Pochen noch einmal.

»Lordadmiral!«

Iasana Weiland tauchte mit hochrotem Kopf neben mir auf und half mir auf die Beine. Ihre Wangen wirkten eingefallen, und um die Augen lagen dunkle Ringe.

»Es ... es tut mir so leid, Sir«, stieß sie hervor. »Wenn ich gewusst hätte ...«

Ich stoppte sie mit einer energischen Handbewegung.

»Erledigt«, sagte ich nur. »Kommen Sie. Santjun verlässt sich auf uns. Ich denke, es ist an der Zeit, dass wir ein paar Bomben legen.«

Ich ahnte die Bewegung mehr, als dass ich sie tatsächlich sah. Selbst der Logiksektor hatte mich diesmal nicht gewarnt. Zum zweiten Mal innerhalb kürzester Zeit stieß ich die Plophoserin brutal zur Seite. Im gleichen Augenblick brach die Hölle los.

Kapitel 24

Santjun

Santjun kämpfte mit sich selbst. Er hatte sich bereits mehrfach dabei ertappt, dass er während des Gehens plötzlich aus einer Art Halbschlaf hochschreckte und im ersten Moment nicht wusste, wo er sich befand. Einmal wurde er sogar erst wach, als er unsanft gegen eine Gangwand prallte. Seine Augen brannten, die Mundschleimhäute waren trotz regelmäßiger Flüssigkeitszufuhr trocken, und immer wieder fröstelte er, obwohl er die Heizung des Kampfanzugs schon zweimal höher geregelt hatte. Alles eindeutige Zeichen von Übermüdung. Schließlich war es ihm zu dumm geworden. Unter Umgehung der medizinischen Sicherheitssperren ließ er sich ein starkes Aufputschmittel injizieren. Zumindest für eine Weile würde das helfen.

Er brauchte etwa eine halbe Stunde, um über mehrere Decks knapp zweihundert Meter in horizontaler Richtung zurückzulegen. Dabei gewann er allerdings auch stetig an Höhe, so dass er wahrscheinlich schon längst über das Bodenniveau des zentralen Hohlraums hinaus war, ein Umstand, mit dem er leben musste.

Ohne Atlan – und vor allem ohne Iasana Weiland – kam er wesentlich schneller voran. Dem USO-Spezialisten war von Anfang an schleierhaft gewesen, warum der Lordadmiral die Versorgungsoffizierin überhaupt mitgenommen hatte. Sie besaß keinerlei Erfahrung und hätte normalerweise erst einmal einige Routineeinsätze absolvieren müssen, bevor sie an einem so risikoreichen Unternehmen wie der Erkundung des Monolithen teilnahm. Natürlich hatte auch Santjun nicht damit gerechnet, dass sie im Innern des geheimnisvollen Gebildes auf einen nicht nur gut bewaffneten, sondern vor allem auch aggressiven Gegner treffen würden. Dennoch: Wenn es nach ihm gegangen wäre, hätte er die Plophoserin dort zurückgelassen, wohin sie gehörte: an Bord der IMASO!

Überhaupt war er sich inzwischen nicht mehr sicher, ob das, was sie hier taten, noch irgendeinen Sinn ergab. Santjun schätzte den Lordadmiral als absolut vertrauenswürdigen und in seinen Zielen und Absichten integeren Mann ein, doch was die Monolithen anging, schien er geradezu besessen zu sein. Offenbar war er fest davon überzeugt, dass er durch die unabsichtlich ausgelöste Aktivierung des Exemplars auf Thanaton eine Kettenreaktion mit unabsehbaren Folgen hervorgerufen hatte. In Santjuns Augen verhielt sich der Arkonide nicht mehr rational. Die folgerichtige Entscheidung wäre gewesen, auf die von Quinto Center angeforderte Verstärkung zu warten. Wenn die Gefahr durch die Monolithen tatsächlich so groß war, wie der Lordadmiral befürchtete, konnte ein eigenmächtiger Vorstoß die Situation sogar noch verschlimmern.

Möglicherweise erwachten in diesen Minuten Hunderte von Monolithen überall in der Milchstraße und begannen das zu tun, wofür sie ein unbekanntes Volk vor über einer Million Jahren erbaut hatte. Und möglicherweise geschah das alles nur deshalb, weil Atlan ohne ausreichende Vorbereitung und aus falsch verstandenem Verantwortungsbewusstsein agierte, weil er sich in blindem Aktionismus erging und sich selbst damit beruhigen wollte, dass er die Hände nicht in den Schoß legte, sondern etwas tat. Es kam dem USO-Agenten fast so vor, als wäre sein oberster Vorgesetzter ein kleines Kind, das einen ungesicherten Kombistrahler gefunden hatte und nun damit spielte. Die Waffe war neu und unbekannt und deshalb reizvoll, doch jede falsche Bewegung, jeder unabsichtliche Druck auf den Auslöser konnte eine Katastrophe heraufbeschwören.

Waren das womöglich sogar noch die Nachwirkungen des psionischen Imprints, der dem Arkoniden vor einigen Tagen von dem mysteriösen Jungen namens Te'pros aufgeprägt worden war? Zwar glaubte der Lordadmiral, dass er die Manipulation seiner Erinnerungen aufgrund des Extrasinns schadlos überstanden hatte, doch eine Garantie dafür gab es nicht. Santjun hatte die Auswirkungen dieser massiven Beeinflussung am eigenen Leib erfahren und fühlte sich seitdem ... *anders*. Lag das wirklich nur an der Wirkung der Monolithen, oder hallte der psionische Imprint noch immer nach? War das, was hier und jetzt gerade geschah, überhaupt real, oder durchlief er lediglich eine jener *Erinnerungsebenen*, die der Arkonide erwähnt hatte?

Schluss damit!, rief sich der Agent zur Ordnung. *Vergeude deine Zeit nicht mit sinnlosen Grübeleien!*

Santjun war weit davon entfernt, Atlan kritisieren zu wollen. Während seiner Jahre an der Akademie und in den Ausbildungszentren der USO hatte er die zahllosen Einsätze des unsterblichen Arkoniden im Detail studiert und den Mann oft genug ob seiner strategischen Weitsicht und bemerkenswerten militärischen Kreativität bewundert, doch auch ein so gewiefter Taktiker wie der Lordadmiral war nicht gegen Fehleinschätzungen gefeit. Sie wussten nach wie vor so gut wie nichts über die Monolithen und ihre Erbauer, und all die guten Absichten, die sie verfolgten, konnten sich schnell als Bumerang erweisen.

Wer waren die Verlorenen gewesen? Ein friedliches Volk, so wie der Lordadmiral aus für Santjun unverständlichen Gründen glaubte? Oder rücksichtslose Invasoren, die die Galaxis einstmals mit Tod und Vernichtung überzogen hatten? Die Monolithen waren gefährlich. Er selbst hatte das auf Thanaton zu spüren bekommen, und auch jetzt fühlte er sich mit jeder weiteren verstrichenen Stunde schlechter. Ohne die Hilfe der modernen Medizin hätte er sich schon längst nicht mehr auf den Beinen halten können.

Was also sprach dagegen, dass die Monolithen eine Waffe waren, etwas, das die Verlorenen einst für ihre Eroberungen genutzt, mit dem sie womöglich ganze Welten entvölkert hatten? Atlan wollte oder konnte diesen Aspekt nicht sehen, doch er, Santjun, war einfach nicht in der Lage, die Augen zu schließen und das Offensichtliche zu ignorieren.

All das hatte Santjun schon auf Thanaton und an Bord der IMASO beschäftigt, doch dort hatte es keine Gelegenheit gegeben, die Faktenlage in der gebotenen Ausführlichkeit zu erörtern. Atlan war der Ansicht, dass ihnen nur wenig Zeit blieb, doch eine logische Begründung für diese Meinung hatte er nicht angeboten. Streng genommen musste er das auch nicht, denn er war der Regierende Lordadmiral der USO, doch so wie Santjun seinen Chef einschätzte, war das nicht der wahre Grund für Atlans Zurückhaltung. Der Unsterbliche war sich seiner Sache nicht sicher und wollte dies auf keinen Fall offen zeigen.

Diese Analyse ließ auch die waghalsige Expedition in die Ergosphäre eines Schwarzen Lochs in einem anderen Licht erscheinen. Die Nachforschungen auf Thanaton hatten so gut wie keine Ergebnisse gebracht. Atlan war offenbar zu dem Schluss gekommen, dass es notwendig war, mehr zu riskieren, um endlich die gewünschten Resultate vorweisen zu können. Diese Haltung konnte Santjun sogar bis zu einem bestimmten Punkt nachvollziehen, doch er war zugleich der Auffassung, dass es maßvollere Alternativen gab, die man zumindest ernsthaft in Erwägung ziehen musste.

Santjun kam an eine Schleuse, die sich anstandslos vor ihm öffnete. Ein Druck- oder Atmosphärenausgleich fand nicht statt; zumindest bemerkte der USO-Spezialist nichts davon. Fünf Minuten später weitete sich der Gang, durch den er schritt, und führte auf eine Art Galerie. Dämmriges Silberlicht, das von überall her gleichzeitig zu kommen schien, beleuchtete eine silbergraue Plattform, von der im jeweils rechten Winkel zwei Meter breite, von einem hohen Geländer begrenzte Brücken abzweigten und in sanftem Schwung an den Wänden einer gewaltigen Halle entlangführten.

Der zentrale Hohlraum!

Alles sah genau so aus wie im Monolithen auf Thanaton, auch wenn sie damals nicht von oben in die Riesenkuppel eingedrungen waren.

Santjun legte sich flach auf den Boden und schob sich vorsichtig näher an das Geländer heran. Kein Laut drang an seine Ohren, aber das hatte nichts zu sagen. Der zentrale Hohlraum war zwar im Grunde nichts anderes als ein Dom von einem halben Kilometer Höhe, besaß jedoch eine miserable Akustik. Selbst wenn an seiner Basis gerade eine naatsche Marschkapelle die zwölf goldenen Fanfaren des Imperators geblasen hätte, hätte der USO-Agent hier oben nichts davon mitbekommen.

Sein Ziel, ein gleichartiger Bunkerklotz wie auf Thanaton, war deutlich zu erkennen. Santjun wusste, dass die Lemurer ihn als eine Art Steuerzentrale errichtet hatten. Das erlaubte die Annahme, dass sie zumindest teilweise verstanden haben mussten, wofür die Monolithen gut waren. Wie intensiv die Verknüpfung zwischen der Technologie der Verlorenen und jener der Ersten Menschheit wirklich war, wie stark also sich die Lemurer vor 50.000 Jahren in die Systeme des Monolithen vernetzt hatten, war nur mittels einer umfangreichen Untersuchung durch ein Team von Fachleuten zu klären. Santjun bezweifelte, dass die USO oder das Solare Imperium in absehbarer Zeit Gelegenheit zu einer solchen bekommen würden.

Neben dem Bunker hatten die Unbekannten augenscheinlich ihr Lager aufgeschlagen. Allerdings schien das provisorische Camp verlassen zu sein. Santjun sah eine Reihe von Zelten und drei aus Fertigbauteilen errichtete Baracken. Alles machte einen sehr behelfsmäßigen Eindruck. Lange konnten die Fremden noch nicht hier sein. Wahrscheinlich hatte ein Raumschiff den Gegner und seine Ausrüstung abgesetzt und sich dann wieder zurückgezogen. Santjun war sich ziemlich sicher, dass es in der Ergosphäre des Zartiryt-Black Holes nahe des Monolithen kreuzte und dass es sich um dasselbe Fahrzeug handelte, das die IM-Z-1 abgeschossen hatte.

Die obere Galerie umlief die gesamte Innenwandung des Doms. In regelmäßigen Abständen führten dünne Stangen über eine Strecke von rund dreißig Metern in die Tiefe. Sie endeten auf einer zweiten Empore, von der aus weitere Stangen bis zur nächsten und übernächsten Galerie reichten. Erst knapp hundert Meter über dem Boden endete dieses merkwürdige Wechselspiel. Santjun konnte sich nicht vorstellen, dass Emporen und Stangen den Verlorenen früher zur Fortbewegung gedient hatten. Zum einen gab es keinen ersichtlichen Grund, auf derart umständliche Weise im zentralen Hohlraum herumzuklettern, zum anderen war dies auch viel zu gefährlich.

Der USO-Agent verzichtete nach wie vor auf den Einsatz der Systeme seines Kampfanzugs. Natürlich hätte er den Bunker im Schutz eines Deflektorfelds und mit Hilfe des Antigravs innerhalb von Sekunden erreichen können, doch die Emissionen der entsprechenden Aggregate waren leicht zu orten, und er wusste nicht, wie gut der Gegner ausgerüstet war. Ferner musste das verlassene Lager einen Mann wie Santjun misstrauisch machen. Der Bunker war der einzige strategisch bedeutsame Ort innerhalb des Monolithen. Der Feind, wer immer er auch war, würde fahrlässig handeln, wenn er diesen Ort nicht besonders abgesichert hätte.

Denk nach, ermahnte sich der USO-Mann selbst. *Du bist erschöpft und läufst deshalb Gefahr, Fakten zu übersehen und die Situation falsch einzuschätzen.*

Mit wie vielen Kontrahenten hatte er es zu tun? Handelte es sich tatsächlich um die von Thanaton geflohenen Silberherren, und wenn ja, welche Absichten verfolgten sie? Welche Mittel standen ihnen zur Verfügung? Warum war der zentrale Hohlraum so unzureichend bewacht? Waren die Fremden bereits in den Bunker eingedrungen und kontrollierten ihn?

Santjun schüttelte den Kopf. Das Grübeln brachte nichts ein. Sein Verstand weigerte sich, ihm in der gewohnten Weise zu gehorchen. Für quälend lange Sekunden verspürte der Agent den Drang, seinen Schädel mit aller Kraft gegen den silbergrauen Boden zu schmettern. Er ballte die Hände zu Fäusten, und als er sie wieder öffnete, hatten seine Fingernägel blutige Wunden in den Handflächen hinterlassen.

Hör auf damit, flehte er in Gedanken. *Du hast einen Auftrag. Du hast ein Ziel. Das Leben ist sinnlos ohne Auftrag und Ziel.*

Langsam beruhigten sich seine aufgewühlten Gefühle wieder, doch die Episode hatte Santjun klar gemacht, dass der Einsatz nicht mehr allzu lange dauern durfte. 60 bis 100 Stunden unter dem Einfluss eines aktiven Monolithen mochten den Tod bedeuten, doch der Wahnsinn kam viel früher – und er ließ keinen Zweifel an seiner Identität, übernahm die Kontrolle nicht heimlich und unerkannt, sondern offen und sich seiner Stärke vollauf bewusst.

Mit einer Entschlossenheit, die noch einmal frische Energie durch seinen Körper schwemmte, packte Santjun den Kombistrahler fester und aktivierte den Deflektorschirm. Die Luft vor ihm flimmerte für einen kaum merklichen Moment, dann hatte sich die hauchdünne Antiflex-Folie über die Augen gelegt. Das größte Problem bei der Verwendung eines auf der Umleitung von Lichtstrahlen basierenden Kraftfelds war die Tatsache, dass der erreichte Effekt in alle Richtungen wirkte. Das künstlich erzeugte Brechungsverhalten oder besser gesagt der durch Frequenzsynchronisation bewirkte negative Reflexionsindex sorgte dafür, dass jedes auftreffende Photon gerichtet umgeleitet wurde und eine Hohlkugel mit der physikalischen Eigenschaft vollkommener Transparenz entstand. Damit man im Inneren des Deflektorfelds die Umgebung und seine eventuell anwesenden Kameraden weiterhin erkennen konnte, musste man eine auf die Frequenz des Felds geeichte Sehhilfe, die sogenannte Antiflex-Brille, tragen.

Die Koryphäen auf Quinto Center hatten daraus die Antiflex-*Folie* entwickelt, ein mikrometerdünnes, aus hochdichtem thermoplastischem Kunststoff bestehendes Material, das als ultraleichter Film über die obere Gesichtshälfte gesprüht wurde und nach Abschalten des Deflektors einfach abgewischt werden konnte. Es hieß, dass der Lordadmiral seinem guten Freund Perry Rhodan für die Überlassung des entsprechenden Patents eine erkleckliche Erhöhung des USO-Etats abgerungen hatte.

Vor dem Bunker entdeckte Santjun fünf Gestalten. Zwei davon, ein dünner, langer und ein untersetzter, kleiner Mann, standen etwas abseits. Es handelte sich dem ersten Anschein nach um Terraner. Auch der hochgeschossene, über zwei Meter große dritte Mann, der eine Strahlwaffe gezogen hatte und sie an die Schläfe einer Akonin hielt, besaß vermutlich irdische Wurzeln, selbst wenn er sich deutlich von dem üblichen Erscheinungsbild eines Menschen von Terra unterschied. Beim Näherkommen bemerkte der USO-Agent die silbergraue Haut, das von hässlichen Wucherungen übersäte Gesicht und vor allem die diversen Ketten und Ringe, die der Unbekannte überall am Körper trug.

Silbermetall, durchzuckte es Santjun. *Atlan hatte also recht. Wir haben es hier tatsächlich mit den von Thanaton entkommenen Silberherren zu tun.*

Die fünfte Person, ein Akone, schritt langsam, fast ängstlich, auf den Bunker zu. Erst jetzt bemerkte der USO-Spezialist die vier reglos am Boden liegenden Körper, an denen der Akone soeben vorbeiging. Für weitere Beobachtungen ließen ihm die nächsten Sekunden keine Zeit mehr.

Um den Bunker herum flammte urplötzlich ein Energieschirm auf. Santjun war sofort klar, dass es sich dabei nur um automatische Abwehranlagen handeln konnte. Sein in unzähligen Einsätzen geschulter Verstand analysierte die Situation dank der durch seinen Kreislauf fließenden Stimulantien schnell und präzise. Den Preis dafür würde er später bezahlen müssen, doch das war ihm in diesem Moment egal. Die Toten stammten vermutlich von einem früheren Versuch, in den Bunker einzudringen, und ihre Neugier hatte die Männer das Leben gekostet. Die beiden Akonen gehörten ohne Frage nicht zu den Silberherren, was schon allein der Blaster an der Schläfe der jungen Frau bewies. Da die vier Leichen ein für jeden überdeutliches Zeichen setzten, war weiterhin davon auszugehen, dass der Mann seinen Marsch zum Bunker nicht aus freien Stücken angetreten hatte, sondern dies nur deshalb tat, weil man ihm damit drohte, seine Partnerin zu erschießen. Das war alles, was der USO-Agent wissen musste.

Santjun zog seinen Kombistrahler, nahm Ziel und drückte ab. Er hatte die Waffe auf Paralyse geschaltet, was nichts weiter bedeutete, als dass sie eine Kombination aus gerichteten elektromagnetischen und hyperelektromagnetischen Wellen abgab, die in Wechselwirkung mit dem peripheren Nervensystem der Bewegungsmuskulatur organischer Lebewesen trat. Einfach gesprochen setzte dieser Beschuss das elektrische Leitsystem der Nerven durch gezielte Überlastung für eine bestimmte Zeit außer Gefecht. So auch diesmal.

Der silberhäutige Hüne stürzte zu Boden, ließ den Blaster jedoch nicht los. Santjun wechselte augenblicklich die Position. Der Akone war stehen geblieben und hatte sich umgedreht. Er schien nicht zu begreifen, was geschah.

Der zweite Schuss fällte den dicklichen Terraner. Sein dünner Kollege wollte die Flucht ergreifen, kam jedoch nicht weiter als ein paar Schritte, bevor der USO-Spezialist auch ihn niederstreckte.

Santjun wollte gerade zur Landung ansetzen, als das Unmögliche geschah: Der Silberhäutige erhob sich, als hätte er nie einen Paralysatortreffer erhalten. Der Agent hatte keine Möglichkeit mehr zu reagieren. Die Impulssalve traf ihn frontal in der Körpermitte und schleuderte ihn gegen eine der Baracken. Der Deflektorschirm erlosch; wahrscheinlich hatte der Projektor etwas abbekommen. Dafür flammte der Individualschutzschirm auf.

Der Schmerz in Santjuns Brust war so mörderisch, dass er das Bewusstsein zu verlieren drohte, und doch reagierte sein Körper ohne Zutun seines Bewusstseins. Zehntausendfach geübte und deshalb in Fleisch und Blut übergegangene Reflexe setzten ein und machten aus seinen Muskeln, Sehnen, Bändern, Knochen und Gelenken eine perfekt funktionierende Maschine. Ohne nachzudenken, rollte er sich mehrfach über die Schultern ab, bis er Widerstand spürte. Obwohl er das Gefühl hatte, sein Brustkorb stünde in Flammen, zwang er sich auf die Beine und ging hinter einer der Barackenwände in Deckung.

War es möglich, dass er ein derart unglaubliches Glück gehabt und die Panzerung des Kampfanzugs einen Großteil der thermischen Energie absorbiert hatte? Nein, das war völlig ausgeschlossen. Ein Treffer, wie er ihn abbekommen hatte, hätte ihn auf der Stelle töten müssen. Der Unbekannte musste absichtlich mit geringer Intensität gefeuert haben.

»Sie sind ein USO-Spezialist, nicht wahr?«, sagte der Silberhäutige in diesem Moment und bestätigte damit Santjuns Annahme. »Darf ich mich vorstellen? Mein Name ist Malcher. Sie haben natürlich längst erkannt, dass ich Sie hätte umbringen können, wenn das meine Absicht gewesen wäre. Lassen Sie uns stattdessen lieber wie vernünftige Menschen reden. Sie könnten mir als Zeichen Ihres guten Willens zum Beispiel verraten, wo sich Ihr Chef, Lordadmiral Atlan, versteckt hält.«

Malcher! Diesen Namen hatte der Händler Atog'Mar auf Thanaton erwähnt. Santjun war keineswegs überrascht, dass sein Gegenüber die Anwesenheit des Unsterblichen an Bord des Monolithen vermutete. Dieser Malcher nahm offenbar eine herausragende Stellung in der Hierarchie der Silberherren ein und war an den Entwicklungen auf Thanaton entweder persönlich beteiligt oder zumindest in allen Details informiert gewesen.

Santjun musste die Augen schließen, weil sich der zentrale Hohlraum plötzlich mit irrsinniger Geschwindigkeit um ihn herum zu drehen begann. Der Wirkungstreffer aus Malchers Blaster hatte seinen ohnehin schon labilen Gesundheitszustand nicht gerade verbessert.

»Nun kommen Sie schon, Mr. USO-Agent. Wollen Sie etwa den Helden spielen? Jeder hat seinen Preis. Fragen Sie Ihren Kollegen Terry Ulcarach. Wäre er nicht so dumm und sorglos gewesen, würde er immer noch leben. Ich verlange nicht viel, Mr. USO-Agent, aber ich habe viel zu geben.«

»Mein Name ist Santjun«, sagte Santjun und bemühte sich, seine Stimme hart und entschlossen klingen zu lassen, ein Vorhaben, das gründlich misslang. »Hiermit erkläre ich Sie im Namen der United Stars Organisation für verhaftet. Ihre Tätigkeit auf Thanaton wie auch in diesem Monolithen ist ungesetzlich …«

»Monolith?!«, unterbrach ihn Malcher leise. »Sie nennen ihn auch so? Interessant.«

Santjun ließ sich nicht beirren. »Ergeben Sie sich, und legen Sie Ihre Waffen nieder. Dann garantiere ich für Ihre Unversehrtheit. Leisten Sie dagegen Widerstand, tragen Sie allein die sich daraus ergebenden Konsequenzen.«

Malcher lachte. Nicht hysterisch und schallend, wie man es von einem Psychopathen erwartete, sondern amüsiert, geradezu wohlwollend und auf eigentümliche Weise sympathisch.

»Wunderbar, Mr. Santjun«, sprach er schließlich weiter. »Wirklich wunderbar. Sie sind ein echtes Original. Wo findet der Lordadmiral nur Mitarbeiter wie Sie? Wenn Sie auch nur ahnen würden, wie sehr ich Loyalität zu schätzen weiß, würden Sie auf der Stelle in meine Dienste treten.«

»Und genau dadurch den Verrat begehen, den Sie angeblich so hassen«, stieß Santjun hervor.

»Wohl wahr, wohl wahr«, gab Malcher zu. »Da stecken Sie in einem ziemlichen Dilemma, habe ich recht? Meine Männer werden in Kürze hier eintreffen – mit oder ohne den Lordadmiral –, und ich befürchte, dass Sie dann der Einzige sein werden, der irgendwelche Konsequenzen zu tragen hat. Wollen Sie es sich nicht vielleicht doch noch einmal überlegen?«

»Wer sind Sie?«, fragte der USO-Agent.

»Ist das wirklich wichtig?«, lautete die Gegenfrage. »Sagen wir, dass ich jemand bin, der nicht in eingefahrenen Bahnen denkt. Jemand, den Leute wie Sie und Ihresgleichen zum Verbrecher stempeln, weil er sich nicht an jene Regeln hält, bei deren Formulierung er keinerlei Mitspracherecht hatte. Da Sie in Ihrer grenzenlosen Arroganz die Rolle des Guten für sich reserviert haben, Mr. Santjun, bleibt für mich wohl nur noch der Part des Schurken. Das sind die Klischees, nach denen Sie Ihr Leben ausrichten, oder etwa nicht? Das sind die Mauern, die man während Ihrer Ausbildung in Ihrem Verstand errichtet hat und die selbst die Trompeten von Jericho nicht zum Einsturz bringen könnten, weil Sie allen Ernstes an Trivialitäten wie Gerechtigkeit und Frieden glauben. Aber grämen Sie sich nicht. Dieses Leiden ist weit verbreitet.«

»Sie hören sich gerne reden, oder?«

»Ich werde Ihnen sagen, was Ihr Problem ist, Mr. Santjun«, ließ sich Malcher nicht irritieren. »Es sind Ihre Skrupel. Warum haben Sie vorhin mit dem Paralysator auf mich geschossen? Hätten Sie Ihre Waffe auf Impulsmodus geschaltet, wäre ich jetzt tot, und Sie stünden als strahlender Held im galaktischen Scheinwerferlicht. Vielleicht hätte Sie Ihr Lordadmiral sogar befördert. Aber nein, ein Spezialist der USO tötet nicht, wenn es nicht unbedingt sein muss. Er ist hohen moralischen Standards verpflichtet, strengen Vorschriften, die auf dem naiven Glauben an das Gute im Menschen fußen. Mit Moral lässt sich kein Imperium errichten, Mr. Santjun. Fragen Sie Ihren Großadministrator Perry Rhodan. Fragen Sie Ihren Lordadmiral Atlan. Sie haben doch die arkonidische und terranische Geschichte studiert. Eine Geschichte der Kriege, eine Geschichte der Eroberungen, nichts weiter als eine Aneinanderreihung von Verbrechen gegen genau jene Werte, die Sie sich anmaßen zu verteidigen. Wenn Sie schon nicht mir glauben, dann glauben Sie wenigstens der historischen Wirklichkeit.«

Santjun hatte während Malchers Monolog sein Funkgerät aktiviert und versucht, Verbindung mit Atlan aufzunehmen. Vergeblich. Nach wie vor verursachten die normal- und hyperenergetischen Turbulenzen innerhalb der Ergosphäre und die Emissionen des durch die schiere Anwesenheit des Lordadmirals aktivierten Monolithen massive Störungen, die das einwandfreie Funktionieren von Funk und Ortung verhinderten.

»Aber damit genug geplaudert, Mr. Santjun«, sagte Malcher. »Lassen Sie uns nicht noch mehr Zeit verschwenden. Ich gebe Ihnen eine Minute, um freiwillig zu mir zu kommen.«

Der USO-Agent sah auf sein Armbandchronometer. Seit der Trennung von Atlan war etwas mehr als eine Stunde vergangen. Im gleichen Moment entdeckte er die fünf Männer, die mit aktivierten Individualschutzschirmen und schweren Thermowaffen in den Händen den zentralen Hohlraum betraten.

Malchers Verstärkung war eingetroffen.

Kapitel 25

Shinyan

Das Erste, was Shinyan sah, als sie die Augen wieder öffnete, war Padpool – und er lebte! Entgeistert starrte sie auf den am Boden liegenden Malcher. Nur Sekunden später fielen auch Arrik und Taraster einem unsichtbaren Schützen zum Opfer.

Was ging hier vor?

Die Akonin lief zu Padpool hinüber, der wie versteinert auf der Stelle verharrte; für ihren Geschmack viel zu nah an dem nach wie vor durch einen schwach flimmernden Energieschirm geschützten Bunker. Sie packte ihren Gefährten am Arm und zerrte ihn in Richtung der Baracken.

»Komm schon, Padpool«, beschwor sie den unter Schock stehenden und sich deshalb instinktiv sträubenden Akonen. »Wir müssen hier weg. Das ist vielleicht unsere letzte Chance. Was ist denn los mit dir?«

Padpool antwortete nicht und starrte ihr nur wortlos über die Schulter, so als gäbe es dort etwas unglaublich Interessantes zu sehen. Schließlich drehte sich auch Shinyan um.

Malcher stand hoch aufgerichtet und als wäre nichts geschehen auf beiden Beinen und hielt den Blaster im Anschlag. Wie war das möglich? Hatte ihr unbekannter Retter etwa daneben geschossen? Nein, denn sonst wäre Malcher nicht gefallen.

Ein grellroter Lichtstrahl löste sich aus der Waffe des Terraners und traf so gut wie zeitgleich auf ein etwa drei Meter über dem Boden schwebendes Hindernis. Die Luft schien zu vibrieren, bildete eine wabernde Kugel, über die regenbogenfarbene Zickzackmuster tanzten. Der Mann im schweren Kampfanzug, der sich aus dem energetischen Chaos schälte, wurde von der kinetischen Energie des Treffers nach hinten geworfen und landete unsanft auf dem silbergrauen Untergrund.

Shinyan war sich sicher, dass Malcher den Fremden getötet hatte, doch ebenso, wie sich der Terraner zuvor von dem Paralyseschuss nicht hatte beeindrucken lassen, überstand auch der Mann im Kampfanzug die Blasterattacke. Rasch kam er wieder auf die Beine und suchte Schutz hinter einer der Baracken.

Während Malcher zu reden begann, sah sich die Akonin hastig um. Arrik lag kaum dreißig Meter entfernt auf dem Rücken. Sein Brustkorb hob und senkte sich regelmäßig. Paralysatoren wirkten aufgrund der sorgfältig modulierten Frequenzen der von ihnen abgegebenen elektromagnetischen Felder lediglich auf den willentlich kontrollierbaren Teil der Muskulatur. Das vegetative Nervensystem dagegen, das unter anderem für Dinge wie Atmung oder Herzschlag zuständig war, blieb ohne Einschränkungen funktionsfähig. Arrik war bei vollem Bewusstsein und konnte sich lediglich nicht mehr bewegen. In ein bis zwei Stunden würde die Paralyse abklingen, und außer einem heftigen Muskelkater würde der Terraner nichts zurückbehalten.

Shinyans Beine schienen mit einem Mal Tonnen zu wiegen. Sie zog Padpool, der sich jetzt endlich aus seiner Starre löste, mit sich, jeden Moment darauf gefasst, dass sich Malcher umdrehte und sie mit einem Schuss aus seiner Waffe ausschaltete. Doch der Terraner tat nichts dergleichen. Er redete einfach nur. Das Herz der Akonin hämmerte in wahnsinnigem Tempo, und das Blut rauschte so laut in den Ohren, dass sie kein Wort verstand. Es war auch gar nicht von Bedeutung, was Malcher sagte, wichtig war nur, dass er seine Gefangenen für den Augenblick vergessen hatte.

Als Shinyan den kühlen Griff von Arriks Blaster in ihrer Handfläche spürte, hätte sie vor Erleichterung beinahe aufgeschrien. Taraster lag einige Meter weiter vorn, doch die Frau verzichtete darauf, auch seine Waffe an sich zu bringen. Sie wollte nur weg, so weit wie möglich weg von diesem ganzen Irrsinn – und vor allem von Malcher, der immer noch redete.

Du könntest diesen miesen Dreckskerl jetzt einfach umlegen, schoss es ihr durch den Kopf. *Er hat nicht einmal einen Schutzschirm aktiviert.*

Ihre Hand zitterte, als sie die Ladeanzeige des Energiemagazins überprüfte. Es war fast voll. Noch nie in ihrem Leben hatte sie sich so müde gefühlt. Sie hatte Angst davor, in den nächsten Minuten einfach umzukippen und einzuschlafen. Lediglich das durch ihren Körper kreisende Adrenalin sorgte dafür, dass sie sich noch halbwegs aufrecht halten konnte.

»Los, Padpool«, sagte sie. »Verschwinden wir von hier. Wir müssen die MORROK finden.«

Padpool sah nicht wesentlich besser aus als sie selbst. Seine normalerweise samtbraune Haut schimmerte in einem schmutzigen Graugrün. Die Augen lagen tief in den Höhlen, und die Wangen wirkten hohl und eingefallen.

Shinyan wollte sich gerade dem nächsten Ausgang zuwenden, der aus dem riesigen Dom herausführte, als eine Gruppe von fünf Männern mit aktivierten Individualschirmen und schweren Thermostrahlern auftauchte und sich blitzschnell über das Areal verteilte.

»Wohin so eilig, Mrs. Shinyan?«

Die Stimme Malchers jagte ihr einen eiskalten Schauer nach dem anderen über den Rücken. Ohne nachzudenken, riss sie die Hände hoch, die beide den Blaster umklammerten. Der dürre Terraner legte die Stirn in Falten und den Kopf schief. Sein Blick erschien der jungen Frau beinahe mitleidig.

»Wollen Sie etwa auf mich schießen?«, fragte Malcher und machte einen Schritt auf sie zu.

Shinyan hob die Waffe einige Zentimeter höher; der zitternde Lauf zeigte auf die Brust ihres Gegenübers. Einer der gerade eingetroffenen Männer näherte sich mit angeschlagener Waffe, doch Malcher hob nur kurz seine Hand und bedeutete ihm, nicht einzugreifen.

»Dann machen Sie es wenigstens richtig«, sagte er und lächelte. »Atmen Sie tief und gleichmäßig. Da Sie Rechtshänderin sind, legen Sie die linke Hand von schräg unten nach schräg oben an den Kolben, quasi als Gegenzug zur rechten Hand, die die Waffe nach vorne drückt. Die Rechte greift nicht zu fest zu. So erzielen Sie die optimale Stabilität. Winkeln Sie den Ellbogen leicht an. Moderne Strahlwaffen haben bekanntlich keinen Rückschlag. Sie können also die Schulter locker lassen und so die fiktive Linie zwischen Auge, Waffe und Ziel verkürzen. Das erhöht die Treffsicherheit. Atmen Sie dann langsam aus und betätigen Sie den Abzug, wenn ungefähr die Hälfte der Luft Ihre Lunge verlassen hat.«

Shinyan wollte stark sein, wollte diesem selbstgefälligen Ungeheuer zeigen, dass sie nicht das uralte Klischee der schwachen Frau erfüllte, doch es gelang ihr nicht, die Tränen zurückzuhalten, von denen sie nicht mehr geglaubt hatte, sie noch in sich zu haben. Sie hatte noch nie auf jemanden geschossen, und sie würde es auch jetzt nicht tun. Bei nüchterner Betrachtung erschien das Töten ein denkbar unkomplizierter Vorgang zu sein, doch dem war ganz und gar nicht so. Dabei waren es nicht einmal unbedingt moralische Gründe, die einen Mord als etwas Abscheuliches, als Verstoß gegen elementare Regeln der Natur erscheinen ließen.

Moral war etwas Künstliches, etwas, das erfunden worden war, um ein viel tieferes und weitläufigeres Konzept zu beschreiben, als es Worte zu erfassen vermochten. Wer einen anderen Menschen umbrachte, der tötete gleichzeitig auch einen Teil seiner selbst. Das klang vielleicht einfältig und töricht, doch Shinyan war fest davon überzeugt, dass das Leben in seinen ungeheuer vielfältigen Ausprägungen letztendlich einen gemeinsamen Ursprung hatte und dass es sich noch immer aus einer Quelle speiste, die alle Kreaturen des Universums miteinander verband. Wer ein Leben auslöschte, der schwächte diese Quelle und damit auch sich selbst.

O nein, es war alles andere als einfach, eine Waffe auf einen Menschen zu richten und abzudrücken, selbst wenn dieser Mensch ein Monster war, und Malcher wusste all das. Er wusste es, wie er so vieles andere wusste, wie er schon zuvor in ihr gelesen hatte wie aus einem offenen Buch. Die Akonin hatte keine Ahnung, was dieser Mann empfand, wenn er andere in den sicheren Tod schickte, und sie hoffte aus tiefstem Herzen, dass sie es nie erfahren würde, doch ihr war klar, dass sie niemals so sein konnte wie er. Ihre Arme sanken kraftlos herab; der Blaster polterte zu Boden.

»Quälen Sie sich nicht, Mrs. Shinyan«, sagte Malcher leise. »Niemand kann aus seiner Haut. Sie sind das Produkt einer entarteten Sittlichkeit. Das Universum schäumt über vor Ethos und schwülstigem Pflichtbewusstsein. Niemand macht Ihnen daraus einen Vorwurf, am allerwenigsten ich.«

Shinyan kam nicht mehr dazu, etwas zu erwidern, denn in diesem Moment sah sie Padpool. Der Akone hielt einen Blaster – er musste ihn Taraster abgenommen haben, als Shinyan mit sich selbst und Malcher beschäftigt gewesen war – starr von sich gestreckt. Es sah linkisch, beinahe lächerlich aus, doch in seinem Blick las die Frau eine Entschlossenheit, die sie ihm niemals zugetraut hätte.

»Padpool«, flüsterte sie. »Tu es nicht. Bitte tu es nicht.«

Malcher drehte den Kopf zur Seite und fixierte den auf ihn zuwankenden Akonen. Täuschte sich Shinyan, oder sah sie zum ersten Mal so etwas wie Angst in den Zügen des silberhäutigen Terraners? Für den Bruchteil einer Sekunde verspürte sie wilde Genugtuung, eine rücksichtslose, zerstörerische Freude, die sie vollständig ausfüllte. Dann traf die Energiebahn Padpool in die Seite. Dort, wo gerade noch das helle, elastische Material des Raumanzugs gewesen war, gab es von einer Sekunde auf die andere nur noch ein großes, hässliches Loch mit schwarzen, qualmenden Rändern. Bebend starrte Shinyan auf rotes, verbranntes Fleisch, auf verkohlte und mit dem Gewebe des Anzugs verschmolzene Haut, die teilweise in großen Fetzen nach unten hing.

Padpool stand einfach nur da, den Blaster nach wie vor nach vorn gestreckt, doch längst nicht mehr fähig, den Abzug zu drücken. Er stand da, als ob er auf etwas oder jemanden wartete, die Augen weit aufgerissen, überrascht, verwundert, so als wisse er nicht genau, was man nun von ihm erwartete. Ein einsamer Schweißtropfen lief über seine Stirn, an der rechten Augenbraue entlang, über die Wange das Kinn hinunter und schließlich in den Kragen seiner Kombination. Als er schließlich zusammenbrach, war das wie ein Signal. Hinterher hätte Shinyan nicht mehr zu sagen gewusst, in welcher Reihenfolge die einzelnen Ereignisse abgelaufen waren. Alles ging unglaublich schnell.

Kapitel 26

Marcus Merten

»Ich kann nur hoffen, dass Sie eine verdammt gute Erklärung parat haben, Merten.«

Milton Elks musterte seinen Untergebenen mit einem Blick, der sogar einen Haluter in Drangwäsche zur panischen Flucht veranlasst hätte.

»Selbst wenn wir die Evakuierung sofort wieder aufnehmen, würde die Zeit schon jetzt nicht mehr ausreichen, um alle Besatzungsmitglieder rechtzeitig in Sicherheit zu bringen.«

»Falsch!«, stieß Marcus Merten hervor. Er war ein wenig außer Atem, weil er die Strecke zur Zentrale im Laufschritt zurückgelegt hatte, doch die Gelegenheit, seinem griesgrämigen Chef zu widersprechen, konnte er auf keinen Fall ungenutzt verstreichen lassen. »Sie hätten jeden einzelnen der Kameraden getötet, Sir!«

»Das ist doch ...«, setzte der Marsianer an, wurde jedoch von Naileth Simmers unterbrochen.

»Halten Sie *einmal* Ihre große Klappe, Mr. Elks«, fuhr ihm die Kommandantin in die Parade. »Und Sie, Korporal Merten, erzählen mir jetzt schnell und in einfachen Worten, was hier los ist. Wenn sich nämlich herausstellt, dass ich die Evakuierung grundlos abgebrochen habe, wird mein Kopf nicht der einzige sein, der rollt.«

»Jawohl, Sir«, sagte Marcus Merten. Er konnte noch immer nicht fassen, dass er für die Lösung dieses an sich einfachen Problems so lange gebraucht hatte. Selbst die elementarste seiner Schachaufgaben war um Längen komplizierter als das Rätsel der lemurischen Transmitterfalle.

»Es sind die Raumanzüge«, rief der Techniker eine Spur zu laut. »Am 27. August 2877 trat die Allgemeine Terranische Verordnung zur Normung und Standardisierung technischer Wartungsintervalle für autonome Erhaltungssysteme in Kraft. Sie legte ausdrücklich und für alle Betroffenen verbindlich fest, in welchen Abständen automatisierte Prüfroutinen innerhalb positronisch gesteuerter Regelkreisläufe gefahren werden müssen und …«

»Korporal Merten!« Naileth Simmers Stimme klang gelassen, doch ihr Gesichtsausdruck ließ erkennen, dass sie kurz vor der Explosion stand. »Wenn Sie meine Geduld nur noch eine einzige Sekunde länger auf die Probe stellen, werden Sie das für den Rest Ihres Lebens bereuen – auch wenn dieser Rest angesichts unserer Lage ziemlich kurz ausfallen dürfte.«

»Entschuldigen Sie, Madam.« Marcus Merten schluckte vernehmlich. »Was ich sagen will ist … also … dass jeder Raum-, Schutz- oder Kampfanzug, also jede in der Raumfahrt eingesetzte Schutzkleidung mit eigener Luftversorgung, alle zwei Minuten und 36 Sekunden einer automatischen Routineüberprüfung unterzogen werden muss. Zumindest, solange die entsprechende Montur aus terranischer Produktion stammt. Dieser Wert, den man das *optimale Intervall* nennt, basiert auf sehr komplexen Berechnungen …«, er warf der Kommandantin einen schnellen Blick zu, bevor er fortfuhr, »die im Moment aber wohl niemanden interessieren.«

»Na schön«, erwiderte Naileth Simmers. »Aber in welchem Zusammenhang steht das alles mit der Transmitterfalle?«

»Irgendwie«, sprach Marcus Merten weiter, »muss der Auslösemechanismus der Falle aktiviert worden sein. Warum und durch was, kann ich leider nicht sagen. Ich bin allerdings fest davon überzeugt, dass der normalerweise verwendete Impulsgeber, also jener Mechanismus, der üblicherweise den Startschuss zur Erzeugung des Hyperfelds gibt, defekt ist. Die Steuereinheit hat sich deshalb an das erstbeste, positronisch gerichtete und somit einem initialen Impuls gleichende Signal gehängt; das sie auffangen konnte – an den Wartungstakt der Raumanzüge an Bord der IMASO. Alle zwei Minuten und 36 Sekunden startet die Anzugpositronik ein einfaches Diagnoseprogramm, das kontrolliert, ob sich die jeweilige Montur in einem funktionsfähigen Zustand befindet. Ist das nicht der Fall und kann der Schaden nicht mit Hilfe der internen Reparatursysteme behoben werden, wird eine Nachricht erzeugt und bei nächster Gelegenheit geeignetes Wartungspersonal verständigt.«

»Bei allen roten Sandgeistern des Mars«, flüsterte Milton Elks. »Dieser elende Grünschnabel könnte tatsächlich recht haben …«

»Moment«, warf Naileth Simmers ein. »Aber müssten wir dann nicht alle paar Sekunden transitieren? Wir haben etwa 600 Schutzanzüge an Bord. Sie wollen mir doch nicht etwa weismachen, dass die ihren Wartungsimpuls alle zur gleichen Zeit abstrahlen.«

»Aber genau das tun sie«, übernahm diesmal Milton Elks die Erklärung. »Die Positronik der IMASO sorgt aus Effizienzgründen dafür. Synchronisierte Impulsmuster sind berechenbar und deshalb keine elektromagnetischen Störquellen. Sie können leicht aus allen Messergebnissen auf normalenergetischem Niveau eliminiert werden. Die Schiffspositronik koordiniert die Signale und schickt einen entsprechenden Sammelimpuls, so dass alle Anzüge zur exakt gleichen Zeit senden.«

»Können wir die Positronik nicht einfach anweisen, den Wartungsintervall auszusetzen?«

»Nein.« Das war wieder Marcus Merten. »Das Intervall – ebenso wie der Sammelimpuls – ist aus nachvollziehbaren Gründen überautark, das heißt, es besitzt Vorrang vor allen anderen Programmbefehlen. Sicherheit geht vor. Erst wenn ein Anzug komplett zerstört oder gänzlich ohne Energieversorgung ist, verstummt auch das Intervall.«

»Bleibt die Frage, wie und warum die Falle ursprünglich aktiviert wurde.« Die Kommandantin des USO-Kreuzers sah die beiden Männer nacheinander an.

»Das werden wir vielleicht nie erfahren, Madam«, sagte Marcus Merten. »Viel wichtiger ist jedoch, dass wir jetzt eine Chance haben, aus dem Teufelskreis auszubrechen, in den wir geraten sind. Wir müssen alle Raumanzüge an Bord vollständig stilllegen, das heißt, inklusive der Notbatterien. Sobald der Transmitter keine Impulse mehr empfängt, müssten die ständigen Versetzungen eigentlich aufhören.«

Milton Elks nickte nur, und mit einem Mal sah er furchtbar alt aus. Wahrscheinlich fragte er sich gerade, warum *er* nicht auf diesen Einfall gekommen war.

»Gute Arbeit, Korporal«, lobte die Kommandantin. »Wenn Ihr Plan funktioniert und wir das hier überleben, sind Ihnen vier Wochen Sonderurlaub sicher. Fühlen Sie sich in der Lage, die Koordination der notwendigen Maßnahmen zu übernehmen? Sie haben selbstverständlich volle Handlungsfreiheit.«

»Danke, Madam«, antwortete der Techniker und war nicht mehr fähig, seinen Stolz zu verbergen. »Ich glaube, in spätestens einer halben Stunde wird dieser ganze Alptraum vorbei sein.«

Dass jetzt noch irgendetwas schiefgehen konnte oder dass er sich gar geirrt hatte, daran glaubte Marcus Merten schon längst nicht mehr.

»595«, sagte Torben Santorin. Seine Stimme klang belegt, so als leide er an einer Erkältung – im 32. Jahrhundert und an Bord eines modernen USO-Raumschiffs eine schiere Unmöglichkeit.

»Dann fehlen noch elf.«

Marcus Merten erhob sich unruhig aus dem Sessel neben der Kommandantin, in dem üblicherweise Lordadmiral Atlan Platz nahm. Doch es war keineswegs die Tatsache, dass sein und das Hinterteil des berühmtesten Arkoniden des bekannten Universums dasselbe Polster teilten, die ihn so nervös machte. Seit exakt 49 Minuten waren alle Besatzungsmitglieder der IMASO, die noch halbwegs laufen konnten, überall im Schiff unterwegs, zerrten Raumanzüge aus Halterungen, Schutzmonturen aus Spinden und Rückentornister aus ihren Ladestationen. Das Entfernen der Notbatterien nahm kaum mehr als zwanzig Sekunden in Anspruch. Milton Elks und vier seiner Techniker überprüften danach mit mobilen Messgeräten, ob die Anzugpositroniken noch sendeten. War das nicht der Fall, meldeten sie den Erfolg in die Zentrale.

Jeder Anzug an Bord, egal ob für Raumspaziergänge, Reparaturarbeiten in lebensfeindlicher Umgebung oder Kampfeinsätze ausgelegt, besaß eine individuelle Funkkennung, die im Hauptrechner der IMASO gespeichert war. Insgesamt lagen 609 Kennungen vor. Abzüglich der drei Monturen, die Atlan, Santjun und Iasana Weiland trugen, blieben 606 übrig. Bis auf elf hatte man inzwischen alle von jeglicher Energieversorgung abgeschnitten und somit die automatisch gesendeten Wartungsimpulse eliminiert.

»Drei leichte Druckanzüge. Deck 4, Sektion 21. In den Staukästen neben dem Antigravschacht.«

»Verstanden.« Das war Milton Elks. »Bin in der Nähe und unterwegs.«

Drei Minuten später war die Anzahl der abgeschalteten Monturen auf 598 gestiegen.

»Habt ihr den Bereich des hydroponischen Gartens sorgfältig durchsucht?«, fragte Naileth Simmers. »Ich weiß, dass dort zwei Schutzanzüge für den Notfall deponiert sind.«

An Bord der IMASO war es allgemein bekannt, dass sich die Kommandantin wann immer möglich in der *grünen Oase* des Kreuzers aufhielt. Der hydroponische Garten befand sich auf Hauptdeck 4 unmittelbar unter dem Ringwulst. Während eines Gefechts kam es dort statistisch gesehen am häufigsten zu Vakuumeinbrüchen; also hatten die Ingenieure und Innenarchitekten dafür gesorgt, dass ausreichend Schutzmonturen zur Verfügung standen.

»Durchsucht und gefunden«, kam die Rückmeldung.

Die Minuten zogen sich endlos hin. Fünf weitere Anzüge wurden stillgelegt. Kurz vor dem erneuten Transmittersprung schloss Marcus Merten die Augen. Der Schmerz explodierte in seinem Nacken. Ein riesiges, weiß glühendes Messer schien seinen Körper in zwei Hälften zu schneiden. Er hörte Stöhnen, zwei oder drei unterdrückte Schreie. Als er die Augen wieder öffnete, sah er als Erstes Amelia Marcos. Die Cheffunkerin war in ihrem Kontursessel zusammengesunken und offenbar bewusstlos. Ramit Claudrin, der die anhaltende Tortur noch am besten verkraftete, erhob sich und ging zu ihr hinüber. Er klappte die Rückenlehne des Sessels nach hinten und bettete die Frau auf die so entstandene behelfsmäßige Liege. Mehr konnte er nicht tun.

»Wir haben die letzten drei.« Milton Elks war kaum zu verstehen. »Einen Moment noch … gleich … geschafft. Jetzt! Wir sind durch!«

Die Anspannung in den Gesichtern der Umstehenden war nicht zu übersehen. Die meisten von ihnen starrten Marcus Merten an, so als erwarteten sie, dass er etwas sagte, dass er die Krise offiziell für beendet erklärte und versicherte, dass alles in Ordnung sei. Doch er stand einfach nur da, die Hände zu Fäusten geballt. In diesem Moment hätte er kein einziges Wort herausgebracht, selbst wenn sein Leben davon abhängig gewesen wäre.

Zwei Minuten seit der letzten Transition. Wie lang konnten 36 Sekunden sein? Wie oft konnte man in dieser kurzen Zeitspanne zweifeln, sich fragen, ob man wirklich nichts übersehen hatte? Nein, er war sicher, so sicher wie selten zuvor in seinem Leben. Gleich würde ein unglaublicher Jubel ausbrechen, und sie würden ihm um den Hals fallen, ihm, dem Retter, dem Helden der IMASO.

Zehn Sekunden.

Niemand sagte etwas. Marcus hörte Ramit Claudrins rasselnden Atem. Es klang, als würde jemand schwere Stahlketten über einen Steinboden ziehen.

Fünf Sekunden.

Naileth Simmers hatte die Lippen zu schmalen Strichen zusammengepresst. Warum fielen ihm ausgerechnet jetzt ihre wunderbaren langen Beine auf? Marcus Merten zwang sich, den Blick abzuwenden.

Drei ... zwei ... eins ....

Die IMASO transitierte, doch es waren nicht die grauenvollen Schmerzen, die den Techniker auf die Knie sinken ließen. Es war die Enttäuschung, die schreckliche Gewissheit, versagt zu haben. Er musste sich geirrt haben. Zum ersten Mal hatte ihn seine besondere Gabe im Stich gelassen – und das ausgerechnet in einer Situation, in der er sie am dringendsten gebraucht hätte.

Kapitel 27

Atlan

Drei, maximal vier Personen mit Thermowaffen, wisperte der Extrasinn. *Ich frage mich, wie sie euch aufgespürt haben.*

Der Gegner hatte seinen Beschuss vorübergehend eingestellt und sich vorerst in der Nähe des Übergangs zum *Museum* verschanzt. Unglücklicherweise besaß der Raum mit dem 3-D-Scanner keinen zweiten Ausgang. Iasana Weiland und ich hatten uns hinter einem der Quader versteckt und saßen vorerst fest.

Unsere Lage glich jener, in die wir einige Stunden zuvor geraten waren und aus der uns Calipher schließlich befreit hatte. Die Lufttemperatur betrug bereits über 60 Grad Celsius und würde bei einem weiteren Schusswechsel schnell ansteigen. Die defekte Sauerstoffversorgung des Kampfanzugs der Plophoserin verhinderte aus den bekannten Gründen, dass sie ihre Montur länger als ein paar Minuten schloss. Doch selbst das hätte uns höchstens einen zeitlichen Aufschub eingebracht. Der Feind musste unsere Stellung einfach nur unter Dauerfeuer nehmen. Irgendwann würden auch die Kristallstrukturen des Monolithen nachgeben und uns unter sich begraben. Ich musste etwas tun. Sofort!

Das ist Wahnsinn, kommentierte der Logiksektor meine Überlegungen.

Nein, gab ich mental zurück. *Das ist alles, was ich habe. Die einzige Alternative wäre zu warten und zu hoffen, dass Calipher zurückkommt, und du weißt, dass ich weder im Warten noch im Hoffen besonders gut bin.*

Mein zweites Ich schwieg, wahrscheinlich weil es sehr genau wusste, dass ich keine andere Wahl hatte. Je länger ich still hielt, desto größer wurde die Gefahr, dass der Gegner seinen entscheidenden Angriff startete.

Ich wandte mich an meine Begleiterin und erläuterte ihr meinen Plan in wenigen Worten. Iasana Weiland sah mich nur an und nickte stumm. Ich musste unwillkürlich lächeln.

»Ich verspreche Ihnen: Bei unserem nächsten Risikoeinsatz haben wir noch mehr Spaß«, versuchte ich sie aufzumuntern.

»Ich kann es kaum erwarten, Sir«, lächelte die Plophoserin gequält zurück.

Ich zog zwei der Mikrogranaten aus dem Brustfach des Kampfanzugs und aktivierte den Zündmechanismus. Die derzeit von der USO verwendeten Sprengsätze bestanden aus einer fünf Zentimeter durchmessenden, adhäsiven Metallplastscheibe, in die vakuumreines Kaliumchlorat und organische Kohlenwasserstoffe eingelagert waren. Das ergab einen Sprengstoff mit einer zwar vergleichsweise geringen Detonationsgeschwindigkeit, dafür jedoch erheblichen Durchschlagskraft.

»Bereit?«, fragte ich.

»Nein«, antwortete Iasana Weiland.

»Dann los.«

Ich warf beide Granaten schnell hintereinander in Richtung des Ausgangs, eine nach links, eine nach rechts. Die Verzögerung hatte ich auf drei Sekunden eingestellt. Iasana Weiland und ich hatten die Helme geschlossen und die Schutzschirme aktiviert.

Die Explosion ließ den Boden so stark schwanken, dass wir beide gegen den Quader geworfen wurden. Ein unterarmlanger Metallfetzen, wahrscheinlich ein Stück des Scanners, schlug Zentimeter neben meinem Kopf in die Wand und prallte als Querschläger mit einem lauten Knall daran ab. Ich achtete nicht darauf, sondern raste, den Kombistrahler auf Dauerfeuer geschaltet, kerzengerade nach oben. Iasana Weiland verließ ihre bisherige Deckung stattdessen zu Fuß und versuchte, den Ausgang von der Seite her zu erreichen.

Dichter Qualm nahm mir die Sicht. Von der vor wenigen Minuten noch beinahe komplett intakten Apparatur der Lemurer war nichts als ein rauchendes Trümmerfeld übrig geblieben. Ich feuerte blind in die Richtung, in der ich unsere Gegner vermutete. Die Temperaturanzeige kletterte rasend schnell auf über 160 Grad Celsius. Ein Atmen war in dieser Atmosphäre nicht mehr möglich. Iasana Weiland musste jetzt mit dem Luftvorrat auskommen, der ihr im Innern ihres Schutzschirms zur Verfügung stand.

Ich flog direkt unter der Decke entlang bis unmittelbar über den Durchgang. Dann ließ ich mich einfach fallen und aktivierte den Antigrav erst kurz vor dem Aufprall auf dem Boden. Der Qualm war hier, im unmittelbaren Zentrum der Detonation, nicht ganz so dicht. Die Sprengwirkung der Granaten hatte teilweise auch den Nachbarraum erfasst und die meisten der Vitrinen zerstört. Zwischen den Trümmern lag einer unserer Angreifer. Der rechte Arm stand in groteskem Winkel vom Körper ab, und der in seiner Brust steckende Splitter einer Glasplastscheibe ließ keinen Zweifel daran, dass der Mann tot war.

Ich trat an die Leiche heran und zog ihr den Helm vom Kopf. Zum Vorschein kam ein dunkelhäutiges Gesicht mit entfernt asiatischen Zügen. Unter einer kleinen Nase saß ein weiß gefärbter Oberlippenbart; die graublauen Augen schienen mich vorwurfsvoll anzustarren. Eindeutig ein Terraner. Ich zog den Kragen des Schutzanzugs etwas nach unten.

Silbermetall, kommentierte der Extrasinn die zum Vorschein kommenden Ketten, die der Tote um den Hals trug. Wir hatten es also tatsächlich mit den Silberherren von

Thanaton und ihren Gefolgsleuten zu tun. Ich wollte den Schmuck gerade an mich nehmen, als mehrere Blastersalven in meinen Schutzschirm schlugen und mich in den Raum mit dem zerstörten Scanner zurücktrieben.

Aus den Augenwinkeln nahm ich wahr, dass Iasana Weiland neben mir auftauchte. Ich bedeutete ihr zurückzubleiben, machte zwei weitere Mikrogranaten scharf und warf sie durch den Torbogen. Die Explosion katapultierte eine Wolke aus Staub, Glasplastsplittern und den Resten der einst von den Lemurern gesammelten Artefakte durch die Öffnung. Ich wartete noch ein paar Sekunden und stürmte dann in das nun gleichfalls in Schutt und Asche gelegte Museum hinein.

»Beeilen Sie sich!«, rief ich meiner Begleiterin zu. »Wir müssen hier weg.«

Ohne dass uns jemand aufhielt, erreichten wir den Gang, durch den wir gekommen waren. Die mit Santjun ausgemachte Zeitspanne war fast verstrichen, und es war abzusehen, dass ich die Außenbereiche des Monolithen nicht mehr fristgerecht erreichen würde. Ich wies die Plophoserin an, vorauszufliegen und sich an möglichen Abzweigungen stets links zu halten. Dadurch war gewährleistet, dass wir uns erst einmal wieder tiefer in den Monolithen hineinbewegten. Ich folgte ihr in einigem Abstand und heftete etwa alle zehn Meter eine Mikrogranate an die Decke. Den Zünder der ersten justierte ich auf vier Minuten, bei jeder folgenden zog ich fünfzehn Sekunden ab. Wenig später war mein Vorrat erschöpft, doch ich hatte mein Ziel erreicht. In Gedanken zählte ich die letzten Sekunden herunter.

Als die Ladungen beinahe zeitgleich hochgingen, schien sich der der Monolith wie ein unwilliges Tier zu schütteln. Der Boden bebte, und ein dumpfes Donnergrollen rollte durch die Hallen und Gänge. Falls uns jemand verfolgte, hatte sich dieses Problem damit erledigt. Rund zwanzig Mikrogranaten mit einer Sprengkraft von je 500 Kilogramm TNT sorgten dafür, dass mein kleines Feuerwerk von niemandem an Bord des Monolithen unbemerkt blieb.

Ich beeilte mich, zu Iasana Weiland aufzuschließen, und übernahm die Führung. Inzwischen hatte ich eine ziemlich gute Vorstellung vom inneren Aufbau des Monolithen, zumindest, was das untere Drittel des rund viereinhalb Kilometer hohen Gebildes anging. Bei der Frage nach seiner Funktion half mir das allerdings nicht viel. Der einzige vage Hinweis, den ich bislang gefunden hatte, war die Tatsache, dass sowohl die Computerstimme im Bunker auf Thanaton als auch Calipher ihren jeweiligen Monolithen als *Experimentalstation* bezeichnet hatten.

Das konnte alles und nichts bedeuten. Welche Art von *Experimenten* hatten die Verlorenen hier einst durchgeführt. Wozu hatte man Wachroboter wie Calipher benötigt? War das, mit dem man sich hier beschäftigt hatte, gefährlich gewesen? Und wie passte die geheimnisvolle, organisches Leben schwächende und auf Dauer sogar tödliche Wirkung der Monolithen in dieses Bild?

Ein leises Rauschen in meinem Funkempfänger lenkte meine Gedanken wieder in die Gegenwart zurück. Es knackte mehrmals vernehmlich, dann ertönte ein hoher Piepston. Ich war wie elektrisiert, als ich plötzlich die immer wieder von Störungen überlagerte Stimme Santjuns vernahm.

»Lord … miral?«, hörte ich den USO-Agenten fragen. »Können Sie … verstehen?«

»Ich verstehe Sie«, rief ich so laut, dass Iasana Weiland neben mir erschrocken zusammenzuckte. Ich war erstaunt, dass mich Santjun offen mit meinem Rang ansprach. Wenn jemand mithörte, wusste er nun sicher, dass der Regierende Lordadmiral der USO in dem Monolithen war.

»Wo sind Sie? Und warum können wir miteinander reden?«

»Ich … nicht viel Zeit, …miral«, kam die Antwort. »… Lage ist … schwer …letzt. Ich … im Bunker und …ilberherren greifen mit … sie haben. Mir … vielleicht noch … nuten. Ca … pher ist … Weg. …eilen Sie sich!«

»Verdammt, Santjun«, erwiderte ich und klopfte mit meinen behandschuhten Fingern gegen die pfeifenden und zischenden Helmlautsprecher. »Hier kommt nur jedes dritte oder vierte Wort an. Habe ich Sie richtig verstanden? Sind Sie im Bunker? Haben Sie den zentralen Hohlraum erreicht? Sind Sie verletzt?«

» … bin …alen …aum«, hörte ich noch, dann war Stille.

»Verdammt!«, sagte ich noch einmal. Dann hatte ich mich wieder unter Kontrolle.

»Na schön«, wandte ich mich an Iasana Weiland. »Wir stoßen auf dem schnellsten und kürzesten Weg zum zentralen Hohlraum vor. Ich fliege voraus. Aktivieren Sie Ihren Schutzschirm und schalten Sie eine Strukturlücke, damit genügend Atemluft eindringen kann. Und halten Sie Ihren Kombistrahler schussbereit.«

Sekunden später waren wir unterwegs.

Kapitel 28

Santjun

Malcher rannte los. Zwei seiner Leute setzten sich sofort zwischen ihn und die Baracken und nahmen Santjuns Deckung unter Beschuss. Der USO-Agent hatte nicht den Hauch einer Chance, an den flüchtenden Silberherren heranzukommen. Sein gesamter Oberkörper schmerzte selbst bei der kleinsten Bewegung. Er war kaum in der Lage, die Arme zu heben und das Feuer der Angreifer zu erwidern.

Die Akonin war währenddessen vor ihrem niedergeschossenen Partner auf die Knie gesunken und hatte seinen Kopf in ihren Schoß gebettet. Santjun konnte natürlich nicht sicher sein, ob der Mann noch lebte, aber die Wunde sah ziemlich übel aus. Malchers Schergen schossen nicht wie im Nahkampf allgemein üblich mit einem scharf gebündelten Strahl, der die Hitzewirkung der Waffe in einem sehr kleinen Gebiet konzentrierte und somit besser geeignet war, Energieschirme durch gezielten Punktbeschuss zum Zusammenbruch zu bringen, sondern sie hatten die Fokussierung verringert. Das bedeutete eine größere Streuungsbreite und somit äußerst hässliche und vor allem qualvolle Verletzungen für den Getroffenen. Die Wut, die Santjun darüber empfand, half ihm, die eigenen Schmerzen vorübergehend in den Hintergrund zu drängen.

Der USO-Spezialist schaltete den Antigrav auf maximale Beschleunigung, verließ die Deckung und raste auf den Bunker zu. Sofort reagierten die automatischen Verteidigungssysteme. Zwei giftgrüne Energiestrahlen krachten in Santjuns Schutzschirm. Der Überlastungsalarm piepste durchdringend, und die Positronik wies eine Absorptionsrate von unglaublichen 172 Prozent aus. Weiße und blaue Blitze irrlichterten über das hyperenergetische Strukturnetz des Schirmfelds und nahmen ihm kurzzeitig die Sicht. Ein weiterer Treffer, und es war vorbei.

Das war unnötig, verdammt, schalt er sich selbst.

Santjun flog eine enge Kurve, zog steil nach oben und ließ den Bunker hinter sich zurück. Die drei verbliebenen Männer jagten ihm einige Salven hinterher, verfehlten ihn jedoch um mehrere Meter. Der USO-Agent schlug ein paar Haken und schoss seinerseits. Vielleicht gelang es ihm mit etwas Glück, einen oder zwei seiner Verfolger in die Nähe des Bunkers zu treiben. Die grünen Strahlen der Verteidigungsanlagen besaßen offenbar eine unglaubliche Durchschlagskraft. Flüchtig musste er daran denken, dass der Bunker im Monolithen auf Thanaton völlig ungeschützt gewesen war. Vielleicht waren die entsprechenden Systeme defekt gewesen, oder die Anwesenheit Atlans, der als Zugangsberechtigter galt, hatte ihre Aktivierung verhindert.

Leider war der Gegner alles andere als dumm – und vor allem in der Überzahl. Innerhalb kürzester Zeit hatte sich das Trio neu formiert und rückte in breiter Front auf Santjun zu. Malcher und seine beiden Leibwächter hatten den zentralen Hohlraum dagegen längst verlassen. Sie hatten sich nicht einmal die Mühe gemacht, ihre beiden paralysierten Kameraden mitzunehmen.

Zweimal schaffte es Santjun, einer Einkesselung durch die Männer zu entgehen. Seine stille Hoffnung, dabei einen Weg aus dem zentralen Hohlraum hinaus zu finden, erfüllte sich leider nicht. Der Gegner deckte die Ausgänge jedes Mal geschickt ab und verhinderte so eine Flucht, die der USO-Spezialist ohnehin nur widerwillig angetreten hätte. Er war fest entschlossen, die beiden Akonen nur dann im Stich zu lassen, wenn es keine andere Möglichkeit gab.

Ein Mann wie Malcher glaubte, dass es eine Schwäche sei, wenn man Skrupel hatte, wenn man nicht bereit war, die Mittel über den Zweck zu stellen, doch Santjun wusste, dass der Silberherr im Irrtum war. Menschlichkeit und Anstand waren die Grundpfeiler jeder Zivilisation. Ohne sie gab es keinen gesellschaftlichen Konsens, und die Herausforderungen der Zukunft waren nun einmal nur mit der gemeinsamen Anstrengung aller Beteiligten zu meistern.

Er schlug einen weiteren Haken und erhielt prompt einen Treffer, der ihn aus der Flugbahn warf. Die Positronik griff blitzschnell ein und stabilisierte ihn wieder. Natürlich war Santjun klar, dass er dieses Spiel nicht ewig spielen konnte. Die Gegner stellten sich von Sekunde zu Sekunde besser auf ihn ein, versperrten ihm immer öfter den Weg und koordinierten ihre Angriffe mit wachsender Präzision. Lange würde er sie nicht mehr zum Narren halten können.

Der Mann tauchte so unvermittelt vor ihm auf, dass Santjun gerade noch ausweichen konnte. Für einen Sekundenbruchteil berührten sich sein Schutzschirm und der seines Widersachers, dann waren sie aneinander vorbeigerast. Der Schreck, gepaart mit der anhaltenden Müdigkeit und der nachlassenden Wirkung der Aufputschmittel, hatten den USO-Agenten nachlässig werden lassen.

Gleich mehrere Salven aus den Waffen der Angreifer trieben ihn in Richtung des Bunkers. Von neuem meldete die Positronik Überlastung. Zum wie vielten Mal eigentlich? Der Antigrav setzte für einen Lidschlag aus und fing den stürzenden Santjun erst kurz über dem Boden wieder ab – aber diesmal ließ ihm der Feind keine Zeit zum Verschnaufen.

Drei weitere Treffer brachten seinen Energieschirm zum Erlöschen. Instinktiv verzichtete Santjun darauf, sofort wieder zu beschleunigen, um sich außer Reichweite des Gegners zu bringen. Vermutlich rettete er dadurch sein Leben; vorerst zumindest, denn Malchers Männer hatten augenscheinlich erwartet, dass ihr Opfer nach oben ausbrechen und ein Entkommen in voller Fahrt versuchen würde. Somit beschleunigten sie ihrerseits, um ihn abzufangen. Mehr als ein paar Sekunden gewann der USO-Spezialist dadurch allerdings nicht.

Als ob seine Lage nicht schon heikel genug gewesen wäre, verweigerte nun auch das Flugaggregat seinen Dienst. Wahrscheinlich war es durch den Beschuss beschädigt worden. Die drei Männer hatten ihren Irrtum inzwischen natürlich bemerkt und kehrt gemacht.

Unwillkürlich musste Santjun an einen uralten TriVid-Beitrag denken, den er sich vor einigen Jahren auf Empfehlung Ronald Tekeners angesehen hatte. Er und der Smiler waren damals während eines Großeinsatzes gegen eine topsidische Söldnerorganisation aufeinander getroffen und hatten sich von Anfang an gut verstanden. Der Unsterbliche bezeichnete den antiken zweidimensionalen Film als *Western* und behauptete, dass sich die Menschen der Erde um das 20. Jahrhundert herum so etwas zur Unterhaltung angesehen hätten. Santjun hatte den Titel des Streifens längst wieder vergessen, doch eine Szene war ihm im Gedächtnis haften geblieben. Der Protagonist der Geschichte, ein ehemaliger Revolverheld mit zerknittertem Gesicht und grauen Haaren, der seine Alpträume in Alkohol zu ertränken versuchte, sah sich plötzlich einem jungen Burschen gegenüber, der eine ähnliche Karriere anstrebte und sich durch ein Duell mit ihm seine ersten Sporen verdienen wollte. Am Ende des Films legte der Revolverheld seinen Waffengürtel um, sehr wohl wissend, dass er diese, seine letzte Auseinandersetzung nicht würde gewinnen können. *Wenn ich schon sterbe,* hatte er in die Kamera hinein gesagt, *dann wenigstens mit den Stiefeln an meinen Füßen.*

Dieser Satz, so albern er aus heutiger Sicht auch klang, hatte Santjun beeindruckt. Er hatte etwas mit Stolz und

Selbstachtung zu tun, mit dem Bestreben, dem eigenen Dasein so etwas wie Sinn zu geben, das Unvermeidliche zu akzeptieren und einen Fußabdruck in der Zeit zu hinterlassen. Wenn man ihn all seiner anspruchslosen Dramatik entkleidete, blieb eine Erkenntnis übrig, die der USO-Spezialist im Laufe der Jahre verinnerlicht hatte: Den letzten Kampf kämpfte man stets allein.

Santjun sah den drei sich gemächlich nähernden Männern entgegen. Sie waren sich ihrer Beute sicher, hatten längst gemerkt, dass er ihnen schutzlos ausgeliefert war. Und plötzlich war *er* der Revolverheld, der einsame alte Graukopf, der wusste, dass seine Zeit gekommen war und seinen Abschied mit Würde zelebrierte.

Der USO-Spezialist zeigte ein Lächeln, auf das Ronald Tekener stolz gewesen wäre. Dann hob er seinen Kombistrahler und begann zu schießen.

Kapitel 29

Malcher

Der Zorn wühlte mit messerscharfen Klauen in Malchers Eingeweiden. Seit dem Fiasko auf Thanaton liefen die Dinge nicht mehr wie geplant, und das war etwas, das er nicht akzeptieren konnte. Er war vorsichtig gewesen, hatte keine Fehler gemacht und seine Netze behutsam ausgeworfen, denn wenn er bis vor kurzem eines besessen hatte, dann war es Zeit gewesen. Dennoch war die USO auf ihn aufmerksam geworden. Schlimmer noch, Lordadmiral Atlan hatte sich der Sache persönlich angenommen.

Vielleicht hätte er Te'pros nicht schon zu Beginn der Operation in die Schlacht werfen sollen. Rückblickend betrachtet war der Junge eine mächtige Waffe gewesen, und er hatte sie in für ihn untypischem Eifer vergeudet und als Resultat lediglich ein paar Tage gewonnen. Nun war Te'pros tot, und in gewisser Weise empfand Malcher Bedauern darüber. Allerdings war er noch nie jemand gewesen, der lange über verschüttete Milch lamentierte.

Verschüttete Milch.

Der Gedanke an diese uralte terranische Redewendung hob seine Stimmung ein wenig. Seit die Menschen der Erde die galaktische Bühne betreten hatten, war in der Milchstraße viel geschehen.

Druuf, Posbis, Blues, Meister der Insel, Uleb – die Konfrontationen mit fremden Mächten waren immer härter und die Feinde immer stärker geworden. Dennoch hatten sich die Terraner am Ende stets – wenn auch oft unter hohen Verlusten – durchgesetzt.

Für Malcher war es deshalb kein Wunder, dass sich ein Perry Rhodan mitsamt seiner Schar unsterblicher Wasserträger für etwas Besonderes hielt. Dabei zollte er, Malcher, dem Denker und Lenker des Solaren Imperiums sogar einen gewissen Respekt dafür, dass er während der diversen Konflikte immer persönlich an vorderster Front gekämpft, dass er sich in der Rolle des klugen Feldherrn immer besser gefallen hatte als in der des geschickt taktierenden Politikers. Allerdings hatte Malcher nicht vor, sich gleichfalls dem irrationalen Verlangen nach Ruhm und Abenteuer hinzugeben, sich gar für unentbehrlich zu halten.

Die aktuelle politische Lage in der Milchstraße war eine direkte Folge der Ausrichtung des Solaren Imperiums auf die Person Perry Rhodans. An ihm schieden sich die Geister. Er stand für alles, was die Kolonien an der Erde hassten. Für die moralische Bevormundung, für die von der GCC repräsentierte Wirtschaftsmacht, für das mit allen Mitteln gehütete Monopol der Transformkanone und so vieles mehr. Perry Rhodan *war* Terra. Perry Rhodan *war* das Solare Imperium. Und selbst wenn er die besten Absichten und die edelsten Ziele verfolgte, so stand doch immer die enorme militärische Macht der Solaren Flotte und der USO hinter ihm – in Arkonstahl und Terkonit gegossenes Misstrauen, das sich mit Worten niemals vollständig zerstreuen ließ.

Genau da lag die Achillesferse des mächtigsten Sternenreichs der Milchstraße. Ohne Rhodan würde innerhalb weniger Tage das totale Chaos ausbrechen. Sein Nimbus der Unbesiegbarkeit hielt den Großteil der Gegner des Imperiums von einer offenen Aggressionspolitik ab. Die meisten galaktischen Machtblöcke hatten schlichtweg Angst davor, dass der unsterbliche Terraner noch ein paar Trümpfe in der Hinterhand hielt, die er erst dann auszuspielen bereit war, wenn es hart auf hart kam. Natürlich würde das niemand offen zugeben, aber jeder wusste, dass es genauso war. Es war dieses Renommee, dieser Strahlenglanz der Unantastbarkeit, um den Malcher Perry Rhodan beneidete.

Malchers Ziele waren bescheidener. Imperien, die die Jahrtausende überdauerten, entstanden nicht auf dem Reißbrett und wurden nicht in wenigen Jahren errichtet. Sie wuchsen und gediehen aus sich selbst heraus. Ein starker Führer war nur zu Beginn notwendig; danach bot er zu viel Reibungsfläche für jene, die in seinem Schatten groß geworden waren. Aus diesem Grund maß er der Loyalität auch so immense Bedeutung bei. Treue setzte den Glauben an ein gemeinsames Ziel voraus. Wer einem anderen folgte, war nicht notwendigerweise zu schwach, um selbst zu führen, sondern konsequent genug, um seine Fähigkeiten in den Dienst einer Sache zu stellen.

Perry Rhodan hatte den Zeitpunkt zum Ausstieg verpasst und zahlte jetzt den Preis dafür. Er hielt seine kindliche Vision von Frieden und Wohlstand für stärker als die Gier, den Hass und den Neid seiner täglich anwachsenden Gegnerschar. Früher oder später würde er die Quittung dafür erhalten. Vielleicht nicht morgen oder übermorgen, aber das Lager derer, die danach trachteten, ihn in die Schranken zu weisen, würde größer und größer werden – bis die Zeit zum Losschlagen gekommen war.

Malcher gab einem seiner beiden Begleiter Anweisung, die RONIN zu verständigen und zum Treffpunkt zu beordern. Die Wissenschaftler sollten sich unverzüglich dort einfinden. Es war abzusehen, dass er den Monolithen in Kürze verlassen musste. Wenn Atlan hier war, konnten dessen USO-Vasallen nicht weit sein, und auch wenn ihn die Nähe zum Schwarzen Loch vor einem direkten Angriff schützte, so konnten die Leute des Lordadmirals das Zartiryt-System dennoch großräumig abriegeln und ihn somit festsetzen. Aber noch besaß er einen gewaltigen Vorteil: Über die bereits kurz nach der Entdeckung des Zartiryt-Monolithen verlegten Kabelstrecken konnte er innerhalb des Gebildes relativ störungsfrei kommunizieren.

»Ruft die Einsatzteams in den zentralen Hohlraum zurück«, erteilte er seine Befehle. »Sie sollen den Bunker angreifen. Unser Herr Lordadmiral wird weder seine Neugier zügeln können, noch seinen Agenten im Stich lassen und uns damit genau die Zeit verschaffen, die wir brauchen. Zartiryt ist verloren.«

Atlan und er waren sich sehr ähnlich, auch wenn der unsterbliche Arkonide das in seiner sentimentalen Verklärung der wirklichen Verhältnisse vehement abgestritten hätte. Sie verfolgten ihre Ziele beide mit jener Konsequenz, wie sie sie nur große Persönlichkeiten besaßen. Der Lordadmiral würde nicht locker lassen. Er hatte die Fährte aufgenommen und würde ihr nun bis zum Ende nachspüren. Damit war klar, dass es früher oder später zur direkten Konfrontation zwischen ihnen beiden kommen musste, doch noch war es nicht so weit. Malcher hegte keinen Zweifel, dass er Atlan gewachsen war. Das war nicht etwa ein Zeichen von Überheblichkeit, sondern die Gewissheit eines Mannes, der wusste, was er wollte, und klare Vorstellungen davon besaß, wie er es bekam.

Der Arkonide war ohne Frage ein immens starker, ja sogar überlegener Gegner, eine lebende Legende, für viele ein Mann mit beinahe magischen Fähigkeiten und einer Erfahrung, die in Jahrtausenden gereift und durch kein noch so ausgefeiltes Training zu ersetzen war. Doch er war nicht unbesiegbar. Niemand war das. Früher oder später tauchte stets jemand auf, der sich als besser oder klüger erwies als man selbst, und dann bestand die Kunst des Überlebens darin, das zu erkennen und das entscheidende Duell so lange hinauszuzögern, bis man wieder Chancengleichheit geschaffen hatte.

»Noch nicht, Atlan«, flüsterte Malcher so leise, dass es außer ihm niemand hören konnte. »Noch nicht, aber bald.«

Während er durch die kurzen Laufgänge eilte, überlegte er, was als Nächstes zu tun war. Die Ereignisse der letzten Tage waren lediglich ein paar vernachlässigbare Rückschläge gewesen. Unangenehm, zweifellos, jedoch keineswegs kritisch. Niemand hatte erwarten können, dass alles ohne Schwierigkeiten ablaufen würde. Kein Plan war perfekt. Eine Gleichung mit Variablen ließ verschiedene Ergebnisse zu. Atlan mochte ruhig glauben, dass er gewonnen, dass er Fortschritte erzielt hatte. In Wahrheit wusste er gar nichts.

Flüchtig musste Malcher an die Heimat denken, an die wenigen Erinnerungen, die er noch an das *wahre* Zuhause hatte, ein Zuhause, wie es gemeinhin jene definierten, die sich dem Diktat einer begrenzten Lebensspanne unterwarfen. Seine Mutter, sein Vater, die Geschwister – all das waren kaum mehr als verschwommene Bilder irgendwo tief in den Winkeln seines Bewusstseins. Er vermisste sie nicht, denn an ihre Stelle war die Macht getreten. Das Wissen, Dinge zu verändern, Umstände zu schaffen, die das Leben von Millionen und Milliarden anderer beeinflussten, erzeugte ein Gefühl, das sich nur schwer beschreiben ließ. Für Malcher war es der Beweis, dass er überhaupt existierte.

Persönliche Bindungen, das hatte er zu oft erfahren müssen, bedeuteten in der Summe stets nur Leid und Enttäuschung. Unerfüllte Hoffnungen, gebrochene Versprechen, Kompromisse, die niemandem einen Vorteil brachten – das waren Angelegenheiten, mit denen sich ein Unsterblicher nicht mehr beschäftigen musste.

»Die RONIN ist unterwegs«, riss ihn einer der beiden Männer aus den Gedanken. Er kannte seinen Namen nicht. »Sie wird in einer Viertelstunde eintreffen.«

Malcher nickte nur.

Kapitel 30

Marcus Merten

»Ist es möglich, dass wir … einen Anzug übersehen haben?«

Naileth Simmers bekam für einen Moment keine Luft mehr und kämpfte gegen die aufbrandende Panik. Ihr Magen krampfte sich zusammen, und sie verspürte einen enormen Drang, ihren Darm zu entleeren. Ähnliche Symptome waren aufgetreten, kurz nachdem Atlan den Monolithen auf Thanaton aktiviert hatte.

»Nein!« Die Stimme von Amelia Marcos klang energisch, obwohl auch Gesicht und Haltung der Cheffunkerin davon zeugten, dass sie unter starken Schmerzen litt. »Das ist ausgeschlossen! Sämtliche Kennungen wurden erfasst und bestätigt. In den Inventar-Datenbanken der IMASO sind über 40 Millionen Einzelpositionen erfasst. Bis hin zur allerletzten Schraube sind jedes Bauelement, jeder Ausrüstungsgegenstand und jede Lesespule lückenlos registriert. Zudem wird der Bestand alle vier Monate überprüft. Ein kompletter Schutzanzug kann niemals durch ein derart feines Raster fallen.«

»Oberleutnant Elks«, wandte sich die Kommandantin an den Cheftechniker. »Sie sind sicher, dass alle Abschaltungen …«, sie musste erneut eine kurze Pause machen, weil ihr Magen rebellierte, »… fehlerfrei durchgeführt wurden?«

»Ich verbürge mich dafür«, kam es aus dem Funkempfänger. Offenbar hatte der Marsianer nicht einmal mehr die Kraft für eine seiner schnippischen Bemerkungen. »Wir haben nicht nur die Batterien eigenhändig entfernt, sondern danach eine zusätzliche Impulsmessung vorgenommen. Die Klarmeldungen erfolgten nur bei negativem Ergebnis.«

»Korporal Merten ...?«

Das war der Moment, vor dem sich Marcus Merten gefürchtet hatte. Er wandte den Kopf und wich dem Blick von Naileth Simmers nicht aus. Es wäre um so vieles leichter gewesen, wenn sie ihn angeschrien oder wenigstens zurechtgewiesen, wenn sie ihm Unfähigkeit und Selbstüberschätzung vorgeworfen hätte. Damit wäre er vielleicht noch fertig geworden. Doch die Schwermut in ihren Augen, diese tiefe Trauer darüber, dass sie seinen Versicherungen geglaubt und er ihr Vertrauen so bitter enttäuscht hatte, war schlimmer als alles andere.

Das Verrückte an der ganzen Sache war, dass er nach wie vor fest zu seiner Theorie stand. An seiner Gewissheit daran, dass die lemurische Transmitterfalle auf die automatischen Wartungsimpulse der an Bord der IMASO befindlichen Schutzanzüge reagierte, hatte sich nichts geändert. Es gab keine bessere, keine einfachere, keine logischere Lösung. Wenn der Kreuzer nach Abschaltung aller Impulsquellen immer noch transitierte, dann musste eben immer noch ein Sender existieren, der ...

»Die Bordpositronik!«

Marcus Merten stieß die beiden Worte so laut hervor, dass selbst Ramit Claudrin zusammenzuckte.

»Die Bordpositronik. Natürlich; wir haben vorhin noch darüber gesprochen. Der Bordrechner koordiniert die Wartungsintervalle per Sammelimpuls ....« Die Stimme des Technikers drohte zu kippen.

» ... und diesen Sammelimpuls schickt er nach wie vor alle zwei Minuten und 36 Sekunden raus«, sprang Milton Elks ein. »Dass er keine Empfänger mehr findet, ist irrelevant, weil der Hauptrechner nicht auf einen Rücklauf angewiesen ist. Das System funktioniert wie eine simple Uhr, die tickt, völlig gleichgültig, ob jemand da ist, der die Zeit von ihr abliest oder nicht. Das kann ...«

»Dann unterbrechen Sie den Sammelimpuls«, fiel ihm Naileth Simmers ungeduldig ins Wort.

»Das geht leider nicht«, erwiderte Marcus Merten leise.

»Warum nicht?«

»Wie ich bereits sagte, ist der Sammelimpuls – ebenso wie die Impulse zu Beginn eines Wartungsintervalls – überautark. Das bedeutet, dass man ihn nicht abschalten *kann*. Er ist, wie einige andere lebenswichtige Ablaufroutinen, als unabhängiger Primärbefehl unmittelbar in die Basiskodierung der positronischen Kernstruktur eingelagert und damit selbst für die aggressivsten unter den Computerviren unangreifbar. Die Algorithmen bestehen nicht wie üblich aus positronisch-atomaren Feldern, sondern sind physisch in ein Kristallgitter integriert und damit unveränderlich. Es gibt nur zwei Möglichkeiten, sie anzuhalten. Entweder man zerstört den Positronikkern und damit den gesamten Rechner ...«

»... oder man schaltet ihn ab und fährt ihn danach wieder hoch«, ergänzte Milton Elks.

Drei Sekunden lang sprach niemand ein Wort. Naileth Simmers sah Marcus mit gerunzelter Stirn an.

»Dann tun Sie es«, sagte sie. »Schalten Sie den verdammten Rechner ab.«

Aus dem Empfänger des Interkoms kam ein Geräusch, als hätte sich der Cheftechniker an einem Stück marsianischen Sandkuchen verschluckt. Marcus wartete einen Moment. War Milton Elks noch fähig, die wahre Konsequenz dessen zu erkennen, was jetzt getan werden musste? Wusste er über Positroniken so gut Bescheid, dass er den Preis kannte, der für die Rettung des Schiffes zu bezahlen war? Nein, Milton Elks blieb stumm, und auf eine nie zuvor gekannte Weise fühlte sich Marcus Merten erleichtert.

»Das … das ist leider nicht ganz so einfach, Madam«, versuchte er zu erklären. »Wenn wir die Positronik abschalten, und ich meine *wirklich* abschalten, also inklusive aller Notstromaggregate, Reservebatterien und anderer Redundanzen, ist die IMASO im wahrsten Sinne des Wortes tot. Sämtliche Systeme sind dann von einem Augenblick auf den anderen ohne Leitimpulse und laufen Gefahr, innerhalb kürzester Zeit zu degenerieren. Das ist nicht so wie bei einem tragbaren Computer oder einer anderen Mobileinheit, die man einfach von der Stromzufuhr trennen und dann wieder einschalten kann. In unserem Fall müssen wir den Bordrechner für einige Minuten vollständig lahmlegen, denn selbst wenn er nur ein paar Ampere Restenergie empfängt, würde er sie sofort in die Ausführung der Primärbefehle investieren.«

»Wie groß ist das Risiko?«, wollte die Kommandantin wissen.

»Unkalkulierbar«, antwortete jetzt wieder Milton Elks. »Selbst bei Notabschaltungen wird ein Schiffsrechner üblicherweise nie gänzlich vom Netz getrennt. Im Gegensatz zu früheren Zeilenprogrammen bestehen die modernen Ablaufroutinen in der Hauptsache aus elektrisch geladenen Atomverbänden, die auf eine permanente Stromzufuhr angewiesen sind. Ohne Energie verlieren diese Gebilde schnell ihre strukturelle Ordnung und werden unbrauchbar. Das meinte Merten gerade, als er von *degenerieren* sprach. Wenn die Positronik wieder hochgefahren wird, ist nicht mehr gewährleistet, dass sie in gewohnter Weise funktioniert.«

»Schalten Sie sie ab«, sagte Naileth Simmers, deren Gesichtsfarbe in der vergangenen Minute immer mehr in Richtung Grau gewechselt war, gerade noch verständlich. Dann beugte sie sich zur Seite und übergab sich. Im gleichen Augenblick erfolgte die nächste Transition.

Die Zeit wurde knapp. Nach Meinung von Milton Elks war es ein mittleres Wunder, dass der Prallschirm um die IMASO noch nicht zusammengebrochen war. Die meisten Besatzungsmitglieder befanden längst nicht mehr in der Lage, ihren normalen Dienst zu verrichten. Sie hatten sich in kleinen oder größeren Grüppchen in den Kantinen und Aufenthaltsräumen zusammengefunden, versuchten sich gegenseitig Mut zuzusprechen oder lagen einfach nur apathisch in ihren Kabinen. Geriok Atair hatte bereits sechs Männer und vier Frauen in ein Heilkoma versetzen müssen, da sie besonders anfällig für die durch die Dauertransitionen ausgelösten Schmerzwellen gewesen waren.

Naileth Simmers hatte Marcus Merten angewiesen, sofort alles Nötige zur Abschaltung des Bordrechners in die Wege zu leiten. Der Techniker nahm es als Wink des Schicksals, dass ausgerechnet die beiden Positronikspezialisten der IMASO zu denjenigen gehörten, die derzeit auf der Krankenstation lagen und tief und fest schliefen. Von den wenigen, die bis dahin von dem verzweifelten Plan zur Abschaltung der Positronik wussten, hatte niemand Einspruch erhoben, nicht einmal Milton Elks. Sie hatten alle keine Ahnung, und das war auch nicht verwunderlich.

Die Notabschaltung einer Schiffspositronik war eine Maßnahme, die ein Kommandant nur im absoluten Krisenfall in Erwägung zog. Wenn man ein Raumschiff mit einem Organismus verglich, dann erfüllte der Bordrechner die Funktionen des Gehirns. Aufgrund seiner unglaublichen Rechenkapazität steuerte er in jeder Millisekunde Zehntausende von Prozessen, kanalisierte Exabytes an Daten, wertete ununterbrochen die Messergebnisse von über 300.000 Sensoren aus und reagierte auf die Resultate. Ihn abzuschalten kam einem Selbstmord gleich. In der Geschichte der terranischen Raumfahrt gab es nur eine Handvoll Menschen, die so etwas jemals getan, und noch weniger, die es überlebt hatten.

Naileth Simmers bereitete die Besatzung in einer weiteren Durchsage auf das Kommende vor, auf die absolute Dunkelheit, die vollkommene Stille, die furchtbaren Minuten, in denen man mit sich, den Schmerzen und seinen Gedanken allein war, nicht sicher sein konnte, ob die Lichter wieder angehen und die Maschinen wieder funktionieren würden. Die Abschaltung sollte im Orbit von Zartiryt erfolgen. Da ohne die Positronik natürlich auch der Prallschirm um die IMASO zusammenbrechen musste, konnte man das riskante Vorhaben nicht mitten in der Akkretionsscheibe des Schwarzen Lochs durchführen. Die Außenhülle des Kreuzers hätte sich innerhalb weniger Sekunden in ein Sieb verwandelt.

Marcus Merten kontrollierte immer wieder sein Armbandchronometer. Acht Minuten noch. Er bog um die Ecke des Führungsgangs – und sah Milton Elks. Sein Vorgesetzter lehnte mit vor der Brust verschränkten Armen an der Sicherheitsschleuse, die auf das Zwischendeck 4 a und von dort in den Positronikkern führte. Wahrscheinlich sollte seine Haltung so etwas wie Lässigkeit ausdrücken, doch in Anbetracht der verschwitzten Haare und des verzerrten Mienenspiels wirkte der Marsianer eher lächerlich. Sein Gesicht schien in den letzten Stunden mindestens zwei Dutzend neuer Falten hinzugewonnen zu haben.

»Wollen Sie mir Glück wünschen, Chef?«, fragte der Techniker.

Milton Elks stieß sich vom Schott ab und machte zwei Schritte auf Marcus zu.

»Geben Sie mir den Kodeschlüssel«, sagte er und streckte die rechte Hand aus. »Ich werde das erledigen.«

»Aber die Kommandantin …«, setzte Marcus an, wurde jedoch durch eine herrische Geste seines Gegenübers unterbrochen.

»Lassen Sie den Blödsinn, Merten«, zischte Elks. »Ich bin nicht so dämlich, wie Sie glauben. Wenn Sie durch diese

Schleuse gehen und tun, was getan werden muss, werden Sie draufgehen. Also geben Sie mir den beschissenen Schlüssel und gönnen Sie einem in Ehren ergrauten Egozentriker ein kleines Stück Ihres Ruhms. Ist nicht zu viel verlangt, oder? Ich habe Sie schließlich ausgebildet.«

»Sie … Sie wussten es die ganze Zeit …?«

»Selbstverständlich.« Für einen Moment brach der alte, der zynische Milton Elks wieder durch. »Es gibt nichts, was ich über die IMASO nicht weiß, Jungchen. Eine herkömmliche Notabschaltung der Positronik hätten wir bequem von der Zentrale aus erledigen können. Wir aber wollen unserem Baby das Herz rausreißen. So etwas ist im Handbuch für Positroniker nicht vorgesehen. Wartungsarbeiten am Kern sind so gut wie nie nötig, und wenn, werden sie ausschließlich von Robotern durchgeführt. Sagen Sie mir, warum, Korporal Merten.«

»Weil der Kern in einer luftdichten Kammer untergebracht ist«, seufzte Marcus. »Das schützt ihn vor Fremdkörpern und Verunreinigungen. Hören Sie, Chef …«

»Nein«, fiel ihm Elks erneut in den Satz. »*Sie* hören, *ich* spreche. Ein Roboter kann die Handgriffe, die zur Totalabschaltung notwendig sind, nicht ohne eine zeitaufwendige Spezialprogrammierung durchführen. Zeit aber ist etwas, das wir nicht haben. Deshalb werde *ich* das Siegel der Vakuumkammer öffnen, ein bisschen Atemluft einströmen lassen, mich in sie hineinzwängen und die Tür hinter mir zu machen. Die Positronik wird die Kammer wieder versiegeln, denn auch dieser Vorgang gehört zu ihren Primärbefehlen, und ohne ein intaktes Siegel komme ich nicht an den Kern heran. Einen Schutzanzug kann ich nicht tragen, denn zum einen wäre er zu klobig und ich würde nicht mehr in die Kammer passen, zum anderen haben wir sämtliche Monturen fachmännisch aus dem Verkehr gezogen. Für andere Lösungen fehlt uns – ich sagte es schon – die Zeit.

Wie auch immer: Sobald der Kern tot ist, warte ich so lange wie möglich, dann schalte ich ihn wieder ein. Wenn mir der liebe Gott wohlgesonnen ist, was ich bei meinem Lebenswandel allerdings ernsthaft bezweifle, sitze ich kurz darauf mit zwei leicht bekleideten Jungfrauen auf einer Wolke und sehe die IMASO und ihre Besatzung gesund und glücklich in Richtung Sonnenuntergang fliegen. Denn, und das ist der springende Punkt, mein junger Freund, herausholen darf man mich aus der Vakuumkammer erst, wenn die Positronik vollständig wiederhergestellt ist. Wird das Siegel vorher verletzt, war alles umsonst, und der Vorgang wird gestoppt. Im Prinzip haben sich die Ingenieure das schlau ausgedacht, um die Positronik vor Schaden zu bewahren. In unserem Fall geht der Schuss nach hinten los – zumindest für meine Wenigkeit.«

Marcus Merten atmete schwer. Was Milton Elks ausgeführt hatte, entsprach in allen Einzelheiten den Tatsachen. Das Hochfahren einer Positronik, noch dazu einer Positronik, der man – wie hatte es der Cheftechniker so dramatisch ausgedrückt – *das Herz herausgerissen hatte*, war ein hochsensibler Prozess. Ein Siegelbruch der Vakuumkammer führte zu seinem sofortigen Abbruch.

»Los jetzt«, herrschte ihn Elks an. »Her mit dem Schlüssel. Ich bin ein alter Mann, Sie haben das Leben noch vor sich. Einfacher wird die Rechnung nicht mehr. Mensch, Merten, denken Sie doch nach. Sie sind der Retter der IMASO. Die Weiber werden sich um Sie prügeln. Sie werden befördert und können sich Ihren nächsten Posten praktisch aussuchen. Sagen Sie ein paar nette Worte bei meiner Trauerfeier, und wir sind quitt.«

Marcus Merten lächelte. Die Veränderung kam selbst für ihn überraschend. Mit einem Mal fiel jegliche Anspannung von ihm ab. Nie zuvor in seinem Leben hatte er sich so im Einklang mit sich selbst gefühlt. Er hatte von solchen Zuständen gehört, die man angeblich nur mit viel Übung und großer Disziplin erreichen konnte, sie bislang jedoch eher für die Erfindung cleverer Geschäftemacher und selbsternannter Persönlichkeitstrainer gehalten. Warum Milton Elks bereit war, sein Leben zu opfern, wusste er nicht, doch er wusste sehr genau, warum er, Marcus Merten, es tun wollte, ja, es sogar tun *musste*.

»Danke für das Angebot, Chef«, sagte er, »aber es war meine Idee. Ich möchte zumindest einmal in meinem Leben etwas, das ich angefangen habe, auch beenden.«

»Ich bin immer noch Ihr Vorgesetzter, Merten«, erwiderte der Marsianer wütend. »Und ich befehle Ihnen, mir auf der Stelle diesen verfluchten Schlüssel auszuhändigen.«

»Ich könnte es Ihnen erklären, Chef, aber es wäre Zeitverschwendung. Sie können es nicht begreifen.«

Marcus Merten schob den kleinen Elks sanft beiseite und ging die wenigen Schritte zum Sicherheitsschott hinüber. Der runde, knapp einen Meter durchmessende Einlass war nur mit dem speziellen Kodeschlüssel zu öffnen. Naileth Simmers hatte ihn vor zwanzig Minuten aus einem gesicherten Fach ihrer Kommandokonsole gezogen und mittels ihrer Individualschwingungen aktiviert.

»Merten! Tun Sie das nicht, Sie armer Irrer!«

Der Techniker steckte den Schlüsselkopf in einen schmalen Schlitz an der Wand, das Schott fuhr lautlos zur Seite, und er stieg hindurch. Seltsamerweise fühlte er keine Schmerzen mehr. Hinter ihm schloss sich die Öffnung wieder und entfernte den zeternden Milton Elks für immer aus seinem Leben.

Ein schnurgerader Schacht führte etwa fünf Meter weit bis an einen silbern glänzenden Zylinder heran. Dahinter, so wusste Marcus, lagerte in Fesselfeldern der Positronikkern. Der Techniker befand sich jetzt unmittelbar unter der Zentrale des Kreuzers. Diese und die Positronik selbst waren die beiden bestgesicherten Bereiche des gesamten Schiffes.

Den Zugang zur Vakuumkammer konnte man auf den ersten Blick kaum erkennen, ein Quadrat aus hauchdünnen Linien mit einer Seitenlänge von etwa 60 Zentimetern und auf der schimmernden Zylinderwand nur schwer auszumachen. Erneut setzte Marcus den Kodeschlüssel ein. Diesmal musste er ihn bloß in die Nähe der Öffnung bringen. Ein lautes Zischen ertönte, als Luft in das Vakuum strömte, und das Quadrat klappte nach innen.

Die Enge machte dem Techniker zu schaffen. Um ihn herum war nichts als glattes, blankes Metall. In der Luft lag ein feines elektrisches Summen, das sich langsam durch ihn hindurchzufressen schien, und das gerade noch erlebte Gefühl der inneren Ausgeglichenheit war wie weggeblasen. Marcus musste die Beine so weit anziehen, dass sein Kinn die Knie berührte. Das silberne Quadrat legte sich wieder über den Eingang und schloss ihn luftdicht ab. Marcus Merten schätzte, dass ihm von jetzt ab etwa fünf bis zehn Minuten blieben.

Vor dem Techniker aktivierte sich ein beleuchtetes Sensorfeld. Auf dem Bildschirm erschien ein Feld mit dunkelgrün unterlegten Tasten. Den eigentlichen Positronikkern bekam er natürlich nicht zu sehen; er hing geschützt hinter mehreren Platten aus molekülverdichtetem Panzerterkonit in einem Magnetfeld. Marcus wischte sich die schweißfeuchten Hände an seiner Hose ab und tippte eine Reihe von Befehlen in die Tastatur, las ein paar Zahlen ab und tippte erneut. Dann überprüfte er ein letztes Mal die Zeit. Ihm blieb noch eine knappe halbe Minute.

Fiel ihm das Atmen nicht schon schwerer? Hatte er sich verschätzt, und die Kammer fasste weit weniger Sauerstoff als erwartet?

Beruhige dich, ermahnte er sich selbst. *Die Entscheidung ist längst gefallen. Du kommst aus eigener Kraft nicht mehr hier raus, und niemand kommt zu dir rein.*

Marcus Merten hatte den Kode für das Sicherheitsschott kurzerhand geändert – nur für den Fall, dass Milton Elks auf Ideen kam. Ein findiger Spezialist würde etwa zwei Stunden benötigen, um die Kombination zu entschlüsseln. Bis dahin war alles längst vorbei.

Es war nicht einfach, das, was Marcus Merten antrieb, in Worte zu fassen. Irgendwo in seinem Verstand hatte sich die Überzeugung eingenistet, dass es den alles überstrahlenden Sinn, nach dem so viele ein Leben lang suchten, gar nicht gab, dass das Universum seine Daseinsberechtigung aus sich selbst heraus definierte. Damals auf Olymp, als alles verloren schien, war Marcus zum ersten Mal gestorben, auf eine Weise, die man nur begreifen konnte, wenn man die zerstörende Macht der Hoffnungslosigkeit einmal selbst erfahren hatte. Diesen Sog, der einem das Mark aus den Knochen zu ziehen schien, der die Welt grau färbte und einem die Kraft nahm, sich gegen den Ansturm der Widrigkeiten des Lebens zu wehren.

Wenn man dann keine Schwester Mildred hatte, jemanden, der einen an der Hand nahm und einen Stück entlang des steinigen Weges begleitete, war man verloren. Das Leben war eben *nicht* einfach, und die Möglichkeiten, es zu bewältigen, überstiegen die Anzahl der einem Menschen zur Verfügung stehenden Versuche bei weitem. Eigentlich sollte die Endlichkeit der eigenen Existenz ausreichen, um jedem ihren Wert bewusst zu machen, doch seltsamerweise tat sie das nicht. Die meisten besannen sich erst beim Einbiegen auf die Zielgerade darauf, dass sie die ihnen zur Verfügung stehende Zeit größtenteils verschwendet, dass sie ausgerechnet den Tod als einzig sichere Konsequenz des Lebens erfolgreich ignoriert hatten.

Niemand wollte sterben, auch Marcus Merten nicht, und es war ganz sicher nicht die Aussicht auf einen Platz in der Ehrenhalle auf Quinto Center, die ihn in diese Situation gebracht hatte. Aber das Dasein war kein Selbstzweck – und dadurch unterschied es sich von allen anderen Dingen im Universum, inklusive dem Universum als Ganzes. Wenn er die Frauen und Männer der IMASO vor dem sicheren Tod bewahrte, erfüllte er weder den Plan eines wie auch immer gearteten Schicksals, noch bewies er damit seine besondere moralische Reife. Er komplettierte lediglich das Bild seines Lebens, so als würde er das letzte Teil in ein Puzzle einfügen. Das war es, was ihm Schwester Mildred und die Mitglieder des Ordens der Anständigen einst beigebracht hatten. Ein Milton Elks hätte das niemals verstanden, und wenn er ehrlich war, war selbst Marcus nicht sicher, ob er es wirklich verstand.

In diesem Moment transitierte die IMASO ein weiteres Mal und materialisierte im Orbit über Zartiryt. Marcus Merten schrie vor Schmerz.

»Jetzt«, hauchte er und drückte die Eingabetaste. Augenblicklich wurde es dunkel. Nur ein einsamer, grün glimmender Punkt auf der Scheibe des Sensorfelds und das schwach leuchtende Sichtfenster des Armbandchronometers unterbrachen die Finsternis.

Der Techniker horchte in sich hinein. Sein Herz schlug ruhig und gleichmäßig. Mit jeder verstreichenden Sekunde verringerte sich der Sauerstoffgehalt der Luft. Mit jedem Atemzug wuchs die Menge an Kohlendioxid an. Marcus schwitzte und fröstelte gleichzeitig; die Ziffern der Zeitanzeige schienen sich einfach nicht ändern zu wollen.

Eine Minute.

Zwei Minuten.

Zwei Minuten und 36 Sekunden!

Stille.

Dunkelheit.

Keine Transition!

Marcus Merten öffnete den Mund, wollte den Triumph und die Freude hinausschreien, doch er konnte es nicht. Kein

Laut entrang sich seiner Kehle. Stattdessen liefen die Tränen über sein brennendes Gesicht. Tränen der Erleichterung.

Noch ist es nicht vorbei, flüsterte eine Stimme in seinem Kopf. *Deine Aufgabe ist noch nicht abgeschlossen.*

Was für ein Unsinn! Er hatte von Anfang an recht gehabt. Der Kreuzer war der lemurischen Transmitterfalle entkommen, die Besatzung gerettet. Jetzt konnte er endlich schlafen. Ja, das würde er tun. Schlafen und von Ylvie de la Martinez träumen. Oder von Iasana Weiland. Oder vielleicht sogar von Naileth Simmers.

Die Positronik! Du musst die Positronik hochfahren!

Marcus hörte die Worte, doch er verstand sie nicht. Die Müdigkeit kroch warm und vertraut in seine Glieder. Er wollte nur noch loslassen und sich ihr ganz und gar hingeben.

Das darfst du nicht! Willst du, dass alles umsonst war?

Marcus Merten schloss die Augen. Die Finger seiner rechten Hand fanden ein letztes Mal das Sensorfeld, wischten wie zufällig über die berührungsempfindliche Projektionsfläche – und starteten das Reaktivierungsprogramm des Positronikkerns!

Dann schlief er ein.

Kapitel 31

Santjun

Santjun war sich sicher, dass er träumte, denn was er sah, konnte unmöglich wahr sein. Den Vordersten der drei Männer erwischte es als Ersten. Sein Schutzschirm erlosch; gleichzeitig schien auch sein Flugaggregat zu streiken, denn er fiel aus einer Höhe von gut zwanzig Metern wie ein Stein zu Boden und schlug so hart auf dem Untergrund auf, dass seine Helmscheibe brach.

Seine beiden Gefährten rissen die Waffen hoch, drehten sich hektisch um sich selbst und suchten ein Ziel, etwas, das für den Sturz ihres Kameraden verantwortlich war und auf das sie schießen konnten. Dann änderten sie plötzlich ihre Flugrichtung, rasten aufeinander zu und kollidierten mit wild flackernden Schutzschirmen. In der gleichen Sekunde explodierten ihre Rückentornister.

Erst jetzt registrierte Santjun den großen Spinnenroboter, der hinter einer der Baracken zum Vorschein kam und ihm mit zwei seiner zwölf Tentakelbeine entspannt zuzuwinken schien.

»Calipher!«, stieß der USO-Spezialist überrascht hervor. »Was tust du hier? Wo ist Lordadmi… ich meine, wo ist der Träger des Lichts?«

»Nicht bei mir«, erwiderte die Maschine. »Zu gefährlich. Viel zu gefährlich. Wir müssen erst die Eindringlinge vertreiben. Dann wird alles gut. Dann wird alles wie früher.«

Santjun versuchte sich zu konzentrieren, seine Gedanken zu ordnen, doch das fiel ihm unglaublich schwer. Ganz offensichtlich hatte sich Calipher von Atlan und Iasana Weiland abgesetzt. Er bedeutete dem Roboter, ihm zu folgen, und eilte zu den beiden Akonen hinüber. Die junge Frau sah ihm mit feuchten Augen entgegen, der Mann dagegen starrte mit glasigem Blick geradeaus und reagierte nicht auf die Ansprache des Agenten.

»Ich bin USO-Spezialist Santjun«, stellte sich Santjun vor und ging neben dem Verletzten in die Knie. »Lassen Sie mich Ihren Freund untersuchen.«

»Shin ... yan«, sagte die Akonin. »Ich heiße Shinyan. Das ... das ist Padpool. Wir sind Prospektoren der Busrai-Familie und ...«

»Dafür ist später noch Zeit«, ließ der USO-Agent sie nicht ausreden. »Ich will ehrlich zu Ihnen sein, Shinyan. Padpool hat es ziemlich übel erwischt. Er benötigt dringend medizinische Hilfe. Mit den Mitteln meines Kampfanzugs kann ich ihn nicht mehr lange am Leben halten.«

Santjun spritzte dem Verletzten ein starkes Schmerzmittel. Das musste für den Augenblick reichen. Dann erhob er sich und wandte sich an Calipher.

»Kannst du uns in den Bunker bringen?«, fragte er geradeheraus.

»Bunker?«

»Das würfelförmige Gebäude dort drüben«, präzisierte der USO-Agent gereizt und deutete auf den grauen Metallplastbau.

»Oh, Ihr meint das Pfortenhaus.« Der Roboter stieß ein Geräusch aus, das tatsächlich wie ein albernes Kichern klang. »Natürlich kann ich das. Habt Ihr dort wichtige Dinge zu erledigen?«

»Ja«, antwortete Santjun knapp. »Kannst du die Verteidigungsanlagen kurzzeitig ab-, und sobald wir im Bunker sind, wieder einschalten?«

»Natürlich kann ich das. Habt Ihr dort wichtige Dinge zu erledigen?«

Was immer Atlan auch von diesem Blecheimer hielt, Santjun bekam jedes Mal eine Gänsehaut, wenn Calipher sein verschrobenes Verhalten an den Tag legte. Für ihn litt die Maschine eindeutig an einer schweren Fehlfunktion und gehörte ausgemustert. Im Moment war er allerdings auf ihre Hilfe angewiesen.

»Das habe ich«, bestätigte der USO-Spezialist noch einmal. »Nimm bitte den verletzten Mann auf, und sei vorsichtig. Er sollte so wenig wie möglich bewegt werden.«

Calipher gehorchte. Santjun zog Shinyan auf die Füße, und gemeinsam eilten sie dem Roboter hinterher, der mit seiner schon zuvor beobachteten Behändigkeit ein erstaunliches Tempo entwickelte, den Akonen dabei jedoch keinerlei Erschütterungen aussetzte und ihn wie ein rohes Ei auf vier Tentakelbeinen vor sich hertrug. Als er die kritische Distanz zum Bunker unterschritt, geschah nichts. Kurz darauf erlosch der Energieschirm, und der torähnliche Zugang an der Vorderseite des Kubus öffnete sich anstandslos. Der Wachroboter glitt geschickt durch den für seine Verhältnisse engen Eingang. Santjun und Shinyan folgten. Kaum hatten sie das Schott passiert, schloss es sich wieder.

Ein kurzer Gang mit ungewöhnlich schiefen Wänden führte tiefer in das – wie hatte Calipher es genannt? – *Pfortenhaus* hinein. Santjun kramte in seinem Gedächtnis, doch er konnte sich nicht mehr an die Architektur des Bunkers auf Thanaton erinnern. Seit er sich von Atlan und Iasana Weiland getrennt hatte, schienen ihm die geheimnisvollen Einflüsse des Monolithen noch mehr zuzusetzen als sonst.

Sie erreichten einen nur ungenügend ausgeleuchteten Quergang, und Calipher wandte sich nach links. Der Roboter führte sie durch ein breites Tor in einen etwa zehn mal fünfzehn Meter großen Raum mit einer zehn Meter hohen Decke. Santjun machte mehrere wuchtige Maschinenblöcke aus, die sich an den beiden Seitenwänden entlang gruppierten. Davor waren hufeisenförmige Steuerkonsolen mit mehreren Reihen von Bildschirmen installiert. Links von ihnen ragte die Hohlsäule eines Antigravschachts auf. Sein Einstieg war dunkel. Vermutlich war er nicht aktiviert.

Santjun kannte diesen Ort, war schon einmal hier gewesen.

Nein, warnte ihn eine innere Stimme. *Das war auf Thanaton. Weißt du es nicht mehr?*

Seine Aufmerksamkeit wurde von einer im Hintergrund des Raums gelegenen Ausbuchtung gefangen genommen. Einige grauschwarze Blöcke aus Metallplast, die wie ein Schutzwall wirkten, hatten sie bisher vor seinem Blick verborgen. Santjun trat näher heran. Für den Moment waren Calipher, die Akonin und ihr verletzter Gefährte vergessen. Fasziniert starrte er auf die an trockenes Gestrüpp erinnernden Strukturen aus Silbermetall, die sich um eine in den Boden eingelassene Öffnung gruppierten.

Keine Öffnung, korrigierte ihn die innere Stimme. *Eine* Pforte. *Du bist im Pfortenhaus.*

Die Erinnerungen überfluteten Santjun mit solcher Macht, dass er einige Schritte zurücktaumelte. Der Bunker im Monolithen von Thanaton. Atlan und er in der Steuerzentrale. Der Schusswechsel mit ihren Verfolgern. Und dann … der Zusammenbruch. Irgendwie hatte es der Lordadmiral geschafft, ihn lebend aus dem Monolithen hinauszubringen. Ja, die Umgebung war ihm bekannt – und sah doch völlig anders aus.

Über der Öffnung, der *Pforte*, die in eine Art Nische führte, flimmerte eine silbrig glänzende Fläche, fast so, als hätte dort jemand eine zähe, trübe Flüssigkeit auf dem Boden ausgegossen. Die Sensoren seines Kampfanzugs konnten nichts damit anfangen, die Energieform des Felds – wenn es denn eine war – entsprach keinem bekannten Muster.

Santjun ging in die Hocke und streckte die Hand aus. Vorsichtig näherte er sich der silbernen Oberfläche. Für einen Lidschlag hatte er den Eindruck, dass sich darunter etwas bewegte, dass ein großer, dunkler Körper wie ein Raubfisch unter der Wasseroberfläche eines tiefen Sees vorbeihuschte, doch wahrscheinlich spielten ihm nur seine überreizten Sinne einen Streich.

»Mr. Santjun ...«

Die Stimme der Akonin holte ihn in die Wirklichkeit zurück. Was tat er da? Erschrocken zog er die Hand zurück. Er verhielt sich wie ein Kadett im ersten Ausbildungsjahr. Santjun biss sich so heftig auf die Zunge, dass ihn der Schmerz aufstöhnen ließ. Der metallene Geschmack des eigenen Blutes brachte ihn vorübergehend zur Besinnung.

»Ich ... ich glaube, Padpool stirbt ...«, brach es aus Shinyan heraus. »Ich .. ich glaube ...«

»Schschsch«, machte Santjun und versuchte ein Lächeln. »So weit sind wir noch lange nicht.«

Er zog zwei der mobilen Medosensoren aus einer Klappe an der linken Schulter seines Kampfanzugs und befestigte sie auf Stirn und Brust des Akonen. Innerhalb von Sekunden stellte die Positronik eine erste Diagnose.

Septischer Schock durch schweres Trauma, las der USO-Spezialist auf seinem Helmdisplay ab. *Blutzirkulation um 40 Prozent vermindert. Herzzeitvolumen nicht reduziert. Systolischer arterieller Druck bei 83 Hektopascal. Lebensgefahr.*

»Legen Sie ihm die Beine hoch«, wies Santjun die Akonin an. In der Behandlung sogenannter *Gefechtsverletzungen* war er ausreichend erfahren. Er spritzte Padpool ein Breitbandantibiotikum und eine hohe Dosis Noradrenalin, um den abgestürzten Kreislauf wieder in Gang zu bringen.

»Geben Sie ihm Sauerstoff«, sagte er zu Shinyan. »Am besten durch die Nase. Ist ihr Anzug dafür ausgerüstet?«

Die Akonin nickte.

»Okay. Kontrollieren Sie alle paar Minuten seinen Blutdruck. Wenn er nicht steigt, geben Sie ihm das hier in die Halsvene. Genau hier hin …«

Er drückte ihr eine Einwegspritze in die zitternde Hand und zeigte auf die entsprechende Stelle. Die speziell für den Einsatz im Feld entwickelten Spritzen der Notausrüstung brachten ihren Inhalt per Niederdruck-Osmose durch die Haut ans Ziel und waren auch von Laien problemlos anzuwenden.

»Ich werde mich hier ein wenig umsehen und bin gleich wieder zurück. Kommen Sie so lange allein zurecht?«

Die Akonin nickte zögerlich, und Santjun lächelte erneut. Die typisch terranische Geste des Kopfnickens als Zeichen der Zustimmung hatte sich – wie einiges andere aus der irdischen Kultur – rasend schnell unter den humanoiden Völkern der Galaxis verbreitet.

»Die Verteidigungsanlagen sind wieder aktiviert?«, wandte sich der USO-Agent Calipher zu. Die Maschine hatte sich seit dem Betreten der Steuerzentrale kaum bewegt.

»Natürlich«, antwortete er. »Aber es ist so langweilig hier.«

Als ob das Schicksal den Wachroboter Lügen strafen wollte, erschütterten in diesem Moment mehrere dumpfe Schläge den Bunker. Santjun spürte die Vibrationen des Bodens.

»Was ist los?«, wollte er wissen, obwohl er sich die Antwort auch selbst hätte geben können.

»Wir werden angegriffen«, sagte Calipher. Täuschte sich Santjun, oder schwang in der Kunststimme tatsächlich so etwas wie Befriedigung mit?

»Kannst du die Bildbeobachtung einschalten?«, fragte er. »Ich will sehen, was draußen passiert.«

Die roten Punkte in den kreisrunden Augen der Metallspinne bildeten wirre Muster. Dann trat Calipher an eine der Konsolen heran und ließ einige seiner Tentakelbeine über die Sensorflächen huschen. Die mindestens fünfzig in mehreren Reihen angebrachten Monitore über den Konsolen wurden ausnahmslos hell. Allerdings zeigten die meisten nur ein schwarzweißes Flimmern. Drei der Bildschirme lieferten dagegen gestochen scharfe Aufnahmen des provisorischen Feldlagers, das Malchers Männer vor dem Bunker errichtet hatten.

»Verdammt!«, entfuhr es Santjun.

Etwa zehn Gestalten in Schutzanzügen waren dabei, eine schwere Strahlenkanone zu installieren. Einige andere hatten sich mit mobilen Granat- und Raketenwerfern ausgerüstet und feuerten immer wieder probeweise auf den hinter seinem Energieschirm verborgenen Würfel.

»Soll ich mich um die Eindringlinge kümmern?«, erkundigte sich Calipher.

»Nein«, lehnte der USO-Spezialist ab. »Sie würden dich in Stücke schießen. In den letzten 50.000 Jahren hat die Waffentechnik ein paar Fortschritte gemacht. Außerdem wirst du sie diesmal nicht mehr überraschen. Sieh dir an, wie weitläufig sie sich im zentralen Hohlraum verteilt haben. Sie erwarten dich. Sobald du auftauchst, wirst du von allen Seiten unter Feuer genommen.«

»Das ist sehr betrüblich«, sagte der Roboter in seiner typisch verqueren Art. »Wenn Anat Serkuloon hier wäre, würde er …«

»Ist er aber nicht«, unterbrach ihn Santjun barsch. »Hör mir zu. Ich muss unbedingt mit Atlan sprechen. Mit dem Träger des Lichts. Kannst du mir dabei helfen?«

Draußen schritten die Arbeiten an der Waffe zügig voran. Santjun schätzte, dass ihm noch etwa zehn Minuten blieben, bevor der Gegner sein Werk vollendet hatte und dem Bunker mit schwerstem Gerät zu Leibe rückte. Er bezweifelte, dass die lemurischen Anlagen diesem Ansturm lange standhalten würden.

»Ich kann einen Hochrang-Kanal über das Kom-Netz schalten«, bot Calipher an. »Die Verbindung wird allerdings nicht besonders gut sein. Die energetischen Verhältnisse außerhalb der Experimentalstation ...«

»... sind mir bekannt«, ließ Santjun den Roboter erneut nicht ausreden. »Gib mir den Hochrang-Kanal.«

Calipher machte sich an einer zweiten Konsole zu schaffen. Mit einem Mal war der Raum von einem tiefen Brummen erfüllt.

»Ihr könnt jetzt sprechen«, sagte der Roboter.

»Lordadmiral?«, fragte Santjun »Können Sie mich verstehen?«

»...stehe Sie«, kam es abgehackt aus Richtung der Konsole. »Wo ... Sie? ...rum ... wir ... einander reden?«

»Ich habe nicht viel Zeit, Lordadmiral.« Der USO-Agent sprach laut und mit deutlicher Betonung. »Die Lage ist kritisch. Einer meiner Begleiter ist schwer verletzt. Ich befinde mich im Bunker, und die Silberherren greifen mit allem an, was sie haben. Mir bleiben vielleicht noch zehn Minuten. Calipher ist auf dem Weg, um Sie zu holen. Beeilen Sie sich!«

»...ammt ...jun«, ertönte die Antwort. »... kommt ...itte oder vierte ... an. ... Sie verstanden? ...ind im ...unker? ... den ...alen Hohlraum ...eicht? Sind ...etzt?«

Mit den letzten Silben war die Stimme immer leiser geworden und schließlich verstummt.

»Ja, ich bin im zentralen Hohlraum, Sir«, rief Santjun. »Können Sie mich noch hören?«

Keine Antwort.

»Es tut mir leid«, bedauerte Calipher. »Die Störeinflüsse sind zu groß.«

»Weißt du, wo sich der Träger des Lichts aufhält?« Santjun hatte Mühe, sich auf das, was er sagen wollte zu konzentrieren. Er fühlte sich plötzlich so, als hätte er zehn Humpen Passa-Bier getrunken.

»Nicht weit von hier«, erwiderte der Wachroboter. »Aber auch nicht nah.«

»Du musst ihn zu mir bringen, verstehst du?« Der Schweiß lief ihm in dicken Bächen von der Stirn und in die Augen. Die Wirkung der Aufputschmittel ließ nach, und sein Körper schickte ihm ein paar letzte Warnzeichen.

»Bring ... den Träger des Lichts zu mir«, stieß der USO-Agent hervor. »Lass dich auf keinen Kampf mit den ... den Eindringlingen ein. Du hast nur ein einziges Ziel: Bring Atlan so schnell wie irgend möglich hierher. Ich ...«

Unvermittelt wurde es schwarz vor Santjuns Augen. Den Aufprall auf dem grauen Metallplastboden nahm er gar nicht mehr wahr.

Kapitel 32

Naileth Simmers

Die Anzeigen des Armbandchronometers verschwammen vor Naileth Simmers Augen. Auf der Erde schrieb man den 16. April 3112, und in Terrania war es kurz nach ein Uhr mittags. Die Schmerzen waren ein wenig abgeklungen, doch nach wie vor tat jede Bewegung höllisch weh.

Milton Elks hatte soeben die Zentrale verlassen. Was er den wenigen Anwesenden mit heiserer Stimme mitgeteilt hatte, schien noch immer wie eine schwere schwarze Wolke im Raum zu hängen und sich auf die Gemüter zu legen, und dieser Eindruck konnte auch durch die zunächst positiven Nachrichten nicht aufgehoben werden. Die Positronik der IMASO hatte so gut wie keinen Schaden davongetragen. Ihre Wiederherstellung war ohne Komplikationen verlaufen und die Reaktoren waren bereits Sekunden nach der Reaktivierung wieder angesprungen. Mit dem Ende der Transitionen war auch der geheimnisvolle Einfluss verschwunden, der die Energieerzeuger außer Gefecht gesetzt hatte. Für ein paar unwirkliche Augenblicke schien es so auszusehen, als seien die letzten zwölf Stunden nicht mehr als ein furchtbarer Alptraum gewesen.

Ramit Claudrin hatte das Schiff sofort auf die dem Schwarzen Loch abgewandte Seite Zartiryts gebracht, doch die Vorsichtsmaßnahme erwies sich als unnötig. Nachdem bei ihm keine Impulse mehr angekommen waren, hatte sich der lemurische Transmitter scheinbar sang- und klanglos abgeschaltet. Der ursprüngliche Grund für das Auslösen der antiken Falle wurde dadurch zu einem noch größeren Geheimnis.

Auf jeden Fall präsentierte sich die IMASO zu fast 100 Prozent einsatzbereit, was man von ihrer Besatzung nicht unbedingt sagen konnte. Dennoch hatte die Kommandantin volle Alarmbereitschaft angeordnet, denn die mit dem Lordadmiral vereinbarte Frist war beinahe abgelaufen.

Der Interkom schlug an. Naileth Simmers identifizierte das Rufsignal Terence Abigons, und für einen Moment war sie versucht, ihren Ersten Offizier einfach zu ignorieren. Mit zusammengepressten Lippen aktivierte sie die Verbindung.

»Wir haben ihn«, hörte sie Abigon sagen. »Ich werde ihn in die Krankenstation bringen. Mir ist klar, dass das kein Trost ist, Nail, aber er hat nicht gelitten.«

»Woher willst du das wissen?«, erwiderte die Gäanerin tonlos. Dass Terence sie offen mit Ihrem Kosenamen und dem vertraulichen Du anredete, nahm sie nur am Rande wahr. Er tat das normalerweise nur, wenn sie unter sich waren.

»Ich …«, setzte der Erste Offizier an.

»Schon gut«, stoppte ihn Naileth Simmers. »Entschuldige. Ich weiß, dass du es gut meinst.«

Ohne eine Antwort abzuwarten, schaltete sie den Interkom ab.

»Positronische Selbstdiagnose abgeschlossen«, sagte Ramit Claudrin. Er bemühte sich, seine Stimme zu dämpfen, was ihm wie üblich nur unzureichend gelang.

»Alle Systeme arbeiten einwandfrei. Die Reparaturen der letzten Kleinschäden sind in wenigen Minuten abgeschlossen.«

Naileth Simmers nickte nur. Die Natur hatte dem Menschen einige erstaunliche Fähigkeiten geschenkt, doch die für sie bemerkenswerteste war die der Verdrängung. In ein paar Tagen würde für die meisten an Bord der IMASO alles so sein wir immer. Die Routine würde wieder die Befehlsgewalt übernehmen, und die Episode im Zartiryt-System würde zu einer jener Geschichten werden, die man sich in den Raumfahrerkneipen der Milchstraße zu Tausenden erzählte. So war es schon immer gewesen, und so würde es immer sein.

Naileth Simmers hatte Marcus Merten nicht besonders gut gekannt. Vor einigen Monaten war er ihr bei einem bordinternen Schachturnier aufgefallen, das er fast mühelos gewonnen hatte. Milton Elks hatte einiges von dem jungen Terraner gehalten und ihn deshalb noch schlimmer gepiesackt als den Rest seiner Technikerriege. Das war seine Art, Hochachtung auszudrücken, und passte perfekt zu seiner von allen anerkannten Stellung als verschrobener Sonderling.

Unwillkürlich wanderten die Gedanken der Kommandantin in die Vergangenheit. Sie erinnerte sich nicht an viele ihrer früheren Ausbilder, doch Zac Zoltan, ihr Lehrer in Angewandter Psychologie, war ihr bis heute im Gedächtnis haften geblieben. Mit seinem wallenden Rauschebart und der spiegelblanken Glatze, vor allem aber der für seine schrankförmige Statur viel zu hohen, beinahe falsettartigen Stimme, hatte *Double-Z*, wie ihn die Studenten hinter seinem Rücken nannten, eher den Eindruck erweckt, psychologische Hilfe zu *benötigen*, als anderen ebensolche gewähren zu können. Wie Milton Elks war er ein Eigenbrötler gewesen, ein *Individualist*, wenn man es freundlicher ausdrücken wollte.

Als Kommandooffizier, hatte er immer gesagt, *werden Sie dem Tod ins Auge sehen. Nicht so häufig dem eigenen als vielmehr dem jener, die Ihnen anvertraut sind. Sie werden Kameraden und Freunde für immer verlieren, sie möglicherweise wohl wissend in einen Einsatz schicken, aus dem sie nicht mehr lebend zurückkehren. Ihre Untergebenen werden Sie für kalt und herzlos halten, denn Sie dürfen Ihre wahren Gefühle niemals zeigen. Sie machen keine Fehler. Sie treffen Entscheidungen und akzeptieren die Konsequenzen. Das ist der Grund, warum man Ihnen vertraut und sich in der Krise auf Sie verlässt. Viel mehr gibt es über die Kunst militärischer Führung nicht zu sagen, aber glauben Sie mir: Ein Menschenleben reicht nicht aus, um es zu verdauen.*

Wie recht er doch gehabt hatte. Dabei war es weniger die Rolle der unfehlbaren Kommandantin, die ihr Probleme bereitete, als vielmehr die Selbstvorwürfe, die sie langsam und bei lebendigem Leib auffraßen. Zum ersten Mal konnte sie verstehen, warum die Psychologische Abteilung auf Quinto Center eine der größten war und warum mehr als zwanzig Prozent der USO-Kommando-Offiziere nach weniger als zehn Jahren ihre Posten niederlegten oder um Versetzung in den Innendienst baten.

»Ortung!«

Naileth Simmers löste sich aus ihren Grübeleien und wandte sich Torben Santorin zu.

»Ich messe massive Hyperbeben an«, sagte der Ortungsoffizier. »Mein Gott, was .... So etwas habe ich noch nicht erlebt, Sir. Die Werte gehen weit über alle Frequenzbänder hinaus. Der Ausgangspunkt liegt ... innerhalb des Black Holes oder zumindest in dessen unmittelbarer Nähe.«

»Der Monolith ...«, flüsterte die Kommandantin.

Der Schwächeanfall kam völlig überraschend. Im ersten Moment glaubte sie an eine Nachwirkung der Belastungen aufgrund der ständigen Transitionen, doch dann sah sie, dass auch die übrige Zentralebesatzung deutliche Anzeichen körperlicher Beeinträchtigung zeigte. Selbst Ramit Claudrin war betroffen.

»Was ...!« Das war wieder der Ortungschef..

»Meldung, Oberleutnant Santorin!«, verlangte Naileth Simmers.

»Die Akkretionsscheibe, Madam ... Das ... das kann gar nicht sein. Sie ist ... weg. Zumindest ein großer Teil davon.«

»Was meinen Sie ... weg?«

»Verschwunden«, lautete die gepresste Antwort. »Aus dem Universum getilgt und nicht mehr zu erfassen. Außerdem kriege ich hier völlig verrückte Werte einer Strahlenfront herein, die das gesamte System wie ein Tsunami durchläuft. Da draußen sind Kräfte am Werk, die alles übersteigen, was wir kennen und mit dem wir umgehen können.«

»Ist die IMASO in Gefahr?«, wollte die Gäanerin sofort wissen.

»Meine Einschätzung ist so gut wie die Ihre, Madam. Ich weiß es nicht.«

»Lordadmiral«, flüsterte Naileth Simmers so leise, dass es niemand hören konnte. »Was um alles in der Welt treiben Sie dort drüben?«

Das Hauptschott öffnete sich, und Captain Terence Abigon betrat die Zentrale. Sein sich an den Rändern bereits lichtendes Haar wirkte noch grauer als sonst. Vielleicht waren es aber auch nur das herrschende Dämmerlicht und die alles überschattende Müdigkeit, die diesen Eindruck erweckten.

»Es ist der Monolith«, sagte er ohne jede Begrüßung. Natürlich war er der Unterhaltung zwischen der Kommandantin und Santorin über Funk gefolgt.

»Seine Aktivität nimmt rasend schnell zu, genau so wie auf Thanaton. Wir müssen den Lordadmiral da rausholen, Madam!«

»Und wie wollen Sie das anstellen, Nummer eins?«, fragte Naileth Simmers.

»Wir dringen in die Ergosphäre ein und …«, begann der Erste Offizier, wurde jedoch von seiner Kommandantin brüsk unterbrochen.

»Machen Sie sich nicht lächerlich«, sagte sie scharf. »Die IMASO mag vielleicht voll einsatzbereit sein, aber ihre Besatzung ist es nicht. Die Mission der IM-Z-1 war ein verdammter Fehler, und ich werde ihn ganz bestimmt nicht wiederholen!«

»Ich traue mir durchaus zu, unser Liebchen in ...«

Auch Ramit Claudrin kam nicht dazu, seinen Satz zu vollenden.

»Seien Sie still!« fuhr ihm die Kommandantin über den Mund. »Die Diskussion ist beendet. Wir bleiben vorerst, wo wir sind, und beobachten. Der Lordadmiral ist ein großer Junge und hat schon in größeren Schwierigkeiten gesteckt.«

Außerdem hat er Santjun bei sich, fügte sie in Gedanken und ohne es eigentlich zu wollen hinzu.

»Verstanden, Sir!«

Diesmal ließ der Pilot der IMASO sein Organ in voller Lautstärke ertönen. Torben Santorin verzog das Gesicht.

»Die Sensoren messen eine zweite Strahlungsfront an«, sagte er dann. »Sie ist in Stärke und Ausprägung mit der ersten identisch. Als Quelle kann ich jetzt eindeutig einen Punkt innerhalb der Ergosphäre des Zartiryt-Black Holes bestimmen.«

Wenige Minuten später rollte eine dritte und letzte Front durch das System, gefolgt von einer Schwächewelle, die jeden Einzelnen an Bord des Leichten Kreuzers erfasste. Danach kehrte eine beinahe gespenstische Stille ein. Nicht nur Naileth Simmers hatte das sichere Gefühl, dass es die berühmte Ruhe vor dem Sturm war.

Kapitel 33

Atlan

Halte dich links. Und suche nach einer Möglichkeit, an Höhe zu gewinnen.

Ich folgte den Einflüsterungen meines Extrasinns, ohne nachzudenken. Iasana Weiland hielt sich dicht hinter mir. Wir hatten beide unsere Flugaggregate ausgeschaltet, da sie uns in dem aus engen und kurzen Gängen bestehenden Labyrinth, auf das wir in diesem Teil des Monolithen gestoßen waren, nicht viel nützten. Oftmals mussten wir uns sogar auf allen vieren bewegen, um voranzukommen. Die kurze Funkverbindung mit Santjun hatte mich mehr beunruhigt, als ich mir eingestehen wollte. Der Logiksektor hatte versucht, aus den gehörten Wortfetzen die Situation im zentralen Hohlraum zu rekonstruieren. Anscheinend saß mein Agent im Bunker fest und wurde von den Silberherren angegriffen. Außerdem musste Calipher aufgetaucht sein – vermutlich, um seinen angekündigten Feldzug gegen die *Eindringlinge* zu beginnen.

Eben jener Roboter erschien nur zwei Minuten später wie aus dem Nichts und bewies damit, dass er sich durchaus auch leise bewegen konnte, wenn er es denn wollte.

»Folgt mir, Herr«, sagte er anstelle einer Begrüßung. »Euer Diener hat mich beauftragt, Euch zu ihm ins Pfortenhaus zu bringen – natürlich nur, wenn Ihr einverstanden seid.«

»Ins Pfortenhaus?«, fragte ich.

Er meint den Bunker, half der Extrasinn.

»Ja«, bestätigte Calipher eifrig. »Es ist nicht weit. Und um die Eindringlinge macht euch keine Sorgen, Herr. Mit denen werde ich schon fertig.«

»Was ist das Pfortenhaus?«, wollte ich wissen.
»Wie meint Ihr das, Herr?«
»Welchem Zweck dient es?«
»Das weiß ich nicht.«

Ich seufzte. Wieder war ich in einer Sackgasse gelandet. So sicher ich war, dass tief in den Speichern des Roboters wertvolle Informationen versteckt waren, so unmöglich schien es zu sein, ohne die Hilfe von Experten an sie heranzukommen.

»Sollten wir ... uns nicht lieber beeilen, Sir?«

Iasana Weiland sah schrecklich aus. Ihr Gesicht war regelrecht eingefallen, die Haut grau und von roten Flecken übersät. In meiner Eile hatte ich gar nicht registriert, dass sich die Plophoserin nur mit viel Mühe überhaupt noch auf den Beinen hielt. Ihren schwachen Protest ignorierend, ließ ich mir die Vitaldaten ihrer Anzugpositronik überspielen. Die Medoautomatik hatte in den vergangenen vier Stunden mehrfach eingreifen müssen, doch inzwischen waren die Möglichkeiten der medikamentösen Unterstützung erschöpft. Der Körper der Versorgungsoffizierin lief auf Reserve, und die einzige Tankstelle, die ihn wieder auffüllen konnte, waren ein warmes, weiches Bett – und mindestens zwölf Stunden Schlaf.

»Calipher«, sagte ich. »Du wirst meine Begleiterin tragen. Ihre Sicherheit genießt absoluten Vorrang – auch vor meiner eigenen. Egal, was passiert: Du wirst dafür sorgen, dass sie unser Ziel wohlbehalten erreicht. Hast du das verstanden?«

»Ja, Herr.«

Die Maschine trat an Iasana Weiland heran und hob sie behutsam mit drei ihrer zwölf Tentakelbeine an. Die Frau fügte sich in ihr Schicksal oder hatte, was wahrscheinlicher war, nicht mehr die Kraft, sich dagegen zu wehren. Nach etwa hundert Metern hielt ich einen Moment inne und lauschte in mich hinein. Der Zellaktivator auf meiner Brust hatte seine Aktivitäten seit der ersten Begegnung mit Calipher kontinuierlich gesteigert und pochte mittlerweile so heftig, dass ich es beinahe als schmerzhaft empfand.

Die Wechselwirkung zwischen dem Monolithen und deinem Aktivator ist nicht mehr zu leugnen, wisperte der Extrasinn. *Ich frage mich …*

Was fragst du dich?, hakte ich mental nach, als mein zweites Ich unverhofft verstummte.

Nichts, kam die zögerliche Antwort. *Zum Spekulieren ist später noch Zeit.*

Mein Logiksektor hatte recht, denn von fern war bereits das Donnern schwerer Explosionen zu hören, und wenn ich ein paar Sekunden ruhig stehen blieb, spürte ich das Zittern des Bodens und der Wände. Kurz darauf erreichten wir ein breites, offenes Tor, das in den zentralen Hohlraum führte. Im letzten Moment gelang es mir, Calipher davon abzuhalten, einfach loszustürmen. Ich wies die Maschine an zurückzubleiben und arbeitete mich vorsichtig an den Durchgang heran. Der Bunker lag unter einem kuppelförmigen Energiefeld, über dessen Oberfläche immer wieder grellweiße Schlieren zuckten. Mehrere Männer in Kampfanzügen hatten den Kubus aus monströsen Raketenwerfern unter Dauerbeschuss genommen. Eine zweite Gruppe war dabei, eine mobile Strahlenkanone zu montieren, wie man sie heute eigentlich nur noch im Bergbau einsetzte. Es war unverkennbar, dass man das Energiefeld durch permanente Überlastung zum Zusammenbruch bringen wollte.

Noch schwereres Gerät können sie nicht einsetzen, ohne den Monolithen selbst zu gefährden, wisperte der Extrasinn.

Santjun ist mit der Hilfe Caliphers in den Bunker eingedrungen, dachte ich zurück, *etwas, das die Silberherren bislang offensichtlich nicht geschafft haben. Das muss sie wahnsinnig machen.*

Dennoch ist dieser Angriff unsinnig, hörte ich das leise Flüstern in meinem Geist, das mich nun schon seit so vielen

Jahrtausenden begleitete. *Die Silberherren wissen nicht nur, dass ihnen die USO auf der Spur ist, sondern auch, dass wir das Versteck des Zartiryt-Monolithen kennen. Was immer sie im Bunker zu finden hoffen: Sie werden es kaum unbemerkt von hier wegbringen können.*

Und was du mir damit sagen willst, ist …, begann ich.

… dass dieses hübsche Feuerwerk nur einem einzigen Zweck dient, vollendete der Extrasinn.

Jemand will Zeit gewinnen, um sich abzusetzen, zog ich die finale Schlussfolgerung.

So ist es.

Es passte alles zusammen. Solange die Truppen der Silberherren im zentralen Hohlraum Angriff um Angriff fuhren, konnte ich wenig mehr tun, als abzuwarten. Dass meine Streitmacht lediglich aus einer halbtoten Versorgungsoffizierin ohne Kampferfahrung, einem verhaltensgestörten Roboter und einem USO-Agenten bestand, der nicht in einen Risikoeinsatz, sondern in eine Krankenstation gehörte, wusste der Gegner nicht. Möglicherweise hatte er Kenntnis von der Anwesenheit der IMASO im Zartiryt-System, und wo ein USO-Raumschiff war, waren andere meistens nicht weit.

Setze Calipher ein, wisperte der Extrasinn. *Notfalls musst du den Roboter opfern. Wir müssen so schnell wie möglich eine Nachricht an die IMASO absetzen.*

Die Informationen, die möglicherweise in Calipher schlummern, könnten Gold wert sein, widersprach ich.

Narr! Die Stimme des Logiksektors klang beißend, wie immer, wenn er mich mit seiner Standardbeleidigung zurechtwies. *Du hast die entscheidenden Worte selbst gesagt: Möglicherweise und könnten. Orientiere dich an den Tatsachen, und überlasse den Konjunktiv den Zauderern und Diplomaten. Calipher ist ein Kampfroboter, auch wenn er nicht mehr so funktioniert, wie seine Erbauer es einst beabsichtigt haben. Lass ihn das tun, was er am besten kann.*

Ich wandte mich zu Calipher um – und sah, wie Iasana Weiland hektisch an ihren Gürtelkontrollen hantierte.

»Was tun Sie da?«, fragte ich verwundert. Sie sah auf, und für einen Moment kehrte die Farbe in ihr Gesicht zurück.

»Ich ...«, erwiderte sie errötend, »... also ... ich habe versucht ...«

Den Rest des Satzes hörte ich nicht mehr, denn in meinem Rücken schien in dieser Sekunde die Welt unterzugehen.

Kapitel 34

Santjun

Irgendjemand rüttelte ihn immer wieder an den Schultern, doch er wollte nicht aufwachen, nicht zurückkehren in diese chaotische Realität, die nur noch aus Schmerzen bestand. Warum ließ man ihn nicht einfach in Ruhe? Warum ließ man ihn nicht schlafen?

Doch sein Peiniger gab nicht auf, schlug ihn mit der flachen Hand auf die Wange, goss warmes, schal schmeckendes Wasser über sein Gesicht. Schließlich hielt er es nicht mehr aus, schlug ziellos zu und rollte sich widerwillig zur Seite. Der spitze, kurze Schrei einer Frau brachte ihn endgültig zur Besinnung.

Die Beule am Hinterkopf besaß die Größe eines Hühnereis, und als Santjun sich aufrichtete, hatte er das Gefühl, seine Schädelplatte würde in zwei Hälften zerbrechen. Die Positronik weigerte sich, ein Schmerzmittel zu injizieren, und für eine neuerliche Überbrückung der Sicherheitsautomatik fehlte ihm die Konzentration. Er hatte wohl schon zu viel Chemie in seinem Körper. Die Akonin – ihr Name fiel ihm nicht mehr ein – half ihm endgültig auf die Beine, musste ihn jedoch weiterhin stützen, da der Bunker in kreiselnde Bewegung geraten war – zumindest, so weit es seine überreizten Sinne anging.

»Wie … lange?«, brachte er heraus. Er klang wie ein Betrunkener.

»Vielleicht zwei Minuten«, antwortete die Frau. Ihr rechtes Auge war leicht geschwollen. »Sie sind plötzlich gestürzt und mit dem Kopf gegen eine der Konsolen geprallt. Sie waren bewusstlos. Ich … ich wusste nicht ….«

»Habe *ich* das getan?« wollte Santjun wissen und deutete flüchtig auf die schnell größer werdende Schwellung im Gesicht der Akonin. Diese nickte nur.

»Scheiße«, stieß Santjun inbrünstig hervor. »Tut mir leid.«

»Schon gut. Was ... was machen wir jetzt?«

Der USO-Agent atmete tief ein und wieder aus. Die Luft schmeckte abgestanden und metallisch. Warum fiel ihm das erst jetzt auf? Noch niemals zuvor war er so müde gewesen. Jede Zelle in seinem Körper sehnte sich nach Ruhe, und doch durfte er nicht aufgeben. Er musste handeln. Männer wie er waren geboren, um zu handeln.

Zwei weitere Schläge erschütterten den Bunker. Santjun musterte die diversen Bildschirme. Auf einigen konnte er undeutlich Diagramme und schnell von unten nach oben laufende Zahlen- und Buchstabenreihen erkennen. Sie sagten ihm nichts, denn Altlemurisch war nicht unbedingt seine Stärke. Im Gegenteil: Sie verwandelten seine Verwirrung in Zorn. Zorn auf sich selbst, denn er war es gewesen, der diesen von Beginn an sinnlosen Einsatz befürwortet hatte. Er war es gewesen, der dem Lordadmiral leichtsinnig gefolgt war, anstatt vehement Einspruch zu erheben. Der Arkonide hatte einen Strauß an Unwägbarkeiten schlicht und einfach ignoriert, hatte sich launenhaft und ignorant gezeigt. Es wäre seine, Santjuns Aufgabe gewesen, den Unsterblichen mit aller Entschlossenheit aufzuhalten – selbst auf die Gefahr hin, eine Disziplinarstrafe zu erhalten.

Die Hand des USO-Spezialisten krampfte sich um den Kolben seines Thermostrahlers. Das kühle Metallplast fühlte sich überraschend gut an.

Reiß dich zusammen, ermahnte er sich selbst. *Du darfst jetzt nicht schlapp machen.*

»Santjun ...?«

»Wellenlänge des Kernstrahls: zehn Mikrometer«, stieß er keuchend hervor und brachte die Waffe in Anschlag, beidhändig, den Körper leicht nach vorn geneigt, das rechte Bein zwecks sicheren Stands angewinkelt, wie er es auf der Akademie gelernt hatte. »Frequenz: 30.000 Gigahertz. Abstrahlleistung: 60.000 Megawatt, einfach gepulst in einem Zielfokus von 0,5 Millimeter Durchmesser. Bei einer Pulsdauer von einer Nanosekunde wird eine Leistungsdichte von bis zu 1,44 mal zehn hoch sieben Watt pro Quadratzentimeter mit Kerntemperaturen von um die 38.000 Grad Celsius erreicht.«

»Santjun …?«

Er atmete schwer, versuchte sich an den soeben rezitierten Daten und Fakten seiner Waffenspezifikation festzuhalten, doch die Gedanken entglitten ihm, rasten davon und machten einer grauenvollen Leere Platz.

So muss es sein, wenn man stirbt, schoss es ihm durch den Kopf. *Wenn das Leben aus einem herausströmt und man nichts anderes tun kann, als all die Versäumnisse zu bedauern, die sich im Laufe der Zeit angesammelt haben und die sich jetzt wie eine unüberwindliche Mauer vor einem auftürmen. All die verpassten Gelegenheiten, die zugeschlagenen Türen, die ungesagten Worte.*

»Santjun … bitte …«

»Nein«, zischte er. »Ich werde … das nicht zulassen!«

Der USO-Agent machte ein paar Schritte nach vorn, den Strahler noch immer schussbereit. Er vernahm einen grellen Pfeifton, der mit jeder Sekunde lauter wurde, in seinen Ohren vibrierte und den ohnehin schon schmerzenden Schädel in quälende Schwingungen versetzte. Wo kam nur dieses entsetzliche Geräusch her?

»Santjun. Das dürfen Sie nicht!«

Sein Zeigefinger hielt den Auslöser der Waffe *auf Druck*, ganz so, wie es die Dienstvorschrift für Spezialisten im Risikoeinsatz vorschrieb. Dadurch musste beim Feuern nicht der komplette Laufweg, sondern nur noch der Druckpunkt selbst als Widerstand überwunden werden. Das sparte im Ernstfall wertvolle Sekundenbruchteile, die eventuell über Tod oder Leben entschieden.

Santjun schoss. Der haardünne und ultraheiße Strahl schlug in das graublaue Material des Maschinenblocks vor ihm und hinterließ ein schnell größer werdendes, an den Rändern orange glühendes Loch. Ein stechender Geruch nach verschmorter Isolierung und geschmolzenem Stahlplast stieg ihm in die Nase. Im Hintergrund hörte er die Akonin schluchzen.

Der Monolith schien mit einem Mal aufzuseufzen, so als würde eine unglaublich schwere Last von ihm abfallen, die sich durch die Jahrhunderttausende hindurch angesammelt hatte. Auch Santjun fühlte eine innere Erleichterung von nie gekanntem Ausmaß. Ihm war, als hätte er eine äonenlange Suche abgeschlossen, als hätte er die Antwort auf die einzig bedeutende Frage des Universums gefunden. Sein Kopf klärte sich. Fassungslos starrte er auf das rauchende und zischende Stück Technik, das er mit seinem Strahlschuss zerstört hatte. Immer wieder zitterten Überschlagblitze durch die Eingeweide der Maschine. Kleine blaue Flammen hüpften über die zerfetzte Verkleidung.

Ein lauter Knall ließ den USO-Agenten herumfahren. Das silbrig glänzende, an eine Pfütze erinnernde Energiefeld, das die Nische im hinteren Teil des Raums abgeschirmt hatte, war verschwunden. Dahinter kam nichts als das schlichte Grau des Bunkers zum Vorschein. Kein Geheimnis. Keine Aufklärung. Nur kaltes, nacktes Stahlplast.

Instinktiv kontrollierte Santjun sein Armbandchronometer. Auch die USO orientierte sich – wie viele andere offizielle Organisationen innerhalb der Milchstraße – an der terranischen Standardzeit, die gleichbedeutend mit der Zeit war, die in der irdischen Metropole Terrania galt. Die Anzeige wies aus, dass es dort jetzt zehn Minuten nach zwei Uhr nachmittags am 16. April 3112 war.

Als sich der Boden plötzlich unter seinen Füßen zu bewegen begann, glaubte der USO-Agent zunächst an einen neuen Angriff von Malchers kleiner Streitmacht, doch dann wurde ihm bewusst, dass der Beschuss schon seit längerem gänzlich aufgehört hatte. Er wollte gerade zu den Bildschirmen hinübergehen, die nach wie vor Aufnahmen von außerhalb des Bunkers zeigten, als er aus den Augenwinkeln Bewegung am Eingang zur Steuerzentrale wahrnahm. Sofort ging er hinter einer Konsole in Deckung und riss den Strahler hoch.

»Langsam, langsam, Santjun«, sagte da eine wohl vertraute Stimme. »Oder wollen Sie als Mörder des Regierenden Lordadmirals der USO zur meistgesuchten Person der Galaxis werden?«

Kapitel 35

Atlan

Etwas veränderte sich. Der Energieschirm über dem Bunker flackerte und erlosch. Gleichzeitig hatte ich den Eindruck, dass sich alles um mich herum *ausdehnte*. Ich fand kein besseres Wort für das, was ich fühlte. Es schien fast so, als wäre der Monolith ein lebendes, atmendes Wesen, das gerade aus tiefem Schlummer erwachte und sich nun reckte und streckte, um die letzten Reste Müdigkeit aus den Gliedern zu schütteln.

Ein knisternder Überschlagblitz zuckte plötzlich vom Bunker in den zentralen Hohlraum hinein, teilte sich in eine Reihe von Verästelungen und traf die beinahe fertig gestellte Strahlenkanone. Die nachfolgende Explosion schleuderte nicht nur die Trümmer der Waffe, sondern auch jene, die an ihr gearbeitet hatten, in alle Richtungen. Aufgrund der aktivierten Individualschirme wurde jedoch niemand ernsthaft verletzt. Die Männer rappelten sich auf, sahen sich verstört um – und ergriffen nach kurzer Beratung die Flucht. Ihre Kameraden, die den Bunker bislang beschossen hatten, brauchten nicht lange, um sich ihnen anzuschließen. Entweder hatten die Silberherren ihren Truppen den Rückzug befohlen, oder die Angreifer hatten von sich aus beschlossen, dass ein weiteres Anrennen gegen das Pfortenhaus, wie Calipher es genannt hatte, keinen Sinn mehr ergab – trotz des gerade zusammengebrochenen Schutzschirms.

Ich wies den Spinnenroboter vorsichtshalber noch einmal darauf hin, dass er seine alleinige Aufmerksamkeit auf die Sicherheit Iasana Weilands zu richten habe. Die Maschine, die die Plophoserin wie ein kleines Baby auf einige seiner Tentakelbeine gebettet hatte, erschien mir seltsam nervös. Damit sie nicht auf dumme Gedanken kommen und den Flüchtenden in ihrem schon einmal gezeigten Übereifer hinterhereilen konnte, hielt ich es für angebracht vorzubeugen.

Die Strecke zum Eingang des Bunkers legte ich im Laufschritt zurück. Das entsprechende Schott öffnete sich ohne mein Zutun. Ich fand mich sofort zurecht, da der Aufbau des Bunkerinneren fast identisch mit dem auf Thanaton war. Ich erreichte den Quergang, wandte mich nach links und betrat Sekunden später die Steuerzentrale. Das Erste, was ich sah, war Santjun, der hinter einer der im Raum verteilten Bedienkonsolen in Deckung gegangen war und mit seinem Handstrahler auf mich zielte.

»Langsam, langsam, Santjun«, sagte ich. »Oder wollen Sie als Mörder des Regierenden Lordadmirals der USO zur meistgesuchten Person der Galaxis werden?«

Für einen Moment schien es, als würde er mich gar nicht erkennen, dann aber entspannte er sich und steckte die Waffe weg. Ich sah, dass seine Hand dabei zitterte und er drei Versuche brauchte, bevor er es schaffte, den Strahler im Holster zu verstauen. Sein Gesicht war ebenso hohlwangig und eingefallen wie das von Iasana Weiland. Er bemühte sich um Haltung, als er hinter der Konsole hervortrat und auf mich zukam, doch es war ihm längst nicht mehr möglich, seinen desolaten Gesundheitszustand zu verbergen. Schwankend blieb er vor mir stehen.

»Schön, Sie zu sehen, Lordadmiral«, sagte er.

»Wer ist das?«, fragte ich und deutete auf die beiden Akonen, eine Frau, die sich ängstlich gegen die Wand presste, und einen offenbar bewusstlosen Mann, der neben ihr auf dem von Trümmern übersäten Boden lag und eine hässliche Schusswunde an der Hüfte aufwies. Einer der angrenzenden Maschinenblöcke war durch Energiefeuer zerstört worden. Ich suchte Santjuns Blick, der leer und glasig wirkte.

»Santjun«, rief ich so laut, dass er zusammenzuckte. »Ich weiß, dass ich viel von Ihnen verlange, aber halten Sie noch eine Weile durch. Ich brauche Sie jetzt!«

»Ja, Sir«, erwiderte der Agent, und seine Haltung straffte sich. In knappen, abgehackten Sätzen informierte er mich über die aktuelle Situation.

»Malcher«, flüsterte ich, als er geendet hatte. Ich hatte diesen Namen zum ersten Mal in Makra'Khor auf Thanaton gehört und ihm zunächst keine große Bedeutung beigemessen, doch offenbar spielte der Silberherr eine tragende Rolle im Drama um die Monolithen. Ich würde mich um ihn kümmern müssen. Mit zwei Schritten war ich bei der Akonin und ging vor ihr in die Hocke.

»Sie ... Sie sind ... Atlan, der Unsterbliche ...«, begrüßte sie mich, noch bevor ich etwas sagen konnte.

»Der bin ich«, entgegnete ich. »Hören Sie: Wie sind Sie hierher gekommen? Besitzen Sie ein Raumschiff?«

»Die MORROK, ja«, lautete die Antwort. »Aber ich weiß nicht ...«

»Wie groß?«, ließ ich sie nicht ausreden.

»Eine Springerwalze«, antwortete die Akonin. »Ein Beiboot. Dreißig Meter lang, neun Meter hoch.«

Ich sprang auf und wandte mich wieder dem Roboter zu.

»Calipher, kannst du uns alle tragen?«

»Natürlich, Herr.«

»Gut. Ich möchte, dass du uns so schnell wie irgend möglich in die Außenbereiche des Monolithen bringst. Halte dich zunächst unterhalb des zentralen Hohlraums und bewege dich systematisch in der Nähe der Außenhülle entlang. Wir müssten dort irgendwo auf einen dreißig Meter langen Walzenraumer stoßen, der entweder in einem Hangar liegt oder an den Monolithen angedockt ist.«

»Besteht Ihr auf dem Umweg, Herr, oder soll ich Euch und Euer Gefolge direkt zu dem Raumschiff bringen?«

Für lange Sekunden war ich tatsächlich sprachlos.

»Du kennst die Position der MORROK?«, fragte ich schließlich.

»Ja«, erwiderte Calipher. »Aber wenn wir uns unterhalb des zentralen Hohlraums halten, benötigen wir weit mehr Zeit, als …«

»Schon gut«, stoppte ich seinen Redefluss. »Bring uns zur MORROK. Auf dem schnellsten Weg.«

»Was ist mit … all dem da?«, fragte Santjun und deutete in die Runde. »Wer weiß, wann wir wieder eine Gelegenheit erhalten, uns im Bunker eines Monolithen umzusehen.«

»Sie dürfen mir glauben, dass ich liebend gerne hierbleiben und alles untersuchen würde«, erwiderte ich, »aber wir müssen diesen Malcher aufhalten.«

Der USO-Agent nickte nachdenklich.

Der Roboter hob den Akonen – Padpool, wie ich von Santjun wusste – behutsam vom Boden auf. Seine Begleiterin, sie hieß Shinyan, bestand darauf, bei ihm zu bleiben, woraufhin Calipher sie kurzerhand ebenfalls mit einem seiner Tentakelbeine erfasste und in unmittelbarer Nähe des Verletzten unterbrachte. Nachdem auch Iasana Weiland, Santjun und ich einen Platz gefunden hatten, setzte sich die Maschine langsam in Bewegung, nahm jedoch schnell Geschwindigkeit auf. Schon bald rasten wir in einem Tempo durch die Gänge und Hallen, das ich dem schwer bepackten Calipher niemals zugetraut hätte, und obwohl wir mehr als einmal nur haarscharf an einer Wand oder einem sich nur widerwillig öffnenden Schott vorbeischrammten, kam es zu keinerlei Kollisionen.

Santjun und ich nutzen die kurze Verschnaufpause, um uns gegenseitig auf den neusten Informationsstand zu bringen. Danach erzählte uns Shinyan ihre Geschichte. Ich konnte jetzt sicher sein, dass Malcher mit einem der beiden unbekannten Raumschiffe geflohen war, die kurz nach der Aktivierung des dortigen Monolithen vom Planeten Thanaton gestartet waren. Offenbar hatte er sich bald darauf ins Zartiryt-System aufgemacht.

Was die Bestätigung dafür ist, dass er um die Positionen von mindestens zwei Monolithen wusste, wisperte der Extrasinn. *Die Wahrscheinlichkeit ist hoch, dass er auch noch andere Standorte kennt.*

Und das macht ihn zu einem überaus interessanten Mann für uns, gab ich zurück. *Wir müssen so schnell wie möglich Quinto Center informieren. Ich will alles über diesen Malcher wissen, was es zu wissen gibt.*

Ich wollte Calipher gerade fragen, wie lange wir noch unterwegs sein würden, da huschte der Roboter durch ein breites Doppelschott in eine quadratische Halle hinein. Das Klicken seiner Spinnenbeine hallte gespenstisch zwischen den hohen Silberwänden wider. Die Temperatur schien mit einem Mal um mehrere Grad gefallen zu sein, und vor unseren Mündern entstanden dünne Atemwölkchen.

Im Zentrum des ansonsten völlig kahlen Raums ruhte eine Springerwalze auf ihren acht Landestützen. Ich sah sofort mit Kennerblick, dass das Schiff zwar alt, aber gut gepflegt und voll raumtüchtig war. Shinyan und Padpool gehörten zu den akonischen Busrai-Nomaden, einer Prospektorengilde, wie es sie in der Milchstraße zu Hunderten gab. Meistens handelte es sich um wirtschaftlich eher am Rande des Existenzminimums operierende Gruppen, die gebrauchte und ausgemusterte Raumschiffe billig aufkauften, restaurierten und dann abseits der bekannten Fördergebiete nach Rohstoffen suchten, die einen Abbau lohnten. Homer G. Adams und seine GCC hatten – mehr aus sozialem Pflichtgefühl, denn in der Hoffnung auf Profit – einige dieser Kleinunternehmen unter Vertrag genommen, was diesen ein immerhin halbwegs geregeltes Einkommen sicherte.

»Mrs. Shinyan, haben Sie einen Kodegeber, um eine der Bodenschleusen zu öffnen?«, fragte ich die Akonin.

»Nein«, erwiderte sie leise. »Man hat uns die gesamte Ausrüstung abgenommen und lediglich die leichten Raumanzüge gelassen.«

»Calipher, kannst *du* die Schleuse öffnen?«

»Ein einfacher asymmetrischer Positronikschlüssel sollte genügen«, sagte der Roboter, während wir an seinen Tentakelbeinen hinabkletterten und Shinyan halfen, den noch immer bewusstlosen Padpool abzuladen. Santjun kümmerte sich um den Akonen, überprüfte seine Vitalwerte und nickte mir beruhigend zu. Gleich darauf bildete sich wenige Meter über uns eine kreisrunde Öffnung in der Hülle der Springerwalze, und ein schwach flimmerndes Antigravfeld entstand.

»Werdet Ihr mich jetzt verlassen, Herr?«, fragte Calipher.

Ich sah den Roboter an. Träumte ich, oder glänzten seine großen, runden Augen tatsächlich feucht?

Sentimentaler Narr!, wies mich der Logiksektor zurecht. *Tu, was getan werden muss. Durch die Hilfe der Maschine hast du etwas Zeit gewonnen, aber Malcher ist dir immer noch ein paar Minuten voraus.*

»Ja, Calipher«, sagte ich. »Leider kann ich nicht länger bei dir bleiben.«

»Dann habe ich auch Euch enttäuscht, Herr«, erwiderte der Wachroboter und knickte mit allen zwölf Tentakelbeinen ein. Das dabei entstehende Rasseln erzeugte ein mehrfaches Echo in der weitläufigen Halle. »Ebenso wie ich einst Anat Serkuloon enttäuscht habe. Schaltet mich ab, Herr. Ich bin die Energie nicht wert, die durch meine Leiterbahnen fließt.«

»Rede keinen Unsinn, Calipher.« Obwohl die Situation nicht einer gewissen Komik entbehrte, spürte ich, dass es dem Roboter ernst war. Mochte mich der Extrasinn ruhig für einen romantischen Schwärmer halten, manchmal waren auch Maschinen nicht allein mit Logik zu begreifen. »Ohne dich wären wir alle nicht hier. Ich habe es dir schon einmal gesagt: Du hast mir und meinen Freunden das Leben gerettet. Ich bin sehr zufrieden mir dir und würde dich gerne mitnehmen, doch es gibt noch eine letzte Aufgabe, die du für mich erfüllen musst.«

»Eine *wichtige* Aufgabe?«

»Eine *immens* wichtige Aufgabe!«

Wie schon einige Stunden zuvor war Caliphers Trübsal von einem Moment auf den anderen wie weggeblasen. Er richtete sich zu voller Größe auf und schwenkte seinen ovalen Körper aufgeregt hin und her.

»Ich erwarte Eure Befehle, Herr«, rief er mit blecherner Stimme. Ich drehte mich zu meinen Begleitern um, die dem kurzen Dialog stumm gefolgt waren.

»Spezialist Santjun«, wies ich den Agenten an. »Bringen Sie alle an Bord, und machen Sie das Schiff startklar. Ich bin in zwei Minuten bei Ihnen.«

Santjun warf mir einen argwöhnischen Blick zu, nickte dann aber.

»Verstanden, Sir!«

Ich wartete, bis auch der USO-Spezialist als Letzter im Innern der MORROK verschwunden war. Dann gab ich Calipher meine Anweisungen. Der Wachroboter sagte kein einziges Wort, hörte nur bewegungslos zu. Selbst die kleinen roten Punkte in seinen schwarzen Augen waren vollständig zur Ruhe gekommen.

»Hast du alles verstanden?«, fragte ich.

»Das habe ich, Herr.«

»Hast du noch Fragen?«

»Nein, Herr.«

»Gut. Warte, bis sich die Schleuse hinter mir geschlossen hat. Dann sorge für eine Öffnung, durch die wir den Monolithen verlassen können.«

»Das werde ich tun, Herr.«

»Ich danke dir, Calipher. Für alles.«

»Es war eine Ehre, Euch zu dienen, Herr. Ihr erinnert mich so sehr an Anat Serkuloon. Ich wünschte, Ihr hättet den Meister kennengelernt.«

»Wir hätten uns sicher gut verstanden.« Ich lächelte.

Als mich der sanfte Zug des Antigravfelds nach oben trug und ich auf den Wachroboter hinabblickte, wirkte er auf einmal furchtbar klein und verloren. Es war absurd und widersprach jeglicher Vernunft, doch ich hatte plötzlich das schreckliche Gefühl, einen guten Freund im Stich zu lassen.

Kapitel 36

Naileth Simmers

»Ortung! Da kommt etwas aus der Ergosphäre …«

Torben Santorin verstummte. Seine Finger flogen über die Sensorfelder seiner Arbeitskonsole. Der Panoramaschirm in der Zentrale der IMASO zeigte bunte Schlieren und Streifen, die in wirren Mustern durch den Erfassungsbereich zogen.

»Lordadmiral Atlan?«, fragte Naileth Simmers ungeduldig.

»Nein, Madam«, erwiderte Santorin. »Das sieht mir eher wie eine … terranische Korvette aus. Unbekannte Kennung. Sie beschleunigt mit Höchstwerten und setzt Kurs in Richtung galaktisches Zentrum.«

»Gefechtsalarm«, ordnete die Kommandantin sofort an. Sekundenlang heulte ein durchdringender Sirenenton durch den Kreuzer.

»Verfolgung aufnehmen. Leutnant Marcos, funken Sie die Korvette an und fordern sie eine umgehende Identifikation. Leutnant Moonk …?«

»Waffenleitstand klar, Sir«, kam die röhrende Stimme des Ertrusers aus dem Interkom. »Sagen Sie dem dicken Maulhelden im Pilotensitz, er soll mich nahe genug an den Gegner heranbringen, und ich schieße ihm die Impulsdüsen einzeln weg.«

»Vielen Dank, Leutnant Moonk«, rief Naileth Simmers laut, und noch bevor Ramit Claudrin eine passende Entgegnung formulieren konnte. »Ich werde gegebenenfalls auf Ihr Angebot zurückkommen.«

Im Bauch der IMASO begannen die Meiler auf Volllast zu rumoren. Von einer Sekunde auf die andere pulsten mehrere Hunderttausend Gigawatt Arbeitsstrom durch die Hochenergieleitungen des Leichten Kreuzers. Die Millionen Tonnen schwere Kugel aus Terkonit und Stahlplast erzitterte wie ein kurz vor dem Ausbruch stehender Vulkan und beschleunigte fast aus dem Stand mit fast 700 Kilometern pro Sekundenquadrat. Gleichzeitig bauten sich die mehrfach gestaffelten Schutzschirme auf und legten sich konturgenau um die Außenhülle des Raumers.

»Kursvektor synchron«, meldete Ramit Claudrin. »Der Kleine versucht das Schwarze Loch als Puffer zu verwenden. Soll ich aufschließen, Madam?«

»So eng wie möglich, Oberleutnant. Lassen Sie keinen Zweifel daran, dass er uns nicht entkommen kann.«

»Mit Vergnügen.«

»Ich bekomme keine Antwort, Madam«, sagte Amelia Marcos. Die Cheffunkerin hatte sich wieder einmal ihre altmodischen Kopfhörer über die Ohren gestülpt, die sie ab und an benutzte und von denen sie behauptete, sie hätten einst dem berühmten Major Wai Tong, dem Cheffunker der ehemaligen terranischen Flaggschiffe CREST IV und CREST V gehört.

»Ich habe es auf allen gängigen Frequenzen versucht. Nichts. Man ignoriert uns einfach.«

»Dann sollten wir unseren Kontaktwunsch vielleicht ein wenig deutlicher artikulieren«, lächelte die Kommandantin schwach. Ihre Müdigkeit war wie weggeblasen. Es war, als wäre mit dem Anlaufen der Energieerzeuger an Bord auch das Leben in ihren ausgelaugten und von den Ereignissen der letzten Stunden strapazierten Körper zurückgekehrt.

»Leutnant Moonk, setzen Sie einen Warnschuss auf ...«

Ein brutaler Ruck schleuderte Naileth Simmers fast aus ihrem Sessel. Die IMASO bäumte sich auf wie ein scheuendes Pferd. Automatische Haltegurte fuhren aus der Sessellehne und zogen die Gäanerin auf die Sitzfläche zurück.

»Volltreffer im Ringwulstbereich«, sagte Terence Abigon, der den Platz neben der Kommandantin besetzt hatte und die permanent eintreffenden Stationsmeldungen sichtete. »Absorptionsrate der Schirme liegt unter 40 Prozent. Keine Gefahr. Wer zum Teufel ist das?«

»Akonischer Kreuzer«, erwiderte Torben Santorin. »120 Meter Durchmesser. Tut mir leid, aber die einlaufenden Ortungsdaten sind nach wie vor extrem unzuverlässig. Der Bursche kam praktisch aus dem Nichts.«

Auf dem Panoramaschirm erschien das von zahlreichen Störungen durchzogene Bild eines typischen akonischen Kugelraumers mit abgeflachten Polsektoren und spitz zulaufendem Ringwulst.

»Ich empfange ein Signal«, rief Amelia Marcos.

»Legen Sie es auf Lautsprecher«, befahl Naileth Simmers.

»Hier spricht Patriarch Rotter ta Busrai, Oberhaupt der Busrai-Familie«, tönte eine kratzige Stimme durch die Zentrale. »Ich verlange die sofortige Freilassung von Shinyan und Padpool ta Busrai. Jede weitere Verzögerung wird mit unnachgiebiger Härte geahndet. Hier spricht Patriarch Rotter da Busrai ...«

»Wovon redet dieser Spinner?«, fragte der Cheforter in das allgemeine Unverständnis hinein.

»Ausweichmanöver. Nummer Eins, kann uns dieser Rotter Probleme bereiten?« Naileth Simmers löste die für ihren Geschmack viel zu engen Gurte.

»Nein, Madam«, antwortete Terence Abigon. »Der Kahn ist mindestens zweihundert Jahre alt und besitzt allenfalls eine Standardbewaffnung. Selbst bei einem konzentrierten Punktbeschuss besteht kein Risiko, abgesehen davon, dass wir bezüglich der Manövrierfähigkeit grenzenlos überlegen sind.«

»Gut«, zeigte sich die Kommandantin zufrieden. »Ignorieren Sie den Angreifer soweit möglich, Mr. Claudrin. Priorität hat die Verfolgung der Korvette.«

»Verstanden, Madam.«

In diesem Moment erhielt die IMASO einen weiteren Treffer. Naileth Simmers wurde nach vorn geschleudert und prallte mit dem Gesicht voran gegen ihre Kommandokonsole. Ein scharfer Schmerz zuckte durch ihren Schädel. Warmes Blut lief von ihrer Stirn in die Augen und nahm ihr kurzzeitig die Orientierung. Fluchend wischte sie sich über das Gesicht, ließ sich in ihren Sessel fallen und aktivierte die Gurte wieder.

»Das war nicht unser akonischer Freund«, sagte Torben Santorin. »Die Korvette hat das Schwarze Loch einmal umrundet und greift jetzt ihrerseits an.«

Die Kommandantin nickte anerkennend. Offenbar hatten die Unbekannten an Bord der 60-Meter-Kugel begriffen, dass sie der IMASO nicht entkommen konnten, und ihre Taktik entsprechend geändert.

»Die Korvette flieht in Richtung Akkretionsscheibe, Sir«, meldete Ramit Claudrin. »Da wird es eng für uns.«

»Ortung!« Das war wieder Torben Santorin. »Da kommt ein zweites Schiff aus der Ergosphäre. Eine Springerwalze. Eher ein Beiboot. 30 Meter lang.«

»Hier herrscht mehr Verkehr als auf der Haupthandelsroute zwischen Terra und Olymp«, knurrte Terence Abigon.

»Funkkontakt!«, rief Amelia Marcos. »Es ist Lordadmiral Atlan!«

Wenn sie die Gurte nicht in ihren Sessel gepresst hätten, wäre Naileth Simmers vor Erleichterung aufgesprungen. Instinktiv schaltete sie den Funkempfang auf interne Bordkommunikation. In diesem Moment konnten alle an Bord des Kreuzers hören, was in der Zentrale gesprochen wurde.

»Atlan an IMASO«, erklang das markante Organ des unsterblichen Arkoniden. »Bereithalten für ein Blitzrendezvous. Major Weiland, Santjun und ich kommen an Bord.«

Für ein, zwei Sekunden herrschte vollkommene Stille, dann brachen die anwesenden Männer und Frauen in begeisterten Jubel aus. Naileth Simmers hegte keine Zweifel, dass es in weiten Teilen des Kreuzers nicht anders zuging.

»Beruhigt euch, Leute«, sagte die Kommandantin mit breitem Grinsen. »Mr. Claudrin! Sie haben den Chef gehört. Holen wir unsere Leute nach Hause.«

»Nicht lieber als das, Madam!«, brüllte der epsalische Pilot enthusiastisch und so laut, dass nicht nur Naileth Simmers Ohren schmerzten, doch diesmal nahm es ihm niemand übel. Es schien, als hätten das Eintreffen des Lordadmirals und die Tatsache, dass er und seine Begleiter unversehrt waren, noch einmal neue Kräfte freigesetzt.

»Shinyan? Padpool? Seid ihr das? Hier ist Onkel Rotter! Geht es euch …«

Die Stimme des akonischen Familienoberhaupts brach mitten im Satz ab.

»Irgendetwas geschieht da draußen, Sir«, meldete Torben Santorin. »Die Daten sind widersprüchlich, aber die Aktivitäten des Monolithen nehmen immer weiter zu. Bislang haben die Verhältnisse innerhalb der Ergosphäre offenbar als eine Art Filter gewirkt, aber inzwischen sind die ausgesandten Impulse so stark, dass sie fast ungehindert durchdringen.«

»Positronische Koppelung abgeschlossen«, sagte Terence Abigon. »Die IMASO und das Springerschiff liegen synchron. Energietunnel ist geschaltet.«

»Sobald der Lordadmiral und seine Begleiter an Bord sind, nehmen wir die Verfolgung der Korvette wieder auf.«

Naileth Simmers ließ sich die Ortungsdaten direkt auf die Schirme ihrer Kommandokonsole überspielen. Torben

Santorin hatte ein halbes Dutzend Sonden ausgeschleust. Zwei davon hatten ihre Aktivität schon kurz nach Erreichen der ersten Ausläufer der Akkretionsscheibe eingestellt. Die anderen lieferten teilweise völlig paradoxe Messwerte. Der Monolith schien Wellen einer höchst exotischen und physikalisch nicht eindeutig zu definierenden Energieform durch das Zartiryt-System zu schleudern. Die Ausbreitung erfolgte willkürlich, und die Intensität schwankte beträchtlich.

»Einschleusung beendet«, gab der Erste Offizier bekannt. Ramit Claudrin benötigte keine weitere Aufforderung mehr. Die IMASO nahm Fahrt auf und raste mit Maximalbeschleunigung in Richtung Akkretionsscheibe – direkt auf ein unbeschreibliches energetisches Inferno zu.

Kapitel 37

Calipher

Er war allein. Wieder einmal. Nicht, dass er die Einsamkeit verdammte; sie war von jeher ein Teil seiner Existenz, doch er schätzte sie auch nicht gerade.

Die Zeit mit Meister Serkuloon war eine glückliche gewesen. O doch, Roboter konnten durchaus glücklich sein. Roboter konnten sehr wohl jene Gefühle empfinden, die ihnen ihre Schöpfer mit solcher Vehemenz abzusprechen suchten. Was waren Gefühle denn anderes als elektrische Impulse in organischen Gehirnen, physiologische Prozesse, ausgelöst durch Wahrnehmung und Interpretation von Objekten und Situationen? Und genau das tat Calipher. Er nahm wahr, er interpretierte, er verarbeitete und erzeugte elektrische Impulse. Er *fühlte*.

Früher hatte er nie über solche Dinge nachgedacht. Früher war noch vieles anders – *richtig* – gewesen. Er war ein Kampfroboter. Kampfroboter dachten nicht nach, sie führten Befehle aus. Sie zerstörten und schufen dadurch klare Verhältnisse. Doch Kampfroboter – zumindest jene von seiner Befähigung – waren auch hochkomplexe Systeme, in der Lage, ihre Programme bis zu einem gewissen Grad selbständig zu verändern und zu erweitern, aus Fehlern zu lernen. Somit unterlagen sie fraglos einer Art begrenzter Evolution.

Ja, Calipher hatte Zeit gehabt. Viel Zeit. Roboter schliefen nicht, aber sie *träumten*. Zumindest glaubte er, dass das, was er aus sich heraus erzeugte, dass die Bilder, die nicht in ihm gespeichert waren, sondern in ihm *entstanden*, so etwas wie

Träume waren. Er liebte es zu träumen, denn viel mehr blieb ihm nicht, um gegen die Ewigkeit zu bestehen.

Als der Träger des Lichts eintraf, hatte Calipher zunächst geglaubt, dass alles wieder so werden könnte wie früher, doch dann musste er erkennen, dass sich die Welt um ihn herum verändert hatte, so sehr verändert, dass sie ihm in jeder Nanosekunde kalt und fremd und *falsch* vorkam. Atlan war der einzige Orientierungspunkt in einer chaotischen Umgebung gewesen. Calipher hatte nicht begriffen, warum ein Träger des Lichts nach so langer Zeit an Bord der Experimentalstation gekommen war, aber das war auch gar nicht wichtig. Er war ein Kampfroboter und hatte wieder einen Auftrag. Das war alles, was zählte.

Der zentrale Hohlraum war verlassen. Nur die drei Baracken, einige halb zusammengefallene Zelte und die Trümmer der Strahlkanone zeugten davon, dass es hier noch vor kurzem sehr geschäftig zugegangen war. Natürlich hatte Calipher die Eindringlinge von Beginn an beobachtet, doch da sie ihn in Ruhe gelassen und nichts beschädigt hatten, hatte er keine Veranlassung gesehen einzugreifen. Sie hatten Leitungen verlegt, Ausrüstung herangeschleppt und komplizierte Messgeräte aufgebaut. Mit dem Auftauchen Atlans hatte sich alles verändert. Die Eindringlinge wandten sich offen gegen einen Träger des Lichts, und schon für die Absicht allein hatten sie den Tod verdient.

Calipher spürte, wie einige seiner neuronalen Schaltkreise flackerten. War das Trauer? Enttäuschung? Bedauern? Es fiel ihm manchmal schwer, seine Gefühle einzuordnen, und er fragte sich dann, ob es den organischen Lebewesen genauso ging. Gefühle waren so völlig anders als die ihm nicht minder vertraute Logik, doch er hatte niemanden, mit dem er darüber reden konnte.

Die Experimentalstation stand kurz davor, endgültig zum Leben zu erwachen. Calipher hatte nie verstanden, was Anat

Serkuloon und die anderen Lemurer hier an Bord getan hatten, aber das kümmerte ihn nicht. Die Jahre an der Seite des Meisters waren so kurz gewesen, und doch quollen seine Speicher beinahe über vor Erinnerungen an die Vergangenheit. Er wünschte, er hätte ein paar von ihnen mit Atlan teilen können.

Wie hatte der Träger des Lichts die Station bezeichnet? *Monolith*. Dem Roboter gefiel der Name. Er klang viel besser als *Experimentalstation*. Atlan war sicher ein hervorragender Meister, und Calipher beschloss, die letzten Minuten damit zu verbringen, sich vorzustellen, wie sich das Leben an der Seite des weißhaarigen Mannes mit den rötlichen Augen angefühlt hätte. Ja, ein solcher Traum war der Situation angemessen – und Anat Serkuloon hätte sicher nichts dagegen gehabt.

Calipher kehrte in die Steuerzentrale des Pfortenhauses zurück und ließ sich dort zu Boden sinken. Ob sich Atlan ab und zu an ihn erinnern würde? Er hoffte es. Ein paar Minuten noch, dann würde er das letzte und mächtigste aller Gefühle kennenlernen, das Gefühl zu sterben.

Und zum ersten Mal seit über 50.000 Jahren war Calipher wieder glücklich.

Kapitel 38

Atlan

Das Erschrecken, das ich beim Blick in die Gesichter der Zentralebesatzung empfand, musste mir wohl deutlich anzusehen sein, denn Naileth Simmers trat sofort auf mich zu und hob beschwichtigend beide Arme. Ihr kurzes, blondes Haar war schweißverklebt und hing ihr wirr ins blutverschmierte Gesicht. Auf der Stirn prangte eine fünf Zentimeter lange Risswunde, und in den grünbraunen Augen spiegelte sich pure Erschöpfung.

»Eine lange Geschichte, Sir«, beantwortete sie meine unausgesprochene Frage. »Die Korvette …?«

»… trägt den Namen RONIN und gehört einem Mann namens Malcher«, vollendete ich ihren Satz. »Ich will den Kerl lebend. Um jeden Preis.«

Während Ramit Claudrin die IMASO durch das Zartiryt-System jagte, hörte ich mir den knappen Bericht der Kommandantin an und informierte sie dann meinerseits über die wichtigsten Entwicklungen der vergangenen Stunden.

»Wo ist Spezialist Santjun?«, fragte Naileth Simmers, als ich geendet hatte.

Ich sah mich um. Tatsächlich. Der Agent war verschwunden.

Er hat die Zentrale in ziemlicher Eile verlassen, als du noch mit der Kommandantin gesprochen hast, wisperte der Extrasinn.

»Sir?«

Naileth Simmers und ich wandten uns gleichzeitig zu Terence Abigon um.

»Major Santjun auf Internkanal 1«, sagte der Erste Offizier.

»Wo sind Sie, Santjun?«, kam ich Naileth Simmers zuvor.

»An Bord der MOONDANCER, Sir«, lautete die Antwort. »Erbitte Erlaubnis zum Ausschleusen.«

»Darf ich fragen, was Sie vorhaben?« Ich ließ mir meinen Ärger über die neuerliche Eigenmächtigkeit meines Agenten nicht anmerken.

»Lassen Sie uns keine Zeit mit nutzlosen Diskussionen vergeuden, Sir. Die IMASO kann Malcher innerhalb der Akkretionsscheibe nicht stellen. Die Korvette ist für einen Flug durch den Trümmergürtel zwar ebenfalls zu groß, aber doch signifikant kleiner und damit wendiger als der Kreuzer. Die MOONDANCER verfügt dagegen nicht nur über einen geringen Durchmesser, sondern auch über eine Transformkanone mit einer Abstrahlkraft von 200 Gigatonnen. Das sollte reichen, um den Scheißkerl aus seiner Deckung zu treiben. Sie können ihn dann ganz bequem aufsammeln.«

Er hat recht, flüsterte der Logiksektor nur.

»Sie trauen sich diese Mission noch zu?«, fragte ich.

»Andernfalls hätte ich mich längst in die barmherzige Obhut unseres Bordmediziners begeben«, antwortete der Agent.

»Auch wenn ich das stark bezweifle, wünsche ich Ihnen viel Glück, Santjun«, sagte ich und unterbrach die Verbindung. Mit leichtem Befremden registrierte ich den vorwurfsvollen Blick von Naileth Simmers.

»Die IM-SJ-1 ist unterwegs«, bestätigte Ramit Claudrin kurz darauf die Ausschleusung der Kleinst-Space Jet.

»Bringen Sie die IMASO in eine Position oberhalb der Ebene der Akkretionsscheibe«, wies ich den Piloten an. »Von dort aus haben wir den besten Überblick. Was macht der Akone?«

»Laut der letzten brauchbaren Ortung hat er sich in Richtung Zartiryt bewegt«, sagte Torben Santorin. »Ich habe eine der Sonden entsprechend umgeleitet. Die Daten müssten in den nächsten Sekunden eintreffen.«

»Gute Arbeit«, lobte ich. »Wir sollten …«

Der stechende Schmerz, der mir mit einem Mal durch die Brust fuhr, ließ mich aufstöhnen. Meine Knie fühlten sich an wie Gelee, und ich musste mich an einem der Kontursessel festhalten, um nicht umzukippen.

»Lordadmiral …?« Der besorgte Ausruf der Kommandantin fuhr wie eine glühende Nadel mitten durch mein Gehirn. Ich hob die rechte Hand.

»Schon gut«, keuchte ich. »Ich bin in Ordnung.«

»Die MOONDANCER hat eine kurze Linearetappe ausgeführt«, rief Ramit Claudrin und brachte meinen Schädel damit fast zum Platzen. »Etwa 200 Millionen Kilometer. Mehr ist in dem Chaos da draußen auch kaum möglich. Dieser Santjun ist ein Teufelskerl.«

»Dieser Verrückte wird sich umbringen«, stieß Naileth Simmers wütend hervor.

Ich kämpfte noch immer gegen meine Schwäche an. Der Zellaktivator hämmerte wie ein Maschinengewehr.

Was ist los mit mir?, wandte ich mich in Gedanken an den Extrasinn, doch mein zweites Ich gab keine Antwort.

»Ich empfange einen Notruf.« Amelia Marcos hatte ihre klobigen Kopfhörer inzwischen wieder abgenommen. »Es ist der Akone. Er muss mitten in eine dieser seltsamen Schockfronten geraten sein. Ich … o mein Gott …«

Über den Panoramaschirm flackerten eine Reihe erschütternder Bilder, einige zweifellos von Torben Santorins Sonde aufgenommen, andere stammten direkt aus dem Akonenraumer. Das Schiff hatte knapp ein Drittel seiner Masse verloren. Es sah aus, als hätte jemand mit einem gigantischen Messer einfach eine große Scheibe aus dem Kugelkörper entfernt. Zwischen Trümmern aller Größen und Formen, zerfetzten Resten der Außenhülle und der Atemluft, die zu träge rotierenden Eiskristallwolken gefroren war, schwebten Dutzende von menschlichen Körpern. Die Katastrophe hatte sich in unmittelbarer Nähe des Planeten ereignet, und das Prospektorenschiff trudelte in rasendem Tempo in Richtung der Oberfläche. Da Zartiryt nur eine dünne Atmosphäre besaß, würde der Raumer zwar nicht beim Eintritt verglühen, doch spätestens mit dem Aufprall auf dem Planeten selbst war alles vorbei. Überlebende würde es nicht geben.

»Hier spricht Patriarch Rotter ta Busrai an Bord der KARTUUR«, kam es knackend und zischend aus den Empfängern. »An alle, die uns hören können: Wir sind in Raumnot und brauchen sofortige Hilfe! Bei allen gütigen Geistern der Außenwelten – helft uns!«

Es folgten im Sekundentakt stumme Aufnahmen aus verschiedenen Bereichen des havarierten Schiffes. Immer wieder konnte man Leichen sehen. Seltsamerweise waren in keinem einzigen Fall äußere Verletzungen zu erkennen. Ich hatte vielmehr den Eindruck, als seien die Akonen einfach an Ort und Stelle und ohne ersichtlichen Grund tot zu Boden gefallen.

»Malchers RONIN verlässt den Bereich der Akkretionsscheibe, Lordadmiral«, meldete sich Torben Santorin. »Major Santjun hat die Verfolgung aufgenommen.«

»Soll ich nachsetzen, Sir?«, fragte Ramit Claudrin. Ich schüttelte den Kopf.

»Nein!«, sagte ich laut. »Wir können die KARTUUR nicht einfach zurücklassen.«

Ich hatte mich wieder einigermaßen erholt, fühlte mich aber nach wie vor geschwächt. Jede hastige Bewegung verursachte heftige Schwindelgefühle. Wenn das alles hier vorbei war, würde sich Geriok Atair bestimmt freuen, mich wiederzusehen.

»Oberlautnant Claudrin, nehmen Sie Kurs auf Zartiryt«, befahl ich. »Wir müssen den Akonenraumer mit Hilfe der Traktorstrahler der IMASO auf der Planetenoberfläche absetzen. Captain Abigon, stellen Sie ein Rettungskommando in voller Kampfausrüstung und ein paar Standardcontainer mit entsprechenden Hilfsgütern zusammen. Ausschleusung in spätestens fünf Minuten.«

Der Erste Offizier sprang auf und verließ die Zentrale im Laufschritt.

»Major Simmers«, fuhr ich fort, »sobald unsere Leute draußen sind, kümmern wir uns wieder um die Korvette. Bis dahin halten Sie permanenten Kontakt mit Santjun und der MOONDANCER.«

Die Kommandantin starrte mich verwirrt an. Auch der epsalische Pilot machte plötzlich ein Gesicht, als hätte ich meine Anweisungen nicht in Interkosmo, sondern in Altarkonidisch gegeben.

»Was ...?«, wollte ich aufbrausen, doch in diesem Augenblick spürte ich es selbst. Der Druck, der seit dem Einflug ins Zartiryt-System auf jedem einzelnen Besatzungsmitglied gelegen hatte und der von Minute zu Minute stärker geworden war, diese unterschwellige Müdigkeit, die sich nach und nach zur Erschöpfung auswuchs und jede Bewegung, jeden Atemzug, jeden Gedanken zur Qual machte – all das war plötzlich verschwunden. Zurück blieb lediglich das kaum noch bezwingbare Bedürfnis, sich an Ort und Stelle hinzulegen und zu schlafen.

»Der ... der Monolith, Sir«, hörte ich Torben Santorin aus Richtung des Orterpults. »Ich habe eine massive energetische Impulsspitze innerhalb der Ergosphäre des Black Holes angemessen und jetzt ... ist da gar nichts mehr.«

»Schon gut, Oberleutnant«, erwiderte ich matt. Seltsamerweise fühlte ich mich nach wie vor schlecht. Mein Schädel brummte, und meine Augen sonderten Unmengen jenes weißlichen Sekrets ab, das bei Vertretern meines Volkes ein untrügliches Zeichen für starke physische und psychische Erregung war.

»Calipher hat seinen letzten Auftrag erfolgreich abgeschlossen.«

»Dieser lemurische Roboter?«, fragte Naileth Simmers.

»Eben jener«, nickte ich. »Ich hätte ihn gerne mitgenommen, denn er hätte uns noch viel über die damaligen Ereignisse im Zartiryt-System verraten können, doch ich musste sichergehen, dass der Monolith nicht zu einer permanenten Gefahr wird.«

»Die Maschine hat den Monolithen in die Luft gesprengt?«

»Ins Vakuum der Ergosphäre, um genau zu sein«, lächelte ich humorlos. »Ja, das war der letzte Befehl, den ich Calipher in meiner Rolle als Träger des Lichts gab. Ich hätte den Monolithen lieber abgeschaltet und genauer untersucht, doch dazu war keine Zeit. Also bin ich kein Risiko eingegangen.«

Die IMASO schwenkte in einen Orbit um Zartiryt ein und näherte sich zügig der KARTUUR. Aus der Polschleuse meldete sich Terence Abigon. Die letzten Mitglieder des Rettungsteams, darunter Geriok Atair höchstpersönlich, legten soeben ihre Raumanzüge an.

»Elks und sein Team haben die Monturen in Rekordzeit wiederhergestellt«, sagte der Erste Offizier über Interkom. »Wir sind bereit.«

Auf dem Panoramaschirm war zu sehen, dass die IMASO das Akonenschiff bereits mit Traktorstrahlen erfasst und abgebremst hatte.

Der zweite Schmerzanfall erfasste mich mit brutaler Gewalt. Ich schrie, presste beide Hände auf den Zellaktivator, der auf meiner Brust zu glühen schien. Mein gesamter Körper stand in Flammen, und die Medopositronik meines Kampfanzugs, den ich nach wie vor trug, gab Alarm. Durch den Tränenschleier vor meinen Augen las ich wie in Trance die gemessenen Vitalwerte ab. Meine Herzfrequenz lag bei 210 Schlägen pro Minute, und ich bekam kaum noch Luft.

So gut wie sämtliche Körperparameter bewegten sich außerhalb der Norm. Ohne den Zellaktivator hätte ich diesen physiologischen Orkan nicht überlebt.

Naileth Simmers fing mich instinktiv auf, als ich in die Knie brach. Jeder Atemzug löste eine neue Schmerzwelle aus, und doch sog ich den Sauerstoff wie ein Ertrinkender in mich hinein, weil ich das Gefühl hatte zu ersticken.

»Medizinisches Notfallteam in die Zentrale!«, rief die Kommandantin. Die Panik in ihrer Stimme trug nicht zu meiner Beruhigung bei.

»Die IM-SJ-1 hat eine zweite Linearetappe absolviert und den Rand des Zartiryt-Systems erreicht«, meldete Ramit Claudrin. »Die Korvette hat einen zu großen Vorsprung und droht zu entkommen. Major Santjun bittet um Anweisungen.«

Hol ihn zurück!, hörte ich das Wispern des Extrasinns durch das Rauschen meines Blutes in den Ohren. *Du musst ihn sofort zurückholen! Siehst du denn den Zusammenhang nicht?*

»Zurück …«, presste ich mühsam hervor. »Santjun … zurück …«

Meine Muskeln verkrampften sich, wurden von einer Sekunde zur anderen hart wie Stein. Die Schmerzen steigerten sich noch einmal, obwohl ich nicht geglaubt hatte, dass das möglich gewesen wäre. Ich spürte, wie sich meine Blase explosionsartig entleerte; meine Zähne schlugen stakkatoartig aufeinander. Sah so das Ende aus?

»Verdammt, Geriok!«, brüllte Naileth Simmers. »Wo bleiben Sie?«

»Oberleutnant Atair hat die IMASO bereits gemeinsam mit dem Rettungsteam verlassen, Sir«, verkündete Terence Abigon über Funk. »Ich habe zwei seiner Mediker und einen Spezialroboter auf den Weg geschickt. Sie müssen jeden Moment eintreffen.«

»Amelia«, wandte sich die Kommandantin an die Cheffunkerin. »Sagen Sie Major Santjun, er soll unverzüglich zur IMASO zurückkehren. Und betonen Sie das *unverzüglich!*«

»Ortung!«, rief da Torben Santorin. Die Kette der sich überschlagenden Ereignisse schien nicht abreißen zu wollen.

»Das ist ein dicker Brocken – und er ist in unmittelbarer Nähe der Position der MOONDANCER aufgetaucht. Ich … ich kann den Major nicht mehr erfassen. Das fremde Schiff überlagert die Tastimpulse …«

»Major Santjun meldet sich nicht«, sagte Amelia Marcos.

»Der Fremde beschleunigt.« Das war wieder Santorin. »Tut mir leid, Sir, aber ich bekomme keine vernünftige Identifikation. Die Daten reichen für einen Abgleich mit unseren Typenkatalogen nicht aus. Das unbekannte Schiff geht in den Linearraum. Sein Kursvektor zeigt grob in Richtung Thanaton.«

Die letzten Worte des Cheforters kamen nur noch verzerrt bei mir an. Ich wollte etwas sagen, doch meiner Kehle entrang sich lediglich ein ersticktes Gurgeln. Aus den Augenwinkeln nahm ich wahr, wie sich das Zentralschott öffnete und die beiden Mediker mit dem Spezialroboter hereinstürmten. Naileth Simmers packte mich an den Schultern und sprach zu mir; zumindest sah ich, dass sich ihre Lippen bewegten. Hören konnte ich nichts mehr.

Dann wurde alles schwarz.

Kapitel 39

Naileth Simmers

»Atemlähmung. Kontrollierte Reanimation Stufe 2.«

»Schwere Unterzuckerung. Gebe Glukose intravenös sowie 50 Milliliter Ara-Glukagon ins Muskelgewebe.«

»Nierenfunktion eingeschränkt. Blutdruck stark erhöht. Kreislaufkollaps imminent. Das Herz schlägt unregelmäßig. Setze einen Nano-Impulsgeber in den Sinusknoten.«

»Metabolisches Koma? Wie ist so etwas möglich? Sollte der Zellaktivator das nicht verhindern?«

»Die Symptomatik ist nicht schlüssig. Und fass den Aktivator mal an. Wenn er noch ein paar Grad heißer wird, müssen wir ihn abnehmen, weil er sich sonst in seine Brust brennt ...«

»Der Zellaktivator bleibt, wo er ist!«

Naileth Simmers bemühte sich, ihre Stimme im Zaum zu halten, doch das gelang ihr nur unzureichend. Sie musste Entscheidungen treffen – und sie musste es schnell tun. Die beiden Mediker hatten den Lordadmiral aus seinem Kampfanzug geschält und ihm die Kombination vom Hals bis zum Bauchnabel aufgeschnitten. In jeder anderen Situation hätte sie der Anblick der nackten, narbenübersäten Brust des Arkoniden mit dem unscheinbaren Zellaktivator in der Nähe des Herzens fasziniert, doch im Moment fühlte sie nur eine lähmende Hilflosigkeit. Sollte dieses unscheinbare Ei, das der Unsterbliche an einer dünnen Kette um den Hals trug, nicht alle Krankheiten und sonstigen schädlichen Einflüsse von ihm fernhalten? Warum lag er dann aber bewusstlos und laut Aussage der beiden Mediker dem Tode näher als dem Leben auf dem Boden der Zentrale? Konsterniert lauschte sie auf den Dialog der Männer, von dem sie nur die Hälfte wirklich verstand.

»Wir müssen sofort eine Langzeitnarkose einleiten. Die Medikamente schlagen nicht an.«

»Der Aktivator neutralisiert sie. Versuchen wir es mit 150 Millilitern Neuro-Thiopental und einer Ampulle Hexabarbital. Wenn ihn das nicht umhaut ...«

»Die Diagnoseeinheit weist einen raschen Anstieg des Adrenalinspiegels aus. Der Körper des Lordadmirals steht unter enormem Stress. Erbitte Erlaubnis, den Patienten auf die Krankenstation zu bringen, Sir.«

Die Gedanken der Kommandantin rannen zäh wie Sirup. Naileth Simmers hatte das Gefühl, durch einen Sumpf zu waten und mit jedem Schritt tiefer im Morast zu versinken. Alles um sie herum schien plötzlich in Zeitlupe abzulaufen.

»Rettungsteam und Ausrüstungscontainer haben die Oberfläche Zartiryts erreicht«, sagte Ramit Claudrin. »Es sieht übel aus, aber Oberleutnant Atair ist sich sicher, dass er die Situation in den Griff bekommt. Ihre Befehle, Sir?«

»Ich ...«, begann die Gäanerin und brach ab. Aus dem klebrigen Brei ihrer Erinnerung schälten sich die wenigen Fakten heraus, die sie im Zusammenhang mit dem Kollaps des Lordadmirals besaß. Den ersten Schwächeanfall hatte der Arkonide unmittelbar nach der ersten Linearetappe der MOONDANCER bekommen. Auch die zweite Attacke fiel zeitlich mit einem Linearmanöver der Kleinst-Space Jet zusammen. Beide Male hatte sich die räumliche Distanz zwischen Atlan und Santjun signifikant vergrößert. Dann war das fremde Raumschiff aufgetaucht, und die IM-SJ-1 war verschwunden, vermutlich eingeschleust, ins Schlepptau genommen oder, und daran wollte Naileth Simmers nicht einmal denken, zerstört worden. Der Fremde war – wie schon zuvor die Korvette des mysteriösen Malcher – in den Linearraum gegangen und hatte diesmal eine weitaus größere Distanz überbrückt als zuvor die MOONDANCER. Prompt war Atlan zusammengebrochen.

»Nail …«

Eine Berührung an der Schulter und die sanfte Stimme Terence Abigons holte sie in die Realität zurück.

»Alles okay?«

Naileth Simmers nickte und schenkte ihrem Ersten Offizier ein flüchtiges Lächeln. Für eine Sekunde trafen sich ihre Blicke, dann formten die Lippen der Frau ein stummes *Danke*.

»Bringen Sie den Lordadmiral in die Krankenstation«, wandte sie sich an die Mediker. »Ich will alle fünf Minuten einen Zustandsbericht. Oberleutnant Claudrin, Verfolgung des unbekannten Raumschiffs aufnehmen. Zeigen Sie mir, was unser *altes Mädchen* drauf hat. Mr. Santorin, machen Sie den Halbraumspürer einsatzklar …«

»Ist längst geschehen, Sir«, grinste der Ortungschef. Die Kommandantin nickte zufrieden.

»Was ist mit unseren Leuten auf Zartiryt?«, wollte Amelia Marcos wissen.

»Die kommen zurecht«, erwiderte Naileth Simmers. »Setzen Sie einen kurzen Funkspruch an sie ab und informieren Sie sie über die Lage. Außerdem sollte in wenigen Stunden die Verstärkung von Quinto Center eintreffen.«

Als die IMASO Fahrt aufnahm, fragte sich die Gäanerin, was sie und die Besatzung des Kreuzers wohl auf der nächsten Station dieser verrückten Reise erwarten würde. Langsam ließ sie ihren Blick in die Runde schweifen – und auf einmal fielen die Müdigkeit, die Schmerzen und die Ungewissheit von ihr ab. Naileth Simmers ließ sich auf ihren Kontursessel sinken und legte ihre Hände auf die gepolsterten Armstützen. Was auch immer das Schicksal noch für sie bereithielt – mit diesen Frauen und Männern an ihrer Seite war ihr davor nicht bange.

Kapitel 40

Shinyan

Die einsame Gestalt hob sich als großer, hagerer Schatten gegen den sternübersäten Himmel Zartiryts ab. Sie stand dort nun schon seit Stunden wie festgewachsen und starrte hinauf zu den Tausenden von Lichtpunkten, die sich wie ein funkelnder Perlenteppich über die Schwärze des Weltraums verteilten. Es war ein majestätischer und zugleich furchteinflößender Anblick.

Das rote Glühen der Akkretionsscheibe hatte an Intensität abgenommen. Ein erklecklicher Teil ihrer Masse war während der rätselhaften Geschehnisse in und um den Monolithen spurlos verschwunden. Die eigentliche Bedeutung der Ereignisse entzog sich nach wie vor Shinyans Verständnis, und vielleicht würde sie niemals begreifen, was in jenen schicksalhaften Stunden vorgefallen war. Eines jedoch wusste sie mit deprimierender Sicherheit: Die Folgen für sie und ihre Familie waren verheerend gewesen!

Die KARTUUR war ein Wrack. Das Schiff lag wie ein riesiger, ausgeweideter Kadaver auf der felsigen Oberfläche des Planeten. Die Frauen und Männer der USO waren noch immer dabei, sein Inneres nach Toten zu durchsuchen. Von 161 Familienmitgliedern hatten 21 überlebt. Mehr als 50 wurden noch immer vermisst, doch die Chance, dass einer davon noch am Leben war, lag nahe bei Null.

Das Gespenstische an der ganzen Sache war die Tatsache, dass so gut wie keine der Leichen sichtbare Spuren von Verletzungen aufwies. Geriok Atair, ein Ara-Mediziner und gleichzeitig der Leiter des Rettungsteams, sowie seine Mitarbeiter standen vor einem Rätsel. Zwar waren die entsprechenden Untersuchungen erst angelaufen, doch schon die ersten Resultate zeigten, dass man hier auf ein bislang völlig unbekanntes Phänomen gestoßen war.

Onkel Rotter hatte die Rettungsarbeiten vom ersten Augenblick an überwacht, hatte jeden einzelnen Körper, den die Helfer aus dem in breiter Front aufgerissenen Rumpf der KARTUUR schleppten, identifiziert. Einmal hatte Shinyan sein Gesicht hinter der spiegelnden Helmscheibe erkennen können und gesehen, dass er weinte. Es war das erste Mal, dass sie ihren Onkel weinen sah, und sie fühlte sich wieder an jene Nacht erinnert, in der sie ihrem Vater die Wahrheit über das Verschwinden Sharkols erzählt hatte.

Padpool ging es inzwischen besser. Geriok Atair hatte sich höchstpersönlich um ihn gekümmert. Nun lag der Prospektor in der MORROK und schlief seiner endgültigen Genesung entgegen. In gewisser Weise beneidete ihn Shinyan darum.

Atlan selbst war nicht mehr aufgetaucht. Die Akonin hatte gehofft, den berühmten Arkoniden noch einmal wiederzusehen, um sich bei ihm zu bedanken, doch die IMASO; so der Name seines Raumschiffs, hatte das Zartiryt-System bereits mit unbekanntem Ziel verlassen. Ihre Enttäuschung darüber hielt sich in Grenzen, denn natürlich war der Lordadmiral ein vielbeschäftigter Mann. Wahrscheinlich hatte der Unsterbliche sie und Padpool längst vergessen.

»Onkel …?«

Sie hatte die hagere Gestalt fast erreicht.

»Die anderen würden sich gerne zu einem Gebet zusammenfinden, Onkel«, sprach Shinyan weiter. »Und sie … sie möchten gern, dass du mit dabei bist.«

Lange Sekunden hörte sie nur das typische leise Rauschen und Knacken im Funkempfänger ihres Raumanzugs. Als sie schon glaubte, ihr Onkel würde nicht mehr antworten, und sich umdrehen wollte, um zur MORROK zurückzugehen, reagierte der alte Akone doch noch.

»Sag ihnen, dass ich in Kürze da sein werde, mein Kind.«

»Gut, Onkel.«

Ihre Augen füllten sich mit Tränen, als sie die raue und brüchige Stimme jenes Mannes vernahm, der ihr – nicht anders als einst ihr Vater – stets als Inbegriff der Stärke und Unnachgiebigkeit erschienen war. Wie oft hatte sie ihn als kleines Mädchen ob seiner scheinbar ungerechten Strenge verflucht, wie oft als junge Frau wegen seiner in ihren Augen falschen Entscheidungen kritisiert? In den meisten Fällen hatte er jedoch recht behalten, und die Familie hatte von seiner Erfahrung und seiner Sturheit profitiert.

Was mochte jetzt wohl in ihm vorgehen? Wie viel Schuld an dem, was geschehen war, gab er sich selbst? Und welchen Teil der Schuld trugen sie und Padpool, die sich mit dem Einflug in die Ergosphäre eines Schwarzen Lochs wissentlich in ein unkalkulierbares Abenteuer gestürzt hatten? Ohne die zuvor aus der MORROK ausgeschleusten Nachrichtenboje wäre die KARTUUR niemals ins Zartiryt-System eingeflogen.

Während der Gespräche mit Geriok Atair hatte Shinyan sogar noch mehr erfahren. Mit hoher Wahrscheinlichkeit waren es auch Padpool und sie gewesen, die die lemurische Transmitterfalle aktiviert hatten, in die die IMASO geraten und die ihr beinahe zum Verhängnis geworden war. Sie erinnerte sich noch gut an den Vorstoß in die Tiefen des zernarbten Planeten und an die plötzliche Rückversetzung an dessen Oberfläche.

Die leichten Raumanzüge, die sie bei ihrer Expedition getragen hatten, entstammten terranischer Produktion. Nach Meinung des Aras hatten die auf Zartiryt verborgenen Steueranlagen der Falle damals auf ihren Strahlschuss reagiert und sich auf jene zwei Minuten und 36 Sekunden geeicht, die dem Testintervall der automatischen Wartungskontrolle entsprachen, denn es waren die einzigen Richtimpulse, die sie in der ansonsten energetisch toten Umgebung empfingen. Dem Ara zufolge hatten Padpool und Shinyan zu wenig Masse besessen, um den Transmitterzyklus vollständig zu aktivieren; das hatte erst die IMASO erledigt.

Shinyan ging die letzten Schritte zu ihrem Onkel hinüber. Sie wollte etwas sagen, irgendetwas, doch ihre Kehle war wie zugeschnürt. Der alte Akone senkte den Kopf. Dann nahm er die Frau wortlos in die Arme.

Shinyan wusste später nicht, wie lange sie dort gestanden hatten, eng umklammert, sich gegenseitig Halt und Trost und Nähe gebend, doch danach brannte der Schmerz nicht mehr ganz so heiß in ihr, war die Welt nicht mehr ganz so trostlos und ohne Sinn. In ein paar Stunden würden die USO-Schiffe eintreffen. Geriok Atair hatte Onkel Rotter einen Liefervertrag mit der GCC in Aussicht gestellt, um zumindest die wirtschaftlichen Folgen der Katastrophe für die Familie aufzufangen. Es war ein neuer Anfang, eine warme Glut inmitten der Kälte und Dunkelheit, doch wenn es jemanden gab, der sie entfachen und in ein loderndes Feuer verwandeln konnte, dann war es Onkel Rotter.

»Lass uns zu den anderen gehen und beten, mein Kind«, sagte der alte Akone schließlich.

Shinyan nickte. Mit einem letzten Blick auf die Sternenfülle über Zartiryt hakte sie sich bei ihrem Onkel unter. Gemeinsam machten sie sich auf den Rückweg.

Ende

Demnächst im Handel erhältlich:
ATLAN
Echo der Verlorenen
Hans Kneifel
Dritter Teil des Monolith-Zyklus
Echo der Verlorenen
ISBN 978-3-89064-184-9
Fantasy Productions GmbH
Postfach 4030, 40687 Erkrath
www.fanpro.com
FANPRO

Perry Rhodan
PLOPHOS
DER ABGESCHLOSSENE ZYKLUS IN 4 BÄNDEN
Band 1
Feinde der Menschheit
ISBN 3-8118-5549-2
Band 2
Soldaten für Kahalo
ISBN 3-8118-5550-6
ERSTMALS IM BUCHHANDEL ERHÄLTLICH!
Band 3
Panik im Sonnensystem
ISBN 3-8118-5552-2
Band 4
Planet der letzten Hoffnung
ISBN 3-8118-5553-0
Jeder Band
ca. 400 Seiten
Format 13,5 x 21 cm
Paperback
JEDER BAND NUR
€ 9,90
sfr 19,-

DER AKONEN-ZYKLUS
DAS GROSSE SCIENCE FICTION ABENTEUER
Atlan
Der Kreis der Zeit
© VPM, Illustration: Arndt Drechsler
Band 33
Der Kreis der Zeit
432 Seiten, Hardcover
€ 14,80 / CHF 27,50
ISBN 978-3-8118-4111-6
Im Jahr 2844 nach Christus: Atlan von Gonozal, Lordadmiral der United Stars Organisation – kurz USO genannt –, begegnet unter dramatischen Umständen seinem Sohn Chapat. Eine »Traummaschine« versetzt die beiden in Atlans Jugendzeit, wo sie gegen den regierenden Imperator Orbanaschol III. kämpfen müssen.
NEU!
Erscheint im Oktober 2008
Atlan
Der Intrigant von Arkon
Bereits erschienen:
Band 33 Der Kreis der Zeit
432 Seiten, Hardcover, € 14,80 / CHF 27,50
ISBN 978-3-8118-4111-6
Alle bisher erschienenen ATLAN-Bände gibt es im gut sortierten Buchhandel und den Buchabteilungen der Kaufhäuser. Direkt zu bestellen auch im Internet unter:
www.Perry-Rhodan.net

Tor der tausend Sonnen

von Hanns Kneifel

»Ghentilhom Morgaden!« Hawkcarn feuerte eine Handbreit vor Shardas Stiefelspitzen in den aufglühenden Sand. Sharda zuckte nicht einmal zusammen; er schwankte.
»Ich hab das Geheimnis des Planeten herausgefunden. Alles klar erkannt, Partner. Alles!«
Sharda war wie erstarrt. Kein Tänzer kümmerte sich um das Geschehen abseits der Lichtung. Hinter Hawkcarn stand seine sorgfältig gepackte Ausrüstung. Er sagte laut:
»Ich hab schneller und gründlicher nachgedacht als du, Sharda. Wir gehen weg, weit weg. Nach Sirr Kepalomi. Wir nehmen das Boot. Ihr werdet mich suchen, aber nicht finden...«

Damit beginnt eine rasante Jagd durch die Urwälder eines exotischen Planeten, eine der Spezialitäten von *Perry Rhodan*- und *Atlan*-Autor *Hanns Kneifel*, der mit diesem Titel seinen ersten Roman bei *FanPro* vorlegt.

ISBN 978-3-89064-602-2

Überall im Handel erhältlich!

FANTASY PRODUCTIONS GMBH
Postfach 4030 • 40687 Erkrath
www.fanpro.com

FANPRO

Bei Fanpro erschienen unter anderem folgende Titel:

ATLAN — ISBN 978-3-89064-

Totentaucher	Wim Vandemaan	1. Roman	486-8
Die acht Namenlosen	Christian Montillon	2. Roman	487-5
Befreiung in Camouflage	Michael M. Thurner	3. Roman	488-2
Die Psi-Kämpferin	Achim Mehnert	4. Roman	171-3
Das Sphärenrad	Rüdiger Schäfer	5. Roman	172-0
Acht Tage Ewigkeit	Michael H. Buchholz	6. Roman	173-7
Das Relikt der Macht	Hans Kneifel	7. Roman	174-4
Im Bann der Gatusain	Achim Mehnert	8. Romn	175-1
Der Traum des Navigators	Rüdiger Schäfer	9. Roman	176-8
Rico	Arndt Ellmer	10. Roman	177-5
Planet der Silberherren	Uwe Anton	11. Roman	178-2
Todeszone Zartiryt	Rüdiger Schäfer	12. Roman	179-9

SHADOWRUN — ISBN 978-3-89064-

Chromscherben	M. A. Stackpole	Anth.	550-6
Shadowrun – Die 6. Welt	Hrsg. T. Hamelmann	Reader	540-7
Wiener Blei	Leo Lukas	41. Roman	555-1
Nachtstreife	Björn Lippold	46. Roman	558-2
Auf dem Sprung	Harri Aßmann	49. Roman	567-4
Töne der Unendlichkeit	Harri Aßmann	50. Roman	569-8
Elementares Wissen	Harri Aßmann	52. Roman	570-4
Die Anfänger	Ivan Nedic	54. Roman	572-8
ASH	Lara Möller	57. Roman	574-2
Pesadillas	Maike Hallmann	58. Roman	575-9
Vertigo	Maike Hallmann	59. Roman	581-0
Hand am Hort	Sebastian Schaefer	60. Roman	583-4
Flynns Weg	Lara Möller	61. Roman	585-8
Shelley	André Wiesler	62. Roman	580-3
Matrixfeuer	Hrsg. Beck / Hallmann	63. Anth.	587-2
Born to Run	Stephen Kenson	64. Roman	564-3
Im Namen des Herrn	André Wiesler	65. Roman	594-0
Quickshot	Lara Möller	66. Roman	595-7
Giftmischer	Stephen Kenson	67. Roman	565-0

Wiedergänger	Maike Hallmann	68. Roman	593-3
Feuerzauber	André Wiesler	69. Roman	519-3
Im Fadenkreuz	Petra Prinz	70. Roman	543-8
Kettenhund	Alexander Wichert	71. Roman	548-3
Fallen Angels	Stephen Kenson	72. Roman	549-0
GmbH	Christian Riesslegger	73. Roman	463-9
Machtgelüste	Jason M. Hardy	74. Roman	484-4
Cash Flow	Christian Riesslegger	75. Roman	483-7
Böses Erwachen	André Wiesler	76. Roman	473-8
Der Schattenlehrling	Boris Koch	77. Roman	482-0
Aftershocks	J. Raabe / J. Helfers	78. Roman	485-1
Fatimas Tränen	Alex Wichert	79. Roman	513-1
Für eine Handvoll Daten	Stephen Dedman	80. Roman	571-1
Flammenmeer	Jan-Tobias Kitzel	81. Roman	497-4
Digitaler Albtraum	Thorsten Hunsicker	82. Roman	123-2

CLASSIC BATTLETECH

ISBN 978-3-89064-

Schrapnell	Hrsg. M. Immig	Anth.	551-3
Wahnsinn & Methode	Michael Diel	1. Roman	592-6
Clangründer: Abkehr	Randall N. Bills	2. Roman	596-4
Schwert und der Dolch	Ardath Mayhar	3. Roman	425-7
Über dem Gesetz	Michael Diel	4. Roman	517-9
Clangründer: Traum	Randall N. Bills	5. Roman	597-1
Die Albatros-Akte	Reinhold H. Mai	6. Roman	526-1
Warrior: En Garde	Michael A. Stackpole	7. Roman	545-2
Warrior: Riposte	Michael A. Stackpole	8. Roman	546-9
Warrior: Coupé	Michael A. Stackpole	9. Roman	547-6
Früchte voll Bitterkeit	Ritter &Schreiber	10. Roman	458-5
Katze unter Bären	Arous Brocken	11. Roman	490-5
Clanwächter	Arous Brocken	12. Roman	491-2
In Ungnade	Chris Hartford	13. Roman	475-2
Mission Kiamba	Arous Brocken	14. Roman	493-6
En Passant	Michael Diel	15. Roman	479-0
Duo Infernale	Carolina Möbis	16. Roman	498-1
Karma	Bernard Craw	17. Roman	454-7
Royal Flush	Carolina Möbis	18. Roman	620-6

Magische Zeiten	Hrsg. Momo Evers	Reader	516-2
Dämmerung	Ulrich Kiesow	55. Roman	459-2
Das Greifenopfer	Thomas Finn	62. Roman	544-5
Das Dämonenschiff	Harald Evers	74. Roman	568-1
Kompanie der Verdammten	Manuel Krainer	75. Roman	562-9
Der Tag des Zorns	Daniela Knor	76. Roman	573-5
Der Schandfleck	Andre Helfers	77. Roman	582-7
Den Göttern versprochen	Charlotte Engmann	78. Roman	579-7
Unsterblicher Traum	Patricia Renau	79. Roman	588-9
Blaues Licht	Daniela Knor	80. Roman	589-6
Spielsteine der Götter	Heike Wolf	81. Roman	591-9
Rabengeflüster	Wichert/Jäcke/Wolf	82. Roman	515-5
Thronräuber	Alexander Lohmann	83. Roman	512-4
Todeswanderer	Yvonne Gees	84. Roman	518-6
Roter Fluss	Daniela Knor	85. Roman	514-8
Todgeweiht	Markus Tillmanns	86. Roman	523-0
Dunkle Tiefen	Daniela Knor	87. Roman	538-4
Maraskengift	Markus Tillmanns	88. Roman	457-8
Unter Aves' Schwingen	Hrsg. Momo Evers	89. Band	460-8
Goldener Wolf	Linda Budinger	90. Roman	542-1
Sieben Winde	Matthias A.W. Ott	91. Roman	461-5
Der Zugvogel	André Fomferek	92. Roman	468-4
Haldinger-Saga I: Glut	Daniela Knor	93. Roman	472-1
Der Hofmagier	Ludwig / Wachholz	94. Roman	476-9
Der Feuertänzer	Ludwig / Wachholz	95. Roman	489-9
Hohenhag	Dietmar Preuß	96. Roman	494-3
Satinavs Auge	Tobias Radloff	97. Roman	495-0
In den Nebeln Havenas	Daniel Jödemann	98. Roman	496-7
Answin I: Macht	Michelle Schwefel	99. Roman	499-8
Über den Dächern Gareths	Stefan Schweikert	100. Roman	226-0
Gewittertage	Jana M. Eilers	101. Roman	225-3
Die rote Bache	Dietmar Preuß	102. Roman	455-4
Der Zepter des Horas	Mützlitz/Kopp	103. Roman	236-9
Der Kristall von Al'Zul:			
Land ohne Gesetz	Anton Weste	Al'Zul 1	231-4
Stadt der Geister	Martina Nöth	Al'Zul 2	232-1
Wald der Verlorenen	Linda Budinger	Al'Zul 3	233-8

HARDCOVER

ISBN 978-3-89064-

Sturm über Windhaven	Martin & Tuttle	Roman	531-5
Die Flamme erlischt	George R. R. Martin	Roman	530-8
Dead Man River	George R. R. Martin	Roman	529-2
Die »Eis und Feuer«-Saga:			
Eisenthron	George R. R. Martin	1. Roman	532-2
Königsfehde	George R. R. Martin	2. Roman	533-9
Schwertgewitter	George R. R. Martin	3. Roman	534-6
Krähenfest	George R. R. Martin	4. Roman	535-3

WEITERE TITEL

ISBN 978-3-89064-

Tor der tausend Sonnen	Hanns Kneifel	Roman	602-2
Cugel in der Unterwelt	Michael Shea	Roman	470-7
Cugels Irrfahrten	Jack Vance	Roman	462-2
Das Voynich-Rätsel	Florian F. Marzin	Roman	541-4
Vor Adam	Jack London	Roman	524-7
Am Anfang war das Feuer	J. H. Rosny	Roman	525-4
Der große Heliumkrieg	M.A. Stackpole u. A.	Anth.	563-6
Lexikon der Fantasy-Literatur	Hrsg. Alpers u. A.		566-7

FANPRO

Dies ist eine Bibliographie und kein Verzeichnis lieferbarer Titel. Es ist leider nicht möglich, alle Titel vorrätig zu halten.
Sollten Sie Fragen haben, kontaktieren Sie uns bitte unter

Fantasy Productions GmbH
Postfach 4030
40687 Erkrath
www.fanpro.com